Wunder im September

Das Buch erschien 1994 bei Albert Bonniers Förlag AB, Stockholm,
unter dem Originaltitel »Under i september«

Satz: Josef Maringer, Maishofen
Printed in Austria by Wiener Verlag, Himberg
ISBN 3-7017-1006-6

KLAS ÖSTERGREN

Wunder im September

ROMAN

Aus dem Schwedischen
von
Jörg Scherzer

Residenz Verlag

Sie stammten ab von armen Einwanderern, die vor hundert Jahren in Malmö von einem Lübecker Schoner an Land gestiegen waren. Diese waren heimatlose, hungrige arme Teufel gewesen, die sich meist im Hafen herumtrieben, unter den Pfählen der Anleger herumschwammen und sich von Abfall ernährten, den man ins Wasser geworfen hatte.

Selma Lagerlöf, Nils Holgerssons wunderbare Reise mit den Wildgänsen

Was ist das Wunderbare?

Henrik Ibsen, Ein Puppenheim

I

Drei Männer tanzten, jeder von ihnen für sich, ohne auf den jeweiligen Takt zu achten, und wenn einer von ihnen herumwirbelte und in die Hände klatschte, machte der andere zwei kurze, rasche Schritte zurück, während der dritte fast stillstand und sich vorsichtig wiegte, die Arme ausgestreckt, als suche er nach einer Frau, die es nicht gab. »Hier gibt es zu viel Liebe und zu wenige Menschen«, hatte früher an diesem Abend jemand zu Brandy gesagt und eine Kopfbewegung hinüber zu den Brüdern gemacht, draußen war es dunkel gewesen, die bunten Lampen hatten geleuchtet, und Musik hatte den Viehstall erfüllt.

Um diese Zeit war es sehr laut gewesen, die Wortwechsel fielen kurz aus, aber trotz dieser forcierten Kernigkeit wurde nicht entschieden zwischen Schwerem und Einfachem. Alle möglichen Behauptungen wurden einfach fallengelassen und galten als Wahrheiten über die letzten Dinge. »So viel Güte, in einer Familie!« – »Er ist hier!« – »Fort, ich bin so einsam!«

Jetzt aber schnitt das erste Morgenlicht durch die Ritzen oben am Dachfuß. In breiten Strahlen fiel volles Sonnenlicht herab, Balken aus stiebendem Staub wurden sichtbar, leere Pferdeboxen aus Licht und staubender Spreu. »Don't talk just kiss . . .« Der jüngste der Brüder war vor der Kiste stehengeblieben, auf der Brandy saß. Das eine Auge Jonckers war geschwollen, ein prächtiges Veilchen. Der Schmerz hatte sich gelegt, oder vielleicht hatte er ihn vergessen, mitten im Tanz, den nur die reine Erschöpfung unterbrechen konnte. »Strangers in the night«, konterte einer seiner Brüder.

»Nur das Vieh kann sie unterscheiden.«

Die Mutter der Gebrüder Joncker war vermutlich anderer

Ansicht, ein Außenstehender aber, der sie selten bei Tageslicht sah, konnte mühelos zustimmen. Brandy meinte, er sehe sie selten, und bei Tageslicht fast nie. Trotzdem konnte er sie auseinanderhalten. »Du bist zu oft hier«, hatte er zu hören bekommen. »Wenn man sie unterscheiden kann, ist man zu oft hier gewesen.« Er aber war anderer Meinung: »Der Unterschied nimmt ab, je länger man bleibt.« – »Genauso ist es mit Gut und Schlecht . . .«

Einmal hatte Brandy Paßfotos von den drei Brüdern angefertigt. Jeder von ihnen hatte eine Literflasche Schnaps mitgebracht. Auf diese Weise wurde das Geschäftliche erledigt. Dabei hatte er den Unterschied kennengelernt, er war vorhanden, aber er war unbedeutend. Sie wollten nach Spanien fahren, hatten sie gesagt. »Wie du, Brandy, aber mit einer einfachen Fahrkarte!« Die Zeit war vergangen, losgefahren waren sie nie.

Spätabends waren sie gleich rechthaberisch und hartnäckig, gleichgültig, worum es ging. »Brandy, erzähl was von Spanien!« Er war es leid. Mehrmals an einem Abend konnten sie zu ihm kommen: ». . . erzähl was von Spanien!« und alle drei standen nebeneinander da und warteten auf etwas. »Was denn?« – »Ach, egal!«

»Olé!« Das mochte genügen. Sie stießen einander an und grinsten und gingen weg, als hätten sie ihren ersten Lohn bekommen. »Hast du gehört? Olé!«

Meist bezogen sich ihre Unternehmungen auf Autos, die sie auf einem Acker abgestellt hatten. Dort blieben die Autos, und wenn die starken Herbstregen kamen, versanken sie nach und nach im Lehm, einige Fahrzeuge waren ganz und gar von der Erde verschluckt worden. »Das soll Veredlung sein?« Die Leute wurden zornig, wenn sie sahen, wie Antennen langsam im Unterirdischen versanken. Der Zorn nahm an Stärke nur noch zu, als die Firma »Gebrüder Joncker Autoveredlung« Fahrzeuge herstellte, die Lob und Anerkennung ernteten. Die Brüder bekamen Streit miteinander und liefen deshalb mit blauen Augen und anderen Blessuren herum. Gab es keinen Außenstehenden, der mit ihnen raufte, dann verpaßten sie sich gegenseitig Prügel. Jetzt hatte der Jüngste etwas abbekommen.

Brandy saß auf einer kleinen Holzkiste, die hinter einer größeren stand. Auf diese Weise war der ganze Viehstall möbliert worden, seit man die Tiere in den Ställen und auf den Koppeln abgeschafft hatte und der Stall zur Nachtzeit von den Gebrüdern Joncker, ihren wenigen Freunden und einigen anderen aus dieser Gegend genutzt wurde, denen bekannt war, was dort im Schutz der Dunkelheit vor sich ging, Leute, die nicht davor zurückschreckten, Dinge zu tun, die sie später womöglich bereuten. Bisweilen stellte die Reue sich bereits mit dem Zeitungsjungen ein.

Jetzt aber schien das Licht in schrägen Balken vom Dachfuß herein. Brandy löschte die Petroleumlampe, die auf der Kiste vor ihm stand. Die Laterne rußte und stank. Wenn er dazu nur in der Lage gewesen wäre, hätte er die anderen auch gelöscht, die Laternen und die Lampen, die überall im Stall noch vor sich hin rußten.

Hätte ihn jemand nach den Ereignissen der letzten Stunden gefragt, er hätte eine ausweichende, etwas vage Antwort geben müssen. Er hatte auf das Tanzen verzichtet, hatte dafür aber umso mehr getrunken. Allerdings wurde er durch den Sonnenaufgang nüchterner, und davon, daß die drei tanzenden Brüder massenhaft Staub und Spreu vom Boden aufwirbelten, was erst jetzt, in den starken Lichtstrahlen, sichtbar und spürbar wurde.

Er versuchte festzustellen, ob im Körper alles in Ordnung war, so wie man es tut, wenn man einem rauchenden Autowrack entsteigt. Nirgendwo tat es weh, nicht mehr als üblich. Seine Hände waren steif und hatten unterschiedliche Temperatur. Die eine war eiskalt, während die andere, die rechte, ziemlich warm war, so als habe man gerade etwas kräftig festgehalten und der Griff habe sich gelöst.

Vorhin noch hatte es vor Leuten gewimmelt, und die Musik hatte durch den Stall gedröhnt, und Margot war neben ihm gesessen und hatte seine Hand gehalten, hatte sie im Schutz der größeren Kiste, auf der alle leeren Flaschen standen, ganz fest gedrückt. Selbst wenn die meisten über das, was im Viehstall vor sich ging, schwiegen oder es zumindest abstritten, mußte man vorsichtig sein.

Sie hatte Angst vor irgend etwas gehabt. Brandy hatte vorausgesetzt, daß es um ihn ging oder um ihren Mann. »Aber wir haben doch noch nicht einmal . . .« Er hatte es ihr zugeschrien, um die Musik zu übertönen, hatte aber kein Wort gefunden für das, was sie noch nicht einmal hatten. Manche konnten solche Worte schreien. Aber sie waren überflüssig, sie verstand ohnehin, was er meinte. Sie hatte eine Andeutung gemacht, es gehe um anderes, er bekam einen Blick zugeworfen, der von größerer Besorgnis als üblich sprach. Das war nicht der gebräuchliche Blick im Stall, ein Ausdruck, den man vom Rauchen und Trinken und Tanzen und Brüllen bekam, ein Blick, der entflammt und erloschen zugleich war, mit großen Pupillen, rotgesprenkelten, rotgeränderten Augen, die manchmal exakt sahen, was sie sehen wollten, und sonst nichts. Margots Augen waren anders, sie strahlten eine unverdiente Müdigkeit aus.

»Don't talk just kiss . . .« Sie hatte Brandy angesehen und war plötzlich, ebenso unerwartet wie kurz, in ein breites Lächeln verfallen. »Just talk«, fügte sie hinzu, und das Lächeln hatte einem Seufzer und einem hoffnungslosen Schulterzucken Platz gemacht. Er hatte geantwortet, indem er hinter der Kiste mit all den Flaschen, die er geleert hatte, ihre Hand noch fester drückte, was davon zeugte, daß das, was sie als seine »verfluchte Vernunft« bezeichnete, auch seine Grenzen hatte. Er forderte sie immer häufiger heraus, mit zunehmendem Ernst, bisweilen mit einer Heftigkeit, die die Kräfte unerschöpflich werden ließ. Andere fielen um, er aber konnte tagelang weitermachen.

»Du solltest tanzen«, hatte sie gesagt, »wie die Brüder Joncker.« – »Damit ich müde werde?« – »Ja«, hatte sie gesagt, »damit du mal zur Ruhe kommst.« – »Ich habe im letzten Sommer getanzt, auf der Fiesta.«

Sie wechselte das Thema mit einem »Ich weiß«, gefolgt von einem Blick über den Raum, wo die Leute über den Kisten verloschen oder sich erhoben und in die Nacht hinaustorkelten oder ihre letzten Kräfte erschöpfen wollten, indem sie einfach hin und her sprangen, einzeln oder eng miteinander verschlungen, untrennbar, vereint für eine Zeit, die an einem Ort, von dem kein anständiger Mensch etwas wissen wollte, nicht zählte.

»Let's fool around, what d'ya say?« Der jüngste Joncker mit dem geschwollenen Auge stand verschwitzt und rot angelaufen mitten in einem breiten Sonnenstrahl, von dem er sein unverletztes Auge blenden ließ, und tanzte mit einer Art lockerer Haken, die die Lichtflut durchschnitten, während die beiden anderen ruhiger tanzten. »Do be do be do . . .«, hörte man einen von ihnen. Ihre Augen waren geschlossen.

Brandy war zunehmend anwesender, brauchte aber eine ganze Weile, um zu erkennen, ob Musik gespielt wurde oder nicht. Er sah in die Pferdebox, wo die Musikbox stand, und sie war dunkel und leblos, und das hatte seine Richtigkeit, denn die Mutter der Brüder hatte irgendwann in der Nacht den Hauptstromschalter ausgeschaltet, als sie der Meinung gewesen war, dort draußen brauchten sie keinen Strom mehr. Wahrscheinlich war dies das einzige, was sie tun konnte. »Das war Mutter, das war Mutter . . .«, brummten die Brüder immer, wenn die farbigen Glühlampen erloschen und die Musik verstummte und im Stall eine Zeitlang alles ruhig wurde, bis die Verbliebenen sich mit den neuen Bedingungen abgefunden hatten, die Petroleumlampen angezündet wurden und das Benehmen sich änderte. Für manche Aktivitäten war die Dunkelheit geeigneter.

Manchmal fuhr einer der Brüder einen großen Amerikaner durch das Stalltor. Das Auto hatte eine Musikanlage, und die Türen an der Seite wurden geöffnet, die Fenster wurden heruntergekurbelt und dann war wieder volle Stimmung. Das Auto hatte die Bezeichnung »Van«, und irgend jemand hatte mit Filzschreiber ein »Vul« davor geschrieben. Wahrscheinlich war es keiner der Brüder gewesen, aber es blieb so stehen. Es handelte sich um einen Firmenwagen. »Gebrüder Joncker Autoveredlung« stand auf den Seiten.

In dieser Nacht aber war es ruhig. Man hörte nur den Atem der drei Brüder und ihre abwechselnd plumpen, abwechselnd leichten Schritte auf dem festgestampften Stallboden. Sie brauchten keine Musik.

Brandy trank aus einer Flasche, die es in sich hatte. Es war purer Alkohol, in dieser Gegend gebrannt. Mit Hilfe einer unergründlichen Tauschkette waren sie an eine Partie gekommen. So war es mit fast allem. Alles konnte man tauschen. Geld mußte man sparen. Den ganzen Abend hatte Brandy versucht, eine spanische Münze loszuwerden, die den einheimischen täuschend ähnlich sah. Aber keiner der Brüder hatte sich täuschen lassen. »Scheißpesetas, damit legst du mich nicht herein!« Ständig tauchte diese Münze auf, sogar unbeabsichtigt, bis er sie in seine Brusttasche gesteckt hatte. Aus irgendeinem Grund hatte er sie einfach nicht auf den Boden werfen wollen.

Der Schnaps war gut gebrannt und würde keine Beschwerden verursachen. Diese neue Klarheit war dauerhaft, sie würde eine ganze Zeit anhalten und die Müdigkeit in den Nerven sozusagen erstarren lassen, sie würde die Sehnen des Körpers straffen und jeden Versuch, einzuschlafen und alles aufzugeben, zunichte machen.

»Ich kann dich nach Hause fahren«, hatte sie gesagt. »Du mußt doch morgen arbeiten?« – »Der Pfarrer muß in der Zeitung zu sehen sein«, sagte er. »Dieser Hanswurst . . .«

»Er ist anders, als du glaubst«, sagte sie. »Er hat Mut.« –

»Wer?« sagte er. – »Der Pfarrer.« – »Was hast du denn mit diesem Hanswurst zu tun? Macht der dich vielleicht so müde?«

Sie verzichtete auf einen Kommentar. »Wenn du hier sitzen bleibst, kannst du nicht dorthin.«

Er hatte freundlich ausgesehen, jedenfalls hatte er es versucht. Das konnte er nach wie vor spüren, wie die Folgen einer Anstrengung, als habe er mit den Zähnen etwas Schweres heben wollen.

»Ich habe keine Vorurteile«, sagte er, »aber wahrscheinlich bin ich nicht so mutig wie dein Pfarrer.« – »Wieso?«

Es widerstrebte ihm, aber er wollte erklären: »Ich vertrau dir nicht, wenn ich in diesem Zustand bin.«

Sie sah zu Boden und schüttelte den Kopf, daß ihr die Haare ins Gesicht fielen. Sie konnte aussehen wie eine Frau auf einem Porträt von Modigliani. Sie ließ seine Hand los und steckte ihre zwischen das Bein und die Kiste, auf der sie saßen. Ihre Schultern wurden hierdurch noch gerader als vorher, und Brandy löste seinen Blick von ihr und zählte die farbigen Glühlampen, die an den Wänden hingen. Er war gerade auf zwanzig Stück gekommen, als er sie wieder anzusehen wagte.

»Wie oft haben wir darüber schon geredet? Hundert Mal?« – »Weiß nicht«, sagte sie, und ihr Blick war noch immer zu Boden gerichtet, wo haufenweise Kapseln und Zigarettenstummel lagen. »Ich bin so furchtbar, furchtbar müde.«

»Wovon denn?« Er bekam keine Antwort. »Dann fahr heim. Fahr heim.« Weil er es nicht lassen konnte, strich er mit der Hand leicht über ihren Rücken, und sobald er sie streifte, zuckte sie zusammen, als habe sie schon lange niemand berührt. Das mochte so sein, und er wollte es wissen, aber zu einer Frage konnte er sich nicht herablassen. Das Schlimmste, was er sich vorstellen konnte, war, daß sie ohne zu zögern antwortete. Es sollte irgendeinen anderen geben, jemanden, den sie mit ihrem Schweigen überging. Brandy sollte das sein, doch so war es nicht, und nur er konnte erklären, warum.

»Deine verfluchte Vernunft . . .« Diesen Vorwurf hatte man ihm noch niemals gemacht. Sie war es gewesen, die ihn auf das ganze aufmerksam gemacht hatte. »Deine verfluchte Vernunft . . .« Das mochte sich anhören wie der Titel einer Ballade, die zwei Menschen gern sangen, wenn sie gezwungen waren, an einen Dritten zu denken.

Sie konnte dicht neben ihm landen, wenn eine Gelegenheit war, oder wenn sie wegen vergessener Dinge kam, wegen verlegter Sachen, oder weil sie sich verirrt hatten und sich an Orten befanden, an denen sie sonst nichts zu schaffen hatten, oder Wege gingen, die sie selten gingen, ohne daß sie dazu gezwungen waren, und für die sie keinen einleuchtenden Grund angeben konnten – nur weil sie ganz einfach voneinander angezogen wurden und deshalb dafür sorgten, daß sie ungestört blieben. Sie schwiegen und hielten einander fest, ohne daß das Schweigen ihm ein Gefühl der Leere, des Mangels oder der Abwesenheit verursacht hätte. Vielmehr hatte es den Anschein, als weckten sie im anderen bis dahin ungeahnte Fähigkeiten, ließen sich erfüllen von einem erwarteten und vielleicht auch erwünschten Verständnis, machten einem wunderbaren Wohlwollen Platz.

Sie konnten dastehen – wie zwei junge Leute in einer dunklen Diele, die rechtzeitig zu Hause sein müssen – und einander umarmt halten, ohne daß sie darauf achteten, welche Wege die Hände nahmen, und es so weit kommen lassen, daß es unerträglich wurde.

Zu solchen Gelegenheiten war er meist nüchtern. Diese Vernunft wollte er in Reichweite haben, denn er war sicher: »Du läßt dich niemals scheiden.« – »Wenn du willst«, mochte sie antworten. »Du mußt nur wissen . . .«

So oft waren sie dort gelandet, heiß, mit flammenden Wangen, zerküßten Lippen und dieser Bedingung: »Du mußt nur wissen . . .« Wie ein Refrain oder eine Formel, die sie aufsagen mußten, damit sich alles abkühlte und die Griffe sich erschöpften. Häufig geschah dies, wenn Schritte zu hören waren, quietschende Türgriffe, Geräusche, die die Anwesenheit eines Unerwünschten ankündigten.

Nur das, was sie als seine »verfluchte Vernunft« bezeichnete, bewahrte sie vor der Katastrophe, entdeckt zu werden. Dies jedoch zu begrüßen, kam ihr niemals in den Sinn.

Er wartete auf eine Überzeugung, die lange ausblieb. Er brauchte ein Zeichen, eine unverkennbare Eingebung. Sie hatte das nicht verlangt, für sie war es viel unkomplizierter, etwas, zu dem sie ein Recht hatte oder es sich zumindest nahm. Vielleicht wäre das Ganze schon seit langem aus der Welt gewesen, wenn sie es einfach so belassen hätten. Er aber hatte sich mit seinen Zweifeln gewappnet, hatte sich eine schlichte Nüchternheit gegönnt, die sie zur Vernunft übersteigert hatte, mit einem Zögern, das sie zur Besinnung vor jenem Schritt aufforderte, den sie schon längst hätten unternehmen sollen, zu Hause in seiner Küche, in ihrem Auto, auf dem Fußboden eines Obstlagers, vom säuerlichen Apfelduft umgeben und eingeschlossen. Dort, irgendwo, hätten sie schon seit langem alles Gerede von Vernunft und Besinnung und Konsequenzen aufgeben und einer Kraft nachgeben sollen, die sie sonst von innen verzehrte, alle beide, bis nur noch Gram und Trauer übrigblieben. »Wenn ich es nur wüßte . . .« Etwas Besseres als dieses »Ich muß wohl untergehen und abwarten« wollte ihm nicht einfallen.

Deshalb diese immer häufigeren, immer längeren Besuche im Viehstall. Er wollte nicht, daß sie ihn so sah, dennoch bestand sie darauf, mitzukommen. Er tat, was er konnte, um sie zu verjagen.

»Wieso hast du die denn weggeschickt?« Der jüngste Joncker stand vor der Box, in der Brandy saß, und kippte die letzten Reste aus der Flasche mit dem puren, klaren Schnaps hinunter. »Der hätten wir's besorgen können!«

Brandy warf dem jungen Mann einen Blick zu, der diesem Geschwätz ein Ende hätte machen sollen, aber vielleicht lag es am Licht, vielleicht gestattete Jonckers Zustand keine solche Geistesgegenwart. Der Mann, kaum mehr als ein Junge, tat alles, um dies zu verbergen, er stand vor Brandy und führte ein paar Bewegungen mit dem Unterleib aus, die man nur auf eine Weise verstehen konnte. »Wie hast du die bloß wegschicken können?«

Wieder ein paar ruckartige Bewegungen mit dem Unterleib. Mehr wurden es nicht, weil einer seiner älteren Brüder dazukam und ihm einen Schwinger verpaßte. Der jüngste Bruder verlor die Balance und ging zu Boden, wobei er ein leises Wimmern von sich gab: »Was zum . . .« – »Da hast du ein paar aufs Maul!« sagte der Bruder. Der dritte stand unbeweglich auf der Tanzfläche, er war sich des Streits bewußt, blieb aber gelassen.

»Brandy, auf den kannst du scheißen!« Brandy nickte. »Soll ich ihm von dir auch noch einen geben?« Der ältere Bruder hatte die geballte Faust über dem Kopf des jüngeren erhoben. Jeder stand auf einer Seite eines breiten Lichtstrahls, der den Stall diagonal durchschnitt, und in diesem Strahl blitzte eine Kruzifix auf, das der ältere an einer Kette um den Hals trug. Brandy schüttelte den Kopf. »Laß ihn, tanzt lieber . . .«

Der Junge auf dem Boden streckte sich nach einer Flasche aus, die genau neben ihm lag, nahm die Flasche und preßte sie ans Auge, wo ihn der Schlag getroffen hatte.

»Kriegst einen Kurzen.« Der ältere Bruder drehte sich mit einem zahnarmen Lächeln zu Brandy um. Er ging weg, um etwas zu trinken zu holen.

Brandy betrachtete den jüngsten Joncker, der noch auf dem Boden lag. Der Junge litt und hatte Schmerzen, wußte aber nicht warum, und daran war er gewöhnt. Bald würde das rechte Auge ebenso geschwollen sein wie das linke. Der Junge preßte die Flasche auf die frische Blessur, während das linke Auge dort grün-lila leuchtete, wo es der Lichtstrahl traf, der sich langsam mit der steigenden Sonne bewegte.

Bis ein Veilchen die Farbe zu Grün-Lila wechselt, dauert es einige Tage. Brandy war als Zeuge beider Schwinger anwesend gewesen, in seinem Zustand aber war es ihm unmöglich, eine korrekte Zeitangabe für den ersten zu geben. Womöglich hätte er gesagt: »Das war, als sie irgendeine Tollheit im Wald hatten, im vergangenen Sommer . . .« Aber das war falsch. Ebensogut hätte er sagen können: »Ich weiß nicht«, denn er zog es vor, alles als von zu wenig Schlaf und zu viel Schlaflosigkeit verursachte Einbildungen abzutun. Er hätte das als Hinweis verstehen müssen, kürzerzutreten, das Tempo ein wenig zu drosseln. Aber der Junge trug die sichtbaren Beweise, den Schwinger hatte er bekommen, weil er »Olsen von der Bettbank geholt« und mitten in der Nacht zum Viehstall gelockt hatte.

Wie ein vom Blitz erhellter Waldrand schimmerten im Hintergrund eine Menge Gestalten. Brandy war im Dunkeln, denn er hatte aus dem Viehstall etwas gebraucht, dies aber war noch, bevor die Brüder an die große Partie Schwarzgebrannten gekommen waren, und der Stall war verschlossen und leer gewesen. Brandy war gegangen. Auf dem Nachhauseweg hatte er Musik aus dem Wäldchen in der Nähe gehört. So mußte es gewesen sein. Sonst wäre er nie durch den Wald nach Hause gegangen. Von weitem hatte man die Musik hören können, in weitem Umkreis, und so laut, daß die Leute auf dem Nachbarhof gestört wurden.

Brandy aber hatte sich im Wald befunden und war auf eine Menschengruppe gestoßen, die dort draußen herumgesprungen war »wie die Kannibalen«, wie es später heißen sollte. Blinkende Lichter hingen an den Bäumen, die Musik dröhnte, und ringsherum war nur schwarzer Wald. Von den Tanzenden war nur manches zu erkennen gewesen, plötzlich beleuchtete einzelne Körperteile in blauweißem, zerstückeltem Licht, in die Luft erhobene Arme, Beine, die geschüttelt wurden, von Haaren bedeckte Gesichter, flatternde Menschenfragmente. »What is love? Baby, don't hurt me, don't hurt me . . .« Alles war in ständiger Bewegung, im Takt der Musik, die jeden Versuch vereitelte, stillzustehen und sich auszuruhen.

Die Zahl der Tänzer ließ sich unmöglich schätzen, und Brandy versuchte es auch nicht, an einen Baum gelehnt stand er einfach da, während das intensiv blitzende Licht Bilder ins Gedächtnis ritzte, wie Reste eines Rauschs oder eines Alptraums oder einer Nacht in der Dunkelzelle: Eine dünne Mädchenhand, die ihre Nägel in die Rinde eines Baums schlug, ein Fuß in einem Turnschuh, der über eine blankgewetzte Wurzel glitt, Lippenstift auf einer Zahnreihe, verschwitztes, rabenschwarzes Haar, das aus einem Mundwinkel gezogen wurde, einen Hut, der von Kopf zu Kopf wanderte.

Er wußte nicht, wie lange er dort draußen im Wald gestanden und zugesehen hatte, bis alles schwarz wurde und die Musik verstummte und alle Menschen aufschrien, auseinanderliefen und in der Dunkelheit verschwanden.

»Das war Mutter, das war Mutter . . .«

Die Stimme war die des jüngsten Joncker. Drüben, in der Richtung des Viehstalls, sah man ein paar Taschenlampen leuchten, und derbe Männerstimmen waren zu hören: »Was zum Teufel ist denn hier los?«

Der älteste Joncker war nach Hause gekommen, weil die Nachbarn Alarm geschlagen hatten: »Da ist Olsen in voller Uniform auf dem Hof gestanden.«

Auf irgendeine Weise hatten sie den jüngeren Bruder dort draußen im Wald zu fassen bekommen. »Was fällt dir denn ein?« Der Junge hatte sich verteidigen wollen, hatte irgend etwas von »Tollwut« gesagt, aber das half nicht viel.

»Füchse hat er gesehen?«

»Wenn man Füchse sieht, sperrt man die Hühner ein!«

»Leuchte ihn an, damit man etwas sieht!« Und Taschenlampen hatten den jüngsten Bruder angeleuchtet, Lichtkegel hatten sein Gesicht in der Dunkelheit fixiert, und dann waren Schläge ausgeteilt worden. Die Strafe wurde vor Ort vollzogen, unter den Augen der Ordnungsmacht, und damit war die Angelegenheit beigelegt.

Was Brandy jetzt, als er dasaß und den Jungen auf dem Boden des Viehstalls betrachtete, am meisten erstaunte, war, daß sich dies vor ganz kurzer Zeit ereignet hatte. »So viel Güte, in einer Familie . . .«, hatte einer gesagt und aus vollem Halse gelacht, war offenbar aber der einzige geblieben, denn Brandy entsann sich, daß dieses Gelächter erstarrte. Er wurde gefragt: »Was treibst du denn da, Brandy?«

In ungewöhnlich vielen Häusern an der Straße brannte Licht, selbst dort, wo Leute wohnten, die tagsüber hart arbeiteten und nachts Ruhe brauchten. Auf Höfen, wo man sonst mit elektrischem Strom geizte, brannten Lampen. Beinahe überall sah man, wie sich Menschen im Inneren der Häuser bewegten, auf heruntergelassene Rollos fielen Schatten, Türen waren weit geöffnet. Als sei die Gegend erfüllt von einem rastlosen, fremden Leichtsinn.

Fenster, hinter denen Licht brannte, konnten eine Vorstellung dessen wecken, was sie manchmal ihrem Mann erklären wollte, auch wenn sie wußte, daß er nur »Margot . . .« sagte und den Kopf schüttelte und ihr das Gefühl suggerierte, sie sei verwirrt. Wieviel sie auch erfuhr vom Hausinneren hinter diesen erleuchteten Fenstern, niemals konnte sie sich von dem Gefühl befreien, dort lebten Menschen, die etwas erreicht hatten, in dessen Nähe sie niemals gekommen war und dem sie niemals nahe kommen würde. »Frieden«, mochte sie versuchsweise sagen. »Müdigkeit«, hatte ihr Mann gesagt. »Nur Müdigkeit.« Sie hatte es dem Pfarrer erzählt: »Auch dies, eine Gnade . . .«

Dort, hinter den Pelargonien und Vorhanggarnituren lebten Menschen in Übereinkunft, Menschen, die etwas gutgeheißen und es befolgt hatten. Hierdurch hatten sie sich das Recht erworben, einen Tag nach dem anderen zu verbringen. Sie konnten warten, ohne daß sie verzweifelten. Ruhig und gelassen konnten sie abwarten.

Man nannte sie »Hauskrankenpflegerin«, und sobald sie die Schwelle überschritt, verflogen all ihre Vorstellungen von Frieden. Diese ererbte Arglosigkeit wirkte beklemmend. Die Pillendosen auf den Nachttischen machten sie noch aufreizender.

Allerdings waren die Fenster in dieser Nacht auf andere Weise erleuchtet. Sie riefen keinen Neid und nicht den Wunsch nach Frieden in ihr hervor, im Gegenteil, die unstete Energie, die von den Behausungen der Menschen ausging, erinnerte an ihre eigene.

»Fahr heim«, hatte Brandy gesagt. »Fahr heim.« Das mochte er gern glauben. Er hatte schwankend auf dem Hof gestanden, vor dem Stall, hatte aber wenigstens begriffen, daß sie müde und erschöpft war. »Du sollst mich so nicht sehen.« Sie aber war überzeugt davon, daß er Angst hatte, daß er befürchtete, er könne in diesem Zustand etwas tun, das er in die Nüchternheit zurück mitnehmen würde. Etwas, das Bestand hatte und augenfällig war und ein für allemal diese Nächte bestätigte. Mit anderen Folgen als einem geschwollenen Auge.

Sie hatte ihn auf allen vieren kriechen gesehen, schlafend, über einer Kiste hängend oder wie er ganz starr und teilnahmslos mit aufgerissenen Augen dagestanden hatte. Sie hatte ihn in allen Formen der Unerreichbarkeit gesehen, dennoch war ihre Achtung auf wunderbare Weise unversehrt geblieben.

Er verlangte ein klare, unbezweifelbare Eingebung, und solange sie ausblieb, mußte sie sich gedulden. Sie wußte, sie konnte noch ein wenig warten, aber nicht beliebig lange. »Hier findest du die jedenfalls nicht.«

»Woher weißt du das?«

»Leb eine Zeitlang mit mir. So kann man sie finden.«

»Wo denn? Hier können wir nicht leben.«

»Warum nicht? Hier tauschen sie alles.«

»Ja«, sagte er, »alles, nur sich selbst nicht.«

Sie versuchte ihm in die Augen zu sehen, sein Blick aber rutschte vorbei, zu etwas anderem, das er schon früher gesehen hatte, vor langer Zeit, an anderen Frauen.

Er hatte keine Zigaretten. Er bekam ihr Päckchen, war aber so erschöpft, daß er nicht danach greifen konnte. Sie steckte es ihm in die Hemdentasche und sagte Dinge zu ihm, bei denen sie sicher war, daß er sie niemals verstehen würde.

Sie fuhr auf der Straße in Richtung Südwesten, den Höhenzug hinauf, keineswegs die Straße nach Hause. Sie konnte nicht heimkommen und den Mann am Küchentisch vorfinden, mit einer Tasse Tee und einer verständnisvollen Miene, dem linkischen Versuch, eine Bitte zu verbergen, die niemals beantwortet werden würde und die unvermittelt ihren Ausdruck ändern konnte. Er hatte alles versucht und war so resigniert, daß er einen völlig unbekümmerten Eindruck machen und fragen konnte, ob sie eine Tasse Tee wolle, um anschließend zu sagen: »Ich geh jetzt ins Bett, kommst du bald?« Sie aber wußte, daß sich alles binnen eines Augenblicks in forschende Bedrohlichkeit verwandeln konnte: »Sag, was es ist, sonst . . .«

Lange wache Nächte hatte sie in der Küche zugebracht, bei eingeschaltetem Radio und Zigaretten, todmüde, um dann, wenn sie sich schließlich doch auf ihre Bettseite gelegt hatte, seine Hände in ungeschickten, vorsichtigen Annäherungsversuchen auf sich zu haben. Er hatte sie warm, fast berauscht und widerstandslos angetroffen, und alles, was er sich an Lust und Begierde genommen hatte, war die Frucht anderer Begegnungen. Fast hätte sie darüber gelacht: »Ich bin untreu, in meinem eigenen Bett, mit meinem Angetrauten . . .« Im nächsten Augenblick hatte sie darüber geweint, weil der Zuhörer nicht verstanden hatte. Wie sollte sie erklären, daß ein fieberndes Kind eine Befreiung gewesen war, und daß die nicht enden wollenden Herbsterkältungen die Hoffnung auf eine Art Schonzeit nährten.

Jederzeit aber konnte einer von ihnen ausbrechen, konnte einer von ihnen etwas Dummes, Nichtwiedergutzumachendes tun. »Wenn er nur eine andere finden würde.« Sie hatte es zu Brandy gesagt: »Er verdient es, er ist zu gut für mich. Er sieht heute sogar besser aus denn je.«

Niemand glaubte ihr, nicht einmal Brandy. Ihre eigene

Überzeugung konnte sie verlassen. Hingegen war sie sicher, daß die Geduld ihres Mannes ererbt und in dieser Gegend weiter gestärkt worden war, und daß die Gefahr bestand, daß sie sich als dauerhaft und fast unverwüstlich erwies. Verträglichkeit war eine beneidenswerte Eigenschaft, die plötzlich und unmerklich ihren Charakter ändern und sich statt dessen als furchtbar darstellen konnte.

Margot wurde an mehreren verschiedenen Orten erwartet. Auf irgendeine Weise war es ihr gelungen, die Dinge zu verbinden. Mitten in all dem hatte sie eine Zuverlässigkeit an den Tag gelegt, die von allen vielleicht sie selbst am meisten erstaunte. Keiner konnte sie ihr nehmen.

Die Autoscheinwerfer beleuchteten das Schild »Ellas Strohblumen«. Sie war oben auf dem Plateau angekommen, wo die Höfe sich hinter Forst und älterer Vegetation versteckten, die zwischen offenen Äckern und Koppeln erhalten geblieben war. Es war kurz vor zwei Uhr nachts, als sie in einen Kiesweg einbog, auf dessen einer Seite Feld und auf der anderen Seite dichter Tannenwald lag. Sie fuhr vorsichtig, um so wenig Aufmerksamkeit wie möglich hervorzurufen. Das Feld war abgeerntet, die gespreizten Stengel standen noch. »Mais zum Selberernten« konnte man auf einem Schild lesen, und kurz darauf bog sie ab in einen noch kleineren Weg, einen Waldweg fast, mit hohem Gras in der Mitte, das am Wagenchassis raschelte. Sie fuhr langsam, nur mit Standlicht, und als sie den schwachen Lichtschein vom Hof am Ende des Weges sah, schaltete sie die Scheinwerfer ganz aus, um kurz darauf, als sie angehalten hatte, zweimal zu blinken.

Es war ein unscheinbarer Hof mit einem kleinen Winkel für ein paar Tiere. Halb ausgewachsener Tannenwald reichte fast bis ans Hoftor, ein undurchdringliches Dunkel, wo es früher offene Felder und Äcker gegeben hatte. Meterhohes Gras säumte den Weg bis zur Wasserpumpe, und die Fassade mußte frisch verputzt werden. Vom Dach hing eine defekte

Fernsehantenne herunter, die der Orkan im vergangenen Winter umgerissen hatte. Dafür, daß der Hof noch bewohnt war, sprachen nur der ausgetretene Weg zur Wasserpumpe und jetzt, mitten in der Nacht, Lichtstrahlen, die zwischen einem Fenster und einem dunklen Rollo hindurchschimmerten.

Als Margot aus dem Auto gestiegen war und den Kofferraum geöffnet hatte, stand die Tür einen Spaltbreit auf. Sie nahm einen großen Pappkarton heraus, schloß den Kofferraum und ging zur Eingangstür. Sie betrat eine dunkle Diele und setzte den Karton ab.

»Du kommst spät«, hörte sie. Keppen saß völlig angezogen am Küchentisch, ein halbgelöstes Kreuzworträtsel aus einer alten Zeitung vor sich auf der verschmierten Wachstuchdecke. »Die Viecher da draußen haben fertiggegessen.« Er machte eine Kopfbewegung in Richtung Stall. Dann warf er ihr einen Blick zu, der sie vom Scheitel bis zur Fußspitze musterte. Einige Male.

Er war nicht zufrieden, schüttelte den Kopf und seufzte, tat eine Zeitlang so, als konzentriere er sich auf sein Kreuzworträtsel, und betrachtete sie dann ein weiteres Mal prüfend.

»Du kannst ja doch nicht schlafen«, sagte sie.

»Nein«, sagte er, »und Worte fallen mir auch keine ein. Und du kannst dich nicht anziehen.«

Sie sah sich in der Küche um, Eßtisch, Ofen und eine Bettbank, auf der der Alte sich ab und zu ausruhte. »Gestern ist es hier sauber gewesen.« Seltsamerweise roch der Alte niemals schlecht. Er roch nach Kaffee, aber selten nach Schlimmerem. Seit sie dorthin kam, hatte er sich saubergehalten.

»Du siehst wie eine Kuh aus«, sagte er. »Warum muß man dir erst zusetzen, damit du dir etwas Hübsches anziehst?« Er sah sie wieder an und sah keineswegs, was er sehen wollte. »Dein Mann . . .«

»Red keinen Unsinn!«

»... er muß nichts erfahren. Dein Mann ...«

»Sei still!« Sie setzte sich an den Küchentisch. Der Alte stand am Holzofen, wo ein Stoß Zeitungen und Reklamezettel zum Feueranmachen lagen.

»Schau hier«, sagte er. »Schau ...« Er nahm einen Werbekatalog für Damenkleider. Er war ihn gründlich durchgegangen, die Seiten waren abgegriffen, und stellenweise hatte er Kreuze in die Kästchen gemacht, die man ausfüllen mußte, wenn man Kleider bestellen wollte. »Das ist so einfach«, sagte er. »In einer Woche kommen sie per Post. Das macht jedes Frauenzimmer, das ich kenne. Du darfst nicht in Hosen herumlaufen. Jedenfalls nicht am Sonntag.«

»Nein«, sagte sie. »Das verspreche ich.«

Er sah sie lange an, ebenso kritisch wie vorher. »Diese Haare ...«, begann er wieder, »ich begreife nicht, warum. Habt ihr zu Hause keine Spiegel?« Er starrte sie an, suchte ihren Blick. »Du willst nicht? Stimmt's?«

Sie nickte und fühlte sich weinerlich und völlig erschöpft. »Armes Kind«, hörte sie Keppen brummen. »Ein so hübsches Seelchen ...«

»Ich bin nur so entsetzlich müde.«

»Du kriegst Kaffee.« Keppen stand auf und stellte den Wasserkessel auf den Ofen. »Kümmer dich nicht um die Unordnung. Das ist nur gut, falls jemand kommt. Dann sehen sie, daß ich dich brauche.«

»Jemanden«, sagte sie. »Du brauchst jemanden. Nicht mich.«

»Dich«, sagte Keppen. »Niemand anderen. Das wissen sie.«

»Hast du mit jemandem gesprochen?«

»Klar doch, das habe ich denen gesagt.«

»Idiot.«

»Daran bin ich gewöhnt ...«

»Dein Bruder? Hast du mit deinem Bruder gesprochen?«

»Aber am Sonntag wird es ein anderer tun.«

»Hast du mit deinem Bruder gesprochen?«

Der Alte erstarrte. »Wie viele sind es gewesen?« Während er einige Meßbecher Kaffee in den Kessel getan hatte, hatte er den Faden verloren. »Egal . . . Nein«, sagte er, »das ist lange her.«

»Du lügst.«

»Du auch.«

Keppen stellte zwei schlecht gespülte Tassen, Würfelzucker und die Sahne hin, die er in den Kaffee tun wollte. Den Kessel stellte er auf das Kreuzworträtsel. Er kniff den Mund zusammen, daß die Lippen weiß wurden.

Er war gut rasiert und adrett. Niemand konnte behaupten, daß sie keine gute Arbeit leistete. Im Jahr davor war sie hingekommen, auf das Schlimmste gefaßt und versuchsweise. Niemand hatte erwartet, daß sie Erfolg haben würde. Mit Schaudern war sie auf den verfallenen Hof zugegangen, hatte an die Tür geklopft und lange gewartet, bis sie hörte, daß eine Stimme aus dem Hausinneren irgend etwas rief. Die Tür war nicht abgeschlossen gewesen, sie war eingetreten, und der Gestank, der ihr schon in der Diele entgegenschlug, hatte ihr die Tränen in die Augen getrieben.

Sie hatte Keppen auf der Bettbank in der Küche vorgefunden, wo er seine Tage zwischen zwei braunen, fettigen Decken verbrachte. Alter Schnupftabak und frischer Schnupftabak vermischten sich in einem Zinkblecheimer am Kopfende des Sofas. In einem anderen Eimer befanden sich Wasser und eine Schöpfkelle. Der Bruder des Alten trug jeden zweiten Tag einen Eimer herein. Auf dem Herd stand ein Topf mit einer Heringssuppe, die einen Monat zuvor gekocht worden war, und wenn jemand mit einem frischen Hering vorbeikam, wurde er hineingeworfen, wie er war, und er zersetzte sich zu einer Schmiere, die der Alte zwischen seinen Zähnen einziehen konnte. Sie hielt ihn am Leben.

Es gab Haushalte mit einsamen Greisen, bei denen man

die Häuser räumen und mit Druckluftspritzen reinigen mußte, falls sie es wert waren, daß man sie erhielt. In manchen Fällen blieben sie stehen und verfaulten von innen, bis sich einer erbarmte und sie mit der Schubraupe dem Erdboden gleichmachte.

Margot hätte durchaus das Recht gehabt, bereits an der Tür kehrtzumachen, aus irgendeinem Grund aber hatte sie es nicht getan. Keppen war mehrere Tage nicht aufgestanden. Es roch danach, und er war zu matt, um Widerstand zu leisten, als sie seine Küche betrat, aufräumte und verschimmelte Dinge hinaustrug, die nicht mehr zu identifizieren waren.

Die Augen des Alten hatten jede ihrer Bewegungen verfolgt, obwohl er nichts gesagt hatte.

Spät am Nachmittag war das Schlimmste erledigt, das Haus war nicht sauber, aber was verfaulte und verschimmelte und stank, war entfernt. Blieb Keppen selbst. Margot hatte ihn noch nicht angerührt. Er hatte völlig unbeweglich unter der speckigen braunen Decke gelegen und ihr zugesehen. Ihre Blicke waren sich begegnet, der Mann aber hatte keine Miene verzogen, durch nichts verraten, was er über dieses Eindringen dachte. Sie wußte, daß er sie als Sendbotin aus Feindesland betrachtete, sie aber befolgte, soweit es ging, ihre Anweisungen.

Zu denen gehörte, daß der Mann gewaschen werden mußte. Sie konnte diese Angelegenheit nicht länger aufschieben, trat an das Sofa und sagte ganz kurz: »Ich muß dich waschen«, dann hob sie die Decke, die auf ihm lag.

Es roch, als betrete man ein ungepflegtes Plumpsklo, schlimmer noch aber war der Anblick der Füße dieses Mannes. Er mußte lange barfuß gelaufen sein, mehrere Jahre lang, ohne sich einmal die Füße zu waschen, ohne auch nur Lehm oder Strohhalme und kleine Zweige und alles, was sich zwischen den Zehen festsetzt, abzukratzen. Im übrigen ließen sich überhaupt keine Zehen erkennen. Die Füße waren im wesentlichen zwei dunkle Klumpen als Abschluß zweier Beinstümpfe.

Sie wärmte Wasser in einer Schüssel und stellte sie am Fußende des Sofas auf den Boden. Ohne Rücksicht darauf, was der Alte davon hielt, setzte sie ihn mit Hilfe zweier Kissen aufrecht hin und steckte seine Füße ins Wasser. Dort blieb er mit eingeweichten Füßen sitzen, Margot wechselte hin und wieder das Wasser, und als die Ausfällungen nicht mehr so stark waren, seifte sie die Füße vorsichtig ein und reinigte sie. Die Augen des Alten waren geschlossen, und eine Zeitlang glaubte sie, er schlafe. Er röchelte leicht.

Sie kratzte abgestorbene Haut ab und schnitt seine Zehennägel und feilte an den Fersen, und unter all dem eingewachsenen Schmutz traten die Füße des Alten zutage wie etwas, das man bei einer archäologischen Ausgrabung mit dem Pinsel freilegt. Aber sie sah, wie an den Fesseln das Blut in den Adern pulsierte, die Haut nahm einen leichten Glanz an, und als sie die Füße abgetrocknet hatte und sie mit einer Creme einrieb, öffnete der Mann die Augen und sah ihr genau ins Gesicht: »Was hast du denn verbrochen, daß du das tun mußt?«

Diese Frage war so überraschend gekommen. Die Stimme hatte einen so klaren, reinen Klang, daß sie zu dem Alten überhaupt nicht paßte. Sie hatte sozusagen unverbraucht geklungen, wie etwas, das er eigentlich niemals benutzt hatte.

Sie hatte es Brandy erzählt. »Du hättest dortsein müssen, am ersten Tag, als ich hingekommen bin. Man hätte so ein Vorher-Nachher-Foto machen können.«

»Hältst du mich für verrückt?«

Schon einige Tage später hatte der Alte sich an sie gewöhnt. Er saß am Küchentisch und wartete darauf, daß sie kam, gewaschen, angezogen, auf dem Herd den Kaffee. Mit seiner klaren, unverbrauchten Stimme konnte er sie immer wieder überraschen: »Glaubst du, ich bin verrückt?«

»Nein«, antwortete sie, »warum sollte ich das tun?« – »Die Leute reden.« – »Ich hab nicht so viel gehört. Ich bin nicht von hier.« – »Das weiß ich sehr wohl.«

Sie hatte wie immer eine Tüte mit Lebensmitteln gebracht, die über die verlängerten Feiertage reichen sollten. Auf halbem Wege in die Speisekammer hatte der Alte sie aufgehalten: »Laß das sein. Ich will dir was zeigen.«

Keppen hatte sie am Arm gepackt und durch die Diele und die Kammer geführt, die an den Stall grenzte. Sie waren in den Stall gegangen, der früher einmal voller Tiere gewesen war, jetzt aber leer und verlassen dastand und sauberer war als irgendein anderer Fleck auf dem ganzen Hof. »Hier muß Leben herrschen . . .«, hatte der Alte gesagt. »Hier soll gekaut und wiedergekäut und gelebt und . . . geboren werden.«

Margot wußte nicht viel darüber, aber sie verstand, was der Alte meinte. Er hatte ihren Arm umklammert und sie in eine Ecke hinter die Boxen geführt, an denen noch die Schilder mit den Namen der Kühe hingen. Es hatte an diesem Tag stark geregnet, ein heftiger Herbstregen, der auf dem Blechdach ein giftiges Prasseln erzeugte. »Aber hier ist es trokken«, hatte der Alte gesagt. »Ich hatte nie Ungeziefer . . .«

Dann hatte er sie in jene Ecke des Stalls geführt, und erst dort hatte sich sein Griff um ihren Arm gelockert. Er hatte auf den Boden gezeigt: »Dort genau hat er gelegen«, sagte er. »Wer?« Er hatte sie angesehen, neugierig zuerst und ungläubig, und als sie wiederholt hatte: »Wer denn?« hatte er sie fast herablassend betrachtet. »Der Rattenkönig«, hatte er gesagt. »Mein Rattenkönig.«

»Es geht nicht mehr.« Der Alte saß still da, ohne in seinem Kaffee zu rühren. Er schwieg und grübelte, mit verkniffenem Mund, so daß die Lippen bleich wurden. »Sie haben mich angezeigt«, sagte sie. »Verstehst du?«

»Ja, ja«, sagte er.

»Dein Bruder ist hier gewesen, oder?«

»Kannst du ...«, fing der Alte an, »kannst du Kaffee nachgießen?«

Margot goß Kaffee nach. »Was hast du ihm erzählt?«

»Sie haben angefangen zu rechnen«, sagte Keppen. »Mein Geld nachzuzählen. Ich habe nie etwas verbrochen. Niemals.«

»Was hast du ihnen erzählt?«

»Ich entsinne mich nicht.«

»Was hast du ihnen erzählt?«

»Daß ich dich haben will.«

Margot trank hastig mehrere Tassen Kaffee hintereinander. Sie ließ zu, daß der alte Mann sich quälte und den Vergeßlichen, Unwissenden spielte.

»Und was noch?« sagte sie dann. »Du mußt noch etwas erzählt haben.«

»Wahrscheinlich haben sie auf der Bank etwas festgestellt ... Daß ich Geld abgehoben habe, denn das habe ich noch nie gemacht. Fünfzehn Jahre lang habe ich meine Rente nicht angerührt. Alles gespart für, für ...« Er verstummte, als könne er sich nicht entsinnen, warum er alles gespart hatte. »Etwas Hübsches hättest du dir aber doch kaufen können ...«

»Sie können mich vor Gericht stellen«, sagte sie. »Das weißt du.«

»Sie haben mir mit allerhand gedroht, und ich habe gedacht, wenn es nur erst Sonntag ist, dann können sie hinterher mit mir anstellen, was sie wollen. Mit meinem Geld mach ich, was ich will.«

»Ich darf es nicht annehmen.«

»Ich habe dich gezwungen. Wenn sie irgend jemanden ins Gefängnis bringen wollen, dann mich. Wenn es nur irgendwann Sonntag wird.«

»Es wird Sonntag«, sagte sie. »Wir gehen zum Gottesdienst, du und ich.« Niemals hätte sie glauben können, daß eine solche Feststellung so viel Hoffnung erzeugen könne.

»Und der Pfarrer hält sein Wort?«

»Ich spreche jeden Tag mit dem Pfarrer. Er hat es versprochen.«

»Dann soll passieren, was will.«

»Ich muß aufhören«, sagte sie. »Sie machen eine Untersuchung. Ich werde beurlaubt und muß eine Menge Fragen beantworten. Hierher kommt jemand anders.«

»Das geht doch nicht.«

»Nein«, sagte sie, »das geht nicht.«

»Weiß der Pfarrer das?«

»Seit gestern.«

»Was habe ich mir bloß dabei gedacht.«

»Das kommt schon irgendwie in Ordnung.«

»Und das Geld?« Der Alte sah beklagenswert aus, wie ein Junge, den man bei etwas Schandbarem ertappt hat. »Kommt man für so etwas ins Gefängnis?«

»Ich habe es nicht angerührt«, sagte sie. »Das ganze Geld ist beim Pfarrer.«

»Na dann.«

»Trotzdem ist das ein schweres Dienstvergehen. Ich werde beurlaubt, begreifst du?« Der Alte nickte. »Mit unmittelbarer Wirkung. Sie werden mir verbieten, daß ich hierher komme. Verstehst du, was das heißt?«

»Wir müssen irgendwo hinfahren«, sagte Keppen. »Hier steht etwas über Busreisen ins Ausland in der Zeitung . . .«

»Der Rattenkönig muß weg. Jetzt am Wochenende.«

»Nicht vor dem Gottesdienst.«

»So schnell wie möglich.«

»Wohin denn?« Der Alte schien plötzlich eingesehen zu haben, daß es sich, falls in diesem Augenblick eine Liebe wichtig war, auf keinen Fall um die seine handeln konnte.

»Das ist ja mein Problem.«

Vielleicht gab ihm das Alter ein Recht, unbekümmert, ganz wie es ihm einfiel, von klarer Sachlichkeit in verwirrte Hilflosigkeit zu wechseln. »Manchmal höre ich, wie sie dort draußen essen. Sie kauen und schlucken. Mindestens zwei sind immer wach.«

»Sie sind ruhig«, sagte sie. »Das ist die Hauptsache.«

»Sie müssen mehr Futter bekommen.«

»Ich habe eine Kiste dabei.«

»So muß es sein.«

»Nein«, sagte sie, »so muß es überhaupt nicht sein.«

Sie konnte ihn nicht länger ansehen. Am Sonntag würden sie zur Kirche gehen und würden Dinge zu hören bekommen, auf die er viele Jahre lang gewartet hatte, eine Art Rehabilitation, eine späte Konfirmation. Niemand hatte angenommen, daß dies Aufgabe des Pfarrers sei, und als Margot sagte: »Am Sonntag ist es soweit«, hieß das auch, daß es zu mehr nicht kommen werde. Sie hatten Liebesbeweise in all ihren Formen gesehen, aber niemand wußte mit Sicherheit, wem oder was es genutzt hatte.

Zur Hundewache konnten sich Dinge ereignen, die sich später schwer erklären ließen. Wohl mochten auch andere Zeiten unerträglich sein, doch diese Stunde vor dem Einsetzen der Morgendämmerung konnte eine so starke Sehnsucht auslösen, daß alles andere unwichtig war. Jeder Schlag des Herzens war der erste und der letzte, und darüber hinaus gab es keine verbindliche Wahrheit, kein Vorher, kein Nachher, nur ein einziges Jetzt. Freunde und Angehörige waren selbst in Gedanken unerreichbar, und kein einziger Bekannter, ob tot oder lebendig, ließ sich aus einer hohläugigen, gleichgültigen Allgemeinheit heraufbeschwören. Sogar das Wesen der Geliebten war unpersönlich, die Gesichtszüge diffus, womöglich geradezu austauschbar, zu verwechseln mit jemandem, der eher zur Hand war.

Schon öfter war Brandy mit den Brüdern Joncker so weit gekommen. Sie hatten in die Morgendämmerung hinein gewacht, in das erste Licht des Tages, das die Dämonen nur deutlicher sichtbar machte. »Geht endlich ins Bett!« bekamen sie von der Mutter der Brüder zu hören, die manchmal im Schlafrock, mit einer Laterne, dastand und mit einer Stimme, die sich kläglich anhörte. »Keht ändlich ins Bedd!« Nicht mehr wütend und zornig, sondern vielmehr erfüllt von Furcht und Zittern. Sie kannte das und wußte genau, daß in irgendeiner Nacht etwas geschehen konnte, das die Zukunft aller zerstörte. »Keht ändlich ins Bedd!« Wahrscheinlich hatte sie die Hoffnung, es ließe sich vermeiden oder wenigstens auf die lange Bank schieben. Aber keiner befolgte die Aufforderung. Die Männer im Viehstall harrten aus, sahen das Morgengrauen mit seinen unerschütterlichen Balken aus Licht in den Stall eindringen, als sei der Kern der Sehnsucht unerbittlich. Ein weiteres Mal würden sie geprüft werden, die Prüfung bestehen und wären vielleicht gezwungen, sich die Vorstellung des Ersehnten zu erhalten.

Der jüngste Bruder kam auf die Füße, und ein anderer stand noch auf der Tanzfläche, während der dritte mit leeren Händen zurückkam: »Er ist alle. Alles ist leer . . .« Es gelang ihm, daß sich das anhörte wie eine Beschwörung: »Leer.«

»Zu Ende?« sagte der Tänzer immer wieder. »Zu Ende?« Er hielt inne.

»Draußen ist alles leer.«

»Dann ist es gestohlen worden.«

»In der Werkstatt ist noch was. Wir haben nicht alles geholt.« Jetzt sprach der Jüngste. Seine frische Schwellung war gereift und hatte das vor kurzem noch gesunde Auge halb geschlossen. Er sah aus wie ein Pelztier.

»Dann hol was«, sagte einer der Brüder.

»Ich sehe nichts.«

»Brandy, willst du einen Kurzen?«

»Wieder im Minus . . .« Brandy hatte alles gehört und sah den Mann vor sich, den Joncker mit dem goldenen Kruzifix an einer Kette um den Hals. Man hatte ihn angesprochen, er hatte die Frage verstanden und versuchte sie zu beantworten: »Wieder im Minus . . .« Daran hatte er gedacht, bevor man ihm diese Frage stellte. Er hörte selbst, daß er die Worte aussprach, und nahm an, daß er bald hören würde, wie er etwas äußerte, das einer Antwort näherkam.

»Was hat er gesagt?«

»Er ist im Minus.«

»Hat er nicht bezahlt?«

»Darum geht es nicht.«

Er war im Minus, und er war sich bewußt, daß er einen ganzen Tag vor sich haben mochte, den er der Begleichung eines Defizits widmete. Einen dieser viel zu häufigen Tage, die mit einer fatalen Schuld begannen und günstigenfalls mit einer Art Ausgleich enden würden, falls er das richtige Blatt hatte.

Frauen, mit denen er sein Dasein geteilt hatte, hatten ihn in diesem Zustand gesehen. »Das ist ein Unglück«, hatten sie vielleicht gesagt. »Dir ist ein Unglück zugestoßen.« Was sie sagten, damit sie selbst diese hemmungslosen Auftritte überstanden, diese nutzlosen Nächte, die stets auf dieselbe Weise endeten: Auf den Knien, mit dem Flehen um Vergebung.

»Brandy, willst du einen Kurzen?«

Er brauchte nichts mehr, und irgendwo unter allen Absichten und Richtungen gab es ein fertiges, klares »Nein«, das unterwegs aber verschwunden war. »Wieder im Minus ...«, kam es ein weiteres Mal aus seinem Inneren, und es wurde von den Brüdern als klare, deutliche Beantwortung ihrer Frage verstanden.

»Ein Unglück, für junge Männer.« Er war für so etwas zu alt. Er konnte sich auf diese Art von Unschuld nicht berufen, sie war ihm schon längst verlorengegangen. Bei dieser Scham handelte es sich um nichts Unvorhergesehenes, möglicherweise um einen Zufall, aber nicht um etwas Unerwartetes. Viel später, bei vollem Tageslicht, während des Nachspiels, wenn Rechnung auf Rechnung präsentiert wurde, konnte er ein Kalkül erahnen, wie eine Reihe von Telefonnummern von Menschen, die ihm irgendwann einmal etwas bedeutet hatten, eine Berechnung, die in den menschlichen Konkurs führen würde. Was an Vernunft und Vorsätzen einmal aufgebaut worden war, konnte binnen einiger Stunden mit Handlungen verrechnet werden, die nur als Bestandteile einer schleichenden Liquidation begreifbar wurden. Dies war die einzige Methode, ihn in den Zusammenhang einzubeziehen. Seine einzige Chance bestand darin, so bloßgestellt zu werden, daß er nichts mehr zu befürchten hatte. Immerhin wußte er, wohin er sich in diesem Fall zu wenden hatte. Vielleicht ging es nur darum, daß er allen Widerstand aufgeben und jämmerlich werden, so wertlos werden mußte, so klein, daß sich seine einzige Hoffnung auf ein grenzenloses Wohlwollen gründete.

»Dann gehen wir in die Werkstatt. Du mußt dir die Lorna ansehen. Sie ist fertig.«

»Steh auf!«

Brandy wurde gewahr, daß einer der Brüder jetzt ganz dicht neben ihm stand und ihn anbrüllte.

»Der kann steif werden«, sagte ein anderer. »Er muß sich bewegen.«

Brandy kam auf die Beine, und als er dann glücklich stand, konnte er sich von den Armen befreien, die ihn in die Höhe gezogen hatten. Er machte einige Schritte auf die Tanzfläche zu und fühlte, wie die Beine trugen, und stand ein wenig im Licht, mitten in einem breiten Sonnenstrahl, der ihn mit den Augen zwinkern ließ. Die Tanzfläche bewegte sich, drehte sich einige Male, aber das Tempo ließ nach, und nach zwei tiefen Atemzügen beruhigte er sich. Er wußte, wo er sich befand und daß der Tag ernstlich erst in zwei Stunden beginnen werde.

Sie standen draußen auf dem Hof, und die Sonne war ein gutes Stück gestiegen, jedoch nur so hoch, daß der Stall einen großen Schatten auf die übrigen, niedrigeren Gebäude warf. Sie blieben eine Zeitlang im Schatten, bis die Augen sich an das Licht gewöhnt hatten.

»Ich brauche eine Wurst«, sagte einer der Brüder. Er ging auf das Wohnhaus zu.

»Weck bloß nicht Mutter auf!« rief man ihm hinterher. »Männer, wir gehen.«

»Wartet auf mich.«

»Weck bloß Mutter nicht.«

»Ich muß eine Wurst haben.«

Mitten auf dem Hof stand ein Fahnenmast mit einem Wimpel in den gelb-roten Provinzfarben. Man mußte durch ein Tor gehen, um hinaus auf die Felder zu kommen, die ungefähr einen Kilometer in Richtung zum Meer und dem Dorf, in dem Brandy wohnte, abfielen. Im Norden stand auf dem Steilhang über dem Wasser eine Nadelwaldpflanzung.

Der Wald bildete hier aber nur einen schmalen Streifen, der im Westen, wo sich die Landstraße über die Höhenrücken wand, von Weiden und bestelltem Ackerland abgelöst wurde.

Sie mußten ein Stück gegangen sein, denn Brandy kam erst völlig zu Bewußtsein, als ihn ein Reflex genau in die Augen traf, das Glänzen von blankem Stahl im Sonnenlicht. Irgend jemand hielt ihm ein Messer vors Gesicht, und mitten in all dem Glänzenden und Scharfen konnte er den Duft von geräucherter Wurst wahrnehmen. Er trat zur Seite, um Platz zu machen, und sah einen Joncker mit dem Messer, einem Stilett, in der Hand vor sich stehen. Ganz vorn an der Spitze steckte eine Scheibe Wurst.

»Mach den Mund auf«, hörte er. »Die ist von Mutter.«

Brandy öffnete den Mund, und Joncker steckte ihm das Messer hinein, er fühlte, wie die Wurstscheibe an seinen Gaumen stieß und dort stecken blieb. »Beiß doch ab!« Brandy schlug die Zähne in das Wurststück und ließ den Joncker das Messer herausziehen. »Auch noch Schwertschlucker . . . verdammter Schwertschlucker.«

»Ich muß mit Mathilde sprechen.«

Brandy kaute die geräucherte Wurst. Grob gemahlene Pfefferkörner knisterten zwischen seinen Zähnen. Ein eigenartiges Aroma machte sich bemerkbar. Es war ebenso belebend wie ein leichter Ammoniakduft. Sofort lag die Landschaft ein wenig deutlicher vor ihm.

»Der Teufel mag wissen, was sie da reintut.«

»Kräuter«, sagte der Bruder, der an der Spitze ging. »Nur Kräuter.«

»Ich kenne welche, die würden für das Rezept jemanden umbringen.«

»Wer denn?«

»Jedenfalls ist es geheim. Diese Wurst hat schon Leben gerettet. Sie könnte sie an den König verkaufen, aber sie will nicht. Fünfzig Meter macht sie im Jahr.«

»Es sind fünfundsiebzig«, sagte der mit dem Messer.

»Es sind nie mehr als fünfzig.«

»Fünfundsiebzig! Ich hol doch die Därme.«

»Nicht wenn sie geräuchert ist. Dann sind es fünfzig.«

»Fünfundsiebzig!«

»Fünfzig. Und kein Meter mehr!«

Der an der Spitze Gehende war stehengeblieben, und der zweite Bruder hatte ihn eingeholt, und jetzt standen sie da, Gesicht an Gesicht, hochrot, und die Wut lief ihnen durchs Blut. Der jüngste Bruder stand daneben und hatte den Kopf schräggelegt, um mit dem Auge, das noch nicht ganz geschlossen war, etwas erkennen zu können. Er unternahm keine Vermittlungsversuche. Jeder wußte, daß ein Eingreifen sinnlos gewesen wäre.

»Dann gehen wir nach Hause und fragen! Es sind fünfundsiebzig!«

»Du weckst Mutter nicht auf!« sagte der zweite. »Fünfzig!«

Sie standen auf dem Pfad zwischen dem Waldrand und einem Zaun aus Stacheldraht. Auf der anderen Seite weideten Schafe. Am Hang vor dem Bach lag der Nachbarhof, der zwischen dem Joncker-Hof und ihrer Werkstatt lag. Der Nachbar bestellte ziemlich viel Land und hatte noch viel zu ernten, große wogende Roggenfelder. Der Boden war locker, und die Dürre hatte dem Getreide heftig zugesetzt.

»Du kannst Mathilde fragen.«

»Da kannst du Gift drauf nehmen, daß ich das tue!«

Der jüngste Bruder schüttelte den Kopf und versetzte Brandy einen Schlag auf die Schulter. »Ich hab das nicht ... nicht so gemeint ...«

»Das weiß ich«, sagte Brandy.

»Der hätte mir noch einen verpaßt, wenn du ihn nicht aufgehalten hättest.«

»Du hast doch auch nur zwei Augen.«

Unten an der Schlucht, durch die der Bach floß, endete der Wald. An der Böschung standen Schafe auf einer dürftigen Weide, und einer der Brüder betrat die Koppel und rief: »Mathilde, komm her. Mathilde, komm.«

Eines der Tiere in der Herde, die auf dem Hang lag, blökte.

»Jetzt wacht Johnson auf«, sagte der jüngste Bruder.

»Mathilde, komm!«

»Soll er doch.«

»Und Picken.«

»Der hat noch die halbe Ernte draußen!«

Aus der Schafherde löste sich ein einzelnes Mutterschaf und ging auf den Zaun zu, vor dem die Brüder standen.

»Ja, Mathilde, komm.«

»Weiß der Himmel, wie er das macht. Johnson ist jedenfalls eifersüchtig.«

Das Schaf kam zu dem Joncker, der nach ihm gerufen hatte. Er kraulte es ein wenig, legte seinen Kopf an den Kopf des Schafes und begann mit ihm zu sprechen. Das Schaf versetzte ihm einen Knuff mit der Seite des Kopfes und fraß vom taufeuchten Gras, das er ihm hinhielt.

»Fünfzig, hat sie gesagt«, sagte der älteste Joncker, der mit dem Schaf sprach. »Ich habe recht gehabt.«

»Die ist bestochen«, sagte der Bruder mit dem Messer. Er ging zum Rand der Schlucht. »Johnson hat noch die halbe Ernte draußen!« rief er, übertrieben laut und deutlich. Er wußte ganz genau, daß man das auf dem Nachbarhof hören konnte.

Brandy hielt sich an einem Pfosten fest und sah über die Landschaft. Er war viele Male diesen Pfad gegangen und wußte, daß man -zig Kilometer landeinwärts sehen konnte. Jetzt lag über den meisten Senken Dunst und verdeckte die Sicht. Aber er konnte Johnsons Hof und die steilen Felder erkennen, die noch nicht abgeerntet waren, und er sah, wie die Schlucht steil zum Bach hin abfiel, und von dort unten hörte er einen der Brüder etwas rufen, das er nicht verstehen konnte.

»Das hier«, sagte der Joncker mit dem Schaf, »ist das einzige kluge Geschöpf auf dieser Seite der Landstraße.« Auch der jüngste Bruder mußte weitergegangen sein, denn jetzt standen nur noch sie beide am Zaun. »Du kannst sie nach allem fragen!« Das Tier hörte mit dem Kauen auf und stand da und glotzte Brandy tatsächlich an, als wolle es etwas sagen. »Ist es noch weit?« sagte er. Joncker richtete sich auf, das Schaf blieb stehen, unbeweglich wie eben, und sah nur Brandy an. Es dauerte einen Augenblick, bis es wieder kaute. »Hast du gesehen!« sagte Joncker. »Sie hat genickt.« – »Ich habe nichts gesehen«, sagte Brandy. – »Sie hat genickt«, sagte der andere. »Na also.«

So wie er sich später, aus gutem Grund, an diesen frühen Morgen erinnern sollte, hatte er recht lange vor der Koppel gestanden, auf der die Schafe weideten. Er war allein weitergegangen, in die Richtung, in der die Werkstatt der Jonckers lag. Wieviel Zeit vergangen war, vermochte niemand zu sagen.

Unter den obwaltenden Umständen mußte er einfach in Bewegung bleiben, schwanken, falls es nötig war, aber immer in Bewegung bleiben. Diese Klarheit war schonungslos, und sie gewährte ihm keine Ruhe. Er hätte nach Hause gehen, die Brüder allein weiterziehen lassen sollen, aber er wußte, er würde keine Ruhe bekommen. Alles war wund und aufgerieben. Aus den Beschädigungen würde manches herausrinnen und nach Erklärungen und Korrekturen verlangen.

Jedesmal, wenn er unterwegs war und sich so bewegte, versuchte er sich einzureden: »Es kann nicht mehr weit sein . . .« Das einzige, wonach ihm der Sinn stand, war, daß er Margot irgendwo begegnete, egal wo, nur damit sie in seiner Nähe war, und er erkennen konnte, ob sie mit ihm zu tun haben wollte. So oft war er in die Morgendämmerung hineingegangen und war in den Dorfgäßchen herumgewankt und hatte überall Ausschau nach einem Zeichen gehalten, das er haben mußte, um sich sicher zu fühlen. Manchmal hatte er es im Blick einer Katze oder im Holzstapel einer Nachbarin gefunden, bei dem die Abstände zwischen den Scheiten ein »Ja!« oder ein »Geh!« gebildet hatten. Er war gegangen, hatte den langen Weg auf der Landstraße, hinauf zu den Obstgärten angetreten, wo sie wohnte. Erfüllt und überzeugt hatte er mitunter den halben Weg zurückgelegt, ab und zu auch noch mehr, bis ihn ein hinkefüßiger, auf Ehescheidungen spezialisierter Jurist, der viele Fragen zu stellen hatte, eingeholt hatte. Nie konnte Brandy auch nur eine einzige von ihnen beantworten.

Die Schlucht wurde auf beiden Seiten von altem Buchenwald mit sehr kräftigen Stämmen gesäumt. Das Laub vom vergangenen Jahr raschelte. Das Land stand unter Naturschutz, und umgestürzte Bäume durften liegenbleiben, wohin sie gefallen waren, bis sie verfaulten. Im vergangenen Winter hatte der Orkan eine große Anzahl von ihnen gefällt und hatte Äste abgerissen. Die ganze Schlucht roch nach Fäulnis, ein säuerlicher Geruch, den man lange mit sich trug, wenn man dort gewesen war.

Nördlich vom Bach öffneten sich um eine große Grabsetzung Wiesen mit niedrigerer Vegetation. Unmittelbar an der Grenze des Militärschießplatzes lag die Werkstatt der Gebrüder Joncker, in einem Winkel, von dem keiner wußte, wie sie an ihn gekommen waren. Gerüchte, die der Nachbar verbreitete, hatten diese Erwerbung begleitet. »Das hat Mutter gemacht . . .«, sagten die Brüder und zuckten mit den Achseln.

Die Sonne stand ein ziemliches Stück höher am Himmel, als Brandy ankam. Seine Hosenbeine waren von dem Weg durch taufeuchtes Gras naß, und schon von weitem sah er drei Paar Jeans, die über der weit geöffneten Werkstattür hingen.

Einen Steinwurf von der Werkstatt entfernt lag ein alter Acker, auf dem sie ihre Autowracks abstellten. Einige waren so beschädigt, daß sie den Eindruck machten, völlig wertlos zu sein. Andere waren so tief im morastigen Boden versunken, daß man über der Erde nur die Dächer sah. Sie sahen aus wie auf einen grauen See gemalte Inselchen.

Brandy stand an der Werkstattür, anfangs sah er nichts, weil das Innere völlig schwarz war, aber er konnte hören, wie die Gebrüder Joncker herumhingen und mit Gegenständen klapperten. Er nahm den Geruch von frischgebrühtem Kaffee und Motorenöl wahr. Nach und nach wurde das Bild deutlicher, was Stunden und vielleicht Tage dauern konnte, weil Brandy in seinem Zustand gleichzeitig belichtete und projizierte. Er konnte sehen, was er bereits vor langem gesehen hatte, wohingegen es Stunden dauerte, bis das, was er in diesem Augenblick vor Augen hatte, in voller Schärfe zutage trat, als verlängere das Gift in seinem Inneren das eine und verfälsche etwas anderes.

Spät am Nachmittag dieses Samstags sollte er jedenfalls mit Sicherheit wissen, daß er im Morgenlicht in diese Werkstatt gesehen hatte und daß er den Duft von frischem Kaffee und Motorenöl eingesogen und gesehen hatte, wie die drei Brüder Joncker in blauen Overalls, mit Putzwolle in den Händen, herumgelaufen waren. Sie hatten eine Maschine geputzt und poliert, die solch monströse Ausmaße hatte, daß es auf den ersten Blick unklar blieb, welchem Zweck sie dienen sollte. Er sah sie von vorn, und dort war ein Motor, und hinter ihm befand sich ein Führerhaus, aber alles war so andersartig, daß nur die vier Räder die Kreation verrieten und erlaubten, daß man sie der Klasse der Traktoren zurechnete.

»Was hältst du von Lorna?«

Brandy konnte nicht viel sagen, über diese Maschine gab es nicht viel zu sagen, und er konnte nicht sprechen, weil er eine trockene Kehle hatte.

»Gib Brandy einen Kurzen!«

Einer der Brüder kam mit einem Becher voll Kaffee und Schnaps aus der Werkstatt. Brandy versuchte zu erkennen, um welchen der Brüder es sich handeln mochte. Es war ihm nicht möglich. Aber er nahm den Becher entgegen und trank. Die Wärme verbreitete sich rasch im Körper. Er trank alles aus und bekam nachgeschenkt. Die Härte, die Anspannung und die Schroffheit in seinem Inneren lösten sich.

»Die kann einen Berg versetzen.«

Brandy nickte. Er glaubte es gern.

»Diese Maschine kann Wunder tun.«

Johnson, Bauer auf dem Hof, der neben dem der Jonckers lag, hob früher als gewöhnlich die Beine aus dem Bett. Er blieb auf dem Bettrand sitzen und lauschte. Draußen war es wieder still. Man hörte nur die Uhr auf dem Nachttisch. Es war gleich fünf.

Ihre Albernheiten hatten ihn geweckt, diese Streiterei, die kein Mensch begreifen konnte. »Fünfundsiebzig!« – »Fünfzig! Und kein Meter mehr!« Er hatte die Stimmen sofort erkannt. Solange sie sich außerhalb von seinem Grund und Boden stritten und Radau machten, konnte er nichts unternehmen, sondern nur darauf warten, daß einer den anderen erschlug, damit die Leute in Ruhe schlafen konnten. Jedesmal, wenn er sie zanken hörte, hoffte er, es wäre das letzte Mal. Also war er mit gemischten Gefühlen von ihrem »Fünfundsiebzig!« – »Fünfzig!« aufgewacht. Es bestand die Chance, daß sie einander ein Ende bereiteten.

Nicht einmal dann, als er später hörte: »Johnson hat noch die halbe Ernte draußen!« regte er sich auf. Er hörte, daß das auf eine Weise gerufen wurde, die jeden Zweifel ausschloß. Man wollte ihn reizen.

Gereizt war er erst, als er hörte: »Mathilde, komm. Mathilde . . .« Seine Schafe gingen die einen Dreck an.

»Diese Kerle . . .« Er stürzte ans Fenster und ließ das Rollo mit einem Knall hochspringen. Der Tag wuchs, der Himmel war blaßblau. Er sah hinauf zum Waldrand, sah dort aber niemanden. Die Schafe lagen zusammengedrängt am Hang.

Aus diesen Brüdern wurde er nicht schlau. Mit Tieren gingen sie geschickt um, sogar so geschickt, daß es seinen Neid weckte. Er hatte selbst gesehen, wie ein durchgegangenes, erschrockenes Pferd innegehalten und sich einem der Brüder zu Füßen gelegt hatte. Hungrige Schafe scharten sich um sie und beruhigten sich, wenn sie sie bloß reden hörten. Das einzige, was die Brüder wirklich zu interessieren schien, war indessen das, was Benzin und Branntwein schluckte.

Johnson hatte lange genug in ihrer Nähe gelebt, und er war keiner, der unnötig die Polizei alarmierte. Er ließ sie gewähren, aber wenn sie im Wald johlten und Musik machten und tanzten, ging das zu weit. Damals hatte er Olsen gerufen, der widerwillig gekommen war und sich damit begnügt hatte, die Ruhe wieder herzustellen. Mit irgendwelchen Strafen war nicht zu rechnen. Die Brüder machten weiter wie vorher.

Johnson hörte etwas aus dem Zimmer nebenan, in dem seine Frau schlief. Es klang wie eine Pillendose, die zu Boden fiel. Er ging zurück und setzte sich auf den Bettrand. Die Bettwärme schlug ihm entgegen, und er hätte noch eine Stunde schlafen sollen, aber er war schon viel zu munter. Er zog sich an wie zu einem normalen Arbeitstag und verließ das Schlafzimmer.

Mit zu Boden gerichtetem Blick ging er durch die Kammer ins Wohnzimmer. In der Kammer war ein kleines Büro, wo er die Buchführung des Hofes erledigte, die stark vernachlässigt worden war, seit sich in der letzten Zeit alles um Defizit und offene Forderungen zu handeln schien. Auf dem Pult hatten sich haufenweise Rechnungen und Lieferscheine angesammelt, und Briefe lagen dort, die noch nicht einmal geöffnet waren. Johnson wollte das ganze Elend gar nicht sehen. Ihr Inhalt bestand aus voraussehbaren Rechnungen, die sich in Mahnungen und Zahlungsaufforderungen und Drohungen verwandelt hatten.

Wenig später sollte er sich der Frage gegenübersehen: »Wie hat dieser Tag eigentlich begonnen?« Dabei sollte Johnson eine andere Betrachtungsweise an den Tag legen und seinen Weg vom Erwachen über Kammer und Wohnzimmer in die Küche als etwas beschreiben, das ihm noch niemals widerfahren sei, als eine Art Wanderung aus der Dunkelheit ins Licht oder von der Ungewißheit in eine immer überzeugendere Klarheit. Zumindest ließ ihn dies zu Worten greifen, wie er sie noch nie benutzt hatte. Bei den Geräuschen, die ihn geweckt hatten, hatte es sich keineswegs um das Schreien und Grölen der Gebrüder Johnson gehandelt, sondern um etwas Unbeschreibliches, einen Laut, der keinem anderen glich, etwas Unerhörtes. Der einzige Vergleich, der ihm einfallen wollte, war der Morgen nach dem Orkan, jener Morgen im Januar, als der Wind sich gelegt hatte und alles fast wieder still geworden war und alle Menschen aus ihren Häusern kamen, um die große Verwüstung zu betrachten.

Johnson setzte Wasser für den Kaffee auf und stellte zwei Tassen auf den Tisch. Er trat ans Küchenfenster und sah auf das Thermometer. Draußen war es warm. Er ging in die Diele und klopfte ans Barometer. Es blieb auf Hochdruck. Die Dürre sollte andauern, was noch immer wuchs, brauchte Wasser, aber es sollte kein Wasser bekommen.

Johnson zog die Holzschuhe an und öffnete die Tür zum Hof. Die Luft war schon lau. Er wollte die Zeitung holen. Der Briefkasten stand an der Auffahrt zur Landstraße. Wenn er hin und wieder zurück gegangen war, war das Kaffeewasser fertig.

Er ging über den Hof, umrundete den Stall und hatte auf dem Weg zur Landstraße die Sonne im Rücken. Die Zeitung lag wie üblich im Kasten, und vermutlich las er die fettesten Schlagzeilen gleich dort an Ort und Stelle, obwohl er sich später an kein einziges Wort erinnern sollte. Er drehte sich um und ging zum Hof zurück. Nach nicht mehr als ein paar Schritten blieb er stehen: »Was zum Teufel . . .«

Johnson fühlte sich sofort unwohl in seinen Kleidern. Er reckte sich, zuckte ein wenig mit den Schultern, als wolle er den Sitz des Overalls korrigieren. Dann drehte er sich um und sah wieder nach Westen, ins Landesinnere. Dort stand die Kirche neben der alten Eisenbahnbrücke, das Weideland fiel ab zu jener schattigen Furche, wo der nun fast ausgetrocknete Bach verlief. Wahrscheinlich sah es in einem schlechten Jahr wie diesem so aus, wie es aussehen mußte.

Dann drehte er sich wieder um und schaute über sein eigenes Land. Dort am Westhang standen fünf Hektar dünnen Roggens. Er kannte den Boden besser als jeder andere und hatte fast dreißig Jahre mit ihm verbracht. Er konnte sich schwerlich an einen Morgen erinnern, an dem er ihn mehr oder weniger hingerissen betrachtet hätte.

Er zuckte wieder mit den Schultern, als wolle er die Träger des Overalls zurechtschieben oder einen Haufen Ungeziefer verscheuchen, das sich unter das Hemd verkrochen hatte.

»Was zum Teufel . . .«, sagte er laut und deutlich. Aber er mäßigte sich und wurde unsicher und befangen. »Was um Gottes willen . . .« Das klang besser. Das, dessen Zeuge er war, war so sonderbar, daß es sozusagen nach etwas anderem verlangte als nach alten, gewöhnlichen Flüchen.

Lange blieb er dort auf dem Weg stehen, mit der Zeitung in der Hand und mit Unlust im Körper, wie Ungeziefer. Mehr als einmal senkte er den Blick zum Boden, wo er seine Holzschuhe im Kies auf dem Weg sah. »Was um Gottes willen . . .«

Als Opfer eines dichten Stroms widersprüchlicher Gefühle blieb er an Ort und Stelle stehen. Abwechselnd sah er hinüber zu seinem Roggenfeld und dann wieder zu Boden. Bisweilen vollführte er eine Drehung, um festzustellen, ob ein anderer in der Nähe sei, aber es war zu früh, und die meisten schliefen noch. Gleichwohl sollte er bald darauf erklären: »Ich fühlte mich sozusagen beobachtet, auch wenn noch kein vernünftiger Mensch in seinen Kleidern war.« Es war ein völlig normaler Septembersamstag, und er hatte arbeiten wollen wie immer, aber: »Feierlich ist es gewesen und still, wie nach dem Orkan . . .«

Diese Stimmung war indessen nicht von längerer Dauer, und rasch machte sie Unsicherheit und Irritation Platz. Johnson wollte das abschütteln. Er ging nach Hause und blickte so ausdauernd zu Boden, wie er nur konnte. Er legte den ganzen Weg nach Hause zurück, ohne einmal stehenzubleiben. Es waren nicht mehr als hundertfünfzig Meter, aber das war weit genug, wenn der Blick so gern hinübersehen wollte zum Feld und zu den Eigentümlichkeiten, die sich dort zugetragen hatten.

Glücklich im Haus angekommen, fand er die Küche von Dampf erfüllt vor. Das Kaffeewasser war fast verkocht. Johnson nahm den Kessel vom Herd, ohne ihn noch einmal aufzusetzen. Er mußte an anderes denken. Er prüfte die Temperatur auf dem Fensterthermometer. Sie betrug vierzehn Grad. Es war fünf Uhr siebzehn. Er ging in die Diele und klopfte wieder ans Barometer. Die Nadel zeigte tausendsiebzehn Millibar an. Johnson notierte die Angaben auf einem Papierstreifen, der an einer kleinen Rolle an der Küchenwand hing. Auch ein Kalender mit der Aufschrift »Schweden ist phantastisch« hing dort. Er konnte feststellen, daß am selben Abend Vollmond sein würde.

Diese Angaben sagten ihm nichts. Die Kleider kratzten. Er hatte sie auch am Vortag getragen, aber trotzdem war ihm, als gehörten sie einem anderen und seien schmutzig, oder, umgekehrt, sie seien gewaschen worden und um mehrere Größen eingelaufen. Er ging durch das Wohnzimmer und die Kammer in sein Zimmer und riß sich die Kleidungsstücke herunter, als seien sie ihm lästig. Er nahm sich andere Kleider, ohne genau zu wissen, warum. Er nahm irgend etwas, die Hauptsache war, daß es nicht straff saß und spannte.

Sofort war er wieder im Freien, die Sonne hatte sich kaum bewegt, und der Anblick war derselbe wie vorhin. Er sah hinüber zu Dickens Kate. Dort war alles ruhig. Noch immer war Johnson als einziger wach.

Er ging wieder ins Haus. Auf der Fensterbank in der Küche stand das Radio, und er setzte sich an den Tisch, schaltete es ein und versuchte sich zu sammeln. Musik ertönte, bis zur nächsten Nachrichtensendung würde es noch eine Weile dauern. Johnson trommelte unruhig mit den Fingern auf den Tisch.

Die Musik im Radio ging zu Ende, er lauschte gespannt. Ein Radiosprecher mit tiefer, ruhiger Stimme sprach von Dingen, die Johnson nichts angingen. Er hörte nicht mehr zu, sein Blick wanderte zum Fenster, und als die Musik wieder einsetzte, schaltete er das Radio aus. Irgend jemand sang auf englisch. Die Musik gefiel ihm nicht, und Englisch hatte er nie gelernt. Es war nicht nötig gewesen, denn er wußte, daß er niemals ins Ausland fahren würde.

Vor einigen Jahren war eines Tages einmal ein sonderbarer Mensch auf dem Hof gestanden und hatte in Richtung Landstraße gezeigt und viel gesagt, was sich anhörte wie Englisch. Johnson hatte seine Frau gerufen, denn sie hatte Englisch in Abendkursen gelernt und beschwerte sich darüber, daß sie niemals eine Gelegenheit zum Einsatz ihrer Kenntnisse bekam. »Na . . .«, hatte Johnson gesagt. »Jetzt red mit dem!«

Es war ein kleiner Mann mit einem struppigen Schnurrbart, kariertem Hut und kurzen Hosen gewesen, die ihm bis an die Knie reichten. »An seinem Auto ist etwas nicht in Ordnung«, hatte die Frau erklärt. »Es steht oben auf der Landstraße. Er kommt aus England und ist in Urlaub hier, um sich unsere Hünengräber anzusehen. Er hat in Oxford studiert und . . .«

Johnson hatte nicht mehr zugehört, denn es interessierte ihn nicht, wo dieser Mensch herkam, warum er hier war und wo er studiert hatte. Johnson hatte den Traktor geholt und war hinauf zur Landstraße gefahren und hatte das Auto des Engländers aus dem Weg geräumt. Äußerlich hatte es kläglich ausgesehen und unter der Motorhaube ebenfalls. Er kannte sich mit englischen Autos nicht aus, und eine Zeitlang wollte er die Gebrüder Joncker holen. Sie wären sofort gekommen, und das hätte einiges bewirken können. Es hätte ausgereicht, wenn er gesagt hätte: »Jungs, das ist etwas für euch!« Manchmal ist so wenig nötig, damit die Dinge sich ändern. Ein paar Männer, die sich nicht riechen können, müssen sich nur zusammentun und auf einen englischen Motor glotzen und miteinander lachen, dann ist vieles aus der Welt.

Er aber tat es nicht. Johnson erkannte selbst, daß es nur an einer lockeren Schlauchklemme lag, und diesen Fehler konnte er binnen zwei Minuten beheben.

Der Engländer unterhielt sich lange mit Johnsons Frau. Johnson hatte noch nie erlebt, daß sie mit einem Fremden so viel geredet hatte. Er verstand kein Wort von dem, was sie sagten. Schließlich bedankte sich der Engländer für die Hilfe und wollte ihnen Geld geben. Johnson nahm das Geld nicht an, als er aber eine Flasche Whisky angeboten bekam, nahm er sie. Seine Frau sagte, sie tränken keinen Alkohol. Das verstand Johnson, aber gerade deshalb nahm er die Flasche. Irgendeinem konnte man immer davon anbieten. Die Flasche kam in die Speisekammer, und dort stand sie noch, unberührt. Auf dem Etikett war ein Vogel abgebildet.

»Einer, der trinkt«, sagte Johnson zu sich selbst, »würde jetzt trinken.« Davon war er überzeugt. Jeder an seiner Stelle hätte sich einen eingegossen. Er betrachtete seine Hände. Es waren große, schwielige Fäuste, die fast alles, was anfällt, ausführen konnten. Sie hatten gegraben und getragen, geschuftet und geschleppt, gebaut und abgerissen, eingeschaltet und ausgeschaltet, entbunden und getötet, nie aber gesündigt. Sie waren erstaunlich unversehrt, nur ein paar vereinzelte Schrammen berichteten von all den Gefahren, denen sie im Lauf der Jahre ausgesetzt gewesen waren. Andere hatten nur noch halbe Daumen, zerfetzte Nägel, rheumatische Finger. Seine Hände waren groß und stark und vollkommen.

Mit einem schleichenden Unbehagen im Körper erhob er sich vom Küchentisch. Er ging wieder ins Freie, ging über den Hof, zur Einfahrt und stand dort und guckte. Noch immer konnte er nicht klar denken, denn das, was er sah, war so außerordentlich und unbegreiflich, daß es sich allen Erklärungen gleichsam widersetzte.

Johnson kam sich klein vor. Wie groß und stark seine Hände auch sein mochten, mit dem hier konnte er nicht fertig werden. Gegenüber der Dürre konnte er sich ohnmächtig, schwach und unzulänglich vorkommen. Man mußte einfach abwarten, mußte Geduld haben und Zuversicht. Die Dürre war eine Geißel, die alle gleich traf. Im nächsten Jahr konnte der Regen alles fortschwemmen. Hier aber handelte es sich um etwas anderes. Dies hier war etwas, das sich auf seinem Feld zugetragen hatte, wo der Roggen stand, der schon längst hätte eingebracht sein müssen. Er hatte mit der Ernte gewartet, ohne damit eine bestimmte Absicht verbunden zu haben, ein großer Regen würde, wenn er jetzt kam, die Sache kaum besser gemacht haben. Er hätte schon vor längerer Zeit kommen müssen. Dennoch hatte er mit der Ernte gewartet. Seine Frau hatte es gesagt, und andere auch: »Es ist sinnlos, noch zu hoffen.« Johnson hatte trotzdem gehofft.

Er sah hinunter zu Dickens Kate. »Bald wird Picken wach sein . . .« Vielleicht war es diese Aussicht, die Johnson zwang, die Angelegenheit näher zu untersuchen. Bis dahin hatte er das Ganze nur aus der Entfernung gesehen. Das Feld mit dem dürftigen Roggen befand sich ungefähr hundert Meter östlich des Hofes, es fiel steil nach Westen ab, wie ein schräger Hintergrund zum Meer, und endete in der Senke, in der das Haus stand. Wenn man ein Stück auf die Landstraße zuging, konnte man das Feld wie eine deutliche Wand oder einen hohen Wall vor dem Meer sehen. Der

Boden dort war locker und hielt die Feuchtigkeit nicht so gut wie das Land in der Senke. Darum auch hatte ihn die Trockenheit am schlimmsten mitgenommen.

Johnson ging über die Koppel diese hundert Meter in östlicher Richtung und erreichte den Rand des Roggenfelds. Ungefähr in der Mitte war das, was er in Ermangelung eines besseren Ausdrucks das »Zeichen« nennen würde. Er betrat das Feld, langsam und nach wie vor Opfer widerstrebender Gefühle. Verwunderung kämpfte gegen Ärger. Aus Gewohnheit war er stets auf vieles gefaßt, dies aber übertraf alles, was er bisher erlebt hatte.

Obwohl es so einfach war. Mitten auf dem Feld waren zwei perfekt geformte Kreise, von einem Kreis ging etwas Pfeilähnliches aus, vom zweiten in eine andere Richtung etwas, das an ein Kreuz erinnerte. Weder der Pfeil noch das Kreuz waren vollendet worden. Das Zeichen war entstanden, indem die Halme, alle in derselben Richtung, mit großer Präzision und Entschiedenheit an den Boden gepreßt worden waren.

Bald stand Johnson mitten im Zeichen, in einem der beiden Ringe, bückte sich, um den Roggen zu untersuchen, der umgebogen worden war, die Halme lagen flach auf der Erde, schienen aber nicht abgebrochen oder beschädigt zu sein. Die Striche des Zeichens schienen gleich breit zu sein, der Kreis, in dem er stand, hatte einen Durchmesser von bestimmt dreißig Metern.

Er befand sich halbwegs oben, dort, wo der Höhenzug in die andere Richtung, zum Meer, abfiel. Schon in dieser Höhe war die Aussicht ins Land hinein gut, und eine Zeitlang hielt er Ausschau nach einem Menschen. In der Ferne hörte man ein Auto, ein leichter Morgenwind ging durch das Feld, und dies war alles.

Mitten im Ring stehend, hatte Johnson plötzlich den Eindruck, es sei ruhiger als gewöhnlich. In einer so ruhigen Landschaft ließen sich nur schwer Gefühle wie Wut und

Ärger aufbringen, und während er dort im Zeichen stand, wuchs in ihm allmählich eine Art Zuversicht. Als habe die Verwunderung zumindest zeitweise den Sieg über den Ärger davongetragen, sei gereift und habe sich in die stille Vergewisserung verwandelt, hier habe sich Selbstverständliches ereignet. Mit Selbstverständlichem muß man sich abfinden, sei es nun gut oder schlecht.

Die Sonne stand nun hoch über dem Meer und schien auf das Feld, und der Tau, der über dem Getreide gelegen hatte, war rasch getrocknet. Eine andere Feuchtigkeit stand nicht zur Verfügung. Jetzt, als die Sonne die umgebogenen Halme beleuchtete, betrachtete Johnson das Zeichen genau. Er wollte feststellen, ob die Halme sich wieder aufrichteten. Sie blieben aber liegen, wie ein glatter Teppich.

Er ging durch die Gänge, die das Zeichen bildeten, und stellte fest, daß sie überall gleich breit, exakt und regelmäßig waren. Die Ränder waren scharf wie Ackerfurchen. Das Zeichen war angelegt wie ein Labyrinth, und einige Runden waren erforderlich, bis Johnson sich mit den Gängen vertraut gemacht hatte, und als er jede Ecke und jeden Winkel gesehen hatte, ging er weg. Er hatte noch nicht viele Schritte zurückgelegt, als er sich wieder umdrehen und hinsehen mußte. Am Hof angekommen, drehte er sich wieder um, und jetzt stand die Sonne noch höher, wodurch die Schatten anders fielen und das Zeichen mit neuen Schattierungen versahen. Er konnte nicht herausbekommen, woran es erinnerte, und wollte sich auch nicht entscheiden, ob er es nun für schön oder für häßlich hielt. Mit Bestimmtheit wußte er nur, daß es völlig unbegreiflich war, aber selbstverständlich wirkte, wenn man in seiner Mitte stand.

Als er über den Hofplatz geradewegs ins Haus und durch das Wohnzimmer ins Schlafzimmer seiner Frau ging, war es kurz nach sechs Uhr. Wahrscheinlich hatten seine entschlossenen Schritte sie geweckt, denn sie saß kerzengerade im Bett und sah ihm mit starrem Blick entgegen.

»Du bist schon auf?« sagte sie.

»Das mußt du dir ansehen«, sagte Johnson. »Ich weiß nicht, was es ist, aber das mußt du dir ansehen.«

»Ich bin müde . . .« Sie sah ihren Mann verdrießlich, wenn auch ein wenig besorgt an. »Warum hast du den Anzug an?«

»Komm jetzt, steh auf.«

»Und Holzschuhe?«

Erst jetzt wurde Johnson bewußt, daß er seinen guten Anzug angezogen hatte. »Und dieses Hemd . . .«, fuhr die Frau fort. »Was ist denn in den . . .«

Einen Augenblick lang wollte er aufgeben. Auf dem Fußboden, neben dem Waschtisch, lag eines dieser Pillendöschen, an die er sich nie gewöhnen konnte. Wenn sie ohne Deckel auf dem Boden lagen, wußte er, daß es viele Stunden dauern konnte, bis seine Frau richtig wach war. Diese aufgerissenen Augen, die ihn nun betrachteten, sahen nur seine Fehler und niemals seine Verdienste. Trotzdem blieb er beharrlich: »Beeil dich, ehe Picken auf den Beinen ist.«

»Du sollst ihn nicht so nennen . . .«

». . . so verdammt schmeichelhaft«, sagte Johnson.

»Was ist denn eigentlich los?«

»Das mußt du dir selbst ansehen.«

Die künstlich herbeigeführte Müdigkeit seiner Frau machte sie träge und unnachgiebig, aber nach einigen Klapsen hier und dort kam sie aus dem Bett.

»Regnet es? Haben wir Regen bekommen?«

»Nein«, sagte Johnson. »Es ist etwas anderes.«

Sie gingen, aber als sie die Diele verließen, blieb Johnsons Frau augenblicklich stehen. Das Licht war bereits zu stark für sie. »Zerr nicht so an mir!« Sie verknotete den Gürtel ihres Morgenrocks. »Was fällt dir denn ein?« Dann machte sie kehrt und ging wieder ins Haus, war aber gleich darauf zurück und trug jetzt eine Sonnenbrille.

Johnson ging voraus, umrundete den Stall und blieb an der Hofgrenze stehen, wo man eine gute Aussicht hatte.

Seine Frau kam hinterher. Sie hatte noch immer Schlaf in den Augen und verzog ihr Gesicht wegen der Sonne. Johnson machte eine Kopfbewegung in Richtung des Feldes im Osten, wo sich das Zeichen befand. Seine Frau sah, was er sah, runzelte die Stirn und schnitt eine Grimasse: »Was haben die denn jetzt wieder angestellt?«

»Was kann das sein?« Johnson hatte einen völlig anderen und viel demütigeren Tonfall.

»Nicht nur, daß er schlecht steht«, sagte seine Frau, »das werden die bezahlen.«

»Was meinst du?«

»Die Brüder Joncker«, sagte seine Frau entschlossen. »So herumzutrampeln ...« Trotz der Sonnenbrille mußte sie die Hand wie einen Schirm vor die Stirn halten. »Und was soll das überhaupt sein? Ein Fahrrad. Aber damit kommen die nicht weit ...«

»Geh rein«, sagte Johnson.

»Und wegen so was kommst du angerannt!« Seine Frau war sofort Herr der Situation. »Die mit ihren Einfällen ... Aber ersetzen müssen sie dir das. Dafür muß Olsen sorgen.«

»Geh rein!«

»Ist das vielleicht ein Grund für ein solches Theater?«

»Das waren nicht die Jonckers«, sagte Johnson. »Das ist einfach nicht möglich.«

»Wer sollte denn sonst so herumtrampeln. Auf so was kommen doch nur die!«

»Das ist unmöglich«, sagte Johnson. »Die habe ich gehört. Bei dem Radau, den die gemacht haben ... So gerade können die nicht gegangen sein. Das ist doch völlig gerade. Und mitten auf dem Hügel. So gerade können die nicht gegangen sein ...«

»Dann haben sie vielleicht Hilfe gehabt«, sagte seine Frau. »Schnüre.«

»Jetzt gehst du rein.«

»Erst muß man raus und dann soll man rein.« Sie sah ihren Mann sehr kritisch an. »Du mußt Olsen holen.«

»Was hat der denn hier verloren!«

Johnsons Frau schüttelte den Kopf: »Im guten Anzug!« Sie hatte die Arme über der Brust gekreuzt, als sie über den Hof in die Küche ging.

Johnson mußte lange dort stehenbleiben und das Zeichen betrachten, damit sich dieses feierliche Gefühl wieder einstellte, wie die Ruhe nach einem Orkan, nachdem sich seine Frau aus Leibeskräften bemüht hatte, es zu zerstören. Das Bild veränderte sich ununterbrochen, je höher die Sonne stieg.

». . . hoch-und-rein-und-raus-und-rein-und-raus-. . .!«

Das kam von der Kate nebenan und war in der ganzen Gegend zu hören.

Johnson ging ins Haus: »Jetzt ist Picken wach.« Seine Frau war aufgeblieben. Sie hatte frisches Kaffeewasser aufgesetzt und widmete sich der Zeitung.

»Du sollst ihn nicht so nennen.«

»Wie schmeichelhaft . . .«, sagte Johnson. »Wie schmeichelhaft, für den.«

II

Es würde zu einem Zusammentreffen kommen. »Bald bist du eingeholt, Brandy . . .« Zahllose Kommentare, mal verärgert, mal kurz und knapp wie beim Wettabschluß vor einem Pferderennen, würden dem indessen vorausgehen: »Fünfzig! Fünfundsiebzig!«, dann wieder flüsternd, mit einem Beben, wie er es von Krankenhauskorridoren vor Operationssälen kannte, in denen jemand zusammengeflickt wurde: »Kriegt der noch einen, von dir?« Manchmal fielen sie einander ins Wort, gingen ineinander über, vermischten sich zu einem Stimmengemurmel: »Das ist Mutter gewesen . . . Der hätten wir's besorgen können . . .« Manche der Äußerungen erinnerten an anonyme, leiernde Refrains von Liedern: »Deine verfluchte Vernunft . . .«, während andere Gesichter hatten und ihr Absender ganz offen und erkennbar war: »Leb eine Zeitlang mit mir«, geäußert mit einem Lächeln an der Grenze der Verzweiflung. Außerhalb jeder Kontrolle spielte sich das ab, wurde abgewandelt, verfälscht, verwechselt, wurde zu einer Sturzflut.

Brandy beugte sich über die Zinkwanne in der Dunkelkammer, den Blick auf dem Abflußsieb. Ein kleines Sieb, mit sechs Löchern, und er versuchte den Blick dort zu belassen, während durch sein Inneres dieses Kreuzfeuer von Stimmen, Bildern ging und Gesten und Gebärden sich spiegelten, die einen Eindruck hinterlassen hatten. »Hab keine Angst, zu guter Letzt stehst du selbst dort . . .« Dazu würde es kommen, früher oder später würde er sich selbst erkennen, hinkend, zerschlagen, auf allen vieren kriechend oder unversehrt und offensichtlich wohlbehalten; gleichgültig wie – gezwungen, einen neuen Tag »im Minus« zu beginnen.

Bis dahin mußte er einfach warten und sich mit langen, tiefen Atemzügen am Leben halten, während das Herz galoppierte und der Körper, frierend und im nächsten Moment schwitzend, zitterte.

Andere hatten ihn in diesem Zustand angetroffen, und er hatte erklären wollen: »Ich warte . . .« – »Worauf?« Seine Antwort konnte lauten: »Auf Konsequenzen« oder »Meine eigene Bestrafung«, wenige aber hatten verstanden. Man konnte es als Andocken bezeichnen, bei dem eben Vergangenes verbunden werden sollte mit demnächst Kommendem. Das Jetzt war nicht mehr als eine rotierende Scheibe, eine sich drehende Dichtung.

»Bald wirst du eingeholt . . .« Ein Segen und ein Fluch zugleich. Versuche, dieser Kluft auszuweichen, sich beidem entsprechend zu verhalten, konnten wirken wie Eitelkeit: »Diese idiotische Vorstellung vom Synchronismus . . .«, er hatte es einmal am Tresen einer Bar gehört.

In diesen Phasen waren die Tage vorzugsweise erfüllt vom hartnäckigen Suchen und Sammeln selten übereinstimmender Zeugenaussagen über das, was sich eigentlich abgespielt hatte. Auf diese Weise konnte sein eigenes Bild der Ereignisse angezweifelt, ergänzt, korrigiert werden von dem anderer, weshalb er zuletzt der Bestinformierte von allen war – er, der, als sich die Dinge tatsächlich ereignet hatten, praktisch abwesend gewesen war, im selben Raum zwar, aber in einer anderen Zeit. Mit dem Fotografieren hatte das nichts zu tun.

Aus Zwang oder aus Gewohnheit konnte er an diesem Samstagmorgen nach einer Nacht im Viehstall von Militärpolizisten überprüft werden, die mit einem Jeep in den Gassen einer nordspanischen Stadt Streife fuhren. Sie sammelten die Trümmer auf, die herumlagen und von seinen Taten berichten konnten. Weißgekleidete Menschen, schmuddelig, blutig, mit Wein besudelt, haufenweise auf Ladeflächen von Militärlastwagen liegend, auf dem Weg zum Erwachen in irgendeiner Zelle, wo sie dann alle verhört würden, berichten würden von Nächten, in denen »El Sueco« vorkam.

Nadeln würden in einen Stadtplan dieser Stadt in den nordspanischen Bergen gesteckt werden, Uhrzeiten würden festgehalten, und sein Weg würde mit ständig zunehmender Unwahrscheinlichkeit rekonstruiert werden, da geltend gemacht wurde, er habe sich zur gleichen Zeit an verschiedenen Orten aufgehalten; er sei um Mitternacht höflich und zuvorkommend gewesen, in einem Lokal, in dem Stierzüchter verkehrten, während andere von einer Schlägerei in einem anderen Stadtteil berichteten, die sich zur gleichen Zeit ereignet hatte, eine Auseinandersetzung, in der er eine entscheidende Rolle als Verteidiger schwerer Mißstände gespielt habe.

Derjenige, der sich in seinem Anzug befand, war später mit einem Glas Patxarana an einem Cafétisch vor dem Hotel »Confusión« gesessen und hatte, während er darauf wartete, daß die Stiere losgelassen würden, den Sonnenaufgang über der Plaza de Castillo beobachtet.

»Läufst du mit?« Brandy konnte nicht vor irgendwelchen Stieren herlaufen. »In denen hier?« sagte er und hob ein Bein, um seine Schuhe zu zeigen. »Ledersohlen . . .« Die Geste wurde von einem Schuhputzer mißverstanden, der sofort herbeieilte. Brandy lehnte ab.

In der Morgendämmerung war es am kühlsten, und er fror und zitterte und versuchte sich mit Hilfe dieses süßen Schnapses zu wärmen. Seine Hände zitterten, und er verschüttete einiges auf sich, die süßen, klebrigen Tropfen reihten sich wie ein Band aus roten Rubinen auf seinen Jackettaufschlag.

»Dich haben sie ja doch bald eingeholt . . .« Auf der gegenüberliegenden Seite des Tisches saß ein Landsmann, dem Brandy eine Menge Peseten schuldete, einer dieser Veteranen, die ebenfalls nicht schlafen konnten oder zumindest nicht dann und dort, wenn und wo man schlafen sollte. Sie konnten sich auf Silben ausruhen: »Dich haben sie ja doch bald ein . . .«, und nach mehreren Minuten absoluter

Stille, in der man von der Seite weiße Augäpfel hinter der Sonnenbrille ahnen konnte, kam schließlich: ». . . geholt.« Anschließend konnten sie unbekümmert die Konversation fortsetzen, als seien manche Worte eine willkommene Einladung zu Pause und Ruhe.

»Weißt du, wie einer aussieht, den man eingeholt hat?« Brandy nickte und legte das Kinn an die Brust: »Ja.« – »Alle hier werden eingeholt.« – »Ich nicht.« – Der Mann, dem Brandy Geld schuldete, kümmerte sich nicht um Einwände. »Mir ist das auch so gegangen, als ich jünger war und mitgelaufen bin . . . Vor einem Toro solo bin ich gestanden und habe geglaubt, ich würde vom Stier gejagt . . .«

Brandy wollte weg, es gelang ihm aber nicht, sich zu erheben und diese schattige Ecke zu verlassen. Im dritten Stock des »Confusión« wartete sein Zimmer, und es gab dort ein Bett, in dem er schon längst hätte liegen sollen, aber es war unberührt. Er war sich noch nicht einmal sicher, ob er seinen Koffer geöffnet hatte, oder ob auch der unberührt dastand. Nichts an seinem Äußeren sprach dafür, daß er aus diesem Anzug herausgekommen war.

Der Veteran auf der anderen Tischseite redete, und Brandy hörte zerstreut zu, vor allem, weil er jemanden, dem er Geld schuldete, nicht verärgern wollte, und er hoffte zugleich, einzuschlafen, während er dort saß, nur ein paar Minuten Bewußtlosigkeit würden ausreichen, um diese grausame, übersteigerte Müdigkeit zu überwinden.

»Jahr für Jahr laufen wir durch dieselben Straßen, vorbei an denselben Bars und Bordellen, und glauben, wir würden von den Stieren gejagt. Aber du weißt, wer uns jagt . . .« Brandy bemerkte, daß sich die Sonnenbrille wieder auf ihn richtete. Er wendete dem Mann auf der anderen Tischseite sein Gesicht zu und schüttelte abwartend den Kopf. ». . . Wer?« Nein, er habe keine Ahnung. »Du weißt nicht, wer da wen jagt?« – »Nein«, sagte Brandy. Der Mann legte den Kopf auf die Seite, als wolle er sich einen Überblick über den

Platz vor ihm verschaffen, auf dem haufenweise schlafende Menschen lagen, so lange, bis die Arbeiter der Stadtreinigung mit ihren Wasserkanonen erscheinen würden. »Wir jagen nur uns selbst, unsere eigene Jugend, unser frühes Mannesalter mit starker Mittagssonne ... Und Schatten, von gediegenem Schwarz ...«

Ein Schuhputzer wollte über die Schuhe des Veteranen herfallen, die unter dem Rand des Tisches hervorragten. Der Veteran lieferte jedoch den Beweis einer überraschenden Wachheit. Der Schuhputzer bekam eine Abfuhr: »Den habe ich gesehen, wie er einem Toten die Schuhe geputzt hat, und dann hat er noch von der Witwe verlangt ... Läufst du heute mit den Stieren?« Auf diese Frage hatte er schon eine Antwort bekommen, und ohne eine weitere abzuwarten, fuhr er fort: »Heute ist die Jugend nur ein blasser Fleck auf dem Fußboden, und das Licht ...« Irgendwo in der Nähe begann ein Orchester zu spielen. Es fing an mit dumpfen Schlägen auf die Baßtrommel, der Veteran hörte das und legte eine Pause ein, wartete, daß die Töne sich legten, ». . . kalte Neonröhren an der Decke einer schäbigen Bar, oder die Lampe im Wartezimmer einer Herzklinik ...«

Der Veteran trank seinen Etxedo, und wie in einem Versuch zu schweigen preßte er die Lippen aufeinander. Die Baßtrommel im Nachbarviertel wummerte wieder, und Brandy trank den Rest aus seinem Glas. Er legte die Hände auf die Armlehnen, als habe er die Absicht, sich zu erheben und zu gehen, in dieses Zimmer im »Confusión« vielleicht, das auf ihn wartete, mit Blick auf El Stafeto, er könnte sich auf den Balkon stellen und die weißgekleideten Männer fotografieren, die an diesem Tag vor den Stieren herliefen.

»Das sind nicht deine Stiere ...« Sobald die Baßtrommel verstummt war, sprach der Veteran weiter. Brandy kam aus dem Stuhl nicht hoch. Er blieb sitzen, und der andere hob die Hand, ohne hinzusehen, und sofort erschien ein Kellner.

Der Mann wedelte vage mit der Hand, und der Kellner war sofort mit weiteren Getränken zurück. »Dich«, sagte der Veteran, »dich wird man woanders einholen.«

Brandy verharrte in dieser Haltung, vorgebeugt, die Hände auf den Armlehnen, als wolle er aufstehen, aber er blieb. »Dein Rennen findet zwischen Schlafzimmer und Küche statt . . .« Das Orchester im Nachbarviertel begann zu spielen. Trompeten, Posaunen, Flöten, Baßtrommeln, Wirbeltrommeln und Pfeifen hallten durch die Häuserreihen. ». . . zwischen dem ersten und dem zweiten Kuß . . .« Brandy versuchte festzustellen, was das Orchester spielte, die Töne aber wurden verfälscht, während sie zwischen den Häusern hin und her sprangen, um sich schließlich wie ein lärmender Teppich aus Tönen über den Platz zu legen. ». . . zwischen dem zweiten und dem dritten Infarkt . . .« Das Orchester zog im Uhrzeigersinn durch die Gassen rund um den Platz und näherte sich der kleinen Steigung und der Arkade, wo sie saßen. ». . . zwischen der dritten und der vierten Frau . . . Da, da kann man zurückfallen, müde werden, seine Schritte verlangsamen und eingeholt werden. Läufst du in einer Stunde mit?«

Brandy sah über den Tisch, aber der Veteran mit der Sonnenbrille machte weiter, als spreche er in erster Linie zu sich selbst und scheine auf keine Antwort oder auch nur eine Reaktion auf das zu warten, was er von sich gab. »Das, was sie immer sagen, stimmt gar nicht«, sagte er, »daß der Geist gefangen ist im Fleisch . . .« Der Mann trank, und Brandy trank, und die Musik wurde immer lauter, und bald wäre der ganze Platz ertränkt in diesem pfeifenden, heulenden Ton, der alle Gespräche in der Nähe zum Verstummen brächte, Leute standen auf und tanzten und rannten in alle Himmelsrichtungen. »Im Gegenteil«, sagte der Veteran, »das Fleisch macht einen Staffellauf, das Fleisch irrt umher, verirrt sich, fällt trunken in fremde Nester . . . Oder nicht?« Brandy schwieg. Er spürte, daß die Musik wie eine Flutwelle in die Arkade eindrang, wie eine Druckwelle, die ihm fast den Atem raubte. »Oder etwa nicht?«

Jetzt hatte das Orchester die Arkade gefunden und zog über das Pflaster, und die Trommeln brachten die Fensterscheiben zum Vibrieren, der Ton der Pfeifen ging durch Mark und Bein, und hinter der Musik hüpften Menschen, auf dem Weg zur Laufstrecke, wo Menschen und Stiere einander jagen würden. Weißgekleidete Männer mit roten Halstüchern liefen zwischen den Tischen herum, an denen die Müden saßen – diejenigen, die die ganze Nacht getanzt hatten –, spritzten Wein auf den einen oder anderen, fielen um, kamen wieder auf die Füße, kletterten übereinander, tanzten und liefen weiter, hinunter zum Rathaus. In ihrem Schlepptau kam ein zerlumpter Kerl, der sich hinkend bemühte, das Tempo zu halten. Er schien auf irgendeine Selbständigkeit bedacht zu sein, als absolviere er seinen eigenen Lauf; vielleicht aber trog nur der Schein, denn seinem Blick entging keine einzige Flasche. Er hob sie alle an und schluckte die verbliebenen Tropfen, dann stellte er sie säuberlich vor Häuserwänden oder Pfeilern auf, jedesmal mit einem lauten »San Fermín!« Als wolle er inmitten des Tumults dem Heiligen mit ein wenig Ordnung seine Reverenz erweisen.

»So«, sagte der Veteran, »so kommt der Geist, weit hinterher . . . Wie ein klumpfüßiger Advokat, der aufräumen und alles wieder in Ordnung bringen muß . . . El Espírito.«

Brandy sah dem Krüppel zu, der lahm war und einen Buckel hatte und zwischen den herrenlosen Flaschen kreuzte. Manchmal fiel er erheblich zurück, wenn er auf eine Flasche stieß, die noch einige tiefe Schlucke enthielt. Nicht einen Tropfen ließ er übrig, und er nahm sich Zeit, bis alles getrunken war, dann stellte er die leere, ausgetrunkene Flasche hin, jedesmal mit dem schrillen Ruf »San Fermín!«

»Er kommt so unrettbar zu spät«, sagte der Veteran, »mit seiner Forderung nach Ausgleich und mit diesem Pathos . . .« Jetzt ging der Krüppel in nächster Nähe an ihnen vorüber. Er verbeugte sich tief und vertraut vor dem Veteranen, der mit einer Geste, die wie eine Verbindung zwischen einer Ehrenbezeugung und einer Korrektur des Sitzes seiner Sonnenbrille ausfiel, salutierte. Der Veteran lächelte dem Krüppel freundlich zu, während er gleichzeitig weitersprach: ». . . Versöhnung zwischen Señor Ayer und Señorita Mañana . . . Hoffnungsloser Fall, El Espírito . . .«

Der Krüppel lächelte freundlich zurück und verstand nichts und kümmerte sich auch nicht darum, denn bald war eine neue Flasche in Sicht, er hinkte zwischen den Tischreihen davon und war bald hinter einem Pfeiler verschwunden: »San Fermín!«

»Als Beamter untadelig . . .«, sagte der Veteran, dem es nun gelungen war, seinen Kopf ein klein wenig zu drehen, damit er El Espírito mit dem Blick folgen konnte. »Er war ein bedeutender . . . ein bedeutender . . .« Hier war wieder Schluß; das Gesicht des Mannes erstarrte, und hätte Brandy nicht gesehen, daß sich der Brustkorb einige Male hob und senkte, hätte er den Mann für tot gehalten, für zum letzten Male eingeholt. Dieser süße, rubinrote Schnaps schien nichts zu betäuben und nichts zu beseitigen, seine Beobachtungen waren absolut glasklar, solange er eines nach dem anderen hinter sich brachte. Als er den Blick über den Platz gleiten ließ, flimmerten die Gegenstände, zu zahlreich waren die Eindrücke, als daß er sie richtig hätte sortieren können. Die Dinge in seiner Nähe aber waren sehr scharf, sogar schärfer als sonst. Auf diese Weise schrumpfte sein Gesichtsfeld; nachdem es anfangs die gesamte Plaza de Castillo umfaßt hatte, erstreckte es sich dann lediglich auf das Café, um sich zu guter Letzt auf den runden Tisch vor dem Stuhl, auf dem er saß, zu beschränken.

Die Tischplatte war weiß, und der Veteran auf der anderen Seite und er selbst hatten mit ihren Gläsern geschwappt, die Gläser hinterließen Abdrücke, die Tischfläche war übersät mit Ringen und Strichen und Punkten. Die Ringe und Striche konnten, aus einer bestimmten Perspektive betrachtet, aussehen wie Ziffern, Nullen, Einser und Siebener. Er versuchte die Summe zu ziehen und eine Zahl zu erhalten, einen Code, der ihm vielleicht etwas mitzuteilen hatte. Er versuchte die Ziffern zu addieren, verrechnete sich aber, und plötzlich sahen die Ziffern überhaupt nicht mehr wie Ziffern aus. Einige erinnerten an zwei Frauenbrüste in einer Witzzeichnung, andere waren mit Strichen verbunden, was ihnen das Aussehen von Wagen auf Rädern oder von normalen Fahrrädern verlieh.

Brandy war in einem solchen Maße von den Spuren auf dem Tisch in Anspruch genommen, eine Zeitlang schienen sie ein Muster zu bilden, das sich interpretieren ließ, und seine gesamte Aufmerksamkeit hatte sich darauf konzentriert, daß er sich in den Augen eines Schuhputzers eine Blöße in Gestalt eines ausgestreckten Beines mit einem erreichbaren Schuh erlaubte. Ehe es Brandy auch nur gelungen war, etwas wahrzunehmen, ehe er auch nur begriffen hatte, daß er nicht mehr Herr der Situation war und tatsächlich einen Teil seiner selbst außerhalb der Schutzzone unter dem Tisch offeriert hatte, wurde er Opfer der Bemühungen eines Schuhputzers. Als er zu sich kam, oder zumindest so klar wurde, daß er erkannte, was sich abspielte, war er bereits Bürsten und Cremes ausgesetzt und hatte schon für ein halb abgeschlossenes Geschäft aufzukommen. Brandy entdeckte, daß es sich um denselben Schuhputzer handelte, den er schon einige Male abgewiesen hatte. Der Mann lächelte ihn an, ein blendend weißes und äußerst widerwärtiges Lächeln, und Brandy kämpfte gegen das Verlangen, ihm unverzüglich die Zähne einzutreten. Hätte der Schuhputzer sich nicht hastig erhoben und eine leere, von Schuhcreme geschwärzte Handfläche ausgestreckt und auf seine drohend schmeichlerische Art von Sonderpreisen und allerlei Vergünstigungen gesprochen, Brandy hätte einen unzweifelhaft glänzenden Schuh in den Schritt dieses Mannes gestoßen. So aber warf er einen Schein hin, lächelnd schnappte sich der Mann das Geld und zog ab.

Die Wut hielt nicht länger vor als der Glanz seiner Schuhe, aber sie hatte eine belebende Wirkung und gestattete ihm, sich wenigstens zu einer geraderen Haltung auf seinem Stuhl aufzurichten, und bald hatte er aufs neue die Hände auf den Armlehnen, als wolle er sich erheben und gehen. Auf der anderen Seite des Tisches saß unbeweglich und unzugänglich der Veteran und genoß eine kurze Ruhepause.

Noch immer waren wenig Gäste im Café. Wer vorausschauend war, versuchte zu schlafen. Noch war der Tag nicht in Gang gekommen, und es sollte noch dauern, bis die Stiere losgelassen und ihre Strecke von den Ställen zur Arena zurücklegen würden. In den Gassen hörte man weitere Orchester spielen, und manche von denen, die auf dem Platz schliefen, hatten sich aufgesetzt und bemühten sich, wach zu werden, um der Stadtreinigung zuvorzukommen.

Brandy würde nicht mitlaufen, und er hatte das Ganze so oft gesehen, daß er einen Morgen darauf verzichten konnte. Noch hatte er kein einziges Foto aufgenommen, aber die Fiesta würde noch eine Woche dauern. Noch war Zeit. Er würde Bilder haben, um sie vorzeigen zu können. Für den Notfall gab es zu Hause alte, die er verwenden konnte. Niemand würde einen Unterschied erkennen.

Noch hatte sich der richtige Blick nicht eingestellt. Er war langsamer und fiel zurück, aber er würde kommen, früher oder später stellte er sich immer ein. »Bald hat man dich eingeholt . . .« Vielleicht würde dieser Blick mit all dem anderen kommen, dem Gepäck von zu Hause, das stets auf Irrwege geriet, zuletzt aber trotzdem eintraf.

Vermutlich hatte er in jenem Augenblick so nicht gedacht, als er mit frischgeputzten Schuhen auf der Plaza de Castillo saß, in der kühlen Morgendämmerung, nach einer unbestimmbaren Zahl von Tagen und Nächten der Fiesta, in die keinerlei Ermittlung Licht bringen konnte; später aber sollte er diese Kluft wahrnehmen, als er zu Hause in der Dunkelkammer stand und zitterte und wartete und heimgesucht wurde von Stimmen und Echos und einem vagen Lichtschein von Gesten und Gebärden, die auf einen deuteten, den andere mit seinem Namen ansprachen, einen, der seine Kleider trug und den Polizei und andere Behörden für identisch hielten mit ihm, den sie angetroffen hatten in einem Gang an der alten Stadtmauer, in einem Torweg oder an einem anderen geschützten Ort, wo er vor seiner eigenen Erschöpfung kapituliert hatte.

Er war halbwegs von dem Caféstuhl aufgestanden, hatte die deutliche Absicht, wegzugehen, um sein Hotelzimmer aufzusuchen. Noch immer ein wenig vorgebeugt, konnte er in einem Augenwinkel eine Gestalt wahrnehmen, die trotz der Entfernung mühelos zu identifizieren war. Er mußte nur einen flüchtigen Schimmer ihrer Wange sehen, und er war sich sicher.

Margot hat eine eigentümliche Weise, sich zu bewegen, etwas vorgebeugt, fast bucklig, was sie schüchtern und vorsichtig aussehen ließ. Sie war kaum zu hören, und manchmal hatte sie sich einfach in seiner Nähe befunden, ohne daß er eine Vorwarnung erhalten hätte.

»Ich sollte mitkommen zur Fiesta.« Ein halbes Jahr früher hatte sie das gesagt. Es mochte im Zusammenhang mit einem der Januarstürme gewesen sein. Brandy entsann sich, daß überall im Haus Kerzen gestanden hatten, der Strom war ausgefallen, und er hatte an alten Fotos von Stierkämpfern gearbeitet. Sie hatte in der Nähe zu tun gehabt und begann vom Sommer zu sprechen. »Du darfst nicht mitkommen«, hatte er gesagt. Dort wollte er sie überhaupt nicht sehen. Dort bekamen alle Männer Streit mit ihren Frauen.

Dennoch erkannte er ohne jede Verwunderung diese Gestalt im Augenwinkel. Er erhob sich zu voller Länge und sah, wie die Hoteltür in der Ecke hinter der Arkade geöffnet wurde. Flüchtig konnte er sie sehen, wie sie im Inneren des Hotels »Confusión« verschwand.

Am anderen Ende der Arkade marschierte ein Orchester auf, und Brandy wußte, daß er sich beeilen mußte. Er verließ den Tisch und seinen schlafenden Landsmann, nahm den Hoteleingang ins Visier und ging los. Er versuchte langsam zu gehen, denn mit dem Gleichgewicht stand es nicht zum besten, die kleinste Unebenheit hätte ihn schwanken lassen. An der Hoteltür angekommen, umklammerte er den Messinggriff, die Tür glitt auf, und er befand sich im Vestibül. Der Blick glitt durch die Hotelhalle, er sah nur zwei Männer hinter der Empfangstheke. Er versuchte die Mundwinkel leicht zu lockern, stiefelte zur Theke und stellte eine Frage nach »La Sueca«, der Frau, die gerade vor ihm hereingekommen sei. »Welche Zimmernummer?« Die Männer hinter der Theke verstanden nicht. Brandy wiederholte seine Frage. Ohne Antwort zu erhalten. Er erklärte, diese Frau sei eine gute Freundin, und sie sei seinetwegen zur Fiesta gekommen und brauche ihn. »Welche Zimmernummer hat die Schwedin? Die, die gerade gekommen ist.« Und er erhielt keine Antwort, die Männer hinter der Theke verstanden noch immer nicht. »Es ist wichtig, sie braucht mich«, sagte er. »Oder umgekehrt, Sie verstehen?« Einer der Männer legte jetzt Brandys Zimmerschlüssel auf die Theke. Brandy nahm den Schlüssel und blickte über die Theke, sah aber nur noch einen Mann dahinter. »Wo ist denn der andere?« Der Angesprochene schüttelte den Kopf, sagte etwas von Bett und daß es gut sei, sich ab und zu auszuruhen. Brandy bohrte seinen Blick in ihn. Jetzt erkannte er ihn wieder. »Du hast mir die Schuhe geputzt!« Die Wut war wieder da. Jetzt war er völlig nüchtern und absolut überzeugt. Dieser Mann hinter der Empfangstheke weigerte sich zu bestätigen, daß Margot gerade durch die Halle gegangen war, er weigerte sich, ihm ihre Zimmernummer zu nennen, und er hatte Brandy die Schuhe geputzt. Dies alles versteckte sich hinter dem vorsichtigen, gleichwohl überlegenen Lächeln dieses Mannes, und das war Grund genug, ihm eine Lektion zu erteilen.

»Señor Brandt«, sagte der Mann, »Señor Brandt, die Leute schlafen . . .« – »Sie wollen mir ihre Zimmernummer nicht geben?« Der Widerstand war unüberwindbar. »Dann klopfe ich überall!« Jetzt wurde dieses Lächeln etwas starrer. »Ich klopfe überall!« – »Señor Brandt . . .« – »Seit Jahren«, sagte Brandy, »seit Jahren warte ich.«

Der Mann hinter der Empfangstheke sah jetzt richtig dumm und verständnislos aus, was noch aufreizender wirkte. »Señor Brandt . . .«, und dann hieß es, Señor Brandt sei »borracho«, und dann standen wieder zwei Männer hinter der Theke. Zwei gleich unzuverlässige, ungefällige Schuhputzer, die hier fehl am Platze waren. »Wenn ich nicht innerhalb von fünf Sekunden die Nummer habe . . .« Brandy hatte nur vage Vorstellungen, was nach diesen fünf Sekunden geschehen würde, aber er fing zu zählen an. Die beiden Spanier wechselten Blicke, und als Brandy bei drei angekommen war, fühlte er einen Arm um seine Schultern und begriff, daß er nicht weiter zu zählen brauchte.

Als Brandy aus der Dunkelkammer kam, stand Margots Mann da und betrachtete die Fotos, die an den Wänden des Ateliers hingen. »Ich habe gehört, daß du da drin bist . . . Ich habe gedacht, ich warte . . .« Brandy schwieg und warf dem Mann einen raschen Blick zu, um festzustellen, ob er bewaffnet war. »Ich will nicht stören, aber ich habe die Kinder abgeliefert und bin unten am Hafen gewesen und da . . .« Hinter diesem lockeren, fast rücksichtsvollen Ton konnte sich etwas verbergen. »Hier . . . deine Zeitung.« Der Mann hielt ihm die Morgenzeitung hin, Brandy hätte einen Schritt auf ihn zu machen müssen, um sie zu erreichen. Er bewegte sich nicht. »Was hast du denn gemacht?« Brandys Hosen waren mit Erde beschmiert, an einem Knie war ein Loch.

Brandy war auf so etwas völlig unvorbereitet. Hätte der Mann geklopft, dann hätte er ihn nie hereingelassen. Nun aber stand er da und betrachtete die Fotos an den Wänden, die noch kein anderer gesehen hatte und die keiner zu sehen bekommen sollte. Dort hing ein Bild von seinem Haus, wie es eines Tages bedeckt war von Marienkäfern, und es hing dort ein Bild von einer Frau mit nackten Schultern. Er stand genau vor diesem Bild und sagte: »Hübsch . . .« und lächelte ganz aufrichtig. »Eine große Ähnlichkeit mit Margot, wirklich.«

Brandy drehte sich um und sah durch das Fenster auf der Nordseite. »Sie könnte richtig hübsch sein, wenn sie nur wollte . . .« Der andere klang völlig aufrichtig, da war nicht der leiseste Unterton von irgend etwas anderem. »Du bist gut.«

»Das liegt an den Motiven«, sagte Brandy. Margot war schön, wenn sie ihn ansah. Vielleicht konnte ihr Mann das nicht mehr erkennen. Vielleicht war sie ihm so fremd geworden, daß er sie auf einem Foto nicht mehr wiedererkannte, wenn sie jemanden anlächelte und verliebt war.

»Warst du gestern wieder im Viehstall?«

»Das ist immer so«, sagte Brandy, »zur Zeit.«

»Einen weiten Weg hast du jedenfalls nicht.«

Brandys Haus war das letzte im Dorf, südlich des Mölleån. Das Atelier hatte große Fenster nach Norden, wo die Felder sich auf dem Hang zum Meer ausbreiteten. Pferde weideten auf der Sandsteppe, die das Dorf vom fruchtbaren Boden im Norden und Westen trennte. Dort oben, auf der Kuppe, auf der anderen Seite des Felds, lag der Viehstall. Ein schmaler Pfad führte über die Hügel dorthin, voller Fallgruben und ständig unterwühlt von den Gängen, die die Kaninchen anlegten, und weil sich niemand um den Kaninchenbestand kümmerte, wurden die Aushöhlungen mit jeder Saison umfangreicher. Brandy hatte diesen Weg unter allen nur vorstellbaren Umständen zurückgelegt. Jetzt war er auf allen vieren gekrochen.

»Ihr seid nach Hause gekrochen, oder?«

Wieder hatte Brandy für den Mann einen Blick übrig. So etwas war schon öfter vorgekommen, und er konnte ihn deswegen nicht tadeln. Das gehörte dazu.

»Wenn ich nach Hause krieche«, sagte er, »dann mach ich das allein.«

Brandy sah einen Mann, der eifrig und unvorsichtig gewesen war, er hatte sich ertappen lassen und versuchte das jetzt mit einem Lächeln zu bemänteln. Wieder hielt er die Zeitung hin. »Hier, ich habe gedacht . . .«, er schlug jedoch eine andere Richtung ein und schüttelte den Kopf: »Du siehst wirklich furchtbar aus . . . Ist es so schlimm gewesen?«

Brandy hob die Schultern, es war ihm gleichgültig. Seine Hände schmerzten, und die Hosen waren zerrissen. Zwar war er ein Stück gekrochen, aber er war zu Hause angekommen und war in die Dunkelkammer gegangen, wo man ihn eingeholt hatte und ihm klarer geworden war, nach langer

Reise sozusagen wieder zu Hause. Das Geschwätz und das Brausen waren verstummt, und als er die Dunkelkammer verlassen hatte, geschah das mit dem Gefühl, nach der massiven Aufwartung eines Empfangskomitees endlich in Ruhe gelassen zu werden. Alle, mit denen er in Berührung gekommen war, hatten ihn aufgesucht, und jeder hatte auf irgend etwas hingewiesen. Aber sie waren verschwunden. Ein neuer Tag konnte beginnen.

»Ich brauche einen Kaffee.« Das war ein schlechter Anfang.

»War es so schlimm? Du mußt . . .«

Brandy kehrte ihm den Rücken zu und verschwand in der Küche. Der Mann blieb im Atelier. Er hob die Stimme, um sich verständlich zu machen: »Unheimlich ähnlich, wirklich . . . Die anderen hier . . . Sieht nicht aus wie ein normaler Stierkampf. Die sind gut, aber . . .«

Brandy sah hinunter zum Hafen. Auf der Pier standen einige Leute und warteten auf ein Fischerboot. Sie hatten zusammengefaltete Plastiktüten bei sich, und jeder wollte der erste sein, keiner aber ließ sich das anmerken, man kehrte einander den Rücken zu und versuchte, gelassen und gleichgültig auszusehen. Ungefähr diesen Gesichtsausdruck hatte Margots Mann, als er die Küche betrat.

»Wie sieht das denn normalerweise aus?«

»Mehr wie Oper, irgendwie.«

»Oper?« Eben noch hatte er auf den Knien gelegen und war zu allen möglichen Zugeständnissen bereit gewesen. Noch eine Runde schaffte er nicht, er würde alle beliebigen Papiere unterschreiben: ». . . nie mehr . . .« und seine Tage mit der Reparatur dessen verbringen, was entzweigegangen war, und alles einsammeln, was er verstreut hatte. Jetzt aber war er wieder auf den Füßen und kampfbereit: »Was hast du denn für eine Ahnung von Opern? Und was weißt du eigentlich über Stierkämpfe?«

Der Mann grinste etwas nervös. Er schien einzusehen, daß

er mit diesem lockeren Ton nicht weiterkam. »Nimm dich in acht vor dem Viehstall«, sagte er. »Die ziehen blank, die Brüder.«

»Das weiß ich«, sagte Brandy.

»Margot hat dort auch nichts zu suchen.«

»Ich hab ihr gesagt, sie soll nach Hause gehen.«

»Wirklich?«

Das Verhör hatte begonnen, das Thema stand fest, und Brandy hatte mit Freundlichkeit und Entgegenkommen alles zu gewinnen. Er hatte aber keine Lust. Er wollte den Tag auf eine andere Weise beginnen.

»Arbeitest du heute?« Brandy trank Kaffee und schwieg. »Ich wundere mich nur, wie du das schaffst.«

»Der Doktor sagt immer, ich habe wahrscheinlich ein starkes Herz und eine flotte Leber.«

»Ich beneide dich nicht.«

Dem konnte nicht widerstanden werden: »Das tust du bestimmt. Jedenfalls beneide ich dich. Das weißt du.«

Er hatte schon so oft, wenn auch erfolglos versucht, diesen Mann nicht zu mögen. Er hatte eine Lücke gesucht, ein Loch, durch das er kriechen konnte, eine kleine Passage, die weiterführen konnte. Dieser Mann war mit Margot verheiratet, sie war seine Frau, und das konnte er leugnen, so oft es ihm gefiel, ohne daß sich daran etwas änderte. Dieser Mann hatte sich von Anfang an untadelig verhalten, und auch jetzt machte er keine Fehler. Er hatte alles Recht der Welt, hier in Brandys Küche zu stehen und sich nach verschiedenem zu erkundigen. Es war ein Menschenrecht.

»Ich bin am Hafen gewesen . . .«

»Das hast du schon gesagt.«

»Das Boot, von dem du erzählt hast, ist zu verkaufen. Das mit dem gebrochenen Bugspriet.«

»Die LaIla?« Brandy sah zum Hafen. Eine Zeitlang war er nicht dort gewesen. Er konnte den Mast des Bootes sehen. »Er verkauft also . . .«

»Das kann nicht viel kosten.«

»Willst du auf See gehen?«

»Nein.«

Eine Weile schwiegen sie, und Brandy überlegte. Dieser Mann war zu Schnitzern und Fehltritten verlockt worden, aber er hatte sie mit schlafwandlerischer Sicherheit vermieden. Seine Untadeligkeit ging den Leuten auf die Nerven. In seiner unmittelbaren Umgebung lebten zwei Menschen in der qualvollen Erwartung, daß die Liebe einen Freund in einen Feind verwandeln werde. Noch war es dazu nicht gekommen. Zog sich das Warten noch länger hin, würde die Liebe wahrscheinlich eher sie verwandeln.

»Aber vielleicht ich?«

Der andere mußte lachen. Seine Wangen röteten sich leicht. Sogar auf die einzig angemessene Weise rot konnte er werden.

»Das ist jedenfalls eine anständige Methode . . .«

»Sich zurückziehen?«

»Aufs Meer.«

Das Dorf war früher ein Marktflecken mit vielen Betrieben und Behörden gewesen, weshalb die meisten Angelegenheiten vor Ort erledigt werden konnten. Wenn das, was außerhalb der täglichen Routine lag, nur widerstrebend verrichtet wurde, hieß es infolgedessen, nur ein Unglück könne jemanden von hier wegbringen, es sei denn, man ginge auf See. Das war stets eine Möglichkeit gewesen, in Ehren zu entkommen.

»Vielleicht ist es an der Zeit, das Schild für immer herunterzunehmen.«

Der andere sagte nichts, und das konnte als stillschweigende Zustimmung gewertet werden, als jenes Schweigen, mit dem viele Betriebsschließungen übergangen wurden. Schild um Schild war abgenommen worden, und jetzt gab es nur noch zwei, die erkennen ließen, daß man im Ort irgendeiner geschäftlichen Tätigkeit nachging. Das eine hing am

Badehotel, das für einige Sommermonate nach wie vor geöffnet war, das zweite Schild war schwer zu entziffern und von Wind und Wetter verblichen und abgenutzt, wer aber dicht davorstand, konnte es erkennen: »Brandts Fotoatelier«. Das Schild war schon oft heruntergefallen. Nachbarn hatten es in ihren Gärten gefunden und waren mit diesem Schild vor Brandys Tür gestanden: »Das ist auf dem Boden gelegen . . .«, und der Inhaber konnte darauf nur antworten: »Das muß der Wind heruntergeweht haben«, obwohl alle wußten, daß sie seit Wochen absolute Windstille hatten.

Brandy hatte alles fotografiert, was ein Landfotograf fotografieren muß. Er hatte sich durchgeschleppt mit gelegentlichen Pressefotos, Paßfotos und Porträts zu Gedenktagen. Er hatte Spielsachen im Atelier, mit denen die Kinder verlockt werden sollten, in die Kamera zu lächeln, und er hatte sieben verschiedene Hintergründe für Hochzeitsfotos geerbt. Die meisten entschieden sich für das Alpenmotiv. »Hier iss es ja sonst so flach . . .« Er hatte Dokumentaraufnahmen von Fischern und Landarbeitern gemacht, und im Ausland hatte er sich mit Stierkampf beschäftigt, und einmal war er an den Rand eines Bürgerkrieges geraten.

Mit einer einzigen Arbeit wäre er fast berühmt geworden. Mit dem Foto von seiner nächsten Nachbarin, einer Frau in den Achtzigern. Ein internationales Publikum hatte sie gesehen, und sie hatte die Menschen »Behind the Swedish Model« vertreten dürfen. Sie war die fleißige Ehefrau eines Mannes gewesen, der im Herbst seines Lebens seine ganze Zeit dem Brennholz gewidmet hatte. Man wußte nie, wie der Winter werden würde. Der Alte hatte Baumstämme nach Hause geschleppt, sie zersägt und zerhackt und das Holz dann sorgfältig und präzise aufgestapelt. Auf dem Grundstück lagerte später Holz für ein langes Leben. Aus der Entfernung gesehen hatten die Holzstapel Ähnlichkeit mit Nebengebäuden und Schuppen, einem ganzen kleinen Feriendorf. Ob es an der fehlerhaften Auswertung einer

Luftaufnahme lag, oder ob sich ein mißgünstiger Nachbar beschwert hatte, das wußte man nicht, jedenfalls erregten die Holzstapel das Interesse der Behörden. Eine Untersuchung wurde eingeleitet, ob diese Holzstapel als Gebäude zu gelten hatten, und, in diesem Falle, ob als dauerhafte oder zeitweilige.

Bevor der Alte starb, war es ihm gelungen, eine Ausnahmegenehmigung zu erhalten. Das Brennholz durfte stehenbleiben. Brandy hatte die Frau fotografiert, wie sie durch ihr Stadtviertel aus gestapeltem Brennholz ging. Er fragte sie, wie es ihr jetzt gehe, nun, wo der Mann nicht mehr da war. »Der is nich wäck«, sagte sie, »das Holz is noch nich zu Ende.« Sie tat, was sie konnte, das ganze Jahr über standen bei ihr die Fenster offen, und mitten im Juli, wenn es am heißesten war, konnte man den Rauch eines Herdes wahrnehmen, der nie kalt wurde.

Sie hatte einen Abzug von dieser Aufnahme bekommen, Brandy hatte ihn für sie sogar gerahmt. Sie bedankte sich vielmals und lud ihn zum Kaffee ein, und während er noch in der überheizten Stube saß, hatte sie das Bild ganz hinten in den Schrank gestellt. »So«, sagte sie, »die Fotos, die dein Papa gemacht hat, sind auch immer so blaß geworden, wenn sie draußen gestanden haben.« Dies war der Ruf von »Brandts Fotoatelier«.

»Auf der anderen Seite haben sie die Häfen geöffnet . . . Aber bis dahin ist es wahrscheinlich zu weit, mit diesem Boot.«

»Hängt von der Maschine ab.«

Sie standen beide am Küchenfenster und sahen auf die See. Das Meer war still und war wochenlang so still gewesen.

»Letzte Woche habe ich einen neuen Diesel gesehen. Den hat man fast nicht gehört, und er verbraucht halb so viel wie die alten . . .«

Brandy sah den Mann an, der in seiner Küche stand und ihm vortäuschen wollte, er interessiere sich für Boote. Er war sonnengebräunt und stark und schien viel zu schlafen. »Ein Mann für alle Jahreszeiten«, wie seine Ehefrau das ausdrückte, wenn sie wieder einmal ganz erpicht darauf war, ihn zu verlassen. »Im Sommer trägt er Shorts, und im Winter hat er an allen vier Rädern Schneeketten . . .«

»Wie steht's mit . . .«, begann Brandy. Er zögerte ein wenig und sah, wie der andere besorgt zusammenzuckte. ». . . dem Obst?«

»Normal«, lautete die Antwort. Sie kam rasch, fast ein wenig zu bemüht. »Ich habe bewässert.«

Sie sahen noch immer auf das Meer, eine reine, glänzende Oberfläche mit einigen Reihen von Netzschwimmerkugeln und Stöcken mit roten Wimpeln, die das Ende der Grundnetze markierten.

Ein Boot lief ein, es umrundete den Kopf der Pier. Die auf dem Kai Wartenden stellten sich nun am Kairand auf und raschelten mit ihren Plastiktüten. Zwei Männer im Boot stapelten Holzkisten auf das Deck. Der Fang war mäßig ausgefallen.

»Da geht's knapp zu . . .« Margots Mann nickte zu dem Fischerboot hin.

»Das ist bei allen so.«

»Das ändert sich. Man muß nur warten können.«

»Das ist auch eine Kunst.«

»Aber du hast doch bestimmt Geduld?«

»Ja«, sagte Brandy, »vermutlich.«

»Sonst hat man hier nichts zu suchen.«

»Eine Zeitlang ist es bergab gegangen. Aber jetzt geht's vielleicht umgekehrt.«

Der andere nickte: »Oder man wird alt.«

»Du hast deine Obstbäume, und du hast Kinder und eine Frau. Du kannst doch nicht ungeduldig sein.«

Der andere löste den Blick von der Aussicht und ließ ihn auf Brandys Küchentisch umherirren. Vielleicht konnte er keinen Widerstand mehr leisten. Er wollte nur über eines sprechen, und im Grunde hatte er nicht das geringste Interesse an der See.

»Sie ist heute morgen erst um halb sechs nach Hause gekommen.«

»Aaha.« Brandy versuchte einen so gleichgültigen Eindruck wie möglich zu machen.

»Ist sie hier gewesen, bei dir?«

»Nein, das habe ich dir schon gesagt.«

»Aber im Viehstall ist sie mitgewesen?« Brandy nickte. »Allein?«

»Wir haben uns ein bißchen unterhalten.«

»Dort kann man sich doch nicht unterhalten?«

Brandy mußte lächeln. Das hatte etwas für sich. »Wir . . .«, sagte er trotzdem, »haben es getan.«

»Bis halb sechs?«

Brandy ließ sich Zeit, aber zu lange konnte er auch nicht warten: »Nein.« Er konnte ihr kein Alibi geben, denn er war unvorbereitet und zu müde, um sie zu decken.

»Ihr seid also nicht zusammen nach Hause gekrochen.«

Er erntete einen matten Blick: »Ich war ziemlich ungefährlich.«

»Sie treibt irgend etwas. Sie hat irgendeinen Kerl . . .«

Sie hatten sich vor dem Viehstall getrennt. Er hatte sie hinausbegleitet auf den Hofplatz, und dort war es noch dunkel. Es konnte noch nicht zwei Uhr sein. »Leb eine Zeitlang mit mir«, hatte sie gesagt. – »Wo denn? Hier können wir uns doch nicht zeigen!« – »Dann irgendwo anders.« Er war nicht sehr sicher auf den Beinen und lehnte sich gegen ihr Auto. Das Licht einer Stallaterne war stark genug, daß er in ihre Augen sehen und ihr glauben konnte. Genau in diesem Augenblick hatte er ihr geglaubt, war überzeugt davon, daß sie meinte, was sie sagte. Deshalb wurde die Sache aber noch nicht einfacher. »Wir müssen wegziehen.« – »Und die Kinder?« – »Die kommen mit.« – »So einfach ist das nicht . . .« – »Das geht schon«, hatte sie gesagt, »wenn man etwas wirklich will, dann geht es auch.« Er hatte nach Zigaretten gesucht, hatte die Taschen an seinem Hemd und in den Hosen abgeklopft, hatte aber keine gefunden. Sie hatte ein Päckchen aus ihrer Handtasche genommen und es ihm in die Brusttasche gesteckt. »Aber du weißt nicht, ob du wirklich willst?« Während gleichzeitig ein Streichholz sein Gesicht beleuchtete, hatte er genickt und gesagt: »Ich weiß, worum es geht.« – »Ich auch.« – »Überhaupt nicht. Fahr jetzt heim.« – »Ich will nicht.« – »Das ist hier nichts für dich . . . Du bist müde. Man könnte Dummheiten machen, wenn man so müde ist.« – »Ich werd aus dir nicht schlau.« – »Das geht allen so«, sagte er, »mir selbst auch.« Sie hatte sich auf den Fahrersitz des Autos gesetzt, hatte die Seitenscheibe hochgekurbelt und so laut gerufen, daß man sie bis ins Freie hörte: »Du bist das Schlimmste, was ich erlebt habe. Ich kann's nicht ändern, ich liebe dich trotzdem.«

Brandy hatte Lust auf eine Zigarette, und er tastete die Brusttaschen seines schmuddeligen Khakihemds ab. In der einen Tasche steckte ein Päckchen, aber das war jenes, das er von Margot bekommen hatte. Ihre Marke, ziemlich selten, ihr Mann würde sie wiedererkennen. Gerade in diesem Augenblick waren solche Erinnerungen fehl am Platze. Brandy versuchte eine Zigarette herauszuangeln, ohne das ganze Päckchen zu zeigen. Das mißlang. Er kramte in einer Küchenschublade und fand ein anderes Päckchen.

»Soll ich dir vielleicht mein Ehrenwort geben«, sagte er, »das kannst du haben.«

Er zündete die Zigarette an und nahm einen vorsichtigen Zug. Zwei Augen richteten sich jetzt auf ihn, denen auch nicht das geringste Zögern entging.

»Wieso?«

»Ich weiß nichts.« Brandy erwiderte den Blick des anderen, ohne ihm auszuweichen. »Vermutlich ist sie ein paar Stunden herumgefahren.« Eben das wollte er selbst glauben. »Das macht sie doch manchmal?«

»Das kann sein. Aber gestern nicht.«

»Woher weißt du das?«

»Ich prüfe nach, wie weit die Autos fahren. Das ist notwendig.«

»Was sagt sie denn eigentlich selbst?«

»Wir haben nicht reden können, die Kinder . . .«

Brandy rauchte und schaute aufs Meer, sah aber nichts. Er hatte einen Flottenbesuch verpaßt. Er versuchte zu summieren, was er gesagt hatte, denn er wollte nicht mehr sagen als nötig, um sie zu schützen. Das tat er, ohne über die Angelegenheit nachzudenken. Selbstverständlich würde er sie decken, das war das mindeste. Je mehr er sich aber bemühte, um so stärkere Zweifel kamen ihm. Vielleicht wußten sie alle beide gleich wenig über sie.

»Die Kinder glauben, sie ist krank.«

»Das geht auch in Ordnung.«

»Du weißt, wie es ist . . .«

»Ungefähr.«

»Man glaubt, man kennt den Menschen, mit dem man zusammenlebt, aber . . .«

Der Mann sprach nicht zu Ende. Er nahm sich eine Zigarette aus dem Päckchen auf dem Tisch und hätte sie um ein Haar angezündet. Er brachte ein Streichholz zum Brennen, dann, in letzter Sekunde, schreckte er zurück: »Ich rauche doch gar nicht mehr . . .« Er lächelte, hastig, angestrengt. Noch hatte er nicht die Kontrolle verloren. Er nahm die Zigarette aus dem Mund und brachte es nicht fertig, sie wieder in das Päckchen zu stecken. Sie landete auf dem Tisch, gleich neben einem überfüllten Aschenbecher. »Hiervon erzählst du nichts, oder? Margot . . . daß ich hier war, und dich gefragt habe?!«

Brandy zog an der Zigarette, blies den Rauch gegen das Fenster und verhüllte mit der Rauchwolke die Aussicht auf die Bucht. Nichts hatte dieser Mann erfahren. Wenn er bald ging, würde er weniger wissen als vorher. Brandy schwankte plötzlich, wie nach einem unvermittelten Abfall des Blutdrucks. Für einen Moment war er taub, und als die Festigkeit sich wieder einstellte, wollte er sagen: »Hast du etwas gesagt?«, vermied es aber. Vielleicht kam es von der Zigarette, oder ihn hatte etwas Schlimmeres befallen. Margots Mann hatte keinerlei Informationen bekommen, und bald würde er gehen und weniger wissen als vorher. Statt dessen hatte Brandy etwas erfahren.

»Weißt du, das sitzt tief«, sagte der andere. »Ich bin keiner, der unnötig herumschnüffelt.«

»Das weiß ich«, sagte Brandy.

»Vielleicht weißt du, warum ich mich an dich wende?«

»Habe ich dir denn schon jemals etwas erzählt?«

Der andere zuckte mit den Schultern: »Hast du das?«

»Nein«, sagte Brandy. »Nie.«

Keppen lag auf der Bettbank und schnüffelte an einer Strickjacke. Fliegen krochen über den Küchentisch. Sie kopulierten. Er konnte dieses eigentümliche Summen hören, wenn sie aufeinandersaßen. »Wir müssen Fliegenfänger haben«, hatte Margot erst vor kurzem gesagt. Dann hatte sie zwei auf einen Streich mit der Zeitung erschlagen. Auch die hatten kopuliert. Keppen atmete tief durch die Jacke ein, sie wurde deutlicher und wurde ganz körperlich durch den Duft, der noch in der Wolle hing. Viel war nicht mehr davon übrig, nur ein leichter Stich von ihr. Aber das reichte aus, er brauchte so wenig. Er hörte, wie die Fliegen mit ihrem eigentümlichen Summen kopulierten, und sah Margot vor sich, die zusammengerollte Zeitung in der hoch erhobenen Hand. Manchmal trug sie nur ein Hemd und nichts darunter. Sie war schön, besonders, wenn sie Fliegen jagte und das Achselband dieses Hemdes herunterrutschte. »Früher ist es schlimmer gewesen«, hatte er gesagt und hatte gesehen, wie sich ihre Brüste unter dem dünnen Hemd bewegten. »Mit den Fliegen . . .« Wenn er an einer günstigen Stelle saß, während sie mit dem Handfeger und dem Kehrblech die toten Fliegen auf dem Fußboden aufkehrte und sich vorbeugte, konnte er diese Brüste ganz deutlich sehen.

Er bohrte sein Gesicht in die Strickjacke und holte tief Luft. Für einen kurzen Augenblick war sie sozusagen bei ihm, und er nutzte die Gelegenheit und sog so viel von dem Duft ein, wie er bekommen konnte, und ließ sich davon erfüllen, hörte ihre Stimme, sah ihre Gestalt, den besorgten Blick, die Schwermut, ihr ruhiges, stilles Wesen und diesen Blutdurst, wenn sie Fliegen jagte. All dies fuhr durch ihn hindurch, bis es explodierte und er mehr tot als lebendig war und wieder nach Luft schnappen mußte, keuchend, schnaubend, nach einer Luft, die ihm nur allzu bekannt war, diesen schweren, süßen, muffigen Geruch, eingeschlossen und sauer, in einem Haus ohne Frau.

Die Strickjacke hatte eines Tages auf einem Stuhl gehangen. Sie hatte sie vergessen, denn es war ein Tag gewesen, der kalt begonnen und heiß geendet hatte. Sie hatte ihre Pflichten bei Keppen verrichtet, und ihr war warm geworden und sie hatte die Jacke ausgezogen und über einen Stuhl gehängt, und als sie nachmittags gegangen war, hatte sie sie vergessen. Keppen hatte sie den ganzen Abend dort hängen lassen, am Morgen aber, am Tag danach, hatte er sie auf einem Kleiderbügel in die Diele gehängt. Die Strickjacke war völlig sichtbar gewesen, und bestimmt hatte Margot sie auch gesehen, hatte aber wieder vergessen, sie mit nach Hause zu nehmen.

So hatte die Jacke dort den ganzen Sommer über gehangen, und nach einiger Zeit hatte Keppen sich angewöhnt, zu dieser Jacke zu gehen, darüberzustreichen, das Gesicht in die Wolle zu stecken und zu spüren, wie ihm ihr Duft so rein und klar entgegenschlug, als stehe sie selbst hier vor ihm. Sie hatte einen Duft, der nicht von irgendeinem Parfüm stammte, sondern von etwas weniger Aufwendigem, vielleicht nur von einer besonderen Seife, aber er war leicht wiederzuerkennen. Manchmal rief er sich in Erinnerung und drängte sich durch und an allem anderen vorbei. Dann konnte er fallen lassen, was er in Händen hielt, und einfach die Augen schließen und es zulassen.

Weil sie niemals darüber gesprochen hatte, hatte Keppen sich schließlich erdreistet, die Strickjacke an eine Stelle zu legen, wo Margot sie nicht so leicht sehen und sich erinnern konnte. Er wollte sie behalten und nahm an, sie vermisse die Jacke nicht. Ab und zu bildete er sich sogar ein, sie habe die Jacke absichtlich vergessen, weil sie wollte, daß sich etwas, das ihr gehörte, im Haus befand. Schließlich hatte sie gesagt: »Wir müssen Fliegenfänger haben.« Keppen waren die Fliegen eigentlich gleichgültig. Er war daran gewöhnt. Er hörte nur dieses »wir«.

Bald aber würde der Herbst kommen, es würde wieder kalt werden, und sie würde ihre alte Jacke vielleicht vermissen, würde danach suchen und sich an verschiedenes erinnern und Fragen stellen. So weit wollte Keppen nicht denken. Er wußte nicht genau, was er dann antworten würde, und wie er erklären sollte, warum die Strickjacke jetzt so aussah. Er hätte gern gehabt, daß sie die Strickjacke wieder anzog, damit sie sich wieder mit ihren Düften füllte, die Kraft, die die Wolle einmal besessen hatte, war verflogen, und sie war ein wenig anonym geworden. Bald wäre es eine beliebige alte Strickjacke. Falls die Flecken herausgingen.

So weit aber wollte er nicht denken. Er wollte einfach daliegen und durch die Wolle atmen und ihre Witterung aufnehmen und alles andere vergessen. Das aber durfte er jetzt nicht ungestört tun.

Im Stall klapperte etwas, und Keppen setzte sich auf der Bettbank auf. »Diese Kerle . . .« Schnell war er auf den Füßen. Er spähte aus dem Fenster auf der Vorderseite, doch dort sah er nichts, dann ging er in die Kammer und spähte aus dem Fenster auf der Rückseite und sah auch dort nichts.

Hinter der Kammer lag ein Vorraum, und dort befand sich die Tür zum Stall. Keppen ging hin und sah durch ein Loch in der Tür. Dort draußen schien es still und ruhig zu sein, wie es seine Ordnung hatte. »Natürlich vermehren die sich, die armen Kerle . . .«

Er ging wieder in die Küche. Auf dem Herd stand ein großer eiserner Topf mit Essen, das Margot mitten in der Nacht zubereitet hatte. Müde und traurig hatte sie dagestanden und hatte Gemüse und gebratenes Fleisch kleingeschnitten. »So muß das sein.« Einige Male hatte er das gesagt. »Überhaupt nicht.« Sie war sehr entschieden gewesen und hatte nicht einmal gelacht. »Du bist verrückt.« Vermutlich hatte sie recht, sein Instinkt aber sagte ihm, wenn er sie anrührte, wäre alles verloren.

Der Topf war noch lauwarm. Er sah auf die Uhr, bald war es Mittag. ». . . vermehren sich, und dann haben sie nur noch mehr Hunger.«

Draußen war es still, es war Samstag. Keppen hatte einen Kalender, der an einem Nagel an der Wand hing. Er fiel oft herunter, denn darunter hingen die Kalender der letzten Jahre. Er weigerte sich, sie wegzuwerfen, und seltsamerweise hatte sie ihn verstanden. Als sie zu ihm ins Haus gekommen war und sein Haus geputzt hatte und ihn aus dem Sofa ausgegraben hatte, hatte die Zeit wieder begonnen. Er hatte sich das Datum des Tages und die Uhrzeit nicht gemerkt, und noch nicht einmal, in welchem Jahr das gewesen war. Die Zeit gehörte den anderen, und solange die anderen für sich entschieden hatten, daß er verrückt sei, mochten sie ihre Zeit behalten. Mochten sie herumlaufen und ihre Tage zählen, an denen er nicht teilhatte.

»Glaubst du, daß ich verrückt bin?« Er hatte sie einige Male gefragt, und sie hatte geantwortet, das glaube sie nicht. Margot kam aus einer anderen Gegend, und von seinem Rattenkönig hatte sie nie gehört. Da hatte er sie mit in den Stall genommen und hatte gedeutet und es ihr gezeigt: »Dort ist er gelegen . . .«, wie schon so oft zuvor. Nachbarn und andere Leute aus der Gegend waren gekommen, um ihn sich anzusehen, und manche staunten, so etwas hatten sie in diesem Land noch nie gesehen: »Di dar hor ente himma har . . .« Aber die meisten hatten den Kopf geschüttelt und hatten Keppen bedeutungsvolle Blicke zugeworfen: »Das ist nur Schwindel«, hieß es. »Keppen ist verdreht.« Oder, noch schlimmer: »Der spielt sich nur auf.«

Sein Bruder war gekommen und war so verdrießlich wie immer gewesen. »Was hast du denn jetzt wieder angestellt?« Er war in den Stall gestiefelt und hatte die fünf Ratten betrachtet, die an ihren Schwänzen zu einem großen Klumpen zusammengedreht waren, fünf Tiere, die sich nicht mehr trennen ließen, von denen jedes in eine andere Richtung wollte, ohne irgendwohin zu kommen, aneinandergebunden und unfähig, Wasser und Futter zu finden: »Du quälst sie nur.«

»Die hierher gekommen sind, waren wie verwandelt«, sagte Keppen. Er hatte gesehen, wie es geschah. »Sie waren hier und haben es sich angesehen, und die meisten sind mit einer Wut im Bauch weggegangen, wie ich sie noch nie erlebt habe. Als habe sie mein Rattenkönig an etwas erinnert, was sie nicht sehen wollten.«

Das hatte er dem Gemeindepfarrer erzählt, denn bald hatte er niemanden mehr, an den er sich wenden konnte. Wenn seine Nachbarn ihm nicht die kalte Schulter gezeigt und Gerüchte verbreitet hätten, er sei verrückt geworden, dann hätte er vielleicht nicht viel Aufhebens davon gemacht. Jetzt aber hieß es, seine Verrücktheit sei nicht unerwartet gekommen. Er habe so lange allein gelebt und habe aufgehört, sich zu waschen und den Briefkasten zu leeren, das Gras stand hoch um das Haus herum, und sein ganzer Hof verfiel, eine Schande für die Gegend. Da ist es nichts Besonderes, daß der Alte sich fünf große Ratten fängt und ihre Schwänze verknotet. So etwas hätte man schon fast erwarten können, hieß es jetzt. Keppen habe nie mit den anderen zusammengearbeitet, nicht einmal in der Jugend. Er sei nur widerspenstig gewesen, und sein eigener Bruder habe die Nase voll gehabt und ihm den Rücken gekehrt.

»Mein Bruder nämlich hat ihn erschlagen . . .« Der Rattenkönig hatte nur drei Tage und drei Nächte in Keppens Stall regieren dürfen. Keppen hatte den Tieren Futter und Wasser gegeben, damit sie nicht verschmachteten. Als christliche Tat hatte er das verstanden, und er wollte, daß man sich den »Munarchen« ansah, ihn bestätigte und ihn auf irgendeine Weise schriftlich festhielt. »Vielleicht im Königsverzeichnis?« hatte einer gesagt, der sich über ihn lustig machen wollte.

Der Pfarrer war der einzige gewesen, an den er sich wenden konnte, und als der Rattenkönig am Morgen des vierten Tags fort war, ging Keppen geradewegs zum Pfarrhof, um mit jemandem zu sprechen, der nicht so war wie die anderen. Aber er war empört dorthin gekommen, und verzweifelt ist er von dort weggegangen. Wahrscheinlich hatte auch der Pfarrer nicht an die Echtheit des Rattenkönigs geglaubt, der war genauso mißtrauisch gewesen.

»Und die Wut?« Keppen hatte dem Pfarrer erklären wollen, wie alle von dieser Wut überfallen wurden. Diejenigen, die Zweifel hatten und gemeint hatten, er wolle sie betrügen, und jene, die meinten, Keppen selbst hätte die Schwänze seiner fünf Ratten zusammengebunden, und wütend waren, weil sie sich die Mühe gemacht und dorthin gegangen waren. Die anderen aber, die ihm vertrauten und den Rattenkönig für echt hielten, die waren genauso wütend. »Woher kommt diese Wut?«

Eine gute Antwort hatte Keppen nicht erhalten. Der Pfarrer hatte etwas ausweichend über die Zeit im allgemeinen gesprochen, über das Unvermögen des Menschen, Zeichen zu deuten, und wie wichtig es sei, Zuversicht zu haben.

»Sollte das ein Zeichen sein?« Aber Keppen hatte keine Antwort erhalten. Der Pfarrer zog es vor, sich zurückzuhalten und abzuwarten. »Wenigstens für dich«, soviel konnte er sich gestatten. Vielleicht konnte Keppen es verstehen. »Das ist wohl Stoff für eine Predigt«, hatte Keppen gesagt. »Nicht gerade jetzt vielleicht«, hatte der Pfarrer geantwortet.

Ungefähr soviel war bei dem Gespräch mit dem Pfarrer herausgekommen. Er hatte sich mehr erhofft, der Pfarrer aber war wie alle anderen.

Dann hatte er sich auf seine Bettbank in der Küche gelegt und war dort geblieben, bis sie ihm die Hauspflegerin geschickt hatten. Er galt als unzurechnungsfähig und benötigte Hilfe. So war Margot zu ihm gekommen, und das war nur das Werk des Rattenkönigs. Der hatte ihn fast verkommen und untergehen lassen, im letzten Augenblick aber war sie in seine Küche getreten, hatte die Fliegen verjagt, hatte die Kalenderblätter abgerissen und frische Luft ins Haus gelassen; sie hatte ihn vom Sofa geholt, hatte ihm Essen gegeben, seine Haare geschnitten und seine Füße gepflegt und Beweise einer Liebe abgelegt, die er niemals für möglich gehalten hätte. Man hatte sie ihm geschenkt, er hatte sie angenommen und hatte versucht, sie zu begreifen, dies aber war unmöglich. Sie war unvergleichlich, und bald war er so erfüllt von ihr, wie er in den drei Tagen und drei Nächten erfüllt gewesen war, als der Rattenkönig in seinem Stall regiert hatte.

Auch jetzt war er von ihr erfüllt, als er den großen Topf aus der Küche holte und ihn in den Vorraum trug, um ihn an die Stalltür zu stellen. »Wer gibt, dem wird gegeben . . .« Keppen nahm starrköpfig an und gab ebenso starrköpfig, er tat es aber trotz allem, erfüllt von Dankbarkeit und vom Trotz befriedigt.

Sobald er den Riegel der Stalltür öffnete, konnte er hören, wie es im Stroh raschelte und hin und her huschte. Er trug den Topf in den Stall und fühlte sofort, wie sich zehn dunkle Augen auf ihn richteten, und konnte zufriedene, erwartungsvolle Geräusche wahrnehmen; hier war ein Hunger, der gestillt werden mußte. Er stellte den Topf auf den Boden, mehr brauchte er nicht zu tun. Seine Schützlinge hier draußen durften essen, wie und wann sie wollten.

Keppen saß vor einer leeren Box auf einem Melkschemel, und bald hörte er ein vergnügtes Schnabulieren, kauende, schlingende Kiefer, schluckende Schlünde, schmatzende Lippen. Es klang, wie es in einem Stall klingen mußte. Dort mußte gefressen und wiedergekäut und geblökt und gestampft und gestoßen werden, und Brunst mußte es dort geben, und Kälber mußten geboren werden.

»Ihr wollt euch also vermehren«, sagte Keppen und ließ den Blick in der Lichtflut ruhen, die vom Vorraum hereinkam. Das einzige Licht, das die Natur hier beisteuerte. »Da habt ihr recht. Hier gibt es nur Idioten.«

Keppen erwartete keine Antwort. Er sah in ein Paar braune Augen, die ihn fragend, unsicher und fast flehentlich ansahen. Aber sie verstanden schon, was er meinte. »Warum bist du zu mir gekommen?« Keppen konnte nicht allzu lange in diese Augen sehen. Er senkte den Blick und ließ ihn im Licht hinter der Tür ruhen.

Das Kauen und Schlucken ging weiter, und dieses Geräusch klang herrlich. »Das sollten sie nur wissen«, sagte er, »diese Idioten . . . Dann würdet ihr eine Wut kennenlernen. Kochen würden sie, in ihrem eigenen Blut. Ha!«

Sofort richteten sich fünf Paar Augen auf ihn. Das Kauen hörte auf, und eine Weile war es völlig still.

»Bald müßt ihr weg von hier«, sagte er. »Weiter ins Dunkle. Es gibt noch mehr . . . Glaubt bloß nicht, daß das hier etwas ist.« Wieder lachte Keppen, und langsam begannen die Kiefer wieder zu mahlen. »Satt werdet ihr werden, jedenfalls von der Dunkelheit . . .«

Ein Kratzen im großen Eisentopf, ein dumpfer Ton. Keppen erwartete kein Verständnis, aber er war daran gewöhnt. Es war so, wie es immer war, und er saß gerne hier und redete ein bißchen, während sie sich satt aßen.

»Ich habe euch fünf geliehen bekommen . . .« So war das nämlich. Jetzt hatte er es begriffen. Dieser König war ihm geliehen worden, und er sollte ihn eine Zeitlang pflegen, denn kein anderer sonst kannte seinen Wert. Die anderen konnten nur ihren Haß, ihre Wut und ihren Unverstand aufbieten.

Der Pfarrer hatte sich nach und nach gebessert.

»Der Mann der Kirche will also verhandeln?« Keppen hatte Margot gefragt, denn sie hatte ihm einen Vorschlag, wechselseitig auszutauschen, überbracht. »Ihr tauscht doch alles miteinander aus ...« Der Pfarrer konnte Keppen geben, was dieser wollte, und Keppen seinerseits konnte für den Pfarrer etwas tun, das sonst kein anderer in der Gegend tun wollte oder zu tun wagte.

Keppen war keineswegs erstaunt, daß der Mann der Kirche in einen Austausch einwilligte. So war der Gang der Welt. Die Kirche stand nicht außerhalb. Keppen hatte seinen leeren Stall, und der Pfarrer bot einen Weg zurück an, einen Weg zu Rehabilitation bereits in diesem Leben.

Eine Belohnung war in Aussicht gestellt worden, am Sonntag würde der Pfarrer den Hauptgottesdienst abhalten und predigen, und das Thema stand fest. Als Keppen an diesem Samstag draußen in seinem Stall saß und das Kratzen im großen Eisentopf hörte, meinte er, es höre sich an wie der dumpfe Glockenklang einer entfernten Kirche.

Das Telefon läutete lang, bis sie antwortete. Brandy wußte, wieviel Zeit ihm zur Verfügung stand, also ließ er es läuten. In der Zwischenzeit sah er hinunter zum Hafen, wo sich zufriedene Kunden mit fischgefüllten Plastiktüten entfernten. Dort unten lag ein Boot, das zu verkaufen war. Im Augenblick konnte er nicht an die See denken, so weit aber konnte er denken, daß er sich nach dem Preis erkundigen mußte. Er brauchte ein Boot. Vielleicht nicht in diesem Augenblick, aber bald. Schon einige Male in seinem Leben hätte er ein Boot gebraucht, war aber auch ohne eines zurechtgekommen. Nur manche überkommt diese Ahnung, viele machen niemals mit ihr Bekanntschaft und können ein ganzes Leben an Land verbringen, ohne je auf den Gedanken zu verfallen, alles könne sich ändern, wenn sie nur hinauskämen auf See. Brandy aber gehörte zu ersten Sorte. Er hatte immer gewußt, daß ihm fester Boden unter den Füßen schlecht bekam. Noch konnte er Widerstand leisten, wenn er aber nachgab, würde die Not ihn hinauszwingen, fort, weit über jene Reichweite hinaus, die ihm derzeit noch gestattete, anzurufen und zu warten, bis sie abhob.

Als sie es nach endlosem Klingeln dann schließlich tat, sagte er: »Dein Mann ist hier gewesen. Er ist auf dem Heimweg. Ich habe dich nicht richtig absichern können . . .« Nach den Geräuschen, die sie von sich gab, zu urteilen, war sie verschlafen. Sie atmete tief und schwer. Brandy war sich nicht sicher, ob sie verstand, was er sagte. »Er wollte wissen, wo du heute nacht warst. Darauf habe ich ihm keine Antwort geben können, leider . . .«

»Bei dir?« brachte sie schließlich heraus.

»Bei mir bist du nicht gewesen.«

»Bist du nüchtern?«

»So einigermaßen«, sagte er.
»Er ist bei dir gewesen?«
»Was weiß er eigentlich?«
»Nichts«, sagte sie. »Nichts.«
»Sieht so aus, als wüßte er doch etwas.«
»Was sollte er denn wissen?«
»Daß du und ich . . .«
»Ja?« sagte sie. »Daß ich und du, was?«
»Du verstehst schon.«
»Nein«, sagte sie. Jetzt schien sie völlig wach zu sein. »Eben das tu ich nicht.«
»Entschuldige, wenn ich dich geweckt habe.«
»Hör auf.«
Er schwieg einen Augenblick. Er legte den Hörer weg, holte eine Zigarette heraus, steckte sie an und nahm einen Zug. Er versuchte die Augen zu schließen, doch wurde ihm dadurch schlecht. Er wollte sie zurückhaben, diese Gewißheit, die er mitten in der Nacht im Hof vor dem Viehstall gehabt hatte, als sie ihn angesehen und vieles gesagt hatte, was er hören und woran er glauben wollte. Er erinnerte sich ganz deutlich, wie das war, wenn man an sie glaubte, und daß er um ein Haar an sich selbst geglaubt hätte. Jetzt aber gab es dieses Gefühl nicht mehr.
»Was machst du?«
»Ich rauche.«
»Er ist auf dem Heimweg?«
»Vermutlich.«
»Ist er böse?«
»Nicht besonders. Er ist eigenartig, aber . . .«
»Und du? Bist du böse?«
»Ein bißchen.«
»Ich vielleicht schon«, sagte sie. »Das geht ihn überhaupt nichts . . .«
»Das ist nur menschlich«, sagte Brandy. »Mir ginge es genauso.«

»Erniedrigend ist das.«

»Für wen?«

»Für alle.«

»Ich sehe das nicht so. Heute nicht.«

Sie schwieg eine Zeitlang, und Brandy rauchte und versuchte dieses Gefühl wieder heraufzubeschwören. Er kam sich aber nur schmutzig vor. Nicht mehr geschah, als daß er sich richtig widerwärtig vorkam.

»Was willst du damit sagen? Heute . . .?«

»Es ist nicht das erste Mal gewesen«, sagte Brandy. »Dein Mann . . .«

»Hat er schon öfter gefragt?« Jetzt klang sie wirklich beunruhigt, und Brandy mußte erklären: »Einige Male«, sagte er. »Er weiß mehr, als du glaubst, mehr als . . . Er weiß mehr als du und ich.«

»Was kann er denn wissen, was sonst keiner weiß?«

Er hörte, wie sie atmete und sich im Bett herumdrehte. Er wußte, wie ihr Schlafzimmer aussah, denn einmal war er dort gewesen, und er war unter dem Vorwand dorthin geraten, er müsse sich die ungewöhnlich häßlichen Tapeten ansehen. Ihr Mann hatte sie selbst ausgesucht, und der saß derweil allein in der Küche und schämte sich, und als sie Brandy in den Schritt griff, reagierte er so heftig, daß er eine ganze Weile warten mußte, bis er sich wieder zeigen konnte.

Jetzt hörte es sich an, als werfe sie, warm und empört, die Decke ab. Sie seufzte und sagte ungeduldig: »Das geht nicht so weiter.« Brandy stimmte ihr zu.

»Wir müssen etwas tun. Du mußt . . .«

»Eins nach dem anderen«, sagte er. »Ich möchte wissen, wo du heute nacht gewesen bist. Ich habe dich noch nie gefragt. Vielleicht heißt das etwas.«

»Was?« sagte sie. »Was soll das heißen?«

»Quatsch«, sagte er. »So etwas gehört wahrscheinlich dazu.«

»Das halte ich nicht aus«, sagte sie. »Fängst du jetzt auch an . . .«

»Wir sind vermutlich so.«

»Ich kann es leider nicht sagen. Vielleicht bald. Aber im Augenblick nicht. Das mußt du hinnehmen.«

Brandy zog einige Male tief an seiner Zigarette und merkte, wie es sich in seinem Kopf drehte. Der Schmutz umschloß ihn. Er hatte einen Druck auf der Brust. Das Atmen fiel ihm zunehmend schwerer. Wieder versuchte er die Augen zu schließen und diesen Augenblick in der vergangenen Nacht heraufzubeschwören, als er sie angesehen hatte, und als es fast gelungen wäre, und er sich eingebildet hatte, sie hätten tatsächlich eine Möglichkeit, und wenn sie es nur wollten und aufrichtig wären, würde ihre Übereinkunft Bestand haben, und wenn ihr »wir« schwach war, bekäme es Kraft gegen all »die anderen«.

»Er ist eigenartig, dein Mann«, sagte Brandy.

»Wieso?« Sie hörte sich fast verletzt an.

»Er hat dich auf dem Foto nicht wiedererkannt.«

»Hat er es gesehen?«

Brandy gefiel ihre Reaktion nicht. »Ja«, sagte er. »Aber er hat dich nicht erkannt. Falls er dich doch erkannt hat, ist er ein verflucht guter Schauspieler.

»Möglich«, sagte sie. »Ich weiß nicht mehr, was er ist.«

»Eifersüchtig«, sagte Brandy.

»Nein«, sagte sie, »eifersüchtig nicht. Verletzt vielleicht.«

»Das ist alles so beschissen.«

»Vieles«, sagte sie, »aber nicht alles. Ich weiß, es kann anders werden. Jetzt muß ich auflegen. Sag, daß du mich liebst!«

»Leg nicht auf.«

»Ich muß. Er ist jetzt hier. Sag's!«

»Ich . . .«, zu mehr kam er nicht. Sie legte auf.

Das war etwas Neues. Eine Vorsicht, die sie früher nicht an den Tag gelegt hatte. Früher hatte sie den Abschied in die

Länge gezogen, länger und länger, als wolle sie das Schicksal herausfordern und bei ihrem Mann Argwohn erregen oder es sogar so weit treiben, daß Brandy in die Enge getrieben wurde und sich zu ihr bekennen mußte oder sie verleugnete oder zumindest irgend etwas unternahm, was die Angelegenheit voranbrachte, fort von diesem toten Punkt und der nagenden Erwartung, entweder der Mann unternähme einen falschen Schritt, oder der Geliebte hätte die richtige Eingebung, oder sie selbst bräche ganz einfach zusammen.

Brandy stand eine Zeitlang am Telefon und fühlte sich leer und voller Zweifel. Er hatte nicht ein einziges überzeugendes Gefühl in sich. Sogar einen Drink hätte er abgelehnt. Das einzig Verläßliche war dieses schmutzige Gefühl. Als sei Margots Mann zu ihm gekommen, um seinen Müll abzuliefern.

Darauf mußte er gefaßt sein. Solange dies anhielt, mußte Brandy auf alles gefaßt sein. »Dein Mann«, hatte er einmal vor längerer Zeit gefragt, »dein Mann, jagt der eigentlich?« – »Nein«, hatte sie geantwortet, »ich glaube nicht.« – »Dann krieg es raus!« – »Warum?« Vielleicht lag es daran, daß sie nicht aus dieser Gegend kam, jedenfalls konnte sie nicht begreifen, warum Brandy das wissen wollte. »Der tut keiner Fliege etwas zuleide.« Das hatte Brandy schon öfter gehört. So wurde über eifersüchtige Männer immer gesprochen, die später entsprungenen Ehefrauen, ihren Geliebten und sich selbst ein Loch in den Schädel schossen.

Es gab aber auch solche, die sich mit Müll begnügten, solche, die unsichtbaren Müll um sich verbreiteten, so daß alle Beteiligten in einem fürchterlichen Gestank herumlaufen mußten, der ihre Augen tränen ließ. Man konnte es aushalten, wenn man allein war, sobald man aber auf einen der Beteiligten stieß, vervielfachte sich der Gestank und war absolut unerträglich. Auf diese Weise brachte man Menschen dazu, einander aus dem Weg zu gehen.

Das Gefühl pflegte sich auf der Fiesta in Spanien nach den

ersten Tagen einzustellen. Alles war schmuddelig und besudelt, und es gab verläßliche Methoden, mit deren Hilfe einem das Unbehagen erspart blieb, falls es sich einstellte. Befand er sich aber zu Hause, war dies schwieriger, denn wie sehr er auch danach suchte, er konnte diesen Abfall nicht finden, ihn nicht einsammeln und sich seiner auf diese Weise entledigen. Gleichwohl war das Gefühl lästig, so als leide er an einem undefinierbaren Juckreiz. Er kratzte sich am ganzen Körper, suchte überall nach Insektenstichen, öffnete Kleiderschränke, durchsuchte Schubladen und Winkel, ohne etwas Besonderes zu finden.

Die Folge war, daß er bald am Küchentisch saß, vor sich einen ganzen Berg belichteter, aber noch nicht entwickelter Filmrollen. Überall im Haus hatten sie herumgelegen oder hatten aufgereiht dort gestanden oder hatten in Taschen gesteckt. Sie hätten schon längst entwickelt sein sollen, anderes war dazwischengekommen.

Er hatte Porträtaufnahmen von Leuten gemacht und hatte sich später, zu Hause in der Dunkelkammer, völlig fremden Gesichtern gegenübergesehen, die auf unergründlichen Wegen in seine Kamera geraten waren. Menschen hatten sich dem Fotografen zugewandt und hatten zu lächeln versucht, eine Sekunde war in Bruchteile zerhackt worden und hatte ihre Spuren auf dem Filmstreifen hinterlassen. Jedesmal, wenn Brandy eine dieser Reihen anonymer Menschen sah, konnte ihn eine solche Scham überfallen, daß er tagelang trank. Die Augen, die ihn auf den Bildern ansahen, gehörten Menschen, die geglaubt hatten, man habe sie bemerkt und wirklich gesehen. Vielleicht waren sie eine solche Behandlung nicht gewohnt und begegneten der Kamera mit dem Besten, das sie besaßen.

Obwohl es sich genau umgekehrt verhielt. Entdeckt wurde der Fotograf, weit später, zu Hause in seiner Dunkelkammer, wenn die Blicke der Porträtierten im Entwicklerbad herausgewaschen wurden und sich zunehmend deutlicher abzeichneten, bis sie zu guter Letzt den Fotografen ertappten, ihn gleichsam an die Wand nagelten und ihn zu dem Geständnis zwangen, daß er sich in Wirklichkeit, und vielleicht vor ganz kurzer Zeit, an einem ganz anderen Ort befunden hatte, wo man ihn erkannt, bestätigt und, weil er sich nicht daran erinnerte, mit größter Wahrscheinlichkeit auch verachtet hatte.

Auf diese Weise eingeholt zu werden, war schlimmer und grausamer, als in einem fremden Bett mit einer fremden Frau neben sich aufzuwachen, einer Frau, die in einer fremden Sprache eine Vergütung für ihre Dienste forderte. Diese Art des Austauschs pflegte sich seltsamerweise dank einer strikten Geschäftsmäßigkeit erträglich zu gestalten. Die Blicke, die sich in der Dunkelkammer auf Brandy richteten, verlangten anderes, etwas, von dem er nicht wußte, wo er es hatte.

Die Filmrollen blieben auf dem Küchentisch liegen. Brandy ging ins Atelier und setzte sich in den Korbsessel. Noch juckte es ihn am ganzen Körper, und er wußte, dieser Juckreiz würde eine Zeitlang andauern. Er mußte ihn ertragen.

An den Wänden hingen Fotos, die er Tag für Tag betrachtete, um festzustellen, was an ihnen nicht in Ordnung war. Es gab dort eine Porträtaufnahme von Margot, die aussah wie ein Gemälde von Modigliani, und es gab dort ein Bild von zahllosen Marienkäfern, das fast völlig schwarz war. In dieser Schwärze mußte es viel Eifersucht geben. Brandy starrte fast flehentlich auf dieses Gewimmel von Insekten, wie auf ein Götzenbild, das ihm die Kraft der Erfüllung schenken konnte. Diesem Schmutz zog er alles vor, was auch immer das sein mochte. Er konnte fast auf den Tag genau angeben, wann er dieses Foto aufgenommen hatte. Es war Anfang August gewesen. Margot hatte angerufen und gesagt: »Ich bin das . . . Komm schnell her, bring die Kamera mit!« Brandy hatte mit Einwänden kommen wollen, sich herausreden wollen, weil er so überrascht war. Seit über einem Monat hatten sie nicht mehr miteinander gesprochen, und jeder Tag war ihm wie ein Sieg erschienen.

Er war aus Spanien zurückgekommen, erschöpft und nahe daran, eingeholt zu werden von vielen Beweisen dafür, wie sinnlos es war, fliehen zu wollen. Heiße Sommertage folgten, die er sich mit Arbeit in der Dunkelkammer vertrieb. Er mied den Stall und schränkte seinen Konsum ein. Margot ließ nichts von sich hören, und eine Zeitlang redete er sich erfolgreich ein, es sei etwas passiert, das Ganze gehe dem Ende entgegen, stehe im Begriff abzusterben, seine »verfluchte Vernunft« hätte endlich den Sieg davongetragen. Er war auf dem Weg zum Glück.

Gleichwohl hielt er sich selten mehr als fünf Meter vom Telefon entfernt auf, und sobald es klingelte, eilte er hin, beherrschte sich, holte tief Luft und hoffte – und befürchtete es gleichzeitig –, das sei sie. Immer aber war es ein anderer. Meist die Zeitungsredaktion in der Stadt, die nach Fotos fragte, mit denen Beachtenswertes illustriert werden konnte. Sie wollten ihn auf den alljährlichen Jahrmarkt schicken. Er versuchte, dem zu entkommen, aber er brauchte Geld.

Der Jahrmarktsplatz lag unmittelbar südlich des Dorfes, in dem Brandy wohnte, und er konnte ihn mit einem Fußweg von fünf Minuten erreichen. Im vorigen Jahr hatte beim Markt eine Hitze wie im Backofen geherrscht. Brandy saß im Garten, als das Ganze am Mittag losging und ein schwacher Sommerwind die Geräusche zu ihm trug. Es hörte sich an, als habe jemand ein riesiges Trichtergrammophon in Gang gesetzt. Brandy hatte viel Zeit. Er wußte, welche Fotos die Redaktion haben wollte. Waghälse, die kopfüber, kopfunter an Gummiseilen hingen, uralte Zigeunerfrauen, die seit siebzig Jahren aus der Hand lasen, und gewaltige Stripteasetänzerinnen, die vorzugsweise verdrossen auszusehen hatten, weil sie sich immer mißverstanden fühlten. Brandy machte so etwas nicht zum ersten Mal.

Eine der Neuheiten in diesem Jahr war ein Stand der »Gebrüder Joncker Autoveredlung«, wo man maßgeschneiderte Autos bestellen konnte. »Brandy, komm, mach ein Foto!« Da standen sie alle drei und sahen schmuck aus in ihren glänzenden lila Hemden. »Dann kriegst du einen ...« Sie hatten Erfrischungen bei sich.

Wie Brandy später erfuhr, hatte er sich am späten Abend dieses Jahrmarktstages in einem Zelt aufgehalten, in dem Leute öffentlich auftreten und, begleitet von einer Band, Lieder vortragen konnten. Die Brüder Joncker hatten einen Auftritt absolviert, der zu einigem Durcheinander führte, und Brandy war vom Reporter der Zeitung entdeckt worden, der sich auf den Fotografen stürzte und ihn von der Bühne herunterzerrte. »Mit dir ist es aus, Brandy! Jetzt reicht's!« Der Reporter war empört, er zerrte seinen Fotografen aus dem Zelt und goß Wasser über ihn. Brandy wurde sich des Anliegens dieses Reporters bewußt. Er hatte per Kurier Fotos vom Jahrmarkt an die Redaktion geschickt, frühabends war die Jahrmarktsbeilage in Druck gegangen, und durch einen Zufall hatte es der Reporter entdeckt: »Du hast uns alte Fotos geschickt! Madame Lucy ist dieses Jahr gar nicht hier! Du bist ein verdammter Betrüger, Brandy! Du bist fertig, finito, basta! Kapierst du?« – »Was macht das denn für einen Unterschied?« hatte Brandy geantwortet. »Das ist doch Jahr für Jahr dasselbe ...« Weiter waren sie nicht gekommen, denn jetzt traten die Brüder Joncker als Verteidiger des Fotografen auf. »Braucht der eine Abreibung?« Sie umgaben Brandy wie eine Mauer, und der Reporter war starr und blaß und sprachlos. »Sag, was er kriegen soll. Dann kriegt er's.« Plötzlich hielt Brandy das Schicksal dieses Reporters in Händen. »Einen Schnaps«, sagte er. »Gebt ihm einen Schnaps.«

Das Schild »Brandts Fotoatelier« war im Kartoffelacker des Nachbarn gelandet, und Brandy war eine Zeitlang unsichtbar geblieben. Er hielt sich in der Dunkelkammer auf und entwickelte viel, ohne zu erledigen, was er eigentlich entwickeln wollte. Er war auf Fotos gestoßen, bei denen er weder den Entstehungsort kannte noch wußte, wen sie zeigten und was sie zu berichten hatten. Die meisten lächelten genau in die Kamera. Sie sahen keck aus, unverfroren. Als hätten sie Vertrauen zum Fotografen oder verachteten ihn womöglich. Je mehr er mit diesem Lächeln konfrontiert wurde, um so weniger nahm er die Freude wahr. Einige lächelten womöglich aus Eitelkeit, die meisten aber lächelten auf eine Art, die er schließlich für höhnisch hielt.

Infolgedessen war er nicht darauf vorbereitet, als das Telefon läutete. »Ich bin das . . . Komm schnell her, bring die Kamera mit!« – »Was ist denn los?« sagte er. »Ich habe keine . . .« Sie aber war eifrig und bestimmt: »Hier gibt es eine Menge Marienkäfer, die du dir anschauen mußt!«

Brandy packte seine Tasche und fuhr mit dem Auto zu den Obstgärten, wo sie wohnte. Die Trockenheit hatte lange angehalten, und der Weg war staubig. Die Bäume aber trugen reichlich Früchte. Die Obstbauern hatten den ganzen Sommer hindurch bewässert.

Schon von weitem konnte er erkennen, daß die Giebelwand eines Hauses von Insekten völlig dunkel war. Sie wohnte in einem weißgekalkten Steinhaus auf einer Anhöhe, mit Aussicht über wogende Reihen von Apfelbäumen. Sie stand an der Giebelwand, betrachtete die Marienkäfer und erwartete ihn.

Sie hatten sich lange nicht gesehen, sie aber machte sich nicht einmal die Mühe, ihn richtig zu begrüßen. »Beeil dich«, sagte sie, »plötzlich sind die alle wieder weg.« Sie war sonnengebräunt und trug weiße Hosen und ein weißes Hemd. »Das müssen Millionen sein.«

Sie war allein zu Hause. Die Kinder hatten gerade mit dem Schuljahr begonnen, und ihr Mann saß unten im Tal, gut einen Kilometer entfernt, auf dem Traktor. Deutlich war das Motorengeräusch zu hören. Er schien beschäftigt zu sein. Er gehörte zu denen, die am Vormittag einen See anlegten, am Nachmittag einen Wald und abends ein Gebäude versetzten.

An der östlichen Giebelwand wuchs eine Kletterrose mit tiefroten Blüten. Sie war nicht mehr sichtbar. Die ganze Giebelwand war von Marienkäfern bedeckt, und aus einigen Metern Entfernung betrachtet schien sie mit glänzendem Pech bestrichen zu sein. Trat man näher, konnte man ein stumpf glänzendes Rot bemerken, einen metallischen Glanz, wie den Glutherd unter einer dünnen Kohlenschicht. Ein Windhauch, und alles würde leuchten.

Es war ein fesselnder Anblick, schön und widerwärtig. Für einen Fotografen völlig bedeutungslos.

»Wo kommen die her?«

»Ich weiß nicht. Vor ein paar Jahren hatten wir auch eine Invasion. Aber das war noch nicht einmal die Hälfte . . .«

»Ist auch egal, wo sie herkommen.«

Noch immer achtete sie auf einen gewissen Abstand. Noch hatte er nicht eine Chance bekommen, sie auch nur zu streifen. Sobald er einen Schritt in ihre Richtung machte, rückte sie ab, den Blick unablässig auf das Insektengewimmel gerichtet.

Zäh und starrköpfig grummelte unten im Tal der Traktor. Brandy hatte Schwarzweiß in der Kamera und machte einige Versuche, seine Hände aber waren zu unsicher. Margot stand ein Stück hinter ihm, und er machte einige Aufnahmen, erkannte aber rasch, daß es sinnlos war. Er zitterte zu stark, und das Motiv ließ sich schwer variieren. Trotzdem mußte er den Schein wahren. Er tat, was er konnte, um sich wie ein mit seiner Arbeit beschäftigter Fotograf zu geben.

»Du hast die Fiesta also überlebt . . .«

Er drückte ein paarmal aufs Geratewohl ab: »Leider.«

»Sag so was nicht.«

»Ein Teil«, sagte er, »ein Teil hätte gern sterben können.«

»Und welcher?«

»Meine verfluchte Vernunft.«

»Aber die hat überlebt?«

»Scheint so.«

»Und der Rest?«

»Der auch.«

Der Traktor drehte seine Runden und arbeitete schwer und beharrlich dort unten im Tal. Brandy feuerte die letzten Bilder des Films ab. Er hatte noch zwei, als er sah, wie der Schatten Margots auf den Boden fiel, und aus dem, was der Alptraum eines Fotografen hätte sein können, wurde plötzlich etwas anderes, eine Art geisterhafter Anwesenheit entstand in ihrem rabenschwarzen Schatten auf diesem Marienkäfer-Gewimmel, und als er die letzten beiden Aufnahmen machte, verschwand der Schatten aus dem Bild, und er bemerkte, daß sie von hinten näher kam. Bevor er noch die Kamera vom Auge genommen hatte, hatte sie ihre Arme um ihn gelegt. So blieb sie stehen, an ihn geklammert, und atmete nur und seufzte und fuhr mit den Händen über seine Brust, und weiter über den Bauch zu seinem Gürtel, einer Art Grenze, die der Anstand gebot, da diese Grenze aber schon überschritten war, gab es keinen Grund, Widerstand zu leisten. Er hatte Mühe, das Gleichgewicht zu halten, drehte sich um und stand ihr, Gesicht zu Gesicht, gegenüber, und sie küßten sich und hielten einander fest in einem Griff, den keiner lockern wollte. Ihre Lippen trafen sich und trennten sich, und sie bissen aufeinander, kratzten einander, schwankten. Brandy schloß die Augen und griff mit der einen Hand in ihr Haar, schöpfte die langen Haare über ihre Stirn und sog ihren Duft ein, ließ sich von ihr erfüllen und hörte nur ihre Laute, sah nur sie und wußte nur noch das.

»Ich bin krank vor Sehnsucht gewesen.«

»Gut«, sagte er.

»Ich habe versucht, die Ehefrau zu sein. Aber das geht nicht.«

»Ich habe versucht, das hier zu vergessen.«

»Ich liebe dich.«

»Hier können wir nicht stehenbleiben.«

»Das ist mir gleichgültig«, sagte sie. »Komm jetzt nicht mit deiner verfluchten Vernunft. Fühl mal . . .« Sie nahm seine Hand und legte sie zwischen ihre Beine. Brandy erwiderte ihren Blick, und nichts auf der Welt schien sie noch zu kümmern. »Komm . . .«

Sie zog ihn mit sich über den Hof in den Lagerraum. Dort standen hohe Stapel von Obstkisten, die noch leer waren, der Duft aber hing in ihnen. Sie lehnte sich gegen einen Stapel, zog ihn an sich, streichelte ihn, knöpfte die Knöpfe seines Hemds auf, war aber so ungeduldig, daß sie es ihm über den Kopf zog. Er zog ihr das Hemd aus und küßte ihre Brüste, kniete sich vor ihr hin und knöpfte ihre Hose auf.

Das Traktorengeräusch im Tal hatte jetzt seinen Klang geändert. Die anschwellenden, hochtourigen Töne fehlten. Brandy hörte nur noch ein träges Leiern, konnte aber nicht entscheiden, ob es lauter oder leiser wurde. Er versuchte zu lauschen, hatte aber Schwierigkeiten mit dem Wahrnehmungsvermögen. Jetzt war Margot fast ganz aus ihren Kleidern und preßte ihre Schenkel an sein Gesicht und stand so eine Zeitlang still. »Komm«, sagte sie dann und legte sich auf die Kleider. Der Boden des Lagers war kühl, das aber war kein Hindernis. Brandy beugte sich über sie, küßte ihre Brüste und ihren Hals und fühlte, wie ihre Hände und Arme an ihm zerrten.

Er aber hielt inne, mitten in einer Bewegung, drehte den Kopf ein wenig, um besser hören zu können.

»Ist er das?« sagte sie.

»Hörst du das nicht?«

»Wir haben Zeit!«

Aber Brandy sah ihr in die Augen und schüttelte den Kopf.

»Soll er mich erschießen!«

Brandy erhob sich auf die Knie, bewegte sich nicht und

lauschte. Jetzt hörte man es ganz klar und deutlich. Er sah Margot an und schüttelte den Kopf. Früher hatte er dieses Geräusch gemocht. Der Klang eines Traktors konnte einem das Gefühl geben, es sei Hilfe unterwegs. Jetzt aber hörte er sich ganz anders an. Das quälend zuverlässige Geräusch eines Traktors, der sich auf einem staubigen Kiesweg nähert, hatte einen völlig ausweglosen Klang.

»Einen Traktor hört man weit ... Wenn die mit einem Traktor hier gewesen wären, mitten in der Nacht, das hätte ich gehört.« Johnson hatte nachgedacht und über diese rätselhaften Kreise und Striche auf seinem Roggenacker gegrübelt, ohne zu einem nennenswerten Ergebnis zu kommen. Zu guter Letzt hatte er sich ein Herz gefaßt und die Presse alarmiert. Er empfing sie im besten Anzug.

»Was meinst du?« Der Reporter sprach Brandy an. »Kannst du ... Kannst du was aufnehmen?«

Der Fotograf hatte lange nichts gesagt. Er betrachtete die Feldkreise dort oben. Sie waren in der vorangegangenen Nacht dorthin gekommen, und er versuchte sich Klarheit zu verschaffen, zu welchem Zeitpunkt er an Johnsons Besitz vorbeigekommen war. Er war mit den Brüdern Joncker oben über den Kamm des Höhenzugs gegangen, an einem Stacheldrahtzaun entlang, hinter dem die Schafe gehalten wurden. Jetzt, als er hier unten auf Johnsons Hof stand, konnte er den Weg mit dem Blick verfolgen. Der Joncker-Hof und der Viehstall lagen hinter einem Hügel. Irgendwann kurz nach Anbruch des Morgens waren sie bei Johnson vorbeigekommen und hatten nichts gesehen. Sonderlich viel hatte der Fotograf in jenem Augenblick ohnehin nicht sehen können, aber einem von ihnen wäre es aufgefallen, wenn Leute draußen auf dem Feld gewesen wären.

Die Brüder Joncker waren vorausgegangen, und er hatte eine Weile allein dort oben gestanden und die Landschaft betrachtet. Auf dieser sonderbaren Kräuterwurst hatte er gekaut. Dann war er weitergegangen, durch die Schlucht. Dessen war er sich sicher, denn er wußte, daß ihm dort dieser Duft in die Nase gestiegen war, der Duft von süßlicher Fäulnis.

Vieles an dem Weg vom Viehstall zur Werkstatt der Brüder war unklar. Er kannte nicht den exakten Zeitpunkt, er wußte nicht genau, welchen Weg er gegangen war, wie lange er gebraucht hatte, bis er dorthin gekommen war, und wieviel Vorsprung die Brüder gehabt hatten. Er konnte sich jedoch mit Bestimmtheit daran erinnern, daß er die Werkstatt erreicht und drei feuchte Jeans gesehen hatte, die zum Trocknen über der offenen Werkstattür hingen. Er hatte einen Kaffee mit Schnaps bekommen, und ihm war warm im Körper geworden.

»Was meinst du?«

»Etwas Ähnliches habe ich noch nie gesehen.« Der Fotograf hielt es für angeraten, über seine Unternehmungen in dieser Gegend Stillschweigen zu bewahren. »Kommt man auf das Dach?« sagte er. »Wenn ich Fotos machen soll . . .?«

»Ich habe meine Zweifel«, sagte der Reporter. »Wir gehen erst hin und sehen es uns an.«

Johnson warf dem Reporter einen Blick zu, hinter dem sich die gleiche Skepsis verbarg. »Ja«, sagte er, »versteht sich. Aber dann gibt es kein Zurück.«

»Ach?« sagte der Reporter, »und was heißt das?«

»Alles habe ich überdacht«, sagte der Bauer. »Alle möglichen Erklärungen, natürliche und andere.«

»Und was sind das für welche?«

»Kugelblitze«, sagte Johnson. »Ausgeschlossen. Wirbelwinde. Ausgeschlossen. Das Natürlichste sind unsere Nachbarn.« Er sah abwechselnd den Fotografen und den Reporter an, als wolle er feststellen, ob sie zustimmten. »Dort gibt es drei Söhne, die . . . die Gebrüder Joncker . . . Ja, bei denen weiß man nie.«

»Was sagen sie denn dazu?«

»Ich habe mit ihrer Mutter gesprochen«, sagte Johnson. »Diesem Zigeunerweib . . . Die schlafen, ihre feinen Jungs. Mitten am hellichten Tag . . . Weil sie ganze Nächte lang tanzen müssen . . .«

Der Fotograf mußte lachen. Die beiden anderen sahen ihn erstaunt an. Er gab ihnen keine Erklärung.

». . . darum konnten sie nicht geweckt werden«, fuhr Johnson fort. »Aber sie wußte mit Sicherheit, daß sie zu Hause gewesen sind. Sie könne garantieren, daß die auf meinen Feldern auch nicht den kleinsten Halm geknickt hätten.«

»O.K.«, sagte der Reporter. »Wir gehen rauf und sehen uns das an.«

Der Bauer ging voraus. Der Reporter packte den Fotografen am Arm, um ihn zurückzuhalten, damit Johnson etwas Vorsprung bekam. Der Reporter wollte mit seinem Fotografen unter vier Augen sprechen. »Du weißt etwas . . .«, sagte er. »Bist du heute nacht im Viehstall gewesen?«

Das konnte der Fotograf nicht leugnen. Jeder, der ihn kannte, konnte sehen, wo er die Nacht verbracht hatte.

»Du hast gehört, was er gesagt hat.«

»Ihre Mutter . . .«, sagte der Reporter. Er sah Johnson nach, der langsam den Hang zum Roggenfeld hinaufging. Der Mann hielt an, drehte sich um und wartete auf sie. »Kann man der denn glauben?«

»Machst du dir deswegen Gedanken?« sagte der Fotograf.

»Ich will wissen, ob das die Brüder Joncker gewesen sind.«

»Schwer zu sagen«, meinte der Fotograf. »Ich glaube nicht. Die sind nicht in Form gewesen.«

»Aber sicher bist du nicht?«

»Du weißt doch, wie das manchmal geht.«

»Wenn du irgend etwas hierüber weißt«, sagte der Reporter, »dann ist es aus mit dir. Hast du das verstanden! Mich schmierst du nicht noch mal an!«

»Ich weiß absolut nichts«, sagte der Fotograf.

Der Reporter sah seinen Kollegen mit Abscheu an. »Verfluchte Idiotie«, sagte er. »Das ist nicht mehr als eine verfluchte Idiotie.«

»Das hast du schon gesagt.«

Der Reporter hatte das mittlerweile recht oft gesagt, seit er zu dem Fotografen gekommen war und gesagt hatte: »Wir müssen zu einem Bauern hier in der Nähe . . . Der hat irgendeine Scheiße auf seinem Feld . . . Eine Spur . . . oder ein Zeichen, hat er gesagt. Solche wie in England.«

Der Fotograf hatte sich drücken wollen. »Ich habe keine Zeit. Ich muß gleich zum Pfarrer. Offensichtlich will der . . .« – »Der kann warten«, sagte der Reporter. »Wahrscheinlich ist das alles die pure Idiotie, aber der kann warten. Er wird ja doch aufgehängt.« – »Wegen seines Artikel über die Flüchtlinge?« – »Hast du denn mit ihm gesprochen?« – »Nein«, sagte der Fotograf, »aber ich habe meine Verbindungen.«

»Das ist zwar alles nur Idiotie, aber der Pfarrer kann warten.«

Der Reporter hatte das so oft wiederholt, daß es den Anschein bekam, als wolle er in erster Linie sich selbst überzeugen. »Verdammte Idiotie . . .« Als er jetzt hinaufsah zum Roggenfeld mit dem großen Zeichen und dem Bauern, der bereits dort angekommen war und dort wartend stand, hörte er sich genauso mißtrauisch wie vorher an. »Irgendeiner erlaubt sich einen Spaß mit dem. Wir müssen rauskriegen, ob er Feinde hat. Bestimmt hat er Schulden. Jeder hat doch irgendeinen Feind. Ich habe diese Menschen so satt . . .«

»So ist es doch überall«, sagte der Fotograf.

»Die hier sind die Schlimmsten. Komm jetzt.«

Sie folgten dem Bauern auf das Feld. Johnson hatte sich an das Kreuz gestellt, wo sich zwei Linien rechtwinklig schnitten. Die eine Linie verband die beiden Kreise, ausgehend vom Rand des einen Kreises lief sie durch das Kreuz fast bis zur Mitte des zweiten Kreises. Die zweite, rechtwinklige Linie war kürzer.

»Fünfzig«, sagte Johnson. »Sie ist fünfzig Meter lang,

diese Linie. Die andere ist länger. Jeder Kreis hat fünfundsiebzig Fuß Durchmesser ...«

»Ja, ja«, sagte der Reporter müde. »Ist schon gut. Die Frage ist bloß, wie das gemacht wurde. Ich drehe eine Runde.«

Der Reporter folgte der Linie in Richtung Südosten. Der Fotograf war am Feldrand stehengeblieben. Dieses Feld war nur einen Steinwurf von der Koppel entfernt, auf der die Schafe weideten und wo die Brüder Joncker gestanden und sich gestritten hatten, wieviel Meter Wurst ihre Mutter jährlich herstellte. Oder waren es Fuß gewesen? »Fünfzig!« – »Fünfundsiebzig!« – »Fünfzig! Keinen Meter mehr ...« Das Thema war so kitzlig, daß es ausgereicht hätte, sie gegeneinander blankziehen zu lassen, wenn sie das gewollt hätten. So weit war es aber nicht gekommen. Irgendeiner von ihnen, vermutlich der älteste, war zurückgewichen und war weggegangen. »Johnson hat noch die halbe Ernte draußen!« hatte er gerufen.

Der Erwähnte stand jetzt schweratmend mitten auf seinem Feld. Es war heiß in der Sonne, aber Johnson schien das nichts auszumachen. Er hatte etwas Gelassenes und Würdiges an sich, wie er dort, mitten in seinem dürftigen Roggenfeld, in seinem besten Anzug stand. Der Fotograf machte einige Aufnahmen von ihm. Der Mann fühlte sich beobachtet, und vielleicht straffte er den Rücken ein wenig, im übrigen schien die Kamera ihn nicht zu stören. Das war im Sucher deutlich zu erkennen. Sobald eine Kamera in der Nähe war, verstiegen sich die Menschen meist zu irgend etwas. Irgend etwas passierte mit den Gesichtszügen. Die meisten täuschten etwas vor, was es dort sonst nicht gab, so, als gingen sie alle von einem Defizit aus. Johnson aber blieb unverändert. Er stand da, breitbeinig, im besten Anzug, die Holzschuhe fest auf dem Boden, als absolute Selbstverständlichkeit inmitten von lauter Unklarheiten. Er hatte es nicht nötig, irgendwelche Fratzen zu schneiden oder seine

Mängel auszugleichen. Im selben Augenblick, in dem die Kamera summte, begriff der Fotograf, daß Johnson, auf dem Foto, wie die Unerklärbarkeit an sich wirken würde.

»Heißer kann's nicht werden«, sagte der Bauer, »und wenn man sein Lebtag lang sündigen würde.«

»Du hast mit der Ernte gewartet.«

Johnson nickte: »Ja, ich habe gewartet.«

»Das ist auch eine Kunst.«

»Vielleicht«, sagte Johnson, »habe ich hierauf gewartet.« Er streckte die Arme aus, als wolle er dieses ganze Phänomen einbeziehen.

Ganz hinten, am Südostende des Phänomens, stand der Reporter. Der Fotograf konnte ihn mit dem Teleobjektiv heranholen, und sobald er seinen Kollegen klar und deutlich sah, entdeckte er, daß die Wangen dieses Mannes dort drüben glänzten. Im ersten Augenblick sah es aus, als glänzten sie vor Schweiß, bald aber hatte es den Anschein, als stehe er dort und weine, ein ruhiges, stilles Weinen, ohne Schluchzer oder andere Gebärden. Lautlos war es vermutlich auch. Sein Weinen bestand lediglich aus Tränen, die ihm fast unmerklich über die Wangen strömten. Obwohl er sich dem Fotografen zugewandt hatte, schien er es nicht zu bemerken.

»Ja«, sagte Johnson, »dort kann er stehenbleiben.«

»Glaubst du das?«

»Wenn du die Maschine da weglegen würdest . . .«, Johnson richtete einen großen Zeigefinger auf die Kamera, »würdest du das auch merken.«

»Was?«

»Daß es da drin etwas gibt.«

Der Reporter stand mucksmäuschenstill am einen Ende des Zeichens und flennte. Der Bauer war einige Schritte rückwärts in den nordwestlichen Kreis getreten und blinzelte mit den Augen, das Gesicht der Sonne zugewendet.

Der Fotograf blieb auf jenem Teil des Feldes, der das Zeichen umgab. Mit einem anderen Objektiv und aus einer anderen Position hätte er eine Aufnahme von den beiden Männern im Inneren des Zeichens machen können, und bestimmt hätte er etwas recht Bemerkenswertes zustande gebracht, er aber war unfähig, sich so weit zu bewegen. Er zog es vor, beiden seinen Rücken zu zeigen. Wenn nichts anderes, so war das eine Art, beiden Respekt zu erweisen.

»Hoch-den-Schwanz-und-rein-und-raus-und-rein-und-raus-und-rein . . .«

Die beiden Männer, jeder in seinem Kreis, verzogen keine Miene. Sie konnten es nicht gehört haben. Der Fotograf sah hinunter zum Fuß der Anhöhe, und weit drüben konnte er Dicken erkennen. Er war der Nachbar Johnsons. Er könnte ebensogut der Nachbar in einer geschlossenen Abteilung gewesen sein, und er lief immer die Landstraße auf und ab und schrie, wenn ihn keiner zu irgendwelchen Verrichtungen brauchte. Seine Ausrufe trugen dazu bei, daß recht wenige bereit waren, ihn zu beschäftigen. Wenn er Arbeit bekam, dann stets ganz hinten auf dem entlegensten Feldstück. Trotzdem hörte man ihn.

Der Fotograf ging zum Hof hinunter. Der Reporter und Johnson standen noch unbeweglich in den Kreisen. Der Fotograf winkte, um seinem Kollegen ein Zeichen zu geben, deutete auf den Hof, bewirkte aber keinerlei Reaktion. Der Reporter schien unerreichbar und völlig gefangen zu sein.

»Auf alle Fälle nimmt dieser Mann seinen Job ernst«, sagte ein alter Redakteur bei der Zeitung immer. »Das ist unser Terrier . . .« So hieß es häufig im Zusammenhang mit Auseinandersetzungen, wenn der Zeitung Schadenersatzklagen von Leuten drohten, die sich bloßgestellt fühlten. In dieser Gegend hatte es viele Konkurse gegeben, und der Reporter war ein Experte in der Ermittlung von Undurchsichtigkeiten bei ihrer Abwicklung.

Jetzt stand dieser Spürhund am einen Ende der Johnsonschen Feldkreise und vergoß Tränen. Das mußte fotografisch festgehalten werden. Man wußte nie, was noch geschah, und für einen Fotografen war es immer gut, wenn er über Fotos seiner Kollegen verfügte, die sie in weniger vorteilhaften Situationen zeigten.

Er erreichte den Hof. Vom Giebel eines Nebengebäudes hing eine Leiter herunter. Er nahm sie und stellte sie ans Wohngebäude, wo es eine Dachleiter gab. Ungefähr im selben Augenblick, als er rittlings auf dem Dachfirst neben dem Schornstein saß, glitt eine einsame Wolke über den Himmel und vor die Sonne. Der Wolkenschatten zog schnell über den Boden. Sofort bewegten sich die beiden Männer. Nachdem sie mucksmäuschenstill gestanden hatten, kamen sie sozusagen ohne Anlauf wieder in Gang, als sei nichts geschehen. »Wo ist denn die Wolke?« rief Johnson dem Reporter zu, der mit der einen Hand die Augen überschattete. Er wirkte verdutzt.

Von seinem Ausguck überblickte der Fotograf das ganze Zeichen, und er versuchte herauszufinden, ob es Spuren gab, die auf einen Täter schließen ließen, konnte aber nichts derartiges feststellen. Er tat sein Bestes, um dieser Einmaligkeit Gerechtigkeit widerfahren zu lassen, mußte aber annehmen, daß dies unmöglich war. Wie sehr er sich auch bemühte, und er balancierte sogar auf dem Schornstein, das Resultat würde nur eines von vielen Fotos sein. Schon nach dem ersten Film wurde es reizlos. Der Fotograf war bedrückt. Angesichts dieser Großartigkeit hatte er keine Chance. Das Resultat würde beklemmend ausfallen. Allzu unvermittelt wurde er an die Unzulänglichkeit erinnert, vielleicht war es die der Kamera, er aber machte sie zu seiner eigenen.

»Komm runter von da oben! Unfälle können wir uns nicht leisten!« Der Reporter stand mit Johnson unten im Hof. Jetzt hatte er Block und Stift in der Hand. Johnson stand, verschwitzt und kurzatmig, aber würdig und gesammelt im Schatten. Er war jetzt Gegenstand eines Zeitungsinterviews. War der Reporter vorher ein wenig skeptisch und fast herablassend gewesen, so hatte sich sein Ton nun, nachdem er das Phänomen besichtigt hatte, geändert. »Wie«, fragte der Reporter, ». . . hat dieser Tag eigentlich begonnen?«

Johnson ließ sich Zeit. Er hatte den ganzen Morgen überlegt und war gut vorbereitet. Hier waren Antworten nicht selbstverständlich, und jedes Wort wurde lang und wohl erwogen. »Es . . .«, hob er an, ». . . ist irgendwie gewesen wie nach dem Orkan . . .« Der Reporter schrieb. »Ich bin von Geräuschen wach geworden . . . von einem Ton, der seinesgleichen nicht hat. Ich wollte nur hinaus und beeilte mich, obwohl ich nicht wußte, warum. Es ist gewesen wie nach dem Orkan, als alles wieder still war und man hinaus mußte, um all die Verwüstung zu . . . inspizieren.«

»Was haben Sie denn gedacht? Als Sie das gesehen haben?«

Jetzt war Johnson flinker: »Ich habe gesagt: ›was zum Teufel . . .‹ Aber ich habe mich sofort besonnen und habe gesagt: ›Was um Gottes willen . . .‹«

»Damit es sich zum Guten wende?«

Johnson nickte. »Ich habe das Gefühl gehabt, ich werde beobachtet . . . Obwohl noch kein lebendes Wesen in den Kleidern war.«

»Und das war am frühen Morgen?«

»Ja«, sagte Johnson. »Feierlich ist es gewesen. Sehr feierlich.«

»Aber Sie müssen sich doch gleich gefragt haben . . . Gefragt haben, was das ist?«

»Gefragt haben?« sagte Johnson. »Das frage ich mich immer noch.«

»Ich meine, wie es dorthin kommt . . .«

»Was glauben Sie denn selbst?«

Der Reporter war nicht hier, um irgend etwas zu glauben. Er war unterwegs, um Informationen zu sammeln. »Ich muß mit Leuten reden, die sich mit so etwas auskennen. In England sind solche Kreise aufgetreten . . .«

»In England?« Johnson klang verlegen. »Warum denn?«

Die Tür des Wohngebäudes stand offen, und in der Diele, die nur ein schwarzer Schacht war, ließ sich eine Gestalt ahnen, die mit leiser Stimme sagte: »Der Kaffee ist fertig.«

Das Gespräch stockte. »Ach so . . .«, brummte Johnson.

»Ihr möchtet bestimmt Kaffee.« Er sah die Presseleute fragend an.

»Danke, gern«, sagte der Reporter. Der Fotograf stimmte zu, woraufhin Johnson in der dunklen Diele verschwand und gleich darauf mit einem Tablett zurückkam, auf dem sich Kaffee befand und ein noch warmer Zuckerkuchen. »Hat den Ihre Frau gebacken?« sagte der Reporter.

Er bekam keine Antwort. Johnson stellte das Tablett auf einen runden Tisch im Hof. Auch das Tablett war rund, wie der Zuckerkuchen. Still war es, und die Wolke, die vorhin die Sonne verdeckt hatte, hatte ihren Kurs geändert und kam zurück, für einen kurzen Augenblick verringerte sich die Lichtstärke erheblich, und alle standen da wie eingefroren. Der Fotograf ließ den Blick auf der weißen Tischplatte ruhen, und plötzlich sah er ein anderes Licht, einen anderen Schatten und hörte andere Schritte, hinkende Schritte, und dann hörte er heiser und schrill: »San Fermín!«

Noch nicht einmal eine Erinnerung, nur der Widerschein einer Erinnerung, der hastig vergeht und einen mit einem unbefriedigten Gefühl zurückläßt, insbesondere, wenn man müde und kraftlos ist. Die anderen bewegten sich wieder, der Fotograf aber stand reglos da und versuchte vergeblich, diese Empfindung wieder zu beleben, ungefähr so, als erkenne er an einer Frau, die er liebte, den Vater, nur an der Art ihres Lächelns, einem Zucken des Mundwinkels, einem sich schnell verändernden Blick. Etwas, dessen er gewahr wurde, das er aber nicht sehen wollte, um es dann, sobald es verschwunden war, trotzdem wieder sehen zu wollen, aufmerksamer und unerläßlich jetzt, aber vielleicht gerade darum chancenlos.

Johnson hatte drei Tassen Kaffee eingeschenkt und bot seinen Gästen von dem Zuckerkuchen an. Er war noch warm und sehr weich.

»Nun«, sagte der Reporter. »Was sollen wir denn jetzt davon halten?«

Johnson legte ein Stück Zuckerkuchen auf seine riesige Hand und blies darauf. »Sie haben es doch selbst gemerkt«, sagte er, und blies den Zuckerkuchen an, als wolle er, daß der sich erhob und wegflog.

»Wieso?«

»Dort drin . . .«, sagte Johnson. »Da gibt es etwas. Das merkt man, wenn man dort steht. Eine Kraft. Sie haben sie empfunden.«

»Aha«, sagte der Reporter. »Daran kann ich mich nicht erinnern.« Er sah den Fotografen an, als erwarte er von ihm eine Bestätigung. Der Fotograf aber schaute unverwandt auf den runden Tisch und hatte etwas Abwesendes an sich. Er schien nicht zuzuhören.

»Sie haben doch sonst noch mit niemand darüber gesprochen . . .«, sagte der Reporter. »Mit Zeitungen, meine ich.«

»Nein«, sagte Johnson.

»Das kann eine ganze Menge Betrieb hier in der Gegend geben. Sobald sich das verbreitet. Darauf müssen Sie gefaßt sein.«

»Die sind mir willkommen. Wenn sie nur nicht zu viel zertrampeln.«

»Stellen Sie einen Zaun auf«, sagte der Reporter. »Kraft . . . Ja, vielleicht.«

Johnson verzehrte Zuckerkuchen, nahm mit seinen derben Fingern unendlich vorsichtig kleine Stücke. »Es kommt also in die Zeitung?«

Der Reporter lächelte oder schnitt zumindest eine Grimasse. »Natürlich«, sagte er. »Ohne Rücksicht darauf, was die Experten sagen.«

»Es gibt Experten?«

»Ich habe mit einem gesprochen«, sagte der Reporter. »Das ist irgendein Forscher. Bestimmt ist er schon unterwegs hierher. Ich weiß nicht ... Ich ...«

Noch hatten sie es nicht bemerkt, aber Dicken stand jetzt am Stall und glotzte und kaute auf der Unterlippe. Er war stehengeblieben und kam erst näher, als er dazu aufgefordert wurde.

»Der Geruch zieht ihn an!« Johnson lachte und schüttelte den Kopf. »Picken riecht frischgebackenen Kuchen auf vier Kilometer Entfernung! Das steht fest.« Es war nicht seine Absicht, daß das gehört wurde, der andere aber hatte bestimmt jedes Wort verstanden. »Dicken ist unser nächster Nachbar. Er hilft manchmal ...«

»Was meinst du denn?« Der Reporter hob die Stimme und wandte sich an den Mann im blauen Arbeitsanzug. Er machte eine Kopfbewegung zum Roggenfeld: »Dazu?«

Der Mann grinste etwas nervös und scharrte mit einem Schuh am Boden. »Komm her«, sagte Johnson. »Vielleicht kommst du in die Zeitung.«

Dicken kam vorsichtig näher. Er trat an den Tisch und erhielt ein Stück Zuckerkuchen, das Johnson abgeschnitten hatte.

»Was soll man denn denken?« sagte er.

Dicken schlang das ganze Stück mit einem einzigen Biß hinunter. Johnson schnitt ein weiteres Stück ab. Es verschwand ebenso rasch wie das erste.

»Jetzt gib mal Antwort«, sagte Johnson, »in aller Ruhe.«

»Das ...«, sagte Dicken, »das kommt von da oben ...«, und er zeigte senkrecht in die Luft und verdrehte gleichzeitig die Augen. »Vollmond.«

»Gut«, sagte Johnson. »Jetzt kannst du mit dem Brennholz anfangen.« Johnson machte einen recht zufriedenen Eindruck, er saß breitbeinig auf dem Stuhl, die gewaltigen Hände auf die Knie gelegt. Er folgte dem Mann mit dem Blick, als der zum Holzstapel trottete. »Er hat sich gebessert«, sagte Johnson ein wenig vertraulich, mit leiser Stimme. »Früher konnte er nicht drei Worte sagen, ohne daß er ... daß eine ganze Menge anderes ... Unzweckmäßiges, wenn man so sagen will ... Aber er hat sich gebessert. Er ist ein bißchen ...« Johnson tippte sich mit einem Zeigefinger an die Schläfe.

»Das merkt man aber nicht«, sagte der Reporter.

Dicken war noch nicht um die Ecke, als er dem inneren Druck nachgeben mußte. In höchster Lautstärke rief er: »Hoch-den-Schwanz-und-rein-und-raus-und-rein-und-raus-und-rein ...«

Der Reporter fuhr aus seinem Stuhl hoch und sah den Fotografen an. Johnson sackte ein wenig zusammen. Er sah vor sich auf den Boden und seufzte: »Was soll man machen?« sagte er. »Und wenn Leute kommen? Frauen und Kinder?«

Über dem Meer formierte sich eine große Vogelschar zu einem Pfeil, die Spitze nach Süden gerichtet. Margot stand auf dem Hof und betrachtete die Vögel, ohne sie wiederzuerkennen. Einige Zeit wogte der Vogelschwarm wie eine dünne Welle am blaßblauen Himmel, schien anzuhalten, zog sich zu einem Klumpen zusammen, worauf eine neue Linie gebildet wurde und eine neue Formation entstand. Sie hatte so oft gesehen, wie sie wegzogen, daß sie wissen sollte, um welche Vögel es sich handelte.

Ihr Mann stand in der weit geöffneten Tür des Obstlagers. Es war jetzt so schlimm, daß sie sich einfach nicht zu ihm umdrehen, hinaus aufs Meer deuten und sagen konnte: »Was sind denn das für welche?« Das war unmöglich. Er hätte es falsch verstanden. »Was kümmerst du dich denn um so was?« hätte er geantwortet. »Vögel! Als wenn dir nicht egal wäre, was das für Vögel sind!« So würde es sich anhören. Sie sah es ihm an, und es gab so viel anderes, worüber man reden mußte, Dinge, die im Augenblick wichtiger waren als die Vogelzüge über der Bucht.

»Frage mich . . .«, sagte sie.

Ihr Mann war in die Dunkelheit des Obstlagers verschwunden, hörte es aber trotzdem. »Was?« sagte er und wurde wieder in der Tür sichtbar. Es war offensichtlich, er wollte, daß sie anfinge.

»Nein«, sagte sie. »Nichts.«

»Ach«, sagte er. »Nee. Nichts.«

»Nein«, sagte sie. »Entschuldige.«

»Was?«

»Daß ich das gesagt habe.«

Lange betrachtete der Mann seine Ehefrau. Als vergleiche er sie mit jemand anderem. Er schüttelte den Kopf und verschwand zwischen den hohen Stapeln aus leeren Apfelkisten.

Vielleicht hätte sie ihm folgen sollen, aber dort ging sie nicht hinein. Am liebsten mied sie das Lager, denn als sie das vorige Mal dort gewesen war, hatte sie nackt auf einer Jacke auf dem kalten Boden gelegen und hatte gesagt: »Soll er mich erschießen!« Auf sich hatte sie Brandy gehabt, und sie war erregt und eifrig gewesen, und dann hatten sie gehört, wie dieser verdammte Traktor kam. »Er hat also ein Gewehr?« hatte Brandy gesagt. »Klar. Du nicht?«

Aufgehört hatten sie, und sie hatte sich leid getan, und Brandy hatte ihr leid getan, weil er so gestaucht und geduckt ausgesehen hatte. So nahe war es nie gewesen.

»Das ist er«, hatte sie gesagt, als man das Traktorengeräusch ein wenig deutlicher hörte. Brandy aber hatte den Kopf geschüttelt: »Nein«, hatte er gesagt; »das ist der Geist . . .« Er hatte so furchtbar hoffnungslos geklungen. »Auf einem Traktor mit Anhänger und die ganze Ladefläche voller Vernunft . . .«

»Das ist verrückt.«

Später, als ihr Mann auf dem Traktor mit dem Anhänger kam, hatten sie auf dem Hof gestanden. Er hatte sie alle beide mürrisch angesehen und hatte jene Miene zur Schau gestellt, die darauf hinweisen sollte, daß er der einzige auf der ganzen Welt sei, der sich mit etwas Konstruktivem beschäftigte.

»Brandy hat die Marienkäfer fotografiert«, hatte sie gesagt. »Die mußt du dir ansehen!« Sie war zur Giebelwand gegangen, um sie ihm zu zeigen. Dort war kein einziges Insekt mehr. Rote Rosen leuchteten dort, vor einer weißen Wand. »Wo sind die denn hin . . .«

»Ja, ja«, hatte ihr Mann gesagt.

»Du mußt ihm die Fotos zeigen.«

»Falls sie etwas geworden sind«, sagte Brandy.

Das wollte sie am liebsten vergessen, und sie ging lieber

nicht in den Lagerraum. Früher einmal hatte sie ihren Mann überallhin begleitet, auf die Felder, um zu lernen, wie seine Existenz aussah, und um verstehen zu können, worüber er sprach. Als sie neu hier war und sich noch nicht eingelebt hatte und neugierig war auf alles, was seine Welt ausmachte, auf diesem Hof, wo alles »kurze Namen und lange Schäfte« hatte. Damals, als sie zu ihm gekommen war, um ihn nach etwas zu fragen, hatte sie ihm eigentlich etwas mitgebracht. In unbekümmerter Unwissenheit hatte sie gelebt, ahnungslos, wie all die Apfelsorten hießen, wie Bäume beschnitten und gedüngt wurden, wie die Maschinen funktionierten. Sie konnte verblüfft und erstaunt sein über ihren Mann, als die Bäume gespritzt werden mußten und er sich zum ersten Mal in diesem Schutzanzug zeigte. Er hatte ausgesehen wie ein Mann aus dem All.

Er hinwiederum hatte sich unbeschränkt Zeit genommen, ihr alles zu erklären. Er verstand ihre Fragen als Beweis ihres Interesses, und sie widersprach ihm nicht, weil ihm das gut tat. Sie meinte es nur gut, und auch als sie sich allmählich immer weniger erkundigte, war das nicht böse gemeint. Ihre Fragen blieben ganz einfach aus, ohne daß sie deshalb mehr gewußt hätte. Noch immer kannte sie nur die gewöhnlichsten Apfelsorten, und wie die Vögel hießen, die jedes Jahr über ihren Hof zur Bucht und dann weiter in Richtung Süden flogen, hatte sie vergessen.

Sie stand auf dem Hof, den Blick auf die Bucht gerichtet, und konnte hören, wie ihr Mann über die Kisten im Lager herfiel. Er war wütend und empört. Man hörte es an der Art, in der er mit den Kisten umging. Es klapperte und hörte sich an, als bringe er die hohen Stapel zum Umfallen. Das sah ihm nicht ähnlich. Margot hatte den Einfall, sie sollte hingehen und ihn nach etwas fragen, nach einem einfachen, alltäglichen Thema, nach etwas, worauf er eine gerade, eindeutige Antwort geben konnte. Nach etwas, das sich nicht mißverstehen, als versteckte Behauptung oder als heimliche

Anklage mißverstehen ließ. Nichts wollte ihr einfallen. Eigentlich gab es nichts mehr, was sie noch wissen wollte.

Sie hatte gehört, wie ihr Mann gekommen war, und hatte mitten im Gespräch mit Brandy den Hörer aufgelegt. Seine Stimme klang ihr in den Ohren: »Ich möchte wissen, wo du heute nacht gewesen bist . . .« Aber sie hatte aufgelegt, denn sie wollte nicht hören, daß auch er so sprach. Plötzlich hatte Brandy sich angehört wie alle anderen Männer in ihrer Umgebung.

Entgegen seiner Gewohnheit parkte ihr Mann den Lieferwagen nicht, er rollte nur auf den Hof, schaltete den Motor aus und warf hart und aggressiv die Tür zu.

Auf dem Küchentisch stand noch das Geschirr vom Frühstück. Sie hatte geschlafen, als die anderen gefrühstückt hatten. Sie konnte sehen, was die Kinder bekommen hatten, auf dem Boden zweier Schalen lagen aufgeweichte Cornflakes. Ihr Vater hatte nur Kaffee getrunken. Wahrscheinlich war er zu wütend gewesen, um etwas zu essen. Jetzt hatte er die Kinder bei Großmutter und Großvater abgeliefert und war auf dem Weg durch die Diele. Margot stellte das Geschirr zusammen. Zumindest war dies ihre Absicht: etwas zu tun, etwas in Händen zu halten.

Auf so unterschiedliche Weise ließ sich das erledigen – mit dem Geschirr klappern, Teller auf Teller stapeln, bis an die Grenzen dessen, was das Porzellan ertrug, ein wenig brutaler, und alles ginge in Scherben; oder man konnte es ruhig und methodisch machen, vorsichtig, sozusagen mit demonstrativer Sorgfalt. Ganz vom eigenen Gewissen hing es ab und davon, wie sie sich vor dem Mann zeigen wollte, der jetzt durch die Diele kam und in der Tür stehenblieb.

Indessen war ihr nicht klar, wie sie sich verhalten sollte. Gerade noch hatte sie eine unmittelbare Abscheu empfunden, als Brandy ihr am Telefon zu verstehen gegeben hatte, daß ihr Mann sich in der Gegend nach ihren Unternehmungen erkundigte. Eine Abscheu, die zu höchster Wut aufblühen konnte. Nicht weil der Mann seine Befugnisse überschritten und sie bloßgestellt hatte, sondern weil er in der ganzen Umgebung seine Eifersucht verbreitete, die ärger stank als Dung. Sie war wirkungsvoller als das Gift, mit dem er die blühenden Bäume besprühte. In Brandy war sie schon eingedrungen, sie hatte es an seiner Stimme erkannt, und was immer sie wollte, das nicht.

Die Wut aber hatte abgenommen, fast sofort, als sie den Hörer aufgelegt hatte. Vielleicht war sie zu erschöpft, um echte Wut aufrechtzuerhalten. Im Augenblick war dazu zuviel nötig. Keinen anderen Wunsch hatte sie, als sich ausruhen zu können, nur aufzuatmen. Bald würde sie das tun können, und sie wollte es zu Hause tun, wollte Ruhe einziehen lassen, während die Ernte eingebracht wurde, und der Mann ganze Tage draußen war, und sie die Kinder für sich hatte, und die Unruhe und die Angst verdrängt wurden, während mit Früchten beladene Kisten das Lager füllten.

Sie hatte nicht die Absicht, Widerstand zu leisten, denn sie konnte in diesem Augenblick nicht kämpfen. Im Gegenteil, sie hatte einen vagen Wunsch oder eine kaum vernehmbare Lust, ihre eigene Wut möge überfahren, überrollt, untergepflügt, gewendet, geeggt, geglättet – oder wenigstens für den Augenblick aus dem Weg geräumt werden. Dann mochte sie sich verwurzeln, wachsen und gedeihen und wieder an die Oberfläche drängen. Später, in einem geeigneteren Augenblick.

Der Mann, der dies verrichten sollte, stand jetzt in der Türöffnung der Diele, und sie hörte, daß er ruhig atmete, sich gegen den Türpfosten lehnte, sie beobachtete. Das war nicht der Auftakt zu einem Streit und noch nicht einmal zu einem Anwurf.

Margot traute sich nicht, ihn anzusehen. Sie wußte nicht, was sie sich vorgestellt hatte, was sie sich gewünscht, was sie erwartet hatte. Sie wünschte sich lediglich ihre Undeutlichkeit erklärt zu bekommen, und sei es nur provisorisch; daß sie eine Art Tagesbefehl erhielte, der auf Unkraut und geeignete Maßnahmen dagegen hinwies und verdeutlichte, was hier und jetzt zu tun war. Eine simple, sachliche Darstellung mit einer Formel, wie sie beide zurechtkommen sollten. Gern ließ sie sich als alles mögliche bezeichnen, wenn man sie nur als etwas bezeichnete, wenn sie nur etwas vorstellen und sich danach einrichten konnte. Allem gab sie den Vorzug gegenüber Fragen, die sich nicht beantworten ließen.

Darum hatte sie Angst, ihn anzusehen. Sie fürchtete auch nur den Schimmer eines Zauderns zu sehen. Und falls sie diese Hoffnung genährt hatte, so wurde sie vollständig zerschmettert, als ihr Mann den Mund öffnete. »Die Kinder bleiben über Nacht bei Mutter«, sagte er. »Ich habe gesagt, du bist krank.«

Margot zögerte, sank ein wenig zusammen und gab einen Laut von sich, den er mit Sicherheit als Seufzer interpretierte. Die Bedrohung dauerte an, aber der befürchtete Angriff ließ auf sich warten. Erleichterung stellte sich nicht ein, vielmehr war sie irritiert und unbefriedigt.

»Aha«, sagte sie und sah noch immer nicht in seine Richtung.

Von weitem aber konnte sie einen Geruch wahrnehmen, einen besonderen Geruch, den er oft an sich hatte, wenn er in seinem Elternhaus gewesen war. Die Kinder rochen ähnlich, wenn sie von dort kamen. Es handelte sich um den Geruch eines Reinigungsmittels in Pulverform, es wurde in gelben Dosen verkauft, die immer bei seinen Eltern standen. Der Schwiegervater wusch sich damit die Hände, die Schwiegermutter schrubbte ihr ganzes Haus damit. Vermutlich kamen auch die Kinder damit in Berührung, wenn sie sich bekleckert hatten.

Langsam und methodisch beschäftigte sie sich mit dem Geschirr, ohne sich jedoch ganz bewußt zu sein, was sie tat. Sie hörte den Atem ihres Mannes und roch den Geruch seines Elternhauses, und sie konnte deutlich vor sich sehen, wie er vor ganz kurz Zeit an einem blitzsauberen Küchentisch gesessen, dünnen Kaffee getrunken und selbstgebackenen Kuchen gegessen hatte, während seine Mutter ihn ausgefragt und sich erkundigt und ihm verschiedenes entlockt hatte. Sein Vater war wahrscheinlich mit den Kindern im Garten gewesen, und seine Mutter hatte bestimmt ein weiteres Mal die Gelegenheit genutzt, ihm ihre Sicht der Dinge zu verdeutlichen; daß die Kinder schmutzig aussahen, und daß seine Frau sich draußen herumtrieb, was freilich nichts Besonderes sei, denn sie stamme eben aus der Großstadt, und eine von ihnen würde sie nie werden. »Krank?« Sie konnte hören, wie die Schwiegermutter das auf ihre spezielle Weise sagte. Im Leben dieser Frau gab es keine Flecken, keine Krümel. Sie brachte es fertig, jede beliebige Bagatelle so darzustellen, als handle es sich dabei um eine der sieben Todsünden. »So krank, daß sie ihre eigenen Kinder nicht in Ordnung halten kann?«

»Du hättest etwas anderes sagen können.«

»Was?« sagte er. »Nein.«

»Das war Wasser auf Schwiegermutters Mühle.«

Der Mann stieß eine Art Schnauben aus, betrat die Küche und setzte sich an den Tisch, und entgegen seiner Gewohnheit zog er die Holzschuhe nicht aus. Er schwieg eine Zeitlang, sie aber fühlte seine Blicke und vermied es, ihn anzusehen. Dennoch war sie sicher, daß er diesen bettelnden, flehenden Gesichtsausdruck hatte.

»Was machst du eigentlich?«

Margot hielt wieder inne, hatte ihm den Rücken zugekehrt, während sie sich reckte, um eine Schale in ein Schrankfach zu stellen. Trotz allem kam das etwas überraschend. Die Frage klang seltsam und fremd, auch wenn es genau die Frage war, die sie erwartet hatte. Sie holte tief Luft, und obwohl sie gut vorbereitet war und sich im voraus zurechtgelegt hatte, wie sie das Ganze einleiten sollte, konnte sie nicht mehr sagen als: »Nicht . . .«

»Ich meine hier, mit dem Geschirr?«

»Wieso?«

»Du räumst jede Menge schmutziges Geschirr ein . . .«

Margot hielt die Schale, die sie gerade eingeräumt hatte, ein wenig schräg. Sie nahm die Tassen heraus, die ganz vorn auf einem Regalbrett standen, und öffnete die Besteckschublade. Er hatte recht. Sie hatte ruhig und besonnen eine ganze Spülmaschine ausgeräumt und die Sachen an ihren richtigen Plätzen verstaut, ohne zu bemerken, daß alles schmutzig war.

»Ja«, sagte sie und räumte das schmutzige Geschirr wieder in die Maschine. »Ich bin so müde.«

»Das kann ich verstehen.«

»Ach«, sagte sie, »wirklich?«

Aber der Mann biß auch hier nicht an. Er goß sich ruhig und beherrscht eine Tasse Kaffee ein, setzte sich an den Küchentisch und rührte mit einem Löffel klirrend in der Tasse, mit einem aufreizenden, durchdringenden Ton.

»Schämst du dich?« sagte er.

»Warum?«

»Du siehst mich nicht an.«

»Nein«, sagte sie. »Das tue ich nicht.« Sie schob einen vollen Korb in die Spülmaschine und schloß die Klappe. Sie drehte sich um und sah ihrem Mann in die Augen, und er sah überhaupt nicht aus, wie sie das erwartet hatte. Sie war eingestellt gewesen auf die alten üblichen Hundeaugen, was sie jetzt aber sah, war etwas anderes. Er sah ruhig und entschlossen und ernst aus. Wie ein Mann, der sich entschieden hatte, seine Würde zu bewahren. »Was ist?«

»Nichts«, sagte er. Dennoch klang das so, als habe er etwas erfahren. »Es ist Samstag. Da sieht man seine Frau an.«

»Da gibt es nichts zu sehen«, sagte sie.

»Das kann ja noch werden.«

»Ich glaube nicht an Wunder.«

»Nicht?« Es dauerte einen Augenblick: »Warum sagst du das?«

»Was?«

»Daß du nicht an Wunder glaubst?«

»Wieso? Das ist mir nur so herausgerutscht.«

»Komisch . . .« Er löste den Blick von ihr, rührte in der Tasse und sah hinaus auf den Hof. Er schwieg und schüttelte den Kopf, als wolle er auf etwas Zweifelhaftes hinweisen.

»Komisch?«

»Wunder«, sagte er. »Die ganze Gegend redet über Wunder. Du mußt mit den Kindern mal zu einem Hof da unten gehen . . . Da hat einer mit der Ernte gewartet, und jetzt hat er solche Kreise auf dem Feld.«

»Ach.« Wieder sah Margot ihren Mann an, und er war auffallend gelassen und zurückhaltend. Als verfüge er tatsächlich über irgend etwas, das er unter Kontrolle hatte und für sich behalten konnte, bis er es brauchte.

»Ja . . .«, wiederholte er, und wieder schüttelte er den Kopf auf diese mißtrauische Art. »Vielleicht ist das ein Wunder.«

Sie vermutete, er meine etwas anderes, und sagte nur: »Vielleicht.«

Er aber war aufrichtig: »In England gibt es so etwas. Für die Grundbesitzer ist das auf jeden Fall ein Wunder gewesen . . .«

»Sicher.«

»Wer weiß . . .« Er leerte die Kaffeetasse und schlug vorsichtig mit der Faust auf den Tisch. »Nein«, sagte er, »das geht nicht.« Er saß da und wollte aufstehen und hinausgehen, aber er zögerte, als wolle er ihr trotzdem eine Chance lassen, falls es eine gab.

»Was?« sagte sie. »Was geht nicht?«

Sie erhielt einen fragenden Blick. Der Mann sah sie an, um herauszubekommen, worüber sie eigentlich sprach. Sie schien kein Wort von dem, was er gesagt hatte, verstanden zu haben.

»Das hier«, sagte er. »Ich kann nicht den ganzen Tag hier sitzen . . .«

»Aha.« Das klang neutral. »Hast du viel zu tun?«

»Ich habe viel zu tun.«

Der Mann hätte aufstehen und hinaus auf den Hof gehen und arbeiten sollen, er blieb aber sitzen und trommelte leise mit den Fingern auf den Tisch. »Wie gesagt«, sagte er, »die Kinder müssen morgen nachmittag abgeholt werden . . . Du kannst heute abend ausgehen, wenn du Lust hast.«

»Dankeschön«, sagte sie.

»Willst du das tun?« sagte er. »Geh aus . . .«

Margot zuckte mit den Schultern. »Vielleicht. Ich weiß nicht.«

»Ich habe bei Brandy vorbeigeschaut«, sagte er, »ich bin dort vorbeigekommen.«

Der Gedanke durchfuhr sie, daß sie sagen sollte: »Ich weiß«, aber sie biß sich auf die Lippe. Es wurde daraus ein »Aha«, so gleichgültig, wie es nur klingen konnte.

»War kein schöner Anblick . . . Er ist auf allen vieren nach Hause.«

Sie wandte sich vom Tisch ab, wo der Mann saß, denn solange sie ihren Mann in so großer Nähe hatte, konnte sie Brandy nicht vor sich sehen. Sonst ging das immer, jetzt aber war ihr Mann auf irgendeine Weise so unübersehbar. Er roch und tönte und verdrängte, was sie in sich hatte, und sie fühlte sich völlig in der Gegenwart eines Mannes, der mehr Raum beanspruchte denn je. Vielleicht hatte er Glück mit dem, was sie sich nicht richtig wünschte und forderte, was sie aber vielleicht dennoch wollte, ohne es sich selbst ganz einzugestehen. Sie hatte Lust, zu ihm zu sagen: »Mach weiter . . . Bleib ein bißchen sitzen. Sprich über irgend etwas. Ich höre zu. Vielleicht passiert etwas . . .« Sie konnte jedoch kein Wort sagen. Wieder versuchte sie sich Brandy vorzustellen, auf allen vieren kriechend, auf dem Nachhauseweg vom Viehstall. Irgend etwas mußte erwachen. Zumindest eine Art von Mitgefühl. Doch sie konnte sich sein Gesicht nicht richtig vergegenwärtigen, dieses Gesicht, das sie zu sehen liebte und geküßt hatte und nach dem sie sich gesehnt hatte, so wie sie sich noch nie gesehnt hatte. Sie konnte es sich nicht völlig verdeutlichen.

»Nein«, sagte ihr Mann, ein weiteres Mal. »Ich muß raus.«

»Du . . .« Sie wollte ihn zurückhalten. Er hielt auch an, mitten in einer Bewegung.

»Ja?«

Sie zögerte einen Moment. Sie sollte ihn bitten, sich wieder zu setzen, und ihm erklären, daß sie seine Gesellschaft ein wenig brauche, daß etwas geschehe, das vielleicht ausnahmsweise einmal keine Bedrohung war. Das hätte sie sagen sollen, und er hätte es annehmen sollen wie ein Geschenk. Ein Geschenk aber konnte sie ihm nicht machen. Es widerstrebte ihr. Sie wußte nicht, woran es lag, vielleicht war es fehlende Vertrautheit, aber etwas widerstrebte ihr. »Gibt es etwas Besonderes?«

»Zahnbürsten . . .«, sagte sie. »Haben sie Zahnbürsten mitgenommen?«

Wieder erübrigte ihr Mann einen dieser Blicke für sie. Nicht häßlich oder verdrießlich oder böse. Nur sehr kritisch. Sie hatte schon früher im Leben damit zu tun gehabt und wußte, daß er sich in alles mögliche verwandeln konnte, das hing von ihr ab.

Sie wollte Frieden, jedoch zu ihren Bedingungen, und sie fragte sich, wie sie die erklären sollte. Frieden zu schließen oder auf die altgewohnte Weise einen Waffenstillstand zu erwirken, wäre nicht schwer gewesen. Es war Samstag, die Kinder waren aus dem Haus, und ihr Mann hatte ihr Blicke zugeworfen. Sie hätte sich nur die Lippen rot anmalen müssen. Diese Art des Friedens war ihr zu teuer, darum konnte sie nur in der Küche stehen und machtlos zusehen, wie ihr Mann hinaus auf den Hof ging, um zu arbeiten. Als er die Tür zuschlug, klang das, als habe er auf etwas gehofft, das sich nicht erfüllt hatte, als sei er ein weiteres Mal enttäuscht worden, und als habe das, was sich in alles mögliche hätte verwandeln können, jetzt die Richtung gefunden und sich in Bitterkeit und Groll verwandelt.

Sie war erschöpft und leer und konnte ihn nicht aus den Augen lassen. Sie folgte ihm auf den Hof. Er war auf dem Weg ins Lager, um Kisten und Kartons zu inspizieren, die bald mit reifen Früchten gefüllt würden.

Dort blieb sie stehen, auf dem Hof vor ihrem Lager, als ein großer Vogelschwarm über ihr Land zog, auf dem Weg hinaus in die Bucht. Sie wollte wissen, welche Vogelart das war, konnte ihren Mann aber nicht danach fragen, denn sogar eine solch einfache Angelegenheit konnte mißverstanden werden.

Obwohl sie eigentlich nach überhaupt nichts fragen wollte. Sie hörte, wie ihr Mann dort drinnen mit all den leeren Kisten herumwirtschaftete, und in seiner Wut gelang es ihm offenbar, ganze Stapel umzustoßen. Unten im Fischerdorf war Brandy, und jetzt, als sie sich umdrehte zur Bucht, konnte sie sein Bild klar und deutlich vor sich sehen, doch es weckte kein anderes Gefühl in ihr als Müdigkeit und Überdruß.

In diesem Augenblick wollte sie nicht wissen, was sie schon wußte, kein Mensch war da, der ihr etwas bedeutete und den sie fragen wollte. Vielmehr waren es andere, die ihr ständig Fragen stellten, Männer, die meinten, ein Recht zu haben, etwas zu erfahren. Hätten die Dinge anders ausgesehen, hätte das eine gewisse Befriedigung für sie sein können, aber alles war so kompliziert und miteinander verstrickt, daß ihr jene Aufmerksamkeit, die sie ihr widmeten und die sie für Liebe halten konnte, nur lästig war.

Sie stand auf dem Hof und begann zu frieren. Es war warm, sie aber bekam Schüttelfrost und zitterte am ganzen Körper. Jetzt hatte sich die große Vogelschar zu einem perfekten Pfeil formiert, das Zögern war fort, und der Pfeil verschwand in Richtung Süden.

Margot blieb eine Weile dort stehen und zitterte vor Schüttelfrost. Die Müdigkeit machte sie matt und kraftlos. Der Weg ins Haus erschien ihr wie ein langer, demütigender Rückzug. Auf schwachen Beinen ging sie zur Tür, befallen von jenem Fieber, das eine Krankheit besonderer Art ankündigt. Bald würde sie ausbrechen, und sie würde es machen wie die hier Ansässigen, sie würde bleiben, ohne die Kraft, von hier wegzugehen, sie würde zu warten lernen und würde mit Zuversicht gefüttert, und sie würde nicht mehr davon phantasieren, daß sie die Dinge verändern wolle.

Im Pfarrhof summten eifrig die Fliegen, fette glänzende Fliegen, die an den Fensterscheiben abprallten. Der Fotograf war noch nie hier gewesen, und auch die Pfarrersfrau kannte er nicht, die ihm ein wenig schüchtern und wortkarg öffnete. »Ach so, Sie . . .«, sagte sie nur, und ein Lächeln erstarrte. »Im Büro«, fügte sie hinzu und deutete durch ein paar große Räume auf eine Tür ganz hinten, die nur angelehnt war.

»Danke«, sagte der Fotograf und ging in die angegebene Richtung. An den großen hohen Fenstern summten beharrlich die Fliegen. Dort hingen Gardinen, die für die Jahreszeit ein wenig zu schwer zu sein schienen. Das Haus war geräumig, und die Stille machte sehr nachdrücklich auf Geräusche aufmerksam. Die öden großen Räume waren spärlich möbliert, auf eine Art, die mehr an Zweifel als an Glauben denken ließ. Aus alter Gewohnheit stellte er fest, wie das Licht fiel, und hatte den Eindruck, es falle falsch, oder die wenigen Möbel seien wie in einer provisorischen Unterkunft aufgestellt worden, wie es gerade kam, ein Vorgang, dem man keine Bedeutung beimaß und der von Anfang an als Provisorium zu gelten hatte.

Die Tür zum Büro war nur angelehnt, der Fotograf klopfte trotzdem, worauf die Tür sich noch ein Stück öffnete. »Ja?« Der Pfarrer saß hinter einem Schreibtisch. Er sah dem Besucher mit einem Blick entgegen, der abwesend, forschend, vor allem aber angestrengt war.

»Brandt«, sagte der Fotograf. »Ich möchte ein Bild für die Zeitung machen . . .« Er hatte augenblicklich den Eindruck, daß er keineswegs erwartet wurde und daß dem Pfarrer die Verabredung entfallen war. »Ja richtig, ja richtig. Kommen Sie herein . . .«

Der Pfarrer trug ein dünnes, fast durchsichtiges schwarzes

Hemd, das ihm am Körper klebte. Er schwitzte heftig. Das dunkle Haar lag wie geleckt auf seinem Kopf, die Stirn glänzte, über den Augenbrauen und der Oberlippe stauten sich kleine Schweißperlen. Der Blick, die Haltung und das starke Schwitzen ließen auf große Anspannung schließen. Der Fotograf meinte diesen Ausdruck zu kennen. Er hatte ihn an Geschäftsleuten gesehen, denen er begegnet war, kurz bevor sie Konkurs angemeldet hatten.

»Die Predigt . . .«, sagte der Pfarrer. »Meine Predigt für morgen ist noch nicht fertig. Deshalb . . .« Er machte eine Handbewegung über den Schreibtisch voller aufgeschlagener Bücher. »Dieses Mal ist es mehr als sonst.«

»Ich kann wiederkommen«, sagte der Fotograf.

Der Pfarrer sah ihn an, als tue er das zum ersten Mal. Eine Furche trat zwischen seine Augenbrauen: »Willst du dich nicht setzen? Möchtest du ein Glas Wasser?«

Der Fotograf verstand nicht. »Ich kann wiederkommen«, wiederholte er.

Der Pfarrer sah nach wie vor bekümmert aus. »Dauert es lange?«

Unter den Augen des Pfarrers gab es ein feines Netzwerk aus kleinen Runzeln, zwischen den Augenbrauen befand sich eine tiefe Falte, die vermutlich nie völlig verschwand. Der Fotograf drehte sich zum Fenster um, wo die Fliegen summten und gegen die Scheiben prallten. Die Sonne strömte in einem breiten Schwall herein, der im Augenblick gerade die eine Schreibtischecke erreicht hatte. In einer halben Stunde ungefähr würde der Schreibtisch von der Sonne überflutet sein, und falls der Pfarrer dann noch so dasaß wie jetzt, würde das Licht quer durch das Bild gehen, den Pfarrer in zwei Hälften spalten und die kleinen Perlen auf seinem Gesicht zum Glänzen bringen.

»Eine halbe Stunde«, sagte der Fotograf. »In einer halben Stunde bin ich fertig.«

»Wie kannst du das wissen?«

»Ich weiß es einfach«, sagte der Fotograf.

»Na dann«, sagte der Pfarrer. »Dann will ich nicht stören.« In Unkenntnis des Anblickes, den er bot, nahm er seine Arbeit wieder auf. Oder aber war ihm die Angelegenheit gleichgültig. Er starrte auf ein Blatt, auf das er mit verhaltener, straffer Schrift ein paar Zeilen geschrieben hatte.

»Er ist anders, als du glaubst«, hatte Margot gesagt. »Wenn du jetzt hier sitzen bleibst, kannst du morgen nicht zum Pfarrer . . .«

Er war die ganze Nacht im Viehstall geblieben, und jetzt war er trotzdem beim Pfarrer, um seinen Auftrag zu erledigen. »Ich habe keine Vorurteile.« Er konnte sich selbst hören, wie er das sagte, und bezogen auf Leute, die auf allen vieren krochen, stimmte es wahrscheinlich. Anders verhielt es sich vermutlich mit denen, die aufrecht standen, insbesondere solchen, die auf Kirchenkanzeln standen. Jetzt jedenfalls befand er sich im Büro des Pfarrers und packte voller Erstaunen seine Kameras aus. Augenscheinlich hatte er etwas anderes erwartet.

Der Pfarrer, der schwitzend dasaß und mit der Feder über das Papier kratzte, hatte keinerlei Ähnlichkeit mit Schwarzröcken, die ihm früher in die Quere gekommen waren. Deshalb nahm er an, seine Arbeit werde rasch erledigt sein. Fremde, Unbekannte ließen sich immer leichter als Wohlbekannte fotografieren.

Früher hatte er selten oder überhaupt nicht mit Kirchenleuten zu tun gehabt. Die, denen er begegnet war, hatten sich als gläubig bezeichnet, wußten es meist aber besser. Sie hatten eine unerschütterliche Gewißheit zur Schau getragen, die nur notdürftig unter einer dünnen, wenig kleidsamen Schicht falscher Demut verborgen wurde. Solang sie ihn in Frieden ließen, mußte er sich von ihren Hervorbringungen nicht stören lassen.

Dennoch konnte er sich ständig dabei ertappen, wie er nach Signalen und Zeichen suchte, die zumindest kurzfristig die Gewißheit stützten, es könne ihm möglich sein, völlig nüchtern zu Margot zu gehen und ihr in die Augen zu sehen, mit der Zuversicht, die er von sich erwartete, und dann jene Worte zu sagen, die erforderlich waren. Nicht sie hatte das verlangt, er aber verlangte es von sich selbst. Jeden beliebigen Augenblick konnte er sich dabei ertappen, daß er wie gelähmt dastand und Ausdrücke für die Liebe in ein klärendes Bad senkte, um festzustellen, was ausgefällt wurde. Er hatte gelernt, mit diesen Zweifeln zu leben. Eben das bezeichnete Margot als seine »verfluchte Vernunft«. Nur mit einem grenzenlosen Wohlwollen konnte man in seiner Schwäche eine Stärke sehen. Anderen Frauen wären andere Bezeichnungen eingefallen.

»Alles in Ordnung?«

»Ja . . .?« sagte der Fotograf

»Bist du sicher, daß du nicht ein Glas Wasser möchtest?«

Der Fotograf hatte ungefähr in der Mitte des Zimmers ein Stativ aufgestellt. Er war zittrig. »Nein, vielen Dank . . .« Er suchte in seiner Tasche nach einem zusammenklappbaren Schirm.

»Hast du meinen Artikel gelesen?«

»Leider nicht«, antwortete der Fotograf. »Ich bin selten in der Redaktion.«

»Ich weiß«, sagte der Pfarrer, »daß er mir eine Menge Feinde einbringen wird. Mein Frau . . . meint . . . daß . . .« Er besann sich anders, verstummte und warf dem Fotografen einen Blick zu, als wolle er feststellen, ob er noch mehr erklären mußte. Der Fotograf aber kramte noch immer in seiner Tasche. »Er handelt von unserer Art, mit Flüchtlingen umzugehen . . .«

»So viel weiß ich«, sagte der Fotograf.

»In dieser Gegend ist das ein heikles Thema . . .«

Weiter kam er nicht, weil das Telefon läutete. Der Pfarrer hob ab und antwortete mit einer Aufzählung aus zwei Vornamen und einem langen Nachnamen. Es klang wie eine

Telefonnummer. »Ach . . .« Der Ton änderte sich unmittelbar, von jener müden Angestrengtheit zu einer stärkeren Teilnahme. »Ich habe gerade Besuch . . .«, erklärte er.

Der Fotograf beschäftigte sich mit seinen Angelegenheiten und hörte, wie dem Pfarrer einige »Nanu . . .« und, etwas verhaltener, »Das ist nicht gut, überhaupt nicht gut . . .« entwichen. Darüber hinaus sagte er fast nichts. Er schwieg, hörte zu, und was immer er erfuhr, es waren keine guten Neuigkeiten. Als er das Gespräch beendet und den Hörer aufgelegt hatte, wirkte er, falls das überhaupt möglich war, noch bedrückter und gehetzter. Lange saß er da und starrte auf das Blatt auf dem Schreibtisch, ohne irgendein Zeichen dafür, daß er sich des Besuchers in seinem Zimmer bewußt war.

Der Fotograf warf ihm ab und zu einen prüfenden Blick zu, baute einen Schirm auf, montierte die Kamera auf das Stativ und lud sie mit einem Film. Er war bereit. Nur das Licht mußte noch ein wenig weiter auf den Schreibtisch kriechen. Wenn der Pfarrer diesen Blick beibehielt und ihn genau in die Kamera richtete, war die Sache in Ordnung.

Er machte einen abwesenden Eindruck, als habe er sich in etwas verloren, das überhaupt nicht mit den Papieren auf dem Tisch zu tun hatte, denn er starrte auf sie, als suche er nach einem Zusammenhang.

»In meiner früheren Gemeinde«, sagte er, »das war weit im Norden, bin ich derjenige gewesen, der an das Jenseits erinnern und für das Wunder des Lebens danken mußte . . .« Er hob den Blick vom Schreibtisch und betrachtete den Fotografen. »Ich mußte beträchtliche Mühe aufwenden, um die Menschen dazu zu bringen, innezuhalten und sich zu besinnen und . . . die letzten Dinge zu sehen . . . Sie konnten ihre Toten gar nicht schnell genug in die Erde bringen.« Er verstummte, mit gerunzelter Stirn, als sehe er plötzlich, wen er vor sich hatte, und erkenne zugleich, daß er in Wirklichkeit nicht wußte, um wen es sich handelte. »Bist du einer von denen, die einfach drauflos sausen?«

»Drauflos sausen?« sagte der Fotograf.

»Mm?« sagte der Pfarrer.

»Aber ich halte ziemlich oft an.«

»Um ganz ...«

»Damit ich eingeholt werde.« Dies zu sagen war unnötig, und er wußte nicht, warum er es gesagt hatte. Er wollte nicht in ein weitschweifiges Gespräch mit dem Pfarrer verwickelt werden.

»Eingeholt?« Der Pfarrer runzelte wieder die Stirn. »Von was denn?«

»El Espírito«, sagte der Fotograf.

»Dein eigener?«

»Das hoffe ich.«

»Eingeholt ...«, wiederholte der Pfarrer. »So kann man das ... das Unvermeidliche auch betrachten ...« Das hörte sich an wie der Anfang von mehr, doch er verstummte wieder und sah verloren aus.

Der Fotograf beobachtete ihn durch die Kameralinse. Allmählich nahm es Form an, aber er mußte noch einige Minuten warten, bis das Licht besser fiel. »Ist das so?« sagte er. »Unvermeidlich?«

»Ja?« sagte der Pfarrer. Das klang ebenso sehr nach einer Frage wie nach einer Antwort.

»Ist das so wie der Glaube?«

»Das ist der Glaube.«

Es klang wenig überzeugend, der Pfarrer war zu abwesend und mit anderem beschäftigt, um einen völlig überzeugenden Eindruck machen zu können. Vielleicht machte der Fotograf sich deshalb die Mühe, auf das richtige Licht zu warten.

»Und hier ist das also anders?« sagte er.

Der Pfarrer sah wieder auf: »Mm?«

»Du hast von deiner früheren Gemeinde gesprochen ...«

»Ja«, sagte der Pfarrer, »hier ist es anders ... Stammst du auch nicht von hier?

»Doch«, sagte der Fotograf. »Aber ich bin weg gewesen.«

»Und zurückgekehrt ...« Der Pfarrer wollte wissen, mit wem er es zu tun hatte. »Dann verstehst du, was ich meine ... Hier gibt es eine unerschütterliche Ordnung. Das, was man vielleicht schweigend übergeht, das, was uns nur an unsere eigene Unzulänglichkeit erinnert, das, was sich noch nicht einmal deuten läßt ... Sinnlose Grausamkeit ... Aber all diese Seltsamkeiten liegen hier sozusagen ganz offen ...«

Der Pfarrer war still, und der Fotograf beobachtete ihn in der Kamera. Das Licht hatte jetzt ein Stück das Gesichtes erreicht, und bald würde es ein Auge blenden.

»Als seien mir die Mysterien aus den Händen geglitten ...«

Der Fotograf hätte folgen sollen. Das bemerkte er erst, als es zu spät war. Der Pfarrer hatte einen Blick, der fast alles durchdrang.

»Vermutlich hast du von dem Bauern hier drüben gehört, Keppen heißt er, und er hat fünf Ratten gefunden, deren Schwänze zusammengedreht waren.«

»Ja«, sagte der Fotograf. »Keppens Rattenkönig.«

»Ich hatte noch nie von diesem ... Phänomen gehört, erst als ich hier hergekommen bin. Hast du ihn vielleicht gesehen?«

»Ich sollte hin«, sagte der Fotograf. »Aber ich hatte keine Zeit.«

»Beruflich?«

»Ja.«

»Aber du hattest keine Zeit? Das ist im Grunde ... bedauerlich.«

»Für wen?«

»Für alle.«

Der Fotograf wollte sagen: »Auf alle Fälle für mich«, zog

es aber vor, sich zurückzuhalten. Der Zeitungsreporter hatte ihn angerufen und ihn aufgefordert, unverzüglich zu dem Alten mit den Ratten zu fahren. Er aber war mit anderem beschäftigt gewesen, ungefähr zur selben Zeit hatte er Margot kennengelernt, und verschiedenes hatte schon damals in ihm gearbeitet. Der Eifer, sich ständig in neue Aufträge zu stürzen, war bei ihm immer schwach entwickelt gewesen, und bei dieser Gelegenheit war er schwächer denn je. Als er dann glücklich dort angekommen war, hatte er nur einen verwirrten alten Mann vorgefunden, der auf seinem Hof herumgelaufen war, in der Hand eine Eisenstange, und der mit erstickter Stimme gesagt hatte: »Das ist mein Bruder gewesen . . . Er hat ihn getötet . . .« Der Alte hatte sich mit seiner Eisenstange ungefähr so verhalten wie ein kleiner Junge, der herumgeht und mit einer Angelrute fuchtelt. Der Zeitungsreporter war rasend gewesen. Damals hatten die Unstimmigkeiten zwischen ihm und der Redaktion begonnen, und als Margot später Heimpflegerin bei Keppen geworden war und wollte, daß er hinfahren und Dokumentaraufnahmen machen sollte – »Es sieht aus wie in einem Schweinestall . . .« –, hatte er keine Lust gehabt, denn er wußte, wäre er damals hingefahren und hätte den Rattenkönig dokumentiert, dann wäre vieles anders gekommen. Dem Alten wurde mißtraut, und er wurde verachtet, denn es gab keine Beweise.

»Er hat sich einmal an mich gewandt«, sagte der Pfarrer. »Ich habe nicht verstanden, worum es ging. Das war ein Fehler.«

»Was hat er gewollt?«

»Das war nicht ganz klar. Eine Art Bestätigung, vermute ich. Die aber konnte ich ihm nicht geben. Damals nicht.« Der Pfarrer saß bewegungslos da, und das Licht hatte sich jetzt so stark gedreht, daß eine Gesichtshälfte beleuchtet wurde, während die andere im Dunkeln lag. Schweißperlen glänzten auf seiner Stirn, und ein Auge zog sich zusammen, wodurch die kleinen Runzeln fein und klar hervortraten. »Er ist zum Gespött geworden, wurde links liegengelassen. Er hat das Ganze mit einem Ernst aufgenommen, den niemand richtig verstanden hat. Nicht einmal ich. Auf ziemlich grausame Weise habe ich mit meinen eigenen Grenzen Bekanntschaft gemacht ... Und jetzt wird sich das alles wiederholen.«

»Hier?«

»Ich muß morgen darüber sprechen, auch wenn ich nicht will. Dieses Feld, über das alle reden ... Johnson, der Bauer, der ist in Gefahr, zum allgemeinen Gespött zu werden, so wie der alte Keppen. Es gefällt mir nicht, aber ich muß darüber sprechen, um das Urteil der Mitmenschen abzumildern. Sonst fällt es zu hart aus.«

»Johnson passiert schon nichts.«

»Man kann niemals vorsichtig genug sein, ich habe schon die Stärksten stürzen gesehen. Das geht manchmal schnell.«

»Hier geht fast alles ziemlich langsam«, sagte der Fotograf. »Nur das Gerücht nicht.«

»Das geht uns allen so«, sagte der Pfarrer. »Die meisten verurteilen allzu rasch. Wir Pfarrer sind keine Ausnahme.«

»Wenigstens ist es wohl ein Teil eurer Arbeit gewesen ...«

»Es wird ...« Der Pfarrer sah sehr scharf in die Kamera. »Es wird viel erwartet. Es wird erwartet, daß ich auch ein paar Worte über die Jugendlichen sage, die im Wald tanzen. Ich habe davon gehört ... Mädchen und Jungen, die tanzen bis zum Umfallen.«

»Tatsächlich?« sagte der Fotograf. »Im Wald?«

Der Pfarrer machte eine fast unmerkliche Kopfbewegung, als wolle er auf die Bücherstapel auf seinem Schreibtisch hinweisen. »Die letzte große Tanzepidemie hat sich vor vierhundert Jahren ereignet ... Junge Menschen haben in Europa in den Straßen getanzt, bis sie umfielen, sie feierten Orgien, ein heftiges Sich-Ausleben ... Viele sind an Krämpfen und an Erschöpfung gestorben. Manche waren vielleicht vergiftet oder litten an Mangelerkrankungen, die keine heilige Quelle heilen konnte . . . Hast du Kinder?«

Der Fotograf antwortete, ohne den Blick von der Kamera zu lösen: »Nein.«

»Die Kinder von heute leiden an Mangelerkrankungen, die nur von heiligen Quellen geheilt werden können. Wer will sie verurteilen, wenn sie tanzen?«

»Dann laß es sein.«

»Im selben Jahr, als es zu dieser letzten Tanzepidemie gekommen ist, hat man auch den ersten Rattenkönig gefunden, in Deutschland . . . Wie soll man das deuten? Zufall? Ein Irrtum, den die Forschung beseitigen kann? Jahreszahlenmystik und Zahlenmagie? Ich weiß nicht . . . Wer bequem ist, schweigt natürlich, aber ich . . . ich kann nicht schweigen. Nicht hier, in meiner Gemeinde. Wir haben tanzsüchtige Jugendliche, Rattenkönige und ein Feld voller seltsamer Zeichen – und eine ausgeprägte Verachtung von Fremden und Notleidenden . . . Kann ich mich da morgen hinstellen und so tun, als sei nichts?«

Mit einem Blick, der den Fotografen dazu brachte, die Augen zu schließen, starrte der Pfarrer genau in die Linse. Er hätte auf den Auslöser drücken und diesen Gesichtsausdruck in die verschlossene Dunkelheit der Kamera aufnehmen müssen, konnte es aber nicht.

»Ich kann nur um Verständnis bitten«, sagte der Pfarrer. »Zu mehr bin ich nicht in der Lage. An diesem vierzehnten Sonntag nach Trinitatis . . ., an dem ich mich verbreiten soll über Jesu Wunder in Betesda, vor einer Gemeinde, die nur darauf wartet . . . Als ob mir die Mysterien aus den Händen geglitten wären.«

Wieder läutete das Telefon. Der Pfarrer ließ es einige Male läuten, ehe er unter großer Anstrengung den Hörer abhob. Er schien aus Blei zu sein. Er meldete sich wie beim vorigen Mal, mit zwei Vornamen und seinem langen Nachnamen. »Ja«, sagte er, »ich bin noch beschäftigt . . . der Zeitungsfotograf . . .« Dann hatte er wieder Verwendung für sein »Nanu . . .« und sein »Das ist nicht gut« ausgesprochen, mit einer müden und klanglosen Stimme, so wie eine Stimme sich anhört, wenn neue Probleme zu den alten hinzukommen.

Der Fotograf hatte den Eindruck, seine Anwesenheit hindere den Pfarrer daran, frei zu sprechen. Jedes »Nanu . . .« wurde begleitet von einem Schielen nach ihm, als müsse der Pfarrer sich vorsehen. Das Gespräch fiel dieses Mal allerdings kürzer aus. »Nein, ich kann nicht«, sagte er. »Ich muß mit dieser Predigt fertig werden, und dann habe ich heute nachmittag eine Hochzeit . . .«

Als er den bleischweren Telefonhörer aufgelegt hatte, schwieg er eine Zeitlang und versuchte sich zu sammeln oder auf das Thema zurückzukommen. Der Fotograf war fertig. Er wußte, das Bild war aufgenommen, und er konnte sich strecken und aufatmen. Er schwitzte mindestens ebensosehr wie der Pfarrer.

»Das ist eine gemeinsame Bekannte gewesen. Margot.«

Der Fotograf versuchte einen unbeteiligten Eindruck zu machen und nickte. Er sah sich den Pfarrer aufmerksam an, um herauszufinden, ob es sich bei dem, was aussah wie ein Lächeln, auch um ein Lächeln handelte. Er war sich nicht ganz sicher.

»Das ist eine gute Freundin«, sagte er.

»Eine gute Frau«, sagte der Pfarrer.

»Ja«, sagte der Fotograf, »eine sehr gute Frau.«

»Sie leistet eine großartige Arbeit an den Älteren. Sie hat wirklich ihre Herzen gewonnen, obwohl sie nicht aus dieser Gegend stammt.«

»Nein«, sagte der Fotograf, »vielleicht ist sie nicht von hier.« Möglicherweise sagte er das, um zu überprüfen, wie der Pfarrer reagierte. Doch nichts Besonderes geschah.

»Nein«, sagte er, »sie ist auch Einwanderin. Aus dem Norden.«

Der Pfarrer schien ahnungslos zu sein, und der Fotograf sagte: »Ist sie vielleicht auch kirchlich tätig?«

Der andere zögerte einen Moment mit der Antwort, als habe er eine Gefahr erkannt und sei gezwungen, nachzudenken. »Nein«, sagte er, »nicht sonderlich.« Offenbar wollte er das Thema beenden, denn sofort fügte er hinzu: »Hast du dein Foto jetzt?«

Der Fotograf hatte, was er brauchte. »Vermutlich«, sagte er. »Soll ich dir ein paar Abzüge schicken?«

»Nein, vielen Dank.«

»Dann packe ich ein und gehe.«

»Tu das.«

Der Fotograf sammelte seine Sachen ein und verpackte sie in den Taschen. Der Pfarrer beschäftigte sich mit seinen Blättern, las ein paar Zeilen hier, ein paar Zeilen dort und schwitzte, und es dauerte eine Weile, bis der Fotograf, zum Gehen bereit, an der Tür stand. Die Fliegen summten und prallten gegen die Fenster. »Dann bedanke ich mich . . .«

Der Pfarrer sah von seinen Aufzeichnungen über mittelalterliche Tanzseuchen, Rattenkönige und undeutbare Zeichen auf. Er hatte den gleichen Blick wie vorhin, als der Fotograf an die Tür geklopft hatte und ins Büro gekommen war. Hätte er geschwiegen und nur dagestanden, hätte der Pfarrer bestimmt gefragt, wer er sei und was er wolle. Vorhin hatte er eine Antwort gehabt, aber die hatte er nun nicht mehr.

Johnson blieb im Schuppen stehen. Er hatte rasch dorthin gehen wollen, um etwas zu holen, aber das Licht im Freien war so stark gewesen, daß es eine ganze Zeit dauerte, bis die Augen sich an die Dunkelheit im Schuppen gewöhnt hatten. Trotzdem hätte er finden müssen, wonach er suchte, jeder Gegenstand hing oder stand an seinem Platz. Er war so lange allein auf dem Hof gewesen, daß er unvermittelte Unordnung nicht auf einen anderen schieben konnte. Sogar mit verbundenen Augen hätte er alles finden können. Nun aber saß er fest, wie schon einige Male an diesem Tag, still, aber in gewisser Weise unruhig oder zumindest gestört, als ahne er die Anwesenheit eines Unbefugten. Er konnte hören, wie seine Lungen zischten und wie der Puls ihm in den Ohren klopfte.

Hier gab es nur seinen Traktor und seine Geräte, einen Pflug, eine Kielegge, Walzen, Mistverteiler, eine Dreschmaschine, einen Mähdrescher, eine Sämaschine, eine Erdfräse, ein Erdbohrer und eine Motorsäge. Einen Schweißapparat, einen Lötkolben und einen Winkelschleifer. Es gab Hacken und Rechen und Krallen, Spaten, Schaufeln, Stangen, Vorschlaghämmer und Äxte. Dort hingen Drähte, Schnüre, Seile, Trossen, Ketten und Stahlseile. In einer Ecke stand die Hobelbank, daneben an der Wand hingen die Werkzeuge. Hobel, Raspeln, Feilen, Ahlen und Stemmeisen, Meißel, Bohrer, Zangen und Hämmer, Bogenfeilen, Bügelsägen und Fuchsschwänze. Gestapelt und in Kästen und Dosen befand sich Material für alles. Trockenes, ausgesuchtes Holz, Eisenstücke und Leder, Nägel, Schrauben und Muttern, Scheiben, Ringe und Ösen, Haken, Krampen, Bolzen; alles war an seinem Platz.

Trotzdem stand Johnson lange in der Dunkelheit, unsicher und so, als habe er sich verirrt, oder als habe er nur einen deutlich gezeichneten Umriß an der Wand vorgefunden, wo ein Werkzeug hängen sollte; ein unentbehrliches Instrument mit einer besonderen Funktion, das nur selten benutzt wurde, aber dennoch ganz unersetzlich war. So ein Werkzeug gab es nicht, aber er hatte dennoch das irritierende Gefühl, daß es jetzt fehlte.

Er hörte Schritte, die über den Hof näher kamen, und ein Brummen, dem ein deutlich ausgesprochenes sexuell betontes Schimpfwort folgte, worauf sich das Murmeln fortsetzte, bis eine neue Tirade folgte.

Dicken stand in der Schuppentür: »Hast du se?« Johnson sah nur die Umrisse des Mannes vor all dem hellen Licht hinter ihm. »Hast du se?«

»Was denn?«

Dicken sah ihn an und lachte laut, viel zu sehr und viel zu laut, es stand in keinerlei Verhältnis zu dem Vorfall. »Es ist seltsam«, sagte Johnson, »aber ich entsinne mich nicht, was ich hier wollte.«

»Krampen«, sagte Dicken. Er trottete zum Werkzeugschrank neben der Hobelbank. »Wir brauchen Krampen.«

Die Anwesenheit des anderen ließ Johnson zu sich kommen. Die Unschlüssigkeit war fort. »Schweig!« sagte er. Eine gewisse Trödeligkeit aber blieb. Sie hielt an, als die beiden Männer den Schuppen mit einer Tüte Krampen verließen und auf das Feld zurückgingen.

Keiner von ihnen ging gern dorthin. Wohin sie auch schauten, sahen sie glotzende Menschen. Die meisten standen oben auf der großen Landstraße, sie entstiegen Autos, hielten sich eine Zeitlang dort auf und glotzten. Manche blieben sogar in ihren Autos sitzen, fuhren nur an die Seite, ließen die Scheiben herunter, schauten, schauten eine Weile herüber, dann fuhren sie weiter.

So war es den ganzen Tag gewesen. Die Leute hatten geglotzt, und Johnson war trotz der großen Entfernung aufgefallen, daß einige gelacht und den Kopf geschüttelt und Zweifel und ihre Respektlosigkeiten geäußert hatten. Andere aber waren über den Graben gesprungen und hatten sich gute Aussichtspunkte gesucht, oder sie hatten vielleicht sogar eine Kamera hervorgeholt und fotografiert. Sie hielten sich ziemlich lang oben an der Landstraße auf, bis sie sich satt gesehen hatten und zu guter Letzt wegfuhren. Sogar ein Linienbus war langsamer gefahren und hatte fast stillgestanden, um den Passagieren Gelegenheit zu geben, sich das Feld anzusehen, dann war er weitergefahren. Später am Tage würden noch einige Linienbusse vorbeikommen, und wer konnte wissen, wie es weiterging. Womöglich würden manche aussteigen und herunter zu seinem Hof kommen. Es gab hier keine Haltestelle, der Verkehr würde beeinträchtigt werden, die Busse bekämen Verspätung.

Nicht alle verhielten sich freilich rücksichtsvoll und blieben oben auf der Landstraße. Eine größere Anzahl, Bekannte aus dieser Gegend, aber auch völlig Unbekannte, hatten ihre Autos und Fahrräder oben an der Straße geparkt und waren dann zu Fuß heruntergekommen. Die ersten hatten kurz nach Mittag Johnsons Hof durchquert, als Johnson am Küchentisch gesessen und Kaffee getrunken hatte.

»So«, sagte Johnsons Frau. »Sieh nur hin! Schau dir das an!«

Johnson hatte gesehen, wie drei Jugendliche über den Hof in Richtung Feld gelaufen waren. »So ist das also? Ein Hin- und Hergerenne!«

»Wahrscheinlich muß man ein Schild anbringen.«

»Die haben ihr allgemeines Wegerecht.«

»Dann muß man Eintritt nehmen. Das schreckt viele ab.«

»Eintritt?« Frau Johnson konnte ziemlich häßlich aussehen. »Wofür denn?«

»Wenn das nun so sehenswert ist«, sagte Johnson.

»Wenn da irgend jemand bezahlen muß, dann die alte Joncker.«

Johnson trat auf den Hof, um festzustellen, wohin die Gäste gingen. Als er um die Hausecke kam, konnte er sehen, daß die drei Jugendlichen das Feld erreicht hatten, auf dem sich das Zeichen befand. An der Koppel hielten sie an, standen eine Zeitlang da und deuteten, bis einer von ihnen hinausging in den Roggen. Johnson kannte niemanden von ihnen, und aus dieser Entfernung konnte er auch nicht feststellen, ob es sich um einen Jungen oder um ein Mädchen handelte. Vielleicht hätte dieser Mensch sich ungestört weiter dort aufhalten dürfen, hätte es nicht so rücksichtslos gewirkt. Wer auch immer dort ging, in gewisser Weise sah das eigenmächtig aus, als sei dieses Feld plötzlich zum Gemeindegelände geworden.

Johnson rief etwas. Keine Worte, nur einen kraftvollen Laut, wie man ihn zu hören bekommt, wenn jemand einen Kran oder ein großes Lastauto anhalten will, das zurücksetzt. Der Mensch draußen auf dem Feld blieb sofort stehen. Die beiden anderen drehten sich um und sahen nach Johnson, der auf sie zuging. Er ging langsam, denn es war heiß, und der Anstieg war mühevoll.

Er war ziemlich zufrieden, als er ankam. Nun sah er, daß es sich bei der Person, die auf dem Feld stand, um ein Mädchen handelte, sie stand jetzt mäuschenstill und machte einen verlegenen Eindruck. Auch die beiden anderen ließen die Ohren hängen, als habe man sie auf frischer Tat bei etwas Strafbarem ertappt.

Johnson blieb in fünf Metern Entfernung stehen, schwitzte und keuchte und brachte es nicht fertig, mehr zu sagen als: »Das geht nicht . . . so herumzutrampeln . . .«

Die Jugendlichen nickten verständnisvoll, und das Mädchen auf dem Feld kam auf demselben Weg zurück, den sie gegangen war, jetzt aber übertrieben vorsichtig, als wolle sie auch nicht einen Halm knicken. »Hast du etwas gespürt?« Einer der Jugendlichen sagte es leise zu dem Mädchen, das auf dem Feld gewesen war. Das Mädchen nickte.

Johnson wollte fragen, was sie meinten, wurde aber unterbrochen. Vom Hof her hörte er Stimmen und sah, daß ein Dutzend Besucher heraufkamen, einige hatten Körbe bei sich, andere trugen Kinder auf dem Arm. Unbekümmert überquerten sie seinen Hof, blieben sogar stehen, um sich die Gebäude anzusehen, woraufhin sie weitergingen, auf das Feld zu, das nun offensichtlich eines der Ausflugsziele dieser Gegend geworden war.

Johnson war ratlos, er sah abwechselnd die drei Jugendlichen an, die jetzt schweigend zu Boden blickten, und dann wieder nach diesem Zug von Neugierigen, die jetzt den langen Weg über den Hang zum Feld angetreten hatten. Die Neuankömmlinge unterhielten sich laut und sorglos, ein Kind plärrte, jemand verknackste sich den Fuß und stieß einen schrillen Laut aus.

»Was zum Teuf . . .«, er hielt sich aber zurück, als er begriff, daß die drei Jugendlichen dies hören würden. »Was um Himmels willen!«

»Das kommt noch dicker«, sagte einer der Jugendlichen, ein Junge, der in der Sonne zu Johnson hinblinzelte. »So was zieht!« Seine Kameraden nickten zustimmend.

Jetzt ging es schnell. Johnson fühlte, wie ihm die Situation aus den Händen glitt. Er hatte Kraft in den Fäusten, dennoch befand er sich in einer Lage, in der er die Sache nicht mehr im Griff hatte. Gerade noch hatte er mit der Presse gesprochen, und man hatte ihn wie jemanden behandelt, der etwas zu sagen hat. Man hatte ihm zugehört, und er hatte die richtigen Worte gefunden. Und nun kamen Leute und trampelten ohne jede Achtung auf seinem Land herum.

Endgültig zuviel wurde es ihm, als er die Jonckers, alle drei, auf dem Kamm des Höhenrückens über dem Feld stehen sah. Dort standen sie und glotzten zu ihm herunter, höhnisch, das sah man von weitem. Allerdings schwiegen sie. Dieses Mal blieben die Schimpfworte aus. Wegen der Zeugen wahrscheinlich. Aber es genügte, daß sie nur dort standen und glotzten. Johnson fühlte sich gestört, man bedrängte und bedrohte ihn. Er warf den drei Jugendlichen einen Blick zu und zeigte mit dem Finger auf sie, als wolle er ihr Vorhaben beenden. Künftig sollten sie sich vom Feld fernhalten. »Sagt denen da«, sagte er, »denen da . . .«, und dann machte er eine Kopfbewegung in Richtung der herankommenden Besuchergruppe, »sagt denen da, daß sie nicht dort hinausgehen und herumtrampeln!«

Die Jugendlichen antworteten mit einem Nicken, sozusagen einverstanden. Die Lage war für Johnson klar. Er mußte etwas unternehmen. »Manchmal hat die Alte wirklich verdammt recht . . .«, brummte er auf dem Rückweg. Er ging einen weiten Umweg, um den Neuankömmlingen nicht begegnen zu müssen. Er ging weiter, erreichte den Hof, und hinter dem Stall stand Dicken am Hackklotz, mit der Axt in der Hand.

Viel war nicht gehackt worden, denn der Mann hatte an anderes denken müssen. Dicken grinste und zeigte zur Straße hinauf.

»Da gibt es nichts zu grinsen«, sagte Johnson.

»Die kommen haufenweise . . .«, sagte Dicken.

»Nicht ein Wort!« unterbrach ihn Johnson. »Nicht ein Wort! Da kommen nur wieder die Sauereien heraus. Das weißt du!«

Dicken wußte es, und er legte sich ein Scheit von einer Buche zurecht, die vom Orkan gefällt worden war und aus der jetzt Brennholz für den nächsten Winter werden sollte. Aber Johnson nahm ihm die Axt ab und schleuderte sie in den Holzschober.

»Du hast anderes zu tun. Wir müssen einen Zaun aufstellen.« Dicken antwortete mit einer stummen Frage. »Du hast gehört, was der Reporter gesagt hat. Wir müssen einen Zaun errichten.«

Er hatte einen Vorrat von Jungbirkenholz, zu Pfosten zurechtgeschnitten, das Holz lehnte an der Stallwand. Mindestens fünf Kilometer Draht hatte er ebenfalls. »Nimm die Karre!« Er selbst holte im Schuppen eine Eisenstange und einen Vorschlaghammer und hieß Dicken die Karre mit Draht und Pfosten beladen.

Johnson wartete vor dem Schuppen auf Dicken, die Eisenstange auf der Schulter, den Vorschlaghammer in der Hand, und der andere mit der Schubkarre hielt an und stellte eine weitere stumme Frage. Es schien nicht ganz in Ordnung zu sein, daß Johnson nach wie vor seinen besten Anzug trug. Bald würde es nicht mehr sein bester Anzug sein, wenn das so weiterging. »Ich hab keine Zeit . . .«, sagte er nur und ging über den Hof, auf das Feld zu, das jetzt zu einer richtigen Touristenattraktion geworden war. »Die sind schlimmer als die Wildschweine!«

Leute sahen zu, als Johnson und sein Helfer damit begannen, einen Zaun um das Feld zu errichten, das gesegnet oder geschlagen war, wie immer man das betrachten wollte. Johnson stieß die Eisenstange in den Boden, Dicken setzte den Pfosten, worauf Johnson ihn mit einigen schweren, gut gezielten Schlägen mit dem Vorschlaghammer in den Boden trieb. Sie folgten der Grenze zwischen dem Weideland und dem bebauten Stück, und als die erste Strecke aufgereiht war, mußte der Stacheldraht gespannt werden.

Johnson stand ungern arbeitend vor einer Zuschauermenge, vor einem Publikum, einem sehr kritischen und sauertöpfischen Publikum obendrein, das ihm das Recht bestritt, seinen Boden abzuschirmen und auf diese Weise den freien Durchgang zu verhindern. Der Stacheldraht sah widerwärtig und bedrohlich aus, und die Blicke der Zuschauer kitzelten ihn im Rücken wie boshafte Insekten.

Sie hatten einige Stunden gearbeitet und fast das ganze Feld eingefriedet, als auf der Landstraße ein kleiner blauer Bus herankam, sein Tempo verringerte und in Richtung auf Johnsons Hof abbog. Der Bus wurde sehr gewissenhaft und in respektvoller Entfernung zum Privatgrund in einer Ausbuchtung der Anhöhe geparkt. Aus dem Bus stieg ein ziemlich magerer schlaksiger Mann mit einem Bocksbart. Er schloß das Fahrzeug sorgfältig ab und ging dann in gemächlichem Tempo den Weg zur Senke hinunter, ab und zu blieb er stehen und sah sich um, machte sich vertraut mit den Himmelsrichtungen und dem Licht und den Besonderheiten des Ortes, worauf er, ebenso ruhig, zum Feld hinaufstieg, das nun bald mit einem neuen Zaun abgesperrt sein würde.

Der Neuankömmling schien einverstanden oder zumindest damit vertraut zu sein, und er ging rasch auf den Bauern zu. »Es tut mir leid«, sagte er, »aber ich bin so schnell gekommen, wie ich konnte.«

Johnson wußte nicht, mit wem er die Ehre hatte. »Aha«, sagte er und unterzog den gerade Angekommenen einer hastigen Musterung. Dann setzte er einen Pfosten mit dem Vorschlaghammer. Dicken wartete schon mit einem weiteren, und Johnson befürchtete, er könne den Mund aufmachen, falls er zu lange warten mußte. Im Augenblick war das weniger wünschenswert.

»Ich bitte wirklich um Entschuldigung, daß Sie warten mußten . . .« Johnson ging weiter zum nächsten Pfosten. »Die Zeitung hat angerufen und mich gebeten zu kommen . . . Ich bin Grenzforscher.«

»Aha, ach so«, sagte Johnson. Der andere stand da, zerrte an seinem Bocksbart und spähte auf das Feld. »Und davon kann man leben?«

Die Hand im Bart hielt inne: »O gewiß . . .«

»Ja«, sagte Johnson, »hier ist eine!« Er rüttelte an einem Pfosten, um festzustellen, ob er saß.

»Mit solchen Grenzen beschäftige ich mich nicht«, sagte der Forscher. »Ich sehe, es gibt viele Leute . . .«

»Hordenweise«, sagte Johnson. »Wie Wildschweine. Nur schlimmer.«

»Sind sie auch drin gewesen?«

»Drin?« sagte Johnson. »Nein, dafür hat schon meine Alte gesorgt.«

»Im Zeichen . . .« Der Forscher ließ seinen Bart los und deutete auf das Feld.

»Nein«, sagte Johnson. »Nur ich selbst. Und der Reporter, der, mit dem du gesprochen hast.«

»Ja«, sagte der Forscher, »ein paar wird das vielleicht daran hindern.« Mit zwei bleichen, mageren Fingern packte er den Stacheldraht, spannte ihn ein wenig und ließ ihn zittern wie eine Saite. »Aber nicht alle.«

»Nicht?« Johnson ging zu Dicken, der mit dem nächsten Pfosten wartete. Er nahm mit dem Vorschlaghammer Maß und trieb den Pfosten mit ein paar Schlägen in den Boden. »Jedenfalls gibt es hier dann ein bißchen Ordnung.«

Der Forscher folgte ihm: »Du willst das alles hier schützen?«

»Vielleicht«, sagte Johnson. »Jedenfalls sollen sie hier nicht herumtrampeln, wie es ihnen gerade paßt.«

»Gut«, sagte der Forscher. Er kam ein paar Schritte näher und stellte sich zwischen Johnson und Dicken. Er stand viel zu nah, und beide, Johnson und Dicken, wichen zurück, gingen auseinander. Aufdringlichkeit konnten sie nicht ausstehen. »Warte«, sagte der Forscher. »Ich muß . . .« Wieder ging er zu Johnson, stand ganz nah, in weniger als einer Armlänge Entfernung, woraufhin der Bauer den Eindringling zu verscheuchen versuchte wie einen anhänglichen Fliegenschwarm. ». . . das ist nichts Gefährliches.«

Wieder baute er sich vor Johnson auf, weit innerhalb von dessen Reichweite, so daß ihn der Bauer mit Leichtigkeit hätte zu Boden wedeln können, er aber stand da und hob den rechten Arm und fuhr damit durch die Luft, die Johnson umgab. Er schloß die Augen und fuchtelte mit der Hand ein paarmal um Johnsons Kopf, und dann war er fertig. Er öffnete die Augen, nickte zufrieden und sagte: »Gut, du hast es.«

Johnson starrte den Mann vor sich verdrießlich an. Er ging in einem Bogen um diesen Menschen herum, um mit dem Zaun weitermachen zu können.

»Die Aura«, hob der Forscher an. »Du hast Energie. Von dort.« Er beschrieb eine Geste zur Feldmitte. »Das dort ist echt, das spürt man bis hier. Das merkt man an deiner Aura.«

Johnson hielt inne, blickte zu Boden, hob den Blick aber langsam und sah dem anderen schließlich in die Augen. »Ich brauch keine Glorie«, sagte er, »aber das ist verdammt noch mal kein Schwindel.«

»Nein«, sagte der Forscher, »genau das habe ich ja gesagt. Ich muß nicht einmal hingehen und es überprüfen. Ich habe das Auto voller Instrumente, aber die brauche ich nicht. Das sieht man von weitem, daß das hier echt ist. Die Halme liegen, wie es zu sein hat. Die Ströme sind gleichmäßig und stark. Alles stimmt, das Hünengrab dort drüben . . . das Militär am Schießplatz . . . deine Energie . . .«

»Was hat denn das Militär damit zu tun?« Johnson stand noch da, wie er eben innegehalten hatte, den Vorschlaghammer in der Hand. Eine furchtsame Person hätte sich in acht genommen.

»Das weiß man nicht genau«, sagte der Forscher. »Aber so etwas tritt vorzugsweise in der Nähe von militärischen Anlagen und vorgeschichtlichen Funden auf. Das ist fast immer so.«

»Ach so, aha«, sagte Johnson. »Daran liegt das?« Das war keine Frage, die nach einer Antwort verlangte. »Ich habe so etwas noch nie gesehen.«

»Nein«, sagte der Forscher, »aber die Engländer.«

Dicken war ruhig und schlug ein Loch, eines der letzten, steckte einen Pfosten hinein und wartete, bis Johnson dem Pfosten ein paar heftige Schläge versetzte. Jetzt hatten sie eine Strecke ohne Stacheldraht und gingen zurück und zogen den Draht an den frischgesetzten Pfosten entlang. Einige unbekannte Gäste, die sich auf der danebenliegenden

Koppel befanden, riefen Johnson etwas zu, der aber tat so, als höre er nichts. Ihn kümmerte derzeit wenig, was die Leute sagten. Der Grenzforscher stand, wo sie ihn gerade verlassen hatten, und Johnson setzte, als er zurückkam, die große Stacheldrahtrolle ab, und Dicken mußte Krampen an den Pfosten befestigen.

»Die Engländer«, sagte Johnson, »und wie machen die's mit dem Eintritt? Die Engländer?«

Der Forscher fuhr sich durch seinen Bocksbart. Er schien eine Zeitlang zu überlegen, begriff aber schließlich, was der Bauer meinte: »Du meinst, ob die Eintritt nehmen? Eintritt . . .« Johnson nickte. »Das kommt vor«, fuhr der Forscher fort. »Auf die eine oder andere Weise ist so etwas immer ein Geschäft.«

»Ich meine«, sagte Johnson, »es ist nur recht und billig . . .« Er sah auf das Land, das sie umgab. »Da wird alles niedergetrampelt und abgetragen. Das sieht man doch schon . . .«

»Die Kraft reicht für viele«, sagte der Forscher. »Um so mehr an ihr teilhaben können, um so besser. So sehe jedenfalls ich das.«

»Und das Vieh?« sagte Johnson. »Ist sie auch gut für das Vieh?«

»Bestimmt«, sagte der Forscher.

»Das wird dann irgendwie größer, oder?«

Hierauf gab der Forscher keine Antwort, er hatte einen Arm ausgestreckt, seine Finger spreizten sich wie Tentakel, er schloß lächelnd die Augen und sagte: »Das ist stark, das ist sehr, sehr, sehr stark . . .«

»Und ob«, sagte Johnson, er zögerte nicht, sich anzuschließen. »Das habe ich schon gespürt. Und ob . . . Eine Kraft ist das . . .« Er spähte über das Feld, das jetzt eingezäunt war, und die Schaulustigen blieben in gebührender Entfernung. »Ich bin heute morgen ziemlich müde gewesen«, sagte der Bauer, »aber jetzt spüre ich das nicht mehr.

Kann das sein?« Er schielte nach dem Forscher, als wolle er den Blick des anderen meiden, sei aber dennoch zu neugierig, um völlig wegzusehen.

»So ist es«, sagte der Forscher. »Genau so ist es.«

»Und normal ist das also nicht«, sagte Johnson, »hier, in unseren Breitengraden?«

»Nein«, sagte der Forscher, »das ist eine Sensation. Das geschieht zum ersten Mal in diesem Land.«

»Aber dann ist es doch mehr als gerecht«, sagte Johnson, »daß man ein bißchen Eintritt nimmt. Wenn es so ... wenn man sozusagen munterer wird, davon ...« Der Forscher sah von einem Kommentar ab. Er strich sich gedankenschwer durch den Bocksbart, und dann streckte er Johnson wieder die Hand entgegen. Er schloß die Augen und ließ es auf sich wirken. Er lächelte wiedererkennend. »Dann ist das ja wie Medizin, kann man sagen. Das weiß doch jeder, was das kostet, wenn man in die Apotheke geht ...«

»In diesem Fall«, sagte der Forscher, »könnte man das vielleicht so ausdrücken.« Er öffnete die Augen wieder und zog langsam die Hand zurück. »Das ist stark«, wiederholte er. »Hier wurden sehr starke Kräfte in Bewegung gesetzt. Es stimmt, ganz wie erwartet.«

»Einen Hunderter halte ich für angemessen. Geht das? Einen Hunderter?«

Der Forscher sah Johnson an. Er schien ergriffen zu sein, hatte aber nicht alles verstanden. »Man könnte das auch als eine Art Heiligtum betrachten«, sagte er. »Als heiligen Ort.«

»Sicher«, sagte Johnson. »Sicher, aber ...«

»Und wie hat Jesus zu den Krämern im Tempel gesagt?«

Johnson schnitt ein saures Gesicht und vermied eine Antwort. Vielleicht wußte er nicht einmal die richtige Antwort.

»›Ihr, die ihr das Heiligtum zu einer Räuberhöhle macht‹, hat er gesagt.«

»Räuberhöhle?« Was das war, wußte Johnson. »Dort«,

sagte er und zeigte auf den Viehstall. »Dort kannst du eine richtige Räuberhöhle sehen!«

»Sicher«, sagte der Forscher. »Mach es, wie du willst. Es ist dein Land ... Ich erledige hier nur meine Aufgabe.«

»Und worin besteht die?«

»Ich muß ein bißchen messen und dokumentieren. Ich werde über Nacht bleiben. Wir haben Vollmond.«

»Dagegen ist nichts zu sagen«, sagte Johnson. »Wenn du dort oben parkst.«

»Ich hätte den Bus gern unter Aufsicht.«

»Und die Zeitung?« erkundigte sich Johnson. »Äußerst du dich in der Zeitung? Du bist doch sozusagen ein Experte ...«

»Vielleicht.«

»Dann sag, wie es ist.«

»Ja«, sagte der Forscher. »Wie ist es denn?«

Dicken hatte jetzt den Stacheldraht befestigt und hatte sie eingeholt. Jetzt hatte er lang genug geschwiegen, und die Zunge rollte in seinem Gaumen wie ein riesiger Kautabakpriem. Johnson bemerkte das, und er beeilte sich, er mußte das Wort ergreifen, ehe ihm Dicken zuvorkam.

»Daß es ...«, begann er, »daß es einen Besuch wert ist. Daß man sich ...«, fuhr er fort, »daß man sich irgendwie jünger fühlt dort drin. Ja, eben, jünger ... Sag das ..., daß man jünger und frischer und stärker wird, und daß man das fühlt bis ...« Er beschrieb eine inhaltsreiche Geste zu seinen Hosen. »Du weißt schon, was ich meine ...«

Dicken hatte zugehört, und er grinste und nickte, und nach einem so langen Schweigen konnte er einfach nicht mehr stillhalten und sich diese ganze Herrlichkeit anhören. Er öffnete den Mund, und Johnson betrachtete seinen Helfer mit wachsendem Entsetzen. Anfangs kam kein Laut, man sah aber, wie Dicken versuchte, einen Vokal nach dem anderen zu formen, die Worte quollen in seinen Kopf hinauf, wollten aber nicht jene Gestalt annehmen, die der

Anstand erforderte, und am liebsten hätte er sie auch nicht so gesagt, es war, als spreche ein anderer durch ihn, und eine andere Macht hätte Gewalt über ihn und nehme seine Zunge und seine Lippen in Besitz, und zu guter Letzt brach mit einem einzigen Wort alles hervor, die Kehle wurde frei, die Zunge legte sich zurecht, die Lippen öffneten sich, und durch das ganze Tal erklang sein: »Pimmel!«

Der Grenzforscher wich einen Schritt zurück und sah zuerst Johnson an, dann wieder Dicken, und dann wieder Johnson.

»Es ist wohl am besten«, sagte er.

»Was?« sagte Johnson.

Dicken machte weder einen zufriedenen noch einen erleichterten Eindruck. Er zählte einfach gelassen nach, wie viele Krampen er noch in der Tasche hatte.

»Daß ich sage, wie es ist.«

III

Niemand tanzte, obwohl die Musik schon seit Stunden auf höchsten Touren lief. Die bunten Lampen waren eingeschaltet, und der Rauch hing dicht über den Kisten, auf denen Gläser und Flaschen standen. Es hätte ein beliebiger Samstag im Viehstall sein können, aber es waren weniger Gäste als sonst da, und als Brandy auf der Holzkiste Platz nahm, auf der er immer saß, warteten dort, bereits serviert, eine Flasche und ein Glas, das beinahe wie gespült wirkte.

Die Gebrüder Joncker gingen herum und unterhielten sich, wie richtige Nachtclubwirte. Ihr Kontakt zu den Gästen bestand sonst meist aus wiedererkennendem Nicken und einem Handschlag oder, in manchen Fällen, einer Umarmung, die mit einem ordentlichen Handgemenge auf dem Fußboden endete, einer Art Holmgang, einem Zweikampf, äußerste Ehrenbezeugung und Zeichen für eine lange, wunderbare Freundschaft.

An diesem Abend schienen sie beschäftigt zu sein. Sie gingen hin und her, traten aus der Tür, kamen wieder herein, wechselten mit besorgter Miene ein paar Worte mit den Leuten, als hielten sie Ausschau nach ausgebliebenen Gästen oder hätten eine Warnung erhalten und befürchteten die Ankunft von Unerwünschten.

Als Brandy einige Zeit auf seiner Kiste gesessen und ein paar Drinks zu sich genommen hatte, kam der älteste Joncker zu ihm, nickte und setzte sich neben ihn: »Der geht aufs Haus.« Er zeigte auf die Flasche, zog ein Zigarettenpäckchen hervor, bot Brandy eine an und gab ihm Feuer. »Und bist du gut nach Hause gekommen?«

Brandy nickte: »Ich bin ein bißchen wacklig gewesen.«

»Du bist auf allen vieren gekrochen«, sagte der Joncker. »Aber dabei bist du gewesen. Du bist dabeigewesen.« Er lächelte auf eine zweideutige Art, hinter der so gut wie alles stecken konnte.

»Wobei denn?«

»Ja, genau da.« Der Joncker rauchte und grinste über etwas, das er in diesem Raum sah, oder über etwas, das er gesehen hatte und woran er jetzt dachte. »Wir werden sehen.« Er überschaute den Raum, als zähle er die spärlichen Gäste, dann drehte er sich wieder zu Brandy und wiederholte: »Wir werden sehen.«

»Wieso?«

Wenn die Gebrüder Joncker nicht sprechen wollten, dann sprachen sie nicht. Nur wenige versuchten ihnen etwas zu entlocken. Aus irgendeinem Grunde konnte sich Brandy nicht abfinden mit dem, was er bereits erfahren hatte.

»Wieso?« sagte er.

Der Joncker blieb ruhig, zog an seiner Zigarette und deutete auf Brandys Glas, wie mit einer wortlosen Frage. Brandy nickte und schob ihm das Glas hin. Der Joncker trank und schluckte mit ausdruckslosem Gesicht.

»Der ist gut, der da«, sagte er und fuchtelte mit dem Zeigefinger nach der Flasche. »Der ist gut.«

»Was werden wir sehen?« sagte Brandy.

»Das gefällt mir nicht«, sagte der Joncker. »Uns gefällt das überhaupt nicht.«

»Was?« sagte Brandy.

»Das dort«, sagte Joncker und machte eine Kopfbewegung hinüber zur Tür, als meine er etwas, das sich dort draußen befand.

»Was gefällt euch nicht?«

»Johnson«, sagte Joncker. »Mit seiner blöden Idee. Sich hinstellen und Eintritt nehmen . . .«

Brandy begriff, worum es ging. »Das geht vorbei«, sagte er. »Das verdorrt doch.«

»Der Kerl ist hier gewesen und hat Mutter beschuldigt . . . Hat gemeint, das sind wir gewesen.«

»Warum sollt ihr das gewesen sein?«
»Was weiß ich denn.«
»Ihr seid es nicht gewesen.«
»Du bist heute morgen dabeigewesen . . .«
»Teilweise«, gab Brandy zu.
»Jedenfalls bist du Zeuge.«
»Für was?«
»Eben«, sagte Joncker. »Eben das werden wir sehen.«
»Ach?« sagte Brandy. »Wirklich?«
»Ja«, sagte Joncker. Wieder sah er Brandy an, sah aber nicht die Furcht oder den Respekt oder die normale Angst, die er erwartet hatte. »Wir werden sehen.«
»Du meinst«, sagte Brandy, »daß ich für irgend etwas x-beliebiges den Zeugen mache?«
Joncker zuckte mit den Achseln: »Wir haben uns noch nicht entschieden.«
»In welcher Hinsicht?« Brandy war irritiert. Er hätte kühl hier sitzen und zuhören und Informationen einholen und sich nicht mit den Brüdern Joncker überwerfen sollen. Manchmal ließ sich so etwas aber schwer vermeiden. »Bilde dir nichts ein«, sagte er. »Und erwartet nichts.« Er hatte jetzt einiges getrunken und hätte ebensogut sanft und gefügig und kooperativ sein können. Nun aber hatte es ins Gegenteil umgeschlagen. »Wofür soll ich denn den Zeugen machen, verdammt noch mal?«
»Beruhig dich.« Joncker sah ihn genauso ernst an wie vorher. »Beruhig dich.« Das war ein Befehl.
Brandy sollte sich ruhig verhalten. Aber doch nicht zu irgendwelchen beliebigen Bedingungen. »Vielleicht ist es überhaupt nicht nötig«, sagte der andere etwas versöhnlicher. »Falls es aber nötig ist, dann rechnen wir mit dir.«
»Tut das lieber nicht.«
Joncker rauchte, und schon von weitem hätte man erkennen können, daß er einige Geduld aufbringen mußte. Vermutlich war er der Meinung, das sei der Mühe wert. »Wir

mögen so einen Betrieb nicht. In der Gegend sind zu viele Leute. Davon bist du auch betroffen. Ist das klar?« Er gönnte Brandy einen Blick, aus dem Ernst und Verantwortung sprachen, und erhob sich. Gäste waren eingetroffen, denen er die Hand geben oder die er niederringen oder aber nur abweisen mußte, weil er sie nicht mochte, oder weil ein anderer sie nicht mochte, und weil die Brüder Joncker aus irgendeinem Grunde Streit vermeiden wollten. Jedenfalls im Augenblick.

Brandy leerte sein Glas und schenkte sich neuerlich ein. Als er den Blick von der Kiste hob, konnte er erkennen, wie jemand durch die Tür kam. Ein Mann mit Bocksbart, kariertem Hemd und derben, vernünftigen Schuhen. Er machte einen fremden Eindruck, und vermutlich war er zum ersten Mal hier. Er blieb hinter der Tür stehen und sah sich um, die Hand im Bart. Er sah unbeholfen aus. Sein Blick überflog die wenigen Gäste und landete an der Decke, die er einer gründlichen Besichtigung unterzog, als wolle er sich von der Festigkeit des Dachstuhls überzeugen, bevor er endgültig eintrat.

Einer der Brüder Joncker war sofort zur Stelle und sagte etwas zu dem Gast, Worte wurden gewechselt, und sobald der Mann mit dem Bocksbart eine Mitgliedskarte bekommen hatte und auf einer Liste eingetragen war, wurde er hereingelassen. Verschiedenes wurde ihm angeboten, das er nicht haben wollte, Brandy konnte sehen, wie er ablehnte und verneinend den Kopf schüttelte, höflich, aber entschieden. Er vermittelte deutlich den Eindruck, daß er sich am absolut falschen Ort befand. Dennoch blieb er stehen, die Hand im Bocksbart, auf den Lippen eine Art entschuldigendes Lächeln.

Brandy blieb auf seinem Posten und verhielt sich ruhig. Er verstand mittlerweile einiges, anderes aber war noch unklar. Die Brüder Joncker waren mit einem Projekt beschäftigt, das auch mit ihm zu tun hatte, und wozu er, offenbar gegen seinen Willen, beitragen sollte. Dies war der Preis, den er zu zahlen hatte. Die Rechnung würde kommen, und bestimmt ließ sie sich nicht vermeiden, es gab aber keinen Grund, sich hierüber Sorgen zu machen, denn wenn der Tag kam, konnte alles völlig anders sein.

Jeden Augenblick konnte seine Müdigkeit ihn einholen, die Erschöpfung, die ihn früher oder später erreichte und die bisweilen das eigentliche Ziel solcher Sauftouren zu sein schien. Noch aber fühlte er sich erstaunlich kräftig, als hinke die Müdigkeit weit hinterher und stehe noch immer an der Koppel, auf der die Schafe weideten, dort, wo er sich heute morgen ein wenig ausgeruht hatte, während die Jonckers weitergegangen waren zur Werkstatt. Brandy konnte ihn noch heraufbeschwören, diesen Duft am frühen Morgen, als sich der leichte Tau vom Boden verflüchtigt und der Buchenwald in der Schlucht nach seiner süßen Fäulnis gerochen hatte. Er hatte sich eine Zeitlang dort aufgehalten und war dann weitergegangen zur Werkstatt der Jonckers. Dort hingen ihre Hosen zum Trocknen, und es hatte nach frischgebrühtem Kaffee gerochen. Sie hatten ihm ein Monster von Traktor vorgeführt, das sie »Lorna« genannt hatten, und hatten ihn zu Kaffee mit Schnaps eingeladen, und sie hatten aufgeschnitten mit »Full pull!« Er sah den jüngsten Bruder noch vor sich, wie einen lächelnden Teddybären, mit seinen beiden geschwollenen Augen, als er »Full pull!« sagte. Sie hatten eine Menge von diesem sonderbaren Traktor behauptet, der beliebig viel ziehen könne, und als sie die Maschine schließlich gestartet hatten und Runden damit drehten, war Brandy soweit gewesen, daß er ihnen alles glaubte. Er hatte genug. Dieses Geräusch hatte ihm Übelkeit bereitet, und sicherheitshalber hatte er den langen Weg nach Hause auf allen vieren angetreten. So viel konnte er in der Tat bezeugen, wenn er aber die Wahl hätte, wollte er lieber darauf verzichten.

Er saß mit dem Rücken zur Wand und hatte einen freien

Blick auf die Tür, trotzdem sah er nicht, daß Margot hereinkam. Plötzlich saß sie einfach vor ihm und streckte einen Finger aus, um seine Wange zu berühren. Sie mußte fast schreien, damit er sie verstand: »Wie geht's dir?«

Sie hatte etwas mit ihren Haaren gemacht. Was, konnte er nicht feststellen, aber sie sahen auf irgendeine Weise geordnet aus.

»Das sollte ich dich fragen.«

»Es ist O.K.« Er holte die Zigaretten hervor, die sie ihm geschenkt hatte, er hatte sich nur ein paar genommen, gab ihr das Päckchen und versuchte sich zuvorkommend zu verhalten. »Es ist eben so«, sagte sie.

»Langsam wird es brenzlig.«

Margot nickte und rauchte. »Das beruhigt sich schon wieder.« Was sich indessen anhörte, als habe sie Zweifel. Sie sah sich im Raum um und grüßte einen Bekannten, der ein Stück entfernt saß. »Wo sind sie denn alle?«

Brandy aber dachte an anderes: »Was ist denn passiert? Als er nach Hause gekommen ist . . .«

Sie gab keine Antwort. »Ist hier Razzia gewesen?«

»Du«, sagte er, »ich will wissen, was passiert ist.«

Es schien, als höre sie nicht, was er sagte. Die Musik wummerte in den durchdringendsten Tönen. »Ich will wissen . . .«, sagte er wieder, sie aber wollte offensichtlich nicht über diese Angelegenheit sprechen. Sie griff nach seinem Glas und nahm einen Mundvoll, schnitt aber eine Grimasse und holte einen Kaugummi aus ihrer Handtasche. Er sah sich nach einem der Jonckers um, der ihr etwas anderes bringen sollte.

»Vielleicht sehen sie sich das Feld an«, sagte sie. »Die Kinder sind heute dort gewesen.« Sie lachte. »Die haben gesagt, das war ein Raumschiff, das dort gelandet ist.« Sie kaute auf ihrem Kaugummi. »Sind die das gewesen?« Sie machte eine bedeutungsvolle Kopfbewegung in die Ecke, in der die Jonckers ihre Bar hatten. »Haben die das gemacht?«

Brandy schüttelte den Kopf, es blieb aber unklar, worüber. Margot sah zur Tür, und sowie sie einen der Brüder sah, winkte sie ihn heran. Es war der jüngste. Margot bestellte sich ein Bier. Der Joncker ging, und sie riß die Augen auf und sah Brandy an: »Hat er jetzt noch eine verpaßt bekommen?« Sie hielt sich die Hand vor den Mund, voller Erstaunen, und hätte um ein Haar gelacht, hatte aber Angst, man könne es sehen.

Er hätte sagen können: »Ja. Deinetwegen.« Sagte es aber nicht. Das war unnötig. »Du . . .«, sagte er, wurde von ihr jedoch unterbrochen.

»Der Pfarrer hat gesagt, du hast einen betrunkenen Eindruck gemacht.« Sie lachte wieder: »Er war absolut überzeugt.«

»Der scheint doch von nichts überzeugt zu sein«, sagte Brandy. »Was hast du denn mit dem zu tun?«

»Wegen der Alten.«

»Er war anders, als ich geglaubt habe.«

»Das habe ich dir ja gesagt. Hast du ein Foto gemacht?«

»Glaube schon.«

Der Kaugummi verlieh ihr einen Ausdruck, der schlecht zur Situation im allgemeinen paßte. Brandy mochte keine Kaugummis. Sie entstellten die Gesichter. Es war enervierend, wenn man jemanden immer nur kauen und nie schlucken sah. So als redete einer ununterbrochen, ohne Atem zu holen.

»Vor irgend etwas willst du ausweichen«, sagte er, »das merkt man schon von weitem. Du bist nervös.«

Der jüngste Joncker kam zu ihrer Kiste und brachte ein Bier. Brandy sah ihm an, daß er etwas verlegen war, wahrscheinlich schämte er sich noch für den Vorfall in der vorangegangenen Nacht.

Margot suchte in ihrer Handtasche nach Geld, aber Brandy war schneller. Er holte eine Handvoll Münzen heraus und gab Joncker ein paar. »Verfluchte Pesetas . . .«, bekam er zu hören, und dann mußte er eine Münze austauschen.

»Etwas ist passiert«, sagte er, »bei dir zu Hause . . .«

Sie hörte mit dem Kauen auf, schien zu überlegen und schüttelte ein wenig zögerlich den Kopf, als sei sie gezwungen, sich vorzusehen. »Hast du vor zu trinken?« sagte sie. »Ich könnte deine Hilfe brauchen. Ich meine, hast du vor, ernstlich zu trinken?«

»Warum?«

»Dann muß ich einen anderen bitten.«

»Hängt davon ab«, sagte Brandy. »Worum geht es denn?«

»Das erfährst du morgen. Nach dem Gottesdienst.«

»Ich gehe nie zum Gottesdienst.«

»Geh hin. Morgen. Kannst du heute abend ein bißchen kürzertreten?«

»Ich kann sofort aufhören.«

»Mir zuliebe . . .« Und auf irgendeine Art war sie verlegen. »Es gibt so viel, das man nicht erklären kann.«

»Du kannst es doch wenigstens versuchen.«

Sie schüttelte den Kopf. Sie wollte nicht. »Wir müssen uns benehmen wie Erwachsene.«

»Und das sagst du jetzt?« sagte er.

»Ich weiß genau, was du denkst«, sagte sie. »Aber ich bin es so furchtbar leid, mir gemein und schuldig und häßlich vorzukommen . . .«

Brandy glaubte zu verstehen, wie es weitergehen würde. Er leerte sein Glas und füllte nach.

»Warum bist du heute abend hergekommen?«

»Weil ich dich treffen wollte, natürlich.«

»Weil du morgen bei irgend etwas meine Hilfe brauchst?«

»Nein«, sagte sie, »weil ich dich treffen wollte.«

»Wirklich?«

Das Schweigen, das manchmal eintrat, war von der Umgebung völlig unabhängig, und es war nie lästig gewesen, sondern bot, im Gegenteil, reiche Möglichkeiten, steckte voller Dinge, die sich ahnen ließen und fast immer vielversprechend waren.

Dieses Schweigen aber war anders. Es dauerte lange, und es war noch belastender als die lärmende Musik, die etliche Male Rhythmus und Charakter änderte, bis sie endlich sagte: »Ich mag es nicht, wenn du so bist . . .« Brandy hatte keine Lust mehr zu sprechen. Er drückte eine Zigarette aus, steckte sich eine neue an und hatte sie bereits über, als sie weitersprach: »Du hörst dich allmählich an wie alle anderen . . .«

»Wer?«

»Die Männer«, sagte sie.

»Ich bin nicht besser als irgendein anderer.«

»Ich bin mit jemandem verheiratet, der das ist.«

»Und warum sitzt du dann hier?«

»Weil ich dich treffen wollte.« Die Jonckers warfen irgend jemanden hinaus und verfehlten offensichtlich die Tür, denn der, der ins Freie befördert werden sollte, prallte gegen die Wand. Sie mußten es noch einmal versuchen. »Aber du bist offenbar nicht hier, um mich zu treffen.«

»Durchaus nicht«, sagte er, »ich wäre ohnehin hierher gekommen.«

»Lange hältst du das nicht mehr aus.«

»Ich habe auch nicht geglaubt, daß das nötig ist.«

»Liegt das an mir?«

»Wer behauptet denn so etwas?«

»Hört sich so an.«

»Entschuldige.« Sie lächelte steif und mißtrauisch. »Hast du das gehört: Entschuldigung.«

»Ja«, sagte sie. »Du weißt nichts . . . Bald . . . bald wird sich das ändern.«

»Was?« Jetzt hatten die Jonckers den, den sie ins Freie befördern wollten, hinausgeworfen, und einige, vielleicht Freunde des Hinausgeworfenen, folgten hinterher. »Was wird sich denn ändern?«

»Das kann man nicht erklären. Es muß so kommen.«

»Du mußt mir nicht alles erklären«, sagte er. »Im Gegenteil.«

»Deshalb liebe ich dich.«

»Ich habe gedacht, das ist meine verfluchte Vernunft.«

»Das ist dasselbe. Ich wünsche mir nur, daß du für dich genausoviel Verantwortung übernimmst.«

»Genau das tu ich doch«, sagte er. »Eines Tages wirst du das verstehen.«

»Glaubst du das?«

»Ja«, sagte er. »Verantwortung übernehmen heißt, sich mit dem Unerklärlichen abfinden. Dem, was man in sich hat, und dem, was man um sich herum hat.«

»Mußt du deshalb so viel trinken?«

Er machte sich nicht die Mühe, einen Kommentar hierzu abzugeben. Ihr Schweigen war gebrochen, und so wenig Aufwand war dafür erforderlich gewesen, daß es ihn erstaunte. »Er hat irgend etwas mit dir gemacht.«

»Nein«, sagte sie, »keiner hat etwas mit mir gemacht.«

»Ich will . . .«, aber er brach ab, und Margot sah zur Seite. Es war nicht sicher, ob sie ihn gehört hatte. Zumindest zeigte sie keinerlei Erwartung zu erfahren, was er wollte. Er trank statt dessen ein Glas und versuchte festzustellen, ob es ihn munterer oder aber empfänglicher machte für diese Müdigkeit, die sich jeden Augenblick einstellen konnte. Wie das ausging, ließ sich schwer erkennen. Er wußte, was er in diesem Augenblick hätte tun sollen. Er hätte die Hand über die Kiste strecken, nach ihrer Hand greifen und sie auf die Tanzfläche führen sollen, wo er mit ihr einige ruhige Tänze hinter sich gebracht hätte, dann hätten sie von hier weggehen sollen, ehe es zu spät dafür war und diese verheerende Phase vollends Gewalt über ihn bekommen hatte. Sie hätten zu ihm nach Hause gehen und tun sollen, was zwei Liebende tun müssen. Sie müßten sich nicht einmal einreden, sie seien frei, oder ihnen bleibe erspart, auf andere allerlei Rücksichten zu nehmen. Der Alkohol beherrschte ihn noch nicht, und sie war nüchtern. Dennoch hätten sie es tun sollen, um am nächsten Tag aufzuwachen und einander ins Gesicht zu sehen und zu entdecken, was geschehen war und was sich verändert hatte. Die einzige Realität, die irgendeine Bedeutung hatte, wäre, wie sie einander in die Augen sehen würden. Die Liebe läßt sich bei jemandem, der betrügt, aus dem Körper wringen, ohne daß der kleinste Flecken entsteht. Am Morgen war sie spurlos verschwunden, und die beiden, die einander im selben Bett wiederfanden, waren sich ebenso fremd wie zwei Reisende, die eine Nacht im selben Schlafwagenabteil verbracht haben. Nicht mehr hatten sie gemeinsam als die Müdigkeit, die sich erklärt mit undeutlichen Erinnerungen an Lärm und dem Bestreben, schnell weiterzukommen. Brandy wollte sie nicht so verwandelt sehen, und eben dies hielt sie für eine andere Größe und bezeichnete es als »verfluchte Vernunft . . .«

Er hätte sich überwinden sollen, hätte zu ihr sagen sollen, er sehe sich gezwungen, ein großes Risiko einzugehen. Aus irgendeinem Grund hatte er sich in den Kopf gesetzt, Verzicht und Verleugnung würden gesammelt und gleichsam angereichert zu etwas, das schwer wog und sich vorteilhaft für ihn auswirkte. Doch nichts geschah. Viel Zeit hatten sie jetzt so verbracht, und ganz im Gegenteil schien immer weniger zu seinem Vorteil zu wiegen. Zumindest schien das Gewicht anderer nicht geringer zu sein.

»Dein Foto hast du also . . .«, sagte sie.

»Welches?«

»Vom Pfarrer.«

»Ja«, sagte er, »du scheinst ihm Sorgen zu machen. Er war ganz verschwitzt.«

»Er wird noch viel schwitzen müssen. Er macht sich Feinde.«

»Hat er denn Freunde?«

»Ich glaube, er zählt dich dazu.«

»Immerhin hat er dich.«

Margot sah Brandy an, und für einen Augenblick schien es, als treffe diese Ungeduld, die sie gegen alles andere an den Tag gelegt hatte, nun auch ihn. »Ja«, sagte sie, »er hat mich.«

Brandy hätte einige Ergänzungen anbringen können, vermied sie aber lieber: »Und wozu?« oder, noch böswilliger: »Offensichtlich für eine ganze Menge ...« Er ertrug es, daß er sich selbst nicht wiedererkannte, das war Teil des Musters, und vielleicht war es das Ziel des Ganzen, daß er selbst etwas anderes sein wollte, als er es bisher gewesen war. Schlimmstenfalls sollte er wenigstens müde werden. Nicht beabsichtigt aber war, daß Margot anders sein sollte. Wer sich ändern möchte, der will es im Verhältnis zu etwas tun, das Bestand hat.

»Heute hat er etwas Gutes gesagt.« Sie erntete einen Blick, der sie zwang, deutlicher zu werden: »Der Pfarrer, also ...« Brandy sah zur Seite. »Was er am meisten fürchtet, hat er gesagt, der Pfarrer, ist, daß ...«, Brandy wandte sich wieder ihr zu, um zu zeigen, daß er da war und daß er zuhörte, »... daß seine schweren Zweifel sich verwandeln in oberflächlichen Glauben.« Obwohl sie es ihm zuschreien mußte wie ein Schiffbrüchiger im wildesten Sturm, klang es wie die Worte eines Pfarrers. Brandy nickte, und sie fügte hinzu: »Da habe ich an dich gedacht.«

»Don't talk, just kiss.«

»Ja«, sagte sie, »gewissermaßen.«

Die Art der Musik änderte sich, sie wurde friedlicher. Der wilde Sturm, der durch den Stall gezogen war, flaute ab und wich einer Ruhe, die sich gewöhnlich viel später in der Nacht einzustellen pflegte.

»My funny Valentine ...« – und kaum war diese Formel ausgesprochen, konnte Brandy sehen, wie der älteste Joncker die Tanzfläche überquerte, langsam, aber entschlossen, in Richtung des bocksbärtigen Mannes im karierten

Hemd. Joncker stand vor dem Gast, beugte sich zu ihm hinunter und sagte dem Mann etwas ins Ohr. Der Mann lächelte, nervös und flüchtig. Er kniff, trat einige Schritte zurück, kam aber nicht sehr weit, weil ihm der Weg verstellt war und er an die Wand gepreßt wurde. Der älteste Joncker stützte sich mit einer Hand an die Wand und beugte sich vor, um wieder etwas zu diesem Mann zu sagen, was diesmal nicht mit einem nervösen Lächeln beantwortet wurde. Von weitem konnte Brandy erkennen, wie dem Fremden etwas bewußt wurde, eine Ahnung oder geradezu die Einsicht, daß er sich am falschesten aller möglichen Orte befand. Joncker rührte sich nicht, er blieb stehen und stützte sich gegen die Wand, um auf diese Weise sein Opfer festzunageln. Für den Mann gab es kein Entkommen.

Brandy hatte so etwas schon öfter gesehen. »Jetzt solltest du gehen«, sagte er zu Margot.

»Ja«, bekam er zur Antwort. Sie aber mußte etwas gefühlt haben. Vielleicht starrte Brandy zu sehr.

»Schnell«, sagte er. »Ehe es zu spät ist.«

Sie drehte sich um und sah, was er sah, und er fühlte ihre Hand, sie hatte sie auf die seine gelegt und drückte zu. »Wer ist das denn?«

»Einer, der Prügel kriegt.«

»Du weißt nicht, wer das ist?«

»Das spielt doch keine Rolle.«

»Wollen die ihn verprügeln?«

»Vermutlich. Du gehst am besten.«

Bevor sie sich aber entscheiden konnte, hatte Joncker sein Opfer auf die Tanzfläche geführt und tanzte mit ihm. Joncker nahm den Mann in die Arme, führte ihn, als sei er eine Frau, preßte diesen Mann an sich und ließ sogar seine Hände über den Rücken des Mannes gleiten. Brandy sah, wie der arme Kerl einen Blick einzufangen versuchte, den er erwidern konnte, und daß er nach jemandem suchte, den er um Hilfe anbetteln konnte. Doch gerade in diesem Augenblick stand Hilfe nicht zur Verfügung. Die meisten entschieden sich dafür, einfach wegzusehen.

»Geh jetzt nach Hause«, sagte Brandy.

Margot aber blieb: »Das ist doch verrückt.«

»Der Totentanz der Gebrüder Joncker. My funny Valentine.«

»Eines Tages wirst du das sein.«

Es gelang ihr nicht, den Blick von den beiden tanzenden Männern zu lösen. Der eine war starr, schreckgelähmt, während der andere sich beherrscht und kontrolliert mit einer sonderbaren Zielstrebigkeit bewegte. Brandy fragte sich, was sie gemeint hatte, und ob er eines Tages der Büttel oder aber das Opfer sein werde.

Nur noch wenige Gäste befanden sich im Viehstall, und einige von ihnen waren mit Dingen beschäftigt, die nur sie angingen, sie waren sich dessen, was sich gerade abspielte, nicht bewußt oder waren nur ziemlich gleichgültig. Der älteste Joncker tanzte ruhig und würdevoll mit seinem Partner, der der Ohnmacht nahe zu sein schien, die Füße aber tatsächlich so bewegte, als wolle er die Qual und die Demütigung erträglich gestalten. Die beiden anderen Brüder blieben im Hintergrund. Vielleicht hielten sie Ausschau.

Nur Margot sah den beiden Männern auf der Tanzfläche mit einiger Anteilnahme zu. Brandy legte seine Hand auf die ihre: »Ich bring dich hinaus . . .« Sie aber zog ihre Hand zurück und schüttelte den Kopf. Sie wollte bleiben.

»My favourite Valentine . . .« Eine dünne, brüchige Männerstimme sang, und sie erinnerte an jemanden, der vor etwas davongelaufen war und dies schon seit vielen Jahren bereute. In immer engeren Kreisen bewegte sich das Paar auf der Tanzfläche. Joncker hielt seinen Partner mit eisernem Griff fest, schien jedoch nicht mehr so fest zupacken zu müssen. Das Opfer hatte kapituliert.

»Vielleicht will er nur tanzen«, sagte Margot.

Brandy schüttelte den Kopf. »Das glaube ich leider nicht.«

»Du willst einfach so sitzen bleiben?«

»Du sollst jetzt nach Hause gehen.«

»Bist du so feige?«

»Er kriegt eine verpaßt, und dann fliegt er raus.«

Brandy versuchte einen überzeugenden Eindruck zu machen. Es konnte schlimmer ausgehen, sehr viel schlimmer. Der Mann mit dem Bocksbart und dem karierten Hemd verkörperte vieles, ohne daß er davon die geringste Ahnung hatte. Er verkörperte einen von denen, die daherkamen und auf alles mögliche hinwiesen und mal für das eine, mal für das andere eine Menge Veränderungen vorschlugen. Vielleicht war ihm das gar nicht bewußt, vielleicht lief es im Grunde seinen eigenen Intentionen zuwider. Das war aber unwichtig. Brandy wußte, daß nichts geschehen würde, solange er hier saß und zusah. Doch das war zu kompliziert, um es in diesem Augenblick Margot zu erklären.

»My funny Valentine . . .« Sie erhob sich von der Kiste, und Brandy kam nicht dazu, sie zurückzuhalten. Ruhig und adrett trat sie auf die Tanzfläche und tippte Joncker auf die Schulter. Der blieb stehen, drehte sich zu Margot um und lächelte, und genau in diesem Augenblick stand alles still, und jeder, der zusah, wußte, daß jetzt alles möglich war. Der älteste Joncker fühlte sich von einer Frau zum Tanzen aufgefordert, Margot aber begann statt dessen mit dem anderen zu tanzen.

Die rote Lampe in der Dunkelkammer war eingeschaltet, die Tür war geschlossen, obwohl es draußen noch stockdunkel war. Brandy war nach Hause gegangen, bevor das Morgengrauen alles verdorben hatte, ehe es zu spät war und er sich wieder im Minus befand und der Tag zerstört war, bevor er erst angefangen hatte.

Dort, zwischen den Entwicklerwannen, konnte er auf den Augenblick warten, das erwarten, was sich verzögert hatte. Vielleicht würde für einen Augenblick die Müdigkeit kommen und eine Klammer um ein paar Stunden schlagen, die freistehend bleiben sollten. Jedenfalls waren sie spurlos verschwunden, keine Abschürfungen, Glasscherben oder andere Überbleibsel pochten auf Erklärung.

Er wollte diese Stunden nicht zurückhaben, wußte aber, daß sie sich dennoch zu erkennen geben würden. Das war Teil der Umstände, daß sich die Zeit bisweilen verlängerte zu einer Art Stillstehen oder, umgekehrt, daß sie komprimiert wurde und sich gleichsam zu Nichts verdichtete. Erst im nachhinein konnten verschiedene Angaben gesammelt, verglichen und vielleicht aneinandergefügt werden zu einer Reihenfolge, die sich zum Auffüllen einer schwer zu ertragenden Leere eignete.

Am einen Ende dieser Lücke war, deutlich und klar, Margot, wie sie sich im Stall über seine Kiste gebeugt hatte. Sie war erhitzt und berauscht, nachdem sie, wie Brandy schätzte, mindestens eine Stunde lang getanzt hatte. Sie hatte mit diesem bocksbärtigen Mann im karierten Hemd getanzt; die Spannung hatte sich gelegt, der älteste Joncker war anderen Sinnes geworden, hatte sich aus dem Kopf geschlagen oder ganz einfach vergessen, was er mit dem Mann hatte machen wollen.

»Ich will mich ein wenig unterhalten«, hatte sie gesagt. – »Mit wem?« – »Mit meinem Kavalier.«

Auf der anderen, ihm näherliegenden Seite der Lücke stand er jetzt selbst in der Dunkelkammer und entwickelte und kopierte Fotos, die an die Zeitung geschickt werden mußten. Was sich auf seiner Seite zugetragen hatte, war nicht so interessant, weil er im Stall sitzengeblieben war und, vergeblich, gewartet hatte, vermutlich in etwas versunken, und versucht hatte, Linderung oder Übereinstimmungen mit anderen Frauen zu erkennen, daß ihm das aber mißlungen und alles gleichgültig geworden war, und daß er nach Hause gegangen war. Was ihn betraf, mochte diese Lücke gerne unausgefüllt bleiben. Obwohl er Margot vor sich sah und sich sagen hörte: »Hoffentlich hast du mich nicht vergessen . . .«, nur um ihr eine Art Geständnis abzupressen. Er hatte ein Recht, dies zu fordern. Als Zeichen der Zuneigung war es schlecht, besser vielleicht als nichts, trotzdem aber schlecht. Er ahnte, welche Miene sie zur Schau tragen würde, jenen Gesichtsausdruck, an den ihr Mann sich schon so sehr gewöhnt hatte, daß er kein anderes Gesicht mehr kannte. »Jedenfalls habe ich an dich gedacht«, würde er sagen, um die Schraube so fest wie möglich anzuziehen. »Immer habe ich an dich gedacht, mit wem ich auch zusammengewesen bin.« – »Und trotzdem . . .«, er konnte hören, wie sie das sagte, »und trotzdem zweifelst du . . .«

Er wußte nicht, woher er diese Vorstellungen von völliger Offenheit, absoluter Vorbehaltslosigkeit hatte. Mit Vernunft hatte das wenig zu tun, trotzdem kam er früher oder später hier an und lotete nach sicherem Grund. Überall und ständig konnte das geschehen. Mochte er sich in der Geborgenheit der Dunkelkammer befinden, dem einzigen Ort, an dem er sich einigermaßen heimisch fühlte, oder in diesem schonungslosen spanischen Licht, auf einem Platz von dramatischer Fremdheit. Das Gefühl, sich nach etwas zu recken, einem Pulver, einem Glas, es zu benötigen und gleichzeitig

Angst zu haben, man könne es finden und damit etwas hervorrufen, das sich als fertig und abgeschlossen erwies.

Diese Furcht vielleicht hatte ihn dazu gebracht, immer mehr Zeit in der Dunkelkammer zu verbringen, wo die einzigen Blicke, die er erwidern mußte, jene waren, die in den verschiedenen Entwicklerbädern herausgewaschen wurden und sich fixieren ließen, ohne daß ihnen dies bewußt war. Ihr Ausdruck war festgelegt und blieb konstant. Nur er konnte sich vor ihnen verändern.

Auf der Bank der Dunkelkammer lagen Kontaktabzüge mit Aufnahmen von Johnson, dem Zeichen auf dem Feld, einem Kaffeetisch auf dem Hof und einige Porträtaufnahmen vom Pfarrer.

Der Fotograf überprüfte die Reihen mit dem Vergrößerungsglas, wählte aus und kreuzte an, was abgezogen werden sollte. Bald wurde Johnson vom Grunde einer Wanne geborgen, Schatten und Dunkelheiten traten aus dem Weißen hervor, und da stand er, vor seinem Feld, im besten Anzug, mit Flanellhemd, Holzschuhen an den Füßen, fest in der Erde verankert. Im Hintergrund konnte man etwas undeutlich sein Roggenfeld erkennen, auf dem sich etwas ereignet hatte, das er nicht begriff, während er selbst, so herausgeputzt und so unerschütterlich und so berührt zugleich, als Unerklärbarkeit an sich erschien. »Es war wie nach dem Orkan . . .«

Das Zeichen auf dem Feld mochte in der Landschaft eine gewisse Wirkung hervorrufen, doch die Fotos, die Brandy wegen des besseren Blicks vom Dach aus gemacht hatte, konnten den richtigen, schweren Eindruck keineswegs vermitteln. Er stellte massenweise Abzüge her, ohne mehr zu erhalten als grafisches Beweismaterial, dessen Wert von jedem Kenner angezweifelt werden konnte. Das Zeichen war da, klar und deutbar für einen, der sich zu einer Deutung befähigt fühlte. Äußerst wenig aber ließ sich vermitteln von den Gefühlen derer, die sich in seiner Nähe am Ort befunden hatten. Im Viehstall hatte jemand gesagt: »Sieht aus wie das Ladenschild einer Eisenwarenhandlung für Frauenzimmer.«

Brandys Fotos würden mit Sicherheit an mehr Empfänger als sonst gesendet werden, im ganzen Land würde man in Redaktionen das Material kritisch prüfen, höhnisch lächeln oder interessiert die Augen aufsperren, was von beidem, war ihm gleichgültig. Er hätte größere Wunder in den Ringen unter den Augen eines Menschen gesehen, Wunder, die sich auf einem Gesicht ereignet hatten.

Die Ringe fanden sich wieder zwischen den Kaffeetassen auf dem Tisch in Johnsons Hof. Aufnahmen von der Kaffeepause, als der Reporter den Bauern interviewt hatte, der warme, weiche Zuckerkuchenstücke in seinen riesigen Händen gehalten und sie angeblasen hatte. Auf einem Foto hielt er das Kuchenstück so vorsichtig wie ein Vogeljunges und sagte: »Feierlich ist es gewesen. Sehr feierlich.«

Die Lichtstärke nahm ab, denn eine Wolke, eine kleine einsame Wolke war am Himmel hin und her gezogen, und jedes Mal, wenn sie die Sonne verdeckte, hatten alle stillgehalten. Brandy hatte seinen Blick auf dem Kaffeetisch ruhen lassen, und das Licht der weißen Tischplatte hatte ihm in die Augen gestochen und an einen anderen Tisch erinnert, Licht und Schatten hatten sich verbunden, und auch wenn er nicht ganz eingeholt wurde von El Espírito, hatte er zumindest die humpelnden Schritte auf dem Steinpflaster gehört und eine heisere, schrille Stimme: »San Fermín!« Als stehe dieser Tisch ganz woanders, mit völlig anderen Getränken in Gläsern, aber dennoch mit den gleichen Formationen der Spuren aus Strichen und Kreisen, die sich aus klebrigem Zucker, Kaffee und verschiedenen Krümeln gebildet hatten. Es war nicht dieselbe Gruppe, nicht dieselbe Komposition, aber dennoch eine Art von Übereinstimmung, die weit über das Zufällige und Vorübergehende hinauswies.

Brandy schwankte, er fühlte, wie ihn etwas zu Boden zog.

Die Beine gaben nach, er klammerte sich am Rand der verzinkten Bank fest, auf der die Fotos lagen, feucht noch und nicht fertig, aber doch mit klaren, deutlichen Verbindungen.

Als er ein Porträt des Pfarrers hinlegte, sah er nichts von den glänzenden Schweißperlen, die ihm so wichtig gewesen waren, dieses kleine Band aus funkelnden Perlen, das sich über die Stirn des Pfarrers zog. Er sah nur die Ringe unter den Augen dieses Mannes, dieses feine Geflecht aus Runzeln, und er legte ein Negativ in den Vergrößerungsapparat und vergrößerte ein Auge so stark, wie das Gerät dies zuließ, betrachtete dieses Auge durch das Vergrößerungsglas und sah sie überall, die Striche und Pfeile und Kreuze, sie gingen von einem dunklen Graben aus, der einen nicht ganz vollendeten Kreis unter dem Auge des Mannes bildete.

Er legte die Bilder nebeneinander auf die Bank, Johnsons Feld, den Kaffeetisch und den Pfarrer. Die gleichen Figurationen wiederholten sich in unterschiedlicher Gestalt. In Erde, Stein und Haut.

Die Erde bebte von schweren Schritten, Hufe dröhnten durch die Straße. Es klang, als renne eine Herde großer Tiere vorbei. Er meinte in der Flüssigkeit in der Wanne eine kleine, kaum sichtbare Welle wahrnehmen zu können. Über die Bank gebeugt, wartete er ab, gleichsam angerufen von einer Stimme, die ihr schrilles »San Fermín!« rief. Eine neue Welle lief durch die Wanne auf der Bank. Draußen dröhnten die Hufe, und Brandy konnte das Raunen der Menschen in den Straßen hören.

Der Schweiß lief ihm über die Stirn und tropfte von der Nasenspitze in die Wanne und bewirkte ein Kräuseln der Oberfläche, er konnte es feststellen, mit sich selbst über diese Angelegenheit räsonieren – er nannte seinen Namen, immer wieder –, aber er blieb nicht haften, das Gefühl hatte Bestand, und seine gesamte Vernunft hatte keine Chance und war dieser starken Empfindung von Zusammenhängen, von einer unbestreitbaren Übereinstimmung unterlegen. El

Espírito rief zu neuen Zusammenkünften, und als Brandy jetzt einige schwankende Schritte aus der Dunkelkammer machte und feststellte, daß die Sonne aufgegangen war, ließ er die Kreise und die Striche hinter sich. Er hatte versucht, die Ringe als Nullen und die Winkel als unterschiedliche Ziffern zu betrachten, Einser und Siebener, und hatte überprüft, ob sie als Ganzes eine Zahl bildeten, eine Summe, die ihm vielleicht etwas sagen könnte. Aber er hatte aufgegeben und sich mit einem Schuhcremegeruch in der Nase erhoben, war umhergeschwankt und hatte Margot hinter den Pfeilern der Arkade vorbeihuschen gesehen, wo sein Freund, der Veteran, im Café saß und schlief.

Diese verlogenen Schuhputzer hinter der Empfangstheke des Hotels »Confusión« hatten nur ihr zuvorkommendes, unverbindliches Lächeln zur Schau gestellt und sich geweigert, ihm ihre Zimmernummer zu geben. »Seit Jahren . . . warte ich.« – »Señor Brandt, die Leute schlafen . . .« Fünf Sekunden Zeit bekamen sie. Binnen fünf Sekunden sollten sie ihm ihre Zimmernummer geben, sonst würde er etwas unternehmen. Was, das wußte er nicht, sie würden es jedenfalls tief bereuen.

»Uno, dos, tres . . .«, zählte er, und dann fühlte er, wie jemand einen Arm um seine Schultern legte, und wußte, daß er nicht mehr zu zählen brauchte. Sie hatte ihn über den weichen Teppich mit einem Gewirr von Schlangen zum Aufzug geführt. »Der Aufzug ist außer Betrieb«, sagte er. »Seit ich hier herkomme, hat der nie funktioniert.« Sie aber hatte sich nicht darum gekümmert, sondern war weitergegangen über dieses Gewimmel miteinander verschlungener Schlangen. »Und ich bin vor zwanzig Jahren hier gewesen . . .« Sie weigerte sich, ihm zuzuhören, und riß die Tür auf, schob das Gitter zur Seite, führte ihn in die enge Aufzugkabine, schloß die Türen und drückte auf den richtigen Knopf. Der Aufzug war mit einem Ruck angefahren, der ihm die Balance raubte. »Milagro!« – »Silencio!« hatte er sofort zu hören bekommen. »Milagro!« Sie hatte einen Zeigefinger über seine Lippen gelegt und ihn dort liegen lassen, bis er schwieg. Ihre Nägel waren lang und steif gewesen und mit einer dunkelkirschroten Farbe bemalt. Er zog den Kopf zurück und versuchte einen Finger zu fixieren, denn noch niemals hatte er einen so perfekten, einen so außerordentlich wohlgeformten, gefeilten, bemalten Nagel gesehen. »Garra, garra maravilloso . . .«

Mit einem weiteren Ruck, der dem wundersamen Start in nichts nachstand, hielt der Aufzug im zweiten Stock an. Allerdings war die Aufzugkabine so eng, daß man in ihrem Inneren unmöglich umfallen konnte. Brandy wurde durchgerüttelt und prallte weich gegen einen Frauenkörper, der ihn empfing und ihn festhielt, bis er das Gleichgewicht wiedergefunden hatte.

»Du hast mich also doch gefunden, finalmente . . .« – »Sí, sí . . .«, und wieder ein Finger auf seinen Lippen: »Schh . . .« Diese kirschroten Klauen schlugen sich in ihn, und sie führte ihn zu seinem Zimmer, schloß auf, und widerstandslos ließ er sich in das Zimmer knuffen. Dort war es dämmrig, die Jalousien waren heruntergelassen. Hinter der Tür blieb er stehen, während sie zum Fenster ging und die Fensterläden einen Spaltbreit öffnete, so daß das Licht durch dünne Vorhänge scheinen konnte. Mitten im Zimmer stand sein Koffer. Er stand noch so dort, wie er ihn viele Tage zuvor abgesetzt hatte, unausgepackt, in der Zimmermitte, ein einsamer Stier.

»Toro solo«, sagte er und deutete auf den Koffer. Er hörte, wie sie lachte, und das ganze Zimmer war erfüllt von ihrem Parfüm, einem starken, süßen, fast erstickenden Duft, den er noch nie wahrgenommen hatte und der betäubend wirkte. »Du willst mich natürlich daran hindern, mitzulaufen . . . Mich betäuben, damit ich nicht mitlaufe . . . Deshalb also . . .«

Wieder spürte er diese Klauen, und jetzt kratzten und

schrappten sie an ihm, über das Jackett, das zumindest vor einigen Tagen noch ein Jackett gewesen war, nun aber nur noch einer ausgedienten Schutzkleidung glich. Nur unter dem Rockaufschlag war der helle Leinenstoff noch sichtbar, der Rest war bespritzt und dunkel von eingezogenem Schmutz.

Jetzt zog sie ihm das Jackett aus, und er konnte sie klar sehen, als sie das Kleidungsstück in übertriebener Sorgfalt auf einen Kleiderbügel und in einen großen, dunklen Holzschrank hängte.

»Die Heimpflegerin . . .«, sagte er. »Du willst mich hindern? Ich weiß, was die Uhr geschlagen . . .« Vielleicht hörte er sich bedrohlich und zornig an, als brause das heftige Temperament, das er gerade bewiesen hatte, nun wieder auf. Sie warf ihm einen besorgten Blick zu und legte wieder den Finger auf den Mund, um ihn zum Schweigen zu bringen. »Schh . . .« Sie lächelte mit auffallend weißen, großen, gesunden Zähnen. »Sí, sí«, sagte er.

So wie er dastand, zog sie ihn aus, mitten im Zimmer, ein abgerissener, abgedankter Matador vor einem ausgestopften Stier. Er leistete keinen Widerstand, trotzdem kostete diese Prozedur ihre Zeit. All der Eifer, den er hätte zeigen sollen – »Mehrere Jahre habe ich hierauf gewartet . . .« –, befand sich noch in dem Aufzug, der inzwischen bestimmt wieder defekt geworden und zwischen den Stockwerken steckengeblieben war. Er stand ruhig da und ließ sich nach dem gängigen Zeremoniell bearbeiten, ließ zu, daß die Frau ihn instand setzte für ein Comeback. Still und behutsam wendete sie alles zum Rechten, mit leichter Hand und geübten Griffen führte sie ihn zum Bett, und als er auf dem Laken ausgestreckt lag, verscheuchte sie die Unruhe, die ihn gejagt hatte; die Zersplitterung, die Stimmen, die Bilder, die durch sein Bewußtsein gestürzt waren, zerstreuten sich, verblaßten, verschwanden.

Mit einer Beherrschung, die nach so vielen Jahren voll

angehäufter Sehnsucht und aufgestauter Begierde fast unglaublich war, ließ sie das Gefühl langsam in ihn zurückkehren, wie nach einer tiefen Narkose. Ihre Lippen waren überall auf ihm, und wenn er ihren Druck auf seiner Hüfte fühlte, befanden sie sich schon wieder oben, an seinem Gesicht. Langsam, aber zielstrebig entdeckten seine Hände sie unter jener anonymen, ein wenig uniformen Aufmachung, die zur Fiesta gehörte. Alles darunter war wohlbekannt und vertraut.

Lange war sie auf ihm, und die ganze Zeit sah er ihr genau in die Augen, und sie hob sich und senkte sich, und für eine Weile war sie völlig gewichtlos und ließ sich drehen und wenden, bis sich alles auflöste und die Griffe erschlafften. Sie erhielt ihr Gewicht auf ihm zurück und lag still, wodurch Arme und Schenkel aneinanderklebten, und bei jedem tiefen Atemzug, den er machte, sollte sich der Dunst ihres schweren Parfüms mit seinem mischen und einen unzerstörbaren Luftraum bilden. Er wußte nur, daß er dort lag, begriff nichts sonst und war weit entfernt von allen Ansprüchen wie Glück oder Unglück. Alles hatte sich aufgelöst und verflüchtigt.

Hufe klapperten draußen auf dem Straßenpflaster und weckten die Schlafenden so brutal, daß sich Brandy – als er im Zimmer stand und sich mit einem Laken umhüllte – nicht sicher war, ob er geschlafen hatte oder nicht. Er öffnete die Jalousie zum kleinen Balkon. Dort unten war die Straße zum Schutz der Volksmenge von Barrieren gesäumt, und zwischen diesen Barrieren waren schon die Ochsen als Voraustruppe vorbeigezogen. In allen Fenstern gegenüber hingen Leute, um sich den Lauf anzusehen, und vermutlich war schon der Startschuß erklungen und hatte die ganze Stadt auf die Beine gebracht.

Brandy, wie in eine römische Toga gehüllt, lehnte sich an das Gitter des kleinen Balkons und bemühte sich um klaren Blick, hatte aber Schwierigkeiten damit. Sein Hals brannte, seine Beine zitterten. »Ich habe auch nicht vorgehabt, mitzulaufen . . .« Fast unmerklich bewegte er den Kopf, als wende er sich an jemanden im Zimmer. »Margot . . .«, sagte er zu der Frau im Bett, und jetzt, als das Geschrei der Volksmenge zunahm und er begriff, daß sich die ersten Stiere auf dem Weg zur Geraden dort unten in der Kurve befanden, konnte er bemerken, daß sich das betäubende Parfüm seinen Weg aus dem Bett suchte wie ein frei schwebender Geist, der ebenfalls hinaus auf den Balkon wollte, um neben ihm zu stehen und zuzusehen. »Ich bin zu alt, ich kann nicht mehr mitlaufen. Eingeholt . . . Man hat mich schon ein . . .«, und er befand sich mitten in einer dieser Pausen, wie sie alle richtigen Veteranen einlegten. Er ertappte sich selbst, mitten in dieser Pause, und begann zu lachen. Als die ersten Stiere an El Stafeto vorüberdonnerten, überfiel ihn ein Schüttelfrost, bei dem sich die Haut auf seinem ganzen Körper zusammenzog. Er lachte nicht mehr. Der Blick trübte sich vor Tränen. Er sah nichts von diesem Spektakel, das sich unten auf der Straße vollzog, hörte nur das gereizte Klopfen der Hufe auf dem Pflaster, Schreie, Pfeifen, Applaus – und inmitten von all dem ein tiefes Schweigen.

Er fror, seine Beine zitterten, als er ins Zimmer zurückging und das Bett leer und verlassen vorfand. Auf dem Nachttisch lag seine Brieftasche, aufgerissen, leer, geplündert, und nur ihn gab es hier und dieses schwere Parfüm, das noch in seiner Haut war und überall hervorsickerte und einen Hauch aussandte, um seiner Erinnerung etwas einzuschreiben, das er ansonsten lieber verleugnete.

Der Mond leuchtete wie ein Astloch in einer Bretterwand. Aus dem Samstagabend war Nacht geworden, aber auf den Höfen waren die Menschen wach, wie am Abend zuvor. Nach dem flimmernden, zuckenden Schein zu urteilen, den man hinter den Fenstern sah, saßen sie vor den Fernsehapparaten und sahen Programme aus dem Ausland, die die ganze Nacht liefen. Ein alter Mann, der von Margot betreut wurde, hatte auf seinem Dach eine Antenne in der Größe eines Sonnenschirms. Den ganzen Tag über hielt er die Fernbedienung in krampfhafter Umklammerung in seinen dünnen weißen Händen. Einige Male, als der Mann mit offenem Mund eingeschlafen war und ihm die Zahnprothese halb aus dem Mund hing, hatte sie versucht, seine Finger zu lösen, damit er das Ding losließe. Aber das war unmöglich. Die Umklammerung der Fernbedienung gab er nicht einmal dann auf, wenn er sich widerwillig waschen ließ. Nach einer Vielzahl von Nachrichtensendungen in fremden Sprachen konnte er mit traurigem Lächeln einschlafen: »Uns geht es gut hier . . .«

Jetzt fuhr sie langsam durch die Landschaft, auf der kurvenreichen Straße zwischen den Höfen, auf das Plateau hinauf, vorbei an »Ellas Strohblumen« und den Maisfeldern, zu dem kleinen Waldweg, der zu Keppens Hof führte. Sie bremste wie immer, stellte den Motor ab und blinkte zweimal mit den Scheinwerfern auf die Fenster mit den zugezogenen Vorhängen.

Keppen war wie üblich auf, er stand in der dunklen Diele und empfing sie. »Und der Proviant?« sagte er. »Wo hast du den Proviant?«

»Du brauchst keinen«, sagte sie. »Was ich gestern mitgebracht habe, reicht.«

»Er ist fast zu Ende.«

»Das ist unmöglich.« Sie war vor ihm in der Küche, wo es aussah wie immer. Über einem Stuhl hingen Kleidungsstücke. »Das war eine Ration für mehrere Tage . . .« Sie sah Keppen an, der so schnell reagierte, daß er darauf vorbereitet gewesen sein mußte.

»Ich habe nichts genommen!«

»Das darfst du«, sagte sie, »du mußt nur Bescheid sagen.«

»Hab ich nicht! Die fressen, als hätten sie noch nie etwas zu fressen gesehen! Man hört sie schlingen, bis hier!« Er setzte sich an den Küchentisch, um es ihr vorzuführen. »Wenn ich hier sitze, kann ich sie hören!«

»Jedenfalls müssen sie weg«, sagte sie. »Haben sie Wasser?«

»Wasser haben sie«, sagte der Alte. »Schon? Müssen sie schon weg?«

»Das weißt du«, sagte sie. »Ich habe mich darum gekümmert. Sie werden abgeholt. Jetzt, im Morgengrauen.«

Der Alte war wacher, als sie erwartet hatte: »Vor dem Gottesdienst?«

»Ja«, gab sie zu, »es muß so früh wie möglich sein.«

Keppen brummte etwas und ging in die Kammer, obwohl er dort nichts zu tun hatte. Bald kam er zurück und setzte sich wieder an den Küchentisch.

»Sie müssen hierbleiben«, sagte er, »bis zum Gottesdienst.«

»Das geht nicht. Das mußt du verstehen. Du mußt mir vertrauen.«

Der Mann sah auf das Wachstuch und kratzte mit dem Fingernagel an einem Fleck.

»Vertraust du mir nicht?« Sie bekam keine Antwort. »Ich habe das Ehrenwort des Pfarrers. Er hat geschworen, daß er sein Wort hält.«

»Wort«, sagte der Alte mürrisch. »Was denn für ein Wort?«

Plötzlich und ohne Vorwarnung hatte sie alles schrecklich leid. Es handelte sich um die rein physische Empfindung jener Frage, die sie sich einfach nicht stellen durfte: »Was mache ich eigentlich hier?« Sie ekelte sich vor diesem Haus und diesem Alten, und sie wußte, bald würde es sich in seiner Hose regen, und das würde er ihr nicht verbergen, weil er wußte, daß sie jetzt ja doch nicht gehen konnte. Sie mußte ihm um den Bart gehen. Er war sich völlig im klaren darüber, daß diese Senilität nur ein Werkzeug war, das er einsetzte, wann es ihm paßte.

»Über verschiedenes, das sich ereignet hat«, sagte sie, »und das niemand verstehen oder erklären kann und . . .«

»Meinen Rattenkönig«, sagte Keppen.

»Das ist klar.«

»Mit Nennung des Namens?«

Das wußte sie nicht, sie bezweifelte es, konnte und wollte die Angelegenheit aber nicht noch mehr verkomplizieren. »Bestimmt«, sagte sie, »mit Nennung des Namens.«

Damit mußte der Alte sich zufriedengeben. Jedenfalls für den Augenblick. Sie wußte, daß er, wenn es ihm gefiel, wieder auf die Sache zurückkommen würde, und sie würde dieses Versprechen etliche Male wiederholen müssen, um ihn richtig sicher sein zu lassen.

Margot saß schweigend und lustlos da, sie versuchte tief und ruhig zu atmen, um ihr Verlangen zu zügeln, einfach wegzugehen, dieses Haus zu verlassen. Sie fühlte sich schmutzig und wollte nach Hause, wollte sich in die Badewanne legen und sich säubern.

Ihre Mutlosigkeit kam dem Alten sehr zupaß. »Hier«, sagte er, »für den Gottesdienst . . .« Er deutete auf die Kleidungsstücke, die über einer Stuhllehne hingen. »Ich habe gedacht, wenn du die ein bißchen bügeln könntest.« Es handelte sich um ein dunkles Jackett, eine dazupassende Hose und einen dunklen Schlips. »Ich hab ihn unter der Matratze gehabt, aber er ist nicht besser geworden.«

Die Kleidungsstücke rochen schimmlig und hatten Flecken, sie nahm sie, ohne etwas zu sagen. Sie konnte sie in Ordnung bringen, denn warten mußte sie ohnehin, und wahrscheinlich hatte sie die ganze Nacht Zeit.

»Hier ist Kaffee für dich.« Der Alte ging zum Herd und goß eine Tasse ein. Margot nahm sie kommentarlos entgegen, durch den dünnen, fahlen Kaffee konnte sie den Boden der Tasse sehen. »Bus . . .«, sagte der Alte. »Wie soll der denn wenden?« Er stand mitten im Raum und machte eine Kopfbewegung in Richtung Hof. Der war eng. Ein normaler Bus konnte dort nicht vorfahren und wenden.

»Ein kleiner«, sagte sie. »Ein kleiner blauer Bus.«

»Und wo sollen sie hin?«

»Was weiß denn ich!« Sie brauste auf und hörte sich richtig zornig an. »Nach Norden . . . Nur weg von hier.«

Eine Schale mit Würfelzucker stand da, und sie wollte sich ein Stück nehmen, aber ihre Hände zitterten so stark, daß sie es kaum festhalten konnte.

»Na dann«, sagte der Alte, » dann kann er wenden, wenn er klein ist . . .« Er schwieg und sah, wie Margot mit dem Stück Würfelzucker fummelte. »Frierst du?«

Das war nicht so, aber sie nickte: »Ich bin müde.«

»Dann ruh dich ein bißchen aus.«

»Das geht schon vorbei.«

Der Alte stand lange da und sah sie an, und sie ließ ihn glotzen, so lange er wollte. Er machte einen nachdenklichen Eindruck, stand da und schien etwas zu erwägen, wechselte von einem Fuß auf den anderen, als stehe er im Begriff, etwas zu tun, das er lange gewollt, aber nie gewagt hatte. »Du solltest vielleicht . . .«, sagte er. »Ich werde . . .«, kam dann aber nicht weiter und verschwand wieder in der Kammer.

Eine normale Müdigkeit war das nicht. Sie würde nicht schlafen können, wohin sie sich auch legte. Sie hatte einen Druck auf der Brust und mußte tief seufzen, um Luft zu bekommen. Es war so lange her, seit sie das erlebt hatte, eine ganze Wagenladung von Dreck und Selbstverachtung. Fast hatte sie dieses Gefühl vergessen. »Hat er sich selbst zuzuschreiben . . .« Nur ein Gedanke, aber sie sagte ihn laut, zu sich selbst, als wolle sie sich klarmachen, wen sie meinte. Sie konnte sich ein Männergesicht vorstellen, erfüllt von kochendem Haß und von Abscheu, doch es hatte keine klaren Züge. Es war Brandys Gesicht und zugleich das ihres Mannes, und als sie sich selbst hörte, wie sie ihr »Da bist du selbst schuld!« genau in dieses Gesicht schleuderte, klang das kaum überzeugend, sondern eher bittend. Die Gesichtszüge blieben undeutlich, wie auch die Verteidigung, die sie schon lange, ehe sie sie brauchte, aufgebaut hatte. Schon seit langem versuchte sie, sich in diese Situation hineinzudenken, als koste sie an diesem Gefühl, mit einer Mischung aus Leichtsinn und Verzweiflung, und beides sei gleichberechtigt, hatte sie sich selbst bestätigen wollen. Unterschiedliche Eingebungen hatte sie ausprobiert: »Das hat nichts zu bedeuten, das war einfach so . . .«, um dem Ganzen den Charakter des Unüberlegten zu verleihen. Das jedoch wirkte dünn und wenig glaubwürdig. »Früher oder später mußte es so kommen . . .«

Einen Vorrat an Ausreden und mehr oder weniger stichhaltigen Argumenten hatte sie sich angelegt. Die meisten aber hatten einen üblen Geschmack, und ihr Verfallsdatum war abgelaufen. Wie in den Speisekammern alter Menschen, die Kolonialwaren gebunkert hatten, um eine längere Belagerung zu überstehen, gegorene Konserven, blasse, in Salz eingelegte Hackfrüchte, alles wert, mit einem Totenschädel versehen zu werden.

»Er bedeutet mir nicht . . .« Diese Wahrheit konnte für sich allein stehen, noch nicht einmal auszusprechen brauchte sie sie. Es war gleichgültig, aber sie hatte sich nicht vorstellen können, daß es in einem kleinen blauen Bus dazu käme, den man zu Fuß vom Viehstall aus erreichen konnte, und mit einem fremden Mann, der ihr fremd bleiben würde, was immer sie auch miteinander trieben.

Vielleicht war dies eine Voraussetzung für die Beseitigung verschiedener Hindernisse, die sie als »verfluchte Vernunft« zu bezeichnen pflegte. Zumindest war es weniger mühsam, als es soweit war und man wieder in seine Kleider stieg und der andere schwankend dastand, ein Bein in der Hose, und versuchte, für das andere Bein den richtigen Weg zu finden, ein blasses, mageres Bein mit spärlichem Haarbewuchs.

Er war so blaß und nichtssagend, daß er jeder x-beliebige hätte sein können, wenn sie es gewollt hätte. Sein einziges Charakteristikum war der dünne Bocksbart, und würde er sich den abrasieren, hätte sie ihn bei einer Gegenüberstellung niemals identifizieren können. Das störte sie keineswegs. Sie störte der Gedanke an die anderen, die anderen, die noch nichts wußten, die es aber früher oder später erfahren würden. Vielleicht würden sie verstehen, verzeihen würden sie kaum. Wenn es zwischen ihr und einem solchen Mann zu so etwas gekommen war, dann, das wußte jeder, war sie diejenige, die zu bezahlen hatte.

Verführt war sie nicht worden. »Du hast Mut«, hatte er gesagt, als sie im Mondschein vor dem Viehstall gestanden hatten. »Du bist eine mutige Frau!« Sie hatten ziemlich lange getanzt, und dieser bedrohliche Joncker war es leid geworden, er hatte sich zurückgezogen. Was er gewollt hatte, war unklar geblieben, was immer es aber gewesen sein mochte, der Geist war ihm abhanden gekommen, und er hatte sich zurückgezogen.

»Du hast Mut . . .« So hatte sie das nicht einmal gesehen, als er es aber einige Male wiederholt hatte, fügte sie eins zum anderen, und bald sah es aus wie eine Berechnung.

»Heute nacht schließe ich den Bus besser ab«, hatte er gesagt. »Ich wohne in dem blauen Bus dort drüben.« Er hatte nach Johnsons Hof gezeigt, und im Schein einer Stalllaterne hatte man einen kleinen Bus erkennen können.

»Dort solltest du aber besser nicht parken«, sagte sie.

»Ich habe doch keine Angst vor diesen Schwulen«, sagte er.

»Du hast auch Mut«, sagte sie. Womöglich hatte sie das gar nicht gemeint, glaubte aber, das müsse er jetzt zu hören bekommen. Vorhin hatte er allzu kläglich ausgesehen. »Aber wahrscheinlich hast du einiges falsch verstanden. Die können dir ganz schöne Schwierigkeiten machen.«

»Ich gebe nicht auf.«

»Was ist denn eigentlich so wichtig?«

»Ich habe eine Aufgabe.« Als meine er, was er sagte.

»Was ist das denn?« sagte sie. »Deine Aufgabe?«

»Das kann ich dir zeigen, wenn du willst. Aber du mußt wahrscheinlich zurück zu deinem Begleiter . . .« Er machte eine Kopfbewegung zu der geöffneten Stalltür. Musik flutete auf den Hof, und Leute kamen heraus und gingen hinein.

Margot sah hin, und ohne sich sonderlich viel dabei zu denken, sagte sie: »Ich habe keinen Begleiter.« Wie leicht war das gegangen.

»Wahrscheinlich sind wir die einzigen Nüchternen«, sagte er. »Du bist hier vielleicht genauso fehl am Platz wie ich?«

»Vielleicht«, sagte sie.

Sie waren ein Stück gegangen und hatten Johnsons Feld im Mondschein betrachtet, und der Mann hatte über Grenzgebiete gesprochen, die er zu erforschen versuchte. Er redete über Kraft und Strahlung und Beweise und Fragen, die alle stellen, auf die aber nur wenige eine Antwort erhalten. Margot hatte zugehört, eigentlich war ihr gleichgültig gewesen, was er sagte. Am meisten faszinierte sie, einen Mann kennenzulernen, der an etwas anderes glaubte als an sich selbst.

Sie waren bei seinem blauen Bus angekommen, und er hatte sie zu einer Tasse Tee eingeladen. Es gab dort eine Matratze, auf der man sitzen konnte, und Kissen, und es gab dort eine Menge sonderbarer Instrumente, die er ihr vorführen wollte, Meßinstrumente, wie ernsthafte Forscher sie benutzten.

»Du brauchst mich nicht zu überzeugen«, sagte sie. »Bestimmt hast du recht.«

»Das ist wahrscheinlich eine Berufskrankheit«, sagte er, »ich bin es gewohnt, daß man mir nicht glaubt.«

Sie saß auf einem Kissen, und der Grenzforscher saß auf der Matratze, und beide hielten sie eine Teetasse in der Hand. Als Margot ein Bein ausstreckte, streifte sie ihn zufällig mit dem Fuß.

»Ich glaube, das hat so sein sollen, daß ich dir begegne«, sagte sie. Der Mann nickte. Er fuhr sich mit der Hand durch seinen dünnen Bocksbart. »Ich brauche dich.« Sie hatte keine Ahnung, woran sie mit ihm war, und wahrscheinlich hatte sie auch keine Ahnung, woran sie mit sich selbst war. Sie rückte ein wenig näher an ihn heran, gab das Kissen auf und setzte sich auf die Matratze.

»Ich muß bald raus und ein paar Versuche machen . . .« Er sah auf seine Armbanduhr und zog sie ein wenig auf. »Kann ich etwas . . .«

»Vorher . . .«, sagte sie und rückte noch ein wenig näher, »vorher muß ich wissen, ob ich dir vertrauen kann.« Sie setzte die Teetasse ab, sah ihn an, lächelte und spürte keinen Widerstand mehr, nichts war mehr da, das eingerissen und überwunden werden mußte, bald würde etwas ganz anderes entstehen, eine Atmosphäre, die es nur in diesem blauen Bus gab, in diesem Augenblick, der mit der übrigen Welt oder der Zeit nichts zu tun hatte.

Der Mann rückte ein wenig ab, aber nicht so weit, daß sie sich nicht vorbeugen und ihm einen Kuß geben konnte. Er war überrumpelt und antwortete nicht. Er brauchte eine Weile, um zu begreifen, was geschah, als habe die Gewohnheit, nach großen Rätseln Ausschau zu halten, ihn gegenüber den kleinen blind und ratlos gemacht.

Hinterher zog er die Hosen an und war so stur, das im

Stehen zu tun. Der Bus war viel zu niedrig, weshalb er mit krummem Rücken dastehen mußte und Schwierigkeiten hatte, das Gleichgewicht zu halten. Ein blasses, mageres Bein suchte zappelnd nach dem richtigen Weg. Ihr selbst fiel es viel leichter, sich wieder in Ordnung zu bringen, so als sei sie es gewohnt, in engen, ausgefallenen Räumen die Kleider überzuziehen.

»Das war nicht meine Absicht . . .«, konnte er schließlich sagen, als dieses Bein endlich den richtigen Weg gefunden hatte. »Ich bin keiner von denen, die . . .«

»Ich weiß«, sagte Margot. »Du brauchst mir nichts zu erklären.«

»Hm . . .«, hörte man von ihm, und er fuhr mit der Hand durch seinen strähnigen Bocksbart. »Hm . . .«

»Ich möchte dich um einen Gefallen bitten.«

»Ja«, sagte er, »gern.«

»Es geht um einen Transport . . .«

Sie hatte in diesem blauen Bus gesessen und von Keppen erzählt, die ganze Geschichte des Alten, wie sie ihn auf seinem Küchensofa vorgefunden hatte, wo er gelegen und auf einen Tod gewartet hatte, der nicht kam, und wo er später ebenso beharrlich auf sie warten sollte. Sie hatte alles verraten, vom Pfarrer und vom Rattenkönig im Stall, aber selbst dann, wenn man ihr geglaubt hatte, wenn der Mann in dem blauen Bus jedem ihrer Worte vertraut hatte, war es ihr nicht gelungen, das Ganze anders als wie eine lange, ungewöhnlich umständliche Bitte um Mitleid zu formulieren.

In der Hoffnung, dennoch erhört zu werden, hatte sie von dem Mann erzählt, der nun gerade durch die Küche seines verfallenen Gehöfts ging und immer wieder stehenblieb, um auf Geräusche in seinem Stall zu lauschen. »Hörst du?« sagte er wieder und wieder. »Hörst du denn nicht, wie sie dort draußen kauen?«

»Nein«, sagte sie, »die schlafen.«

»Einige«, sagte er. »Die anderen sind wach und fressen.«

Keppen hielt ihre schwarze Strickjacke in der Hand. Er trug sie mit ausgestreckten Armen, als handle es sich um etwas Empfindliches, etwas Lebendiges. Anfangs erkannte sie die Strickjacke nicht wieder, sie hatte sie nicht vermißt, als sie sie nun aber wieder sah, begriff sie: »Ach so, hier ist sie also . . .«

»Du frierst.«

Wie sollte sie einem Fremden, Außenstehenden erklären, was geschah, als Keppen durch diese Küche schlurfte, immer zwei Schritte hintereinander, dann stehenblieb, um zu lauschen, dann weiter zu ihr, in der Hand eine alte Strickjacke, die sie dort vergessen und nie vermißt hatte. Mit keinem Wort könnte sie berühren und aussprechen, was sie zu begreifen meinte, als sie deutlich die hellen, eingetrockneten Flecken sah, wo die Wolle aufgenommen hatte, was der Mann abgesondert hatte, um es erstarren zu lassen zu kleinen steifen Inseln aus Licht in einem großen Dunkel.

Für einen Augenblick dachte sie, er führe ihr dieses befleckte Kleidungsstück vor, einen Teil von ihr, jenen kleinen Teil, den er in seinen Besitz hatte bringen können und über den er heimlich verfügt hatte, um einen handfesten Beweis seiner Kraft zu erbringen. Sie hätte das Ganze wohl kaum ernst genommen. Nun aber, als er sah, daß er sie bald verlieren würde, hatte der Tonfall sich verändert. Die scherzhaften, lockeren Sticheleien hatten einer Bitterkeit Platz gemacht, die schon seit langem erloschen sein sollte. Alles, was der Alte für sie zu empfinden schien, alles, was in kleinen Nebenbemerkungen aus ihm herausgesickert war, war so fehlgeleitet und vertan. Es war falsch verstanden worden, so wie der Rattenkönig, den er in seinem Stall vorgefunden hatte.

»Und die anderen?« sagte der Alte. »All die anderen?« Verbraucht war er, gegraben und geschleppt und geschuftet hatte er, ein ganzes Leben lang. Doch es schien, als habe die Begierde geschlummert, versteckt und nutzlos wie ein

Blinddarm. Nun aber war sie geweckt und aufgereizt, lag offen zutage; aufgespart und unbenutzt zeigte sie sich jetzt, wie bei einem Mann auf dem Höhepunkt seiner Kraft. »Und die anderen, zu denen du gehst? Gehst du weiter zu denen?«

»Du weißt also«, sagte sie, »daß ich auch zu anderen gehe?«

»Das sind doch vor allem Frauenzimmer?«

»Ja«, log sie, »das sind nur Frauen.«

»Du bist keine Hure.«

»Nein«, sagte sie, »das bin ich nicht.«

»Wo ist sie?« Das kam so erwartet und so berechtigt, und es hörte sich so selbstverständlich an, daß Brandy fast unverzüglich antwortete. Er befand sich im Atelier und war bewegt, fast verwirrt von all dem, was er in der Dunkelkammer entdeckt hatte, die Zeichen und Figurationen, die er auf seinen Fotos gesehen hatte, Fotos, die miteinander gar nicht im Zusammenhang standen, aber dennoch eine so deutliche, klare Übereinstimmung aufwiesen. Das hatte etwas zu bedeuten, und eine Zeitlang war er ebenso aufgekratzt wie damals, als er am Strand eine Flaschenpost gefunden hatte, einen fünfundzwanzig Jahre alten Brief auf russisch. Er hatte kein Wort verstanden, hatte sich aber trotzdem angesprochen gefühlt. Nun, nach einer langen Nacht, war er indessen müde. Am allerliebsten wäre er eingeschlafen, von all dem abgerückt. Als er aber hörte, daß jemand an der Tür war, und eine wohlbekannte Stimme, aggressiver und drohender denn je, rufen hörte: »Wo ist sie?« sah er ein, daß an Ruhe nicht zu denken war.

Margots Mann betrat das Atelier. Man sah ihm sofort an, daß auch er müde und übernächtigt war.

»Was treibt ihr eigentlich?«

Er war nach wie vor unbewaffnet, sah aber trotzdem einigermaßen gefährlich aus. Brandy konnte ihm gerade in die Augen sehen. »Schläft denn an diesem Wochenende niemand?«

»Es ist etwas im Gang . . .«

»Ich arbeite«, sagte Brandy, »glaube ich.«

»Im Viehstall, was?« Margots Mann trat ein paar Schritte ins Zimmer, blieb aber ungefähr in der Mitte stehen. Es hatte den Anschein, als falle es ihm schwer, seinen Widerwillen gegen Brandy unter Kontrolle zu halten.

»Du kommst und gehst, wie es dir paßt, oder?« Brandy sagte das fast unbekümmert, es fiel ihm selbst auf. Und er beabsichtigte keineswegs, diesen Mann zu reizen. Eigentlich hätte er sich ernstlich bedroht fühlen müssen. »Haben wir uns nicht erst gestern morgen gesehen? Oder hab ich mir das nur eingebildet?«

»Hör auf«, sagte der andere. Er holte einige Male tief Luft und schien zu überlegen. Als er zu einer Entscheidung gekommen war, änderte sich auch sein Ton: »Du weißt, wo sie ist.« Das klang fast vertraulich.

»Nein.«

»Ich glaube dir nicht.«

»Im allgemeinen, meinst du?«

Der andere gab irgendein Geräusch von sich, ein Schnauben, als wolle er sein Mißtrauen betonen. »Ich werde mich hier umsehen, falls du nichts dagegen hast. Versuch nicht, mich daran zu hindern.«

Es war offensichtlich, daß der Mann meinte, was er sagte. Ihn zu hindern, würde schwer sein, und da der Fotograf nichts zu verbergen hatte, sagte er nur: »Bitteschön.«

Margots Mann ging sofort ins obere Stockwerk, und als er von Zimmer zu Zimmer ging, konnte man seine Schritte durch die Decke hören, er öffnete Türen, er suchte. Man hörte sogar, daß er sich über die Schiebetüren in Brandys Schlafzimmer hermachte.

Brandy setzte sich in den Korbsessel, zündete sich eine Zigarette an und hätte Zeit genug gehabt, beispielsweise dieses große Foto von Margot zu entfernen, das aussah wie ein Gemälde von Modigliani. Als Beweis taugte es so gut wie alles andere. Er hatte schon öfter eifersüchtige Männer gesehen, besonders in diesem Zustand, wenn die Krankheit tobte und den Menschen mehrere Nächte hintereinander wachgehalten hatte, noch dazu verstärkt von einer wohlbegründeten Sorge um die Sicherheit der Vermißten. So etwas konnte zu totalen Entgleisungen führen.

Als ihr Mann wieder ins Atelier kam, hatte er das gesamte Haus durchsucht, ohne eine Spur der Entsprungenen gefunden zu haben. Er sah etwas enttäuscht aus, das jedoch konnte sich rasch ändern.

»Und so etwas«, sagte Brandy, »in unserem aufgeklärten Zeitalter . . .« Vielleicht war es die fehlende Schärfe, die eine große Kluft zwischen Absicht und Ausdruck aufriß. Er wollte diesen überlegenen Ton vermeiden und versuchte nachzubessern: »Sie hat also nichts von sich hören lassen?« Der andere verzichtete auf eine Antwort. »Glaub es oder nicht«, sagte Brandy, »aber ich weiß ebensowenig wie du.« Auch wenn dies die Sache verschlimmerte. Der andere sah ihn mit schwarzem Blick an, die Hände geballt wie im Krampf.

»Her mit einer Zig . . .«

Brandy hielt ihm sofort sein Päckchen hin. Er wollte sagen: »Du hast doch aufgehört . . .«, ließ es aber sein. Jeden Augenblick konnte der andere bersten, und Brandy verstand es, sich das ins Gedächtnis einzuprägen, wie er es zu tun pflegte, wenn er ahnte, daß er es womöglich wiedergeben mußte und zu einer Zeugenaussage gezwungen sein könnte, falls nicht vor einem Gericht, so doch zumindest vor sich selbst. Er schwieg und rauchte, und der andere setzte sich auf einen Schemel, eine Hand an der Stirn, als suche er nach klaren Gedanken.

Brandy schwieg, und dieses Schweigen war belastend. Es konnte brennen, unvermittelt, wie schlecht gelöschter Kalk, und hart werden, fast nicht mehr aufzubrechen, es sei denn mit großer Gewalt. Er aber wollte nichts sagen, denn fast alles, was er sagte, nahm einen so aufreizenden Ton an. So, als wolle er den anderen zu jenem Fehltritt verleiten, auf den sie so lange gewartet hatten. Margots Mann hatte alles mit bewundernswertem Gleichmut ertragen, der nun zu wanken schien. Lange hatte er standgehalten, jetzt aber schien er der alten üblichen Raserei zu weichen. Was keineswegs hoffnungsvoll stimmte. Brandy betrachtete den Mann auf dem Schemel und sah nur einen Mann in tiefster Verzweiflung, der tat, was jeder verschmähte Ehemann tun muß. Diese Verzweiflung öffnete jedoch keinen Weg. Sie war nicht dafür geeignet, auf ihr zu beharren, und sie führte nirgendwo hin. Sie war nur eine grausame Quälerei, die früher oder später einen der Beteiligten an einer solchen Geschichte treffen mußte, und nun war sie bei dem Betrogenen angekommen. Ebensogut hätte es Brandy sein können. Vielleicht wollte er das sogar selbst. Er wollte es sagen, wie eine Art Eingeständnis: »Ich beneide dich . . .«, ließ es aber sein.

»Ich muß wissen, wo sie ist.«

»Das verstehe ich.«

»Vielleicht verstehst du auch, warum ich hier bin? Hier bei dir . . .«

Brandy hatte den Blick auf Margot, auf diesem Foto, das an der Wand hing und das nicht einmal ihr eigener Mann deuten konnte. Er hätte sagen können, daß sie in gewisser Weise immer bei ihm war, in seinem Atelier, in seiner Dunkelkammer, und ständig in seinen Gedanken.

»Nein«, sagte er.

»Ich weiß alles.«

»Was?« sagte Brandy. »Was weißt du denn?« Es gelang ihm, diese Frage exakt so klingen zu lassen, wie er das beabsichtigte. Der sachliche Ton war fort. »Was weißt du denn?«

»Daß ihr hinter meinem Rücken ein Verhältnis gehabt habt.«

Eine kurze Pause trat ein, ihre Blicke trafen aufeinander, und Brandy erkannte, daß das Dunkelste im anderen schon verblaßte.

»Ach so«, sagte er. »Was denn für ein Verhältnis?«

»Natürlich die alte übliche Scheiße. Aber offensichtlich ist es zu Ende. Es stimmt. Ich habe ihr nicht getraut. Ich war sicher, daß das noch weiterging. Aber nun ist es offensichtlich ein anderer.«

»Aha?« Mehr konnte Brandy nicht sagen, ohne sich zu verraten. »Aha . . .«

»Das läßt sich aushalten, einmal. Aber nicht öfter. Verstehst du?« Brandy nickte nur, weil ihm der erwartungsvolle Ton des anderen zu erkennen gab, daß er nicken und ihm zustimmen und einfach die Zeit so schmerzfrei wie möglich vergehen lassen mußte. »Und wer er auch ist, ich kriege ihn. Der kommt mir nicht davon, verstehst du?«

Brandy nickte immer noch, ohne eigentlich zuzuhören. Er dachte: »Dieser Mann ist verzweifelt. Er lügt . . .«

»Eine Zeitlang habe ich geglaubt, es ist der Pfarrer, ausgerechnet der. Irgend etwas hat sie mit ihm. Aber vielleicht hat das mit ihrer Arbeit zu tun. Er ruft an und erkundigt sich nach den Kindern . . . Obwohl man ganz genau hört, daß ihm unsere Kinder scheißegal sind . . .«

»Der Pfarrer?«

»Ja, das habe ich geglaubt . . .« Der andere sackte zusammen. Er hatte eine Zeitlang dagestanden und sich aufgeheizt, jetzt aber saß er wieder auf dem Schemel und legte das Gesicht in die Handflächen. »Es ist so . . . Du darfst nicht . . . Du mußt versprechen, daß das unter uns bleibt?«

Brandy sagte »Ja« und versuchte unbeteiligt auszusehen, während seine Gedanken gewissermaßen unfertig durch das Bewußtsein irrten. Ständig wurden sie gestört von der Enttäuschung, die sie abschnitt und alles niedermachte, was Ausdruck und Klarheit auch nur nahekam.

»Ach«, sagte er. »Das hat sie gesagt . . .«

»Streitest du das ab?«

»Was?«

»Was ich gesagt habe.«

»Warum sollte sie Lügen erzählen?«

»Das frage ich mich auch.«

»Um ihre Ruhe zu haben«, sagte Brandy. »Während wir uns die Schädel einschlagen.«

Margots Mann benötigte eine kurze Bedenkzeit: »Das war eine verdammt schlechte Ausrede.«

»O.K.«, sagte Brandy. »Dann geh. Das führt zu nichts.«

»Wahrscheinlich hat sie einen besseren Liebhaber gefunden. Schwer kann das nicht sein.«

»Geh jetzt, du fängst an blöde zu werden.«

»Was hat sie denn in so einem wie dir gesehen? Einen beschissenen ...«

»Nur zu«, sagte Brandy. »Einen beschissenen ...?«

»Ein beschissenen rotgesichtigen Alkoholiker.«

»Ich hab Schlimmeres erwartet. Sei so gut und geh jetzt.«

»Ich bin noch nicht fertig mit dir.«

»Aber natürlich bist du das. Vollständig. Das bringt nichts.«

»Du streitest es also ab?«

»Hör auf rumzureden!«

»Ich gehe erst, wenn du mit einem Ja oder Nein geantwortet hast.«

»Mit einem Ja oder Nein?

»Exakt.«

»Und so etwas in unserem aufgeklärten Zeitalter ... Manche Fragen kann man nicht mit einem Ja oder Nein beantworten. Das solltest du wissen.«

»Das verstehe ich als ein Ja.«

»Gerade habe ich dich gebeten zu gehen, bevor du blöde wirst«, sagte Brandy. »Jetzt ist es zu spät.«

»Na dann. Dann spielt es ja keine Rolle mehr ...«

Brandy befürchtete keine Ausbrüche mehr, aber er wollte in Ruhe gelassen werden. Er ging in die Küche. Im Kühlschrank stand ein Bier. Er riß die Kapsel ab und leerte die Flasche in einem Zug. Der Magen zog sich zusammen, aber alles blieb, wo es angekommen war. Tränen stiegen ihm in die Augen, und er zitterte am ganzen Körper und mußte sich am Türbalken festhalten.

Im Atelier draußen war es still. Margots Mann war noch

dort. Brandy sollte ihn loswerden, bevor einer von ihnen völlig die Fassung verlor. Vor allem wegen des anderen war er besorgt gewesen, jetzt jedoch war er wegen sich selbst ebenso besorgt. Die Enttäuschung war so groß, daß sie unberechenbar zu werden begann.

»Hast du den blauen Bus überprüft . . . drüben bei Johnson?«

Er hätte ihn überhaupt nicht erwähnen sollen, wenn aber etwas zu Ende gehen mußte, dann war es ebensogut, wenn das gleich geschah.

»Was ist denn das?« Margots Mann stand in der Türöffnung. Brandy hatte ihn nicht kommen gehört. Er hatte die Porträtaufnahme von Margot in der Hand. Endlich hatte er seine Ehefrau identifiziert.

»Das kannst du mitnehmen, wenn du gehst.«

Der Mann hielt das Foto in der Hand wie einen Gegenstand, der ihm zutiefst widerwärtig war. »Danke, nein«, sagte er. »Und du streitest es immer noch ab?«

Ein wütender Ehemann war imstande, sich wegen weniger zu prügeln, Brandy rechnete mit allem. Er würde nicht die Kraft haben, Widerstand zu leisten, der andere hatte das Recht und den Zorn auf seiner Seite, und er selbst wollte allem so schnell wie möglich ein Ende bereiten. Der Mann stand im Weg, und Brandy versetzte ihm einen Knuff, daß er rückwärts aus der Türöffnung verschwand. Er ging an ihm vorbei, ins Atelier. Er war darauf eingestellt, etwas in den Rücken zu bekommen, das aber blieb aus. »Ich habe es gewußt!« sagte der andere. »Ich habe gewußt, daß ich recht habe.«

Brandy drehte sich um und sah dem anderen genau in die Augen. Er schüttelte den Kopf. »Der blaue Bus«, sagte er. »Bei Johnson . . .« Das war auf gut Glück gesagt, aber er war sich ziemlich sicher. Er hatte getan, was er konnte, um nicht daran zu denken, der andere aber hatte ihn dazu gezwungen. Aus der einen Dummheit ergab sich eine andere.

»Was denn für ein Bus?«

Er hatte im Viehstall gesessen und zugesehen, wie sie Tanz für Tanz mit diesem unbeholfenen bocksbärtigen Mann im karierten Hemd getanzt hatte, und jetzt – auf dieser Seite der Nacht, auf der anderen Seite einer großen Lücke – war er überzeugt davon, daß er sie zum letzten Mal dort tanzen gesehen hatte. »Sweet comic Valentine . . .« Das Kinn hatte sie gegen die Schulter dieses Mannes gelegt, und als ihre Körper eine halbe Drehung ausgeführt hatten, sah er, daß sie ihre Augen geschlossen hatte. »You make me smile with my heart . . .« Unendlich langsam hatten sie sich zur Musik bewegt, und dieser unbeholfene Mensch bewegte sich erstaunlich gut in seinen viel zu plumpen Schuhen. »Your looks are laughable . . .« Noch eine Umdrehung, und als er erwartete, daß Margot ihm einen Blick zuwarf, irgendein kleines Signal, das zu erkennen gab, das sei nur Politik und ein Entspannungsmanöver, hatte er ihr Gesicht gesehen, das ruhig und fast friedvoll an der Schulter ruhte. »Unphotographable, yet You are my favourite work of art . . .«

»Was denn für ein Bus?« mußte er hören. »Ein blauer Bus?«

»Ja«, sagte Brandy, »hinter dem bist du nämlich her.«

»Hinter wem?«

»Dem Mann in dem blauen Bus«, sagte Brandy. »Gestern hätte er fast Prügel bekommen, heute hat er bessere Chancen.«

»Wovon sprichst du eigentlich?«

»Von einem Grenzforscher. Der hat deine Frau erforscht.«

»Du bist verrückt.«

Brandy stand mit dem Gesicht zur Fensterwand und sah den Pferden auf der anderen Flußseite zu. Und genau in diese friedliche Landschaft hinein sagte er es: »Das ist er.«

Sie hatte etwas mit ihrem Haar gemacht. Daß sie Kaugummi kaute, kam vor, und das konnte jedes Gesicht entstellen. Aber sie hatte etwas mit dem Haar gemacht, was ihr ein anderes Aussehen verlieh. Die Frisur sah wahrscheinlich genauso aus wie die aller anderen Frauen, bei ihr aber hieß das mehr. »Don't change your hair for me. Not if you care for me . . .« So oft hatte er diese dünne, zerbrechliche Stimme gehört, und immer hatte er gedacht, sie erinnere an einen, der im Gefängnis sitzt und in seiner Zelle vor sich hin summt.

Mit ihrem Haar hatte sie ihm also ein Zeichen gegeben, und es hatte ihn eine ganze Nacht gekostet, herauszufinden, was das bedeutete – daß er ihr gleichgültig war und daß sie aufgegeben hatte. All das andere, das er gerade hatte hören müssen, das, was sie zu ihrem Mann gesagt hatte und was dafür sprach, daß auch Brandy zu den Getäuschten gehörte, bedeutete nicht so viel. Sie war das Warten ganz einfach leid geworden, hatte es mit einer nicht mißzuverstehenden Geste gezeigt und hatte ihn zurückgelassen.

»My funny Valentine . . .«

»Du bist verrückt.«

»Er hätte um ein Haar Prügel bekommen. Margot ist dazwischengegangen und hat mit ihm getanzt. Einen Drücker. ›My funny Valentine‹.«

»Warum hat er denn Prügel kriegen sollen?«

»Ein Joncker ist wohl dieser Ansicht gewesen.«

»Kennt sie ihn?«

»Heute«, sagte Brandy, »vielleicht. Gestern noch nicht.«

»Er hat sie aufgerissen und mitgenommen zu einem blauen Bus?«

»Einem Pickup.«

»Da gehen wir hin.« So wie Margots Mann das sagte, war es ganz einfach. »Wenn du gelogen hast, geht's dir schlecht.«

»Ich gehe nirgendwo hin.«

»Du bist Zeuge.«

»Ich bin Beteiligter.«

»Das ist abgeschrieben. Komm jetzt.«

Ein Blick genügte. Brandy hätte nicht mitzugehen brauchen, aber ein Blick genügte, damit er es freiwillig tat. Weder Furcht noch Neugier waren im Spiel, sondern die reine, nackte Eifersucht. Ohne weiteren Wortwechsel standen sie darum jetzt auf der Straße und gingen schweigend den Hügel hinunter zur Brücke über den Mölleån.

Sie ließen den Fluß hinter sich, überquerten den Parkplatz, wo die Badegäste im Sommer ihre Autos abstellten, und kamen auf das Feld, das sich bis zum Meer erstreckte. Um auf die Anhöhe und weiter zu Johnsons Feldern zu kommen, mußten sie an den Stacheldrahtzäunen vorbei schräg über die Pferdekoppel gehen und dann über den steilen Pfad mit den Kaninchenlöchern und Fallgruben.

Im niedrigen, abgeweideten Grün hing noch der Tau. Die Sonne stand schon am Himmel, aber sie warf lange Schatten, vor allem an der Steigung, wo sie die Sonne im Rücken hatten. An den steilsten Stellen mußte Brandy sich bemühen, das Gleichgewicht nicht zu verlieren. Er hätte das sein lassen und zu Hause bleiben sollen, denn es konnte nur mit einer tiefen Demütigung aller Beteiligten enden. Er hatte größere Chancen, wenn er sich heraushielt, sich in der Dunkelkammer einsperrte oder für einige Zeit ganz aus der Gegend verschwand. So weit konnte sie ihn bringen, diese »verfluchte Vernunft«, weiter aber nicht. Sie hatte sich so oft darüber beschwert, daß er fast selbst geglaubt hätte, er besitze eine Vernunft, die ihn davon abhielt, die gröbsten Fehler zu begehen. Vielleicht bezog sich die Enttäuschung, die ihn jetzt stärker beherrschte als alles andere, weniger auf eine enttäuschte Liebe als auf die Ahnung, daß die Vernunft nur eine Methode gewesen war, das Fehlen einer Liebeserwiderung zu bemänteln.

Vermutlich darum blieb er jetzt nicht zu Hause, um abzuwarten und dem Geschwätz entgegenzusehen, das das Ende dieser Episode vermelden würde. Ihm war, als beneide er diesen Mann um sein großes, starkes, eindeutiges Gefühl, und als hoffe er, es könne ansteckend sein und sich auf die eine oder andere Art auf ihn übertragen.

Nach zehn Minuten befanden sie sich auf dem Kamm des Höhenrückens. Dort lag ein kleiner Nadelwaldgürtel, und man hatte Aussicht nach Westen, wo die Landschaft wellig auf einen Horizont zulief, der noch im Dunst verborgen war. Bevor sich jedoch alles in dieser feuchten Wand verlor, konnte man eine große Zahl von Höfen, zwei Kirchtürme, die Landstraße und das alte Eisenbahnviadukt erkennen. Eine Aussicht wie diese wäre geeignet gewesen, den Zorn eines Menschen zu lindern, sie hätte jeden dazu bringen können, anzuhalten, sich zu mäßigen und zu sich zu kommen.

Margots Mann aber hielt den Mund und lud sich auf. Für einen kurzen Augenblick blieb er auf dem Kamm des Höhenzuges stehen und deutete hinunter zu Johnsons Hof in der Senke, auf den blauen Bus, der tatsächlich in einiger Entfernung vom Hof geparkt war. »Ist es der dort?«

Brandy hatte die vage Hoffnung gehabt, das Auto könne fort sein, es stand jedoch dort, und darum konnte er nur nicken und dem Mann folgen, der mit entschlossenen Schritten in diese Richtung ging. Jetzt gingen sie am Rand des Feldes entlang, auf dem sich das Zeichen befand, noch aber war niemand hier, um es zu besichtigen. Keinem einzigen Menschen waren sie auf ihrem Weg begegnet, Kaninchen waren aufgeschreckt, und Vögel, die auf schon abgemähten, gepflügten Äckern Futter suchten, waren ihnen ausgewichen.

Die Scheiben des kleinen blauen Busses waren beschlagen. Margots Mann beugte sich über die Windschutzscheibe, um ins Innere zu sehen, dort aber war ein Vorhang angebracht, und auch die Seitenscheiben waren verdeckt. Ohne zu zögern, hämmerte er an die Tür.

Brandy war stehengeblieben, er zog es vor, auf Distanz zu bleiben. Der Bus bebte, als der Mann an die Wand hämmerte, und bald konnte man Laute aus dem Businneren hören. Es klang wie eine Frage: »Was gibt es denn?«

Die Antwort kam, aber es war mit Sicherheit nicht die erwartete. Vielleicht hatte der Mann im Bus den Besuch der Jonckers erwartet und begriff in seiner Ahnungslosigkeit nicht, daß der vorzuziehen gewesen wäre.

Die Tür glitt auf, durch einen Spalt ragte der Bocksbart, und sowie sich Gelegenheit bot, packte Margots Mann die Tür und riß sie ganz auf. »Ist meine Frau hier?«

»Wer?« sagte der Bocksbart. »Nein . . .«

Der Betrogene gab sich damit nicht zufrieden. Er stieß den Rivalen zur Seite und steckte den Kopf in den Wagen, um zu kontrollieren. Sie war nicht da. Jetzt packte er den anderen bei den Haaren, zog ihn halbwegs heraus und fragte Brandy: »Ist er das?«

Brandy nickte. Der Mann mit dem Bocksbart kam soweit zu sich, daß er Angst bekam. Er drehte sich um ins Wageninnere und wollte die Tür zuziehen. Margots Mann aber war stark, und er war wütend, und er hielt dagegen. Widerstand war zwecklos.

»Und wo ist sie?«

»Ich weiß nicht!« schrie der Mann mit dem Bocksbart.

»Ist sie hier gewesen?«

Es dauerte einen Augenblick: »Ja. Sie hat nicht gesagt, daß sie verheiratet ist . . .«

Margots Mann hielt inne, als habe der andere etwas Vernichtendes von sich gegeben. Er hielt ihn fest, steckte den Kopf ins Wageninnere, blieb einen Moment still, und dann hörte Brandy ihn brüllen: »Pfui Teufel!« Der Mann zog den Kopf wieder heraus. »Es stinkt nach Fickerei! Es stinkt nach Fickerei, das riecht man schon von weitem!«

Brandy stand in einiger Entfernung, schräg hinter den beiden am Auto. Margots Mann hatte dem anderen mit einem festen Griff der linken Hand den Arm auf den Rücken gebogen. Das tat weh. Der Mann mit dem Bocksbart hatte einen nackten Oberkörper, er trug nur Hosen, und er war dünn und bleich.

Margots Mann drehte sich um und erwiderte den Blick Brandys. Man sah ihm an, daß er zwar erfahren hatte, was er wissen wollte, jetzt aber nicht genau wußte, wie es weitergehen sollte. Er hatte die rechte Faust geballt, sein Körper war gespannt. Doch es schien, als hindere dieser Bocksbart mit seinen langen, dünnen Strähnen einen Gegner am Zuschlagen. Margots Mann drehte den anderen hin und her, um eine geeignete Stelle für die Rechte zu finden, die er zum Abschuß bereithielt, schien sich bezüglich eines hierfür geeigneten Punktes aber nicht im klaren zu sein. Auch die Passivität des anderen ermunterte nicht gerade zum Handgemenge. Er schien erschrocken zu sein, auf ein seltsame Weise aber dennoch gelassen, als wisse er, daß er im Grunde Prügel verdiente und dies akzeptierte.

Die ganze Überlegung, die vielleicht nur in Brandys Art, das Ganze zu verfolgen und vor allem zu repetieren, begründet war, nahm nicht mehr Zeit in Anspruch als ein paar Sekunden, gleichwohl viel zu lange, als daß sie natürlich gewirkt hätte.

Sie endete jedenfalls damit, daß Margots Mann seine orientierungslose Rechte von einem Ort unmittelbar hinter sich holte und sie mitten auf der Nase des anderen landen ließ. Es war ein langer Schlag, und jeder andere hätte sich geduckt oder sich auf andere Art gewehrt. Auch war der Schlag nicht besonders fest, offenbar aber so effektiv, daß die Nase des anderen unverzüglich zu bluten begann.

Margots Mann trat einen Schritt zurück, ungedeckt und fertig: »Und jetzt machst du, daß du hier wegkommst!«

Der Grenzforscher mußte ein wenig nachdenken. Er hatte sich vorgebeugt, aus seiner Nase tropfte Blut in den Kies. Sie sahen, daß er mit dem Kopf nickte. Er spuckte etwas Blut an den Wegrand.

»Los! Hast du verstanden?«

Der Mann mit dem Bus spuckte Blut und nickte, er wußte, was er zu tun hatte.

Im noch frühen Morgenlicht sah das Zeichen in Johnsons Acker mit seinen Strichen und Kreisen verändert aus. Die Schatten an den Rändern fielen so, daß man den Eindruck bekommen konnte, die Formation erhebe sich aus der Erde und sei eine erhabene Prägung auf einer glatten Unterlage, eine Blindenschrift für eine große Hand. Das Bild flimmerte in Brandys müden Augen, es atmete, krümmte sich, bäumte sich auf und bog sich dann wieder zur Erde wie ein ausgehöhlter Wallgraben. Es vermittelte eine zweideutige, energische Ruhe. Wie eine schlafende Schlange.

Er stand vor dem neuen Zaun, der die Öffentlichkeit fernhalten oder vielmehr neugierige Besucher zu einer Öffnung lenken sollte, wo der Landmann stehen und Eintrittsgeld von denjenigen erheben wollte, die dieses bemerkenswerte Stück Land zu betreten wünschten. Der verzinkte Stacheldraht war noch nicht oxidiert und besaß noch seinen matten Glanz. Untadelig durch die Landschaft gezogen und gespannt, mochte er mindestens ebenso fremd und rätselhaft erscheinen wie das, was er schützen sollte.

Brandy stand allein am Zaun. Margots Mann hatte den Schauplatz verlassen. Er hatte erledigt, was er erledigen wollte, und als er dem Mann, dem das Blut aus der Nase in den Bocksbart getropft war, gesagt hatte, er solle verschwinden, war auch er ohne weiteren Kommentar einfach verschwunden. Brandy hatte er einen schwer zu deutenden Blick zugeworfen. Der Schlag, den er ausgeteilt hatte, war ziemlich lang unterwegs gewesen, und er hatte sozusagen in der Luft gelegen. Wo er angekommen war, erschien weniger wichtig. Er hätte mehrere Absender haben können, wie auch mehrere ihn hätten empfangen können.

Sonderlich viel bedeutete er nicht, aber genug, um den

Grenzforscher zu verjagen. Brandy hatte am Hang, auf gleicher Höhe mit Johnsons Zeichen, gestanden, als er hörte, wie der blaue Bus startete. Es bedurfte einiger Versuche, bis der Motor mit seinem charakteristischen, leicht pfeifenden Ton in Gang kam. Die Warnung hatte gewirkt, und der Bus entfernte sich in Richtung Norden, fort aus der Gegend. Brandy hörte, wie der Motor sich in einigen Kilometern Entfernung träge die Steigungen hinaufquälte.

Ein Reiher segelte einsam vom Strand herauf durch die Luft. Der Vogel war auf seinem üblichen Kurs zu seinem Nest irgendwo in den Bäumen an der ausgetrockneten Furche, in der sonst der Mölleån floß. Manchmal landete der Vogel auf einem Ackerstück, um Insekten aus dem Boden zu holen, wenn dort schon gepflügt war. Jetzt aber sah er offenbar die Spuren in Johnsons Roggen. Er änderte seinen Kurs und steuerte dorthin, segelte einige Runden in geringer Höhe, bis er zur Landung ansetzte. Er streckte seine langen Beine aus, die aber hatten kaum den Boden in der Mitte eines dieser abgeflachten Kreise berührt, als der Vogel zusammenzuckte und die Beine wieder anzog, als habe er seine Füße auf glühende Kohlen gesetzt, und mit den Schwingen flatterte, um Luft und Kraft zu bekommen zu einem neuen Aufstieg.

Brandy sah sich um, ohne einen einzigen Menschen zu entdecken. Noch immer war es still in der Gegend. Er war übernächtigt und mitgenommen, aber erstaunlich ruhig, als habe er mehrere Stunden hintereinander geweint. Er hatte den Einfall, er solle hinter den Zaun gehen und den Bereich betreten. Er hatte alles fotografiert, seinen Fuß aber hatte er noch nicht dorthin gesetzt. Es gab Aufnahmen, die den Reporter zeigten, wie er in einem der Gänge stand und einfach weinte, was er später geleugnet hatte, indem er behauptete, er sei sich dessen nicht bewußt. Womöglich aufrichtig, denn er wußte einfach nicht, was die Kamera gesehen hatte. Brandy hatte gehört, wie Johnson zu einem, der das glaubte oder es zumindest glauben wollte, gesagt hatte: ». . . da drin ist irgend etwas.« Brandy wußte nicht mehr, zu welcher dieser Kategorien er gehörte, oder ob er nachgerade zu einer dritten zählte.

»So kann es mit dir nicht weitergehen«, hatte er gehört. »Reiß dich zusammen!« Sogar Margot hatte das einigermaßen hoffnungslos gesagt. »Ich warte nur«, hatte er geantwortet. Doch auch ein Mann mit seiner Geduld mußte zugeben, daß dieses Warten öde war und daß er sich, solange es anhielt, Beschädigungen zuzog, die sich schließlich als irreparabel erweisen konnten. Andere gingen unter und fanden sich damit ab, verkümmerten und verschwanden. Andere nahmen sich etwas vor, vergaßen oder sahen irgendwo ein Licht, dem sie folgten. Brandy sah an diesem Morgen keinerlei Licht, und vielleicht war er deshalb so eigenartig gelassen. Ein Mensch hatte vor ihm gestanden und hatte gesagt: »Ich liebe dich, und ich warte auf dich.« Jahrelang hatte er das gehört, und er konnte es ihr nicht verübeln, daß es ihr leid geworden war und sich die Dinge geändert hatten und sie sich von ihm entfernt hatte. Zweifel und Vorbehalte hatten ihn gezwungen, immer wieder zu überprüfen, ob die Sehnsucht und die Lust auf sie größer waren als seine Furcht vor ihrer Erfüllung.

Als er nun so im Morgenlicht an einem ganz neuen Zaun stand, wollte er alle Qualen aufs neue herausfordern, stieß aber nicht auf Widerhall. In seinem Inneren herrschten Leere und Schweigen. Nicht mehr erfuhr er, als daß der Boden ihn anzog, abwärts, zur trockenen, verdorrten Erde. Als habe er die ganze Nacht geweint, und sie habe sich abgenutzt, diese geäderte Stachligkeit, die ihn aufputschte und wachhielt. Mochten die Nerven sich auch wie dieser neue, scharfe Stacheldraht durch seinen Körper ziehen; nun hatte die Spannung nachgelassen, der Zaun in seinem Inneren war verrostet und hatte sich aus seinen Halterungen gelöst, Pfosten waren umgestürzt, und die Angst, die sie und diese

Ordnung einmal errichtet hatte, war matt und leblos und vermochte nicht mehr zu schrecken. Sie hatte ihn von sehr vielem abgehalten, die Furcht hatte ihn an Übertretungen gehindert. Nun aber, als sie ihre gesamte Kraft verloren hatte, schienen die Möglichkeiten unbegrenzt zu sein. Während er dort stand und sich gegen einen Pfosten lehnte, um nicht zusammenzusacken und um der Versuchung nicht nachzugeben, sich einfach auf den Boden zu legen und einzuschlafen, war er bereit, alles einzugestehen und in nahezu alles einzuwilligen. Er wurde das Opfer beliebiger Launen. Alles hatte das gleiche Gewicht. Der Zweifel an der Liebe war ebenso grausig wie die Aussicht, im Verderben unterzugehen. Er hatte jeden Widerstand eingestellt, erwartete aber keine Wunder. Hätte Margot ihn so angetroffen, er hätte alle Fragen mit einem Ja beantwortet. Ein anderer in der Verdammung hätte in ihm einen gefügigen Logenbruder gefunden. Ein Dritter wäre einen Selbstmordpakt eingegangen.

Er aber befand sich allein hier. Auf der anderen Seite dieses verzinkten Zauns gab es ein Phänomen mit einer Kraft, die zumindest erstaunte. Brandy benötigte diese Kraft, um wenigstens bis nach Hause zu kommen. ». . . da drin ist irgend etwas.« Er hatte gesehen, wie sich dieses Wunder auf einem Gesicht abgespielt hatte. Irgendwann könnte das sein Gesicht sein.

Brandy kniete auf dem Boden und stand im Begriff, durch den Zaun zu kriechen, als er einen Arm um die Taille spürte, der ihn umdrehte und vom Zaun wegschleuderte. »Steh auf«, hörte er irgend jemanden sagen. »Das da ist nichts!«

Vor ihm stand einer der Jonckers. Welcher von ihnen, war nicht zu erkennen. Er stand im Gegenlicht vor Brandy, der nun auf dem Boden saß und sich mit den Armen abstützte.

»Hoch mit dir!«

»Ich kann nicht«, sagte Brandy. »Ich brauche . . . Kraft.«

Er machte eine Kopfbewegung zu der Einfriedung, der

Kopf rollte auf seinen Schultern. Mühevoll hielt er ihn gerade.

»Du brauchst einen Schnaps. Hoch mit dir.« Brandy versuchte denjenigen zu fixieren, der da vor ihm stand. »Sag bloß nicht, du glaubst auch daran!?«

Brandy brauchte Hilfe beim Aufstehen. »Hast du den Vogel gesehen?« sagte er. »Den Reiher . . .« Der Joncker gab keine Antwort, sah aber ernst aus und blickte auf das Feld. »Der hat sich geweigert zu landen. Dort ist etwas. Vögel fühlen das . . .«

»Du phantasierst, komm jetzt mit . . .« Joncker streckte seine Hand aus, Brandy ergriff sie und ließ sich vom Boden hochziehen. Er schwankte, aber die Beine trugen ihn wieder, und als er eine Zeitlang zögerte, als habe er nach wie vor seine Absicht nicht aufgegeben, den Stacheldraht zu überwinden, sagte Joncker: »Brandy, du nicht auch noch! Das hätte ich nie von dir gedacht.«

»Ich auch nicht«, sagte Brandy.

»Bist du die ganze Nacht hier gewesen?«

»Nein«, sagte Brandy. Er zögerte aber etwas: »Soweit ich weiß. Nein«, sagte er, »ich bin eine Zeitlang zu Hause gewesen. Aber ich habe Besuch bekommen . . .«

»Du hast nichts versäumt. Das ist ein Scheißabend gewesen. Das ist Johnsons Schuld.«

Sie gingen ein Stück, Brandy aber mußte stehenbleiben und sich erholen.

»Mir ist schlecht.«

»Willst du ein Stück Wurst?«

»Du hast Wurst dabei?«

Er entsann sich, wie sie geschmeckt hatte. Joncker hatte ein Stück bei sich und hielt ihm an der Spitze eines Stiletts eine Scheibe hin. Brandy kaute auf der Wurst, Kräuter und Pfefferkörner knirschten zwischen seinen Zähnen.

»Siehst du!« sagte Joncker. »Prima Ware . . .«

Um ihn herum wurden die Dinge deutlicher. In dieser

Wurst war etwas, das eine unmittelbar belebende Wirkung hatte. »Deine Mutter . . .«, sagte Brandy, »paß gut auf sie auf.«

»Hier darfst du nicht sein«, sagte Joncker. »Deshalb bin ich gekommen. Ich habe dich von zu Hause aus gesehen. Du darfst hier nicht sein.«

»Man landet, wo man landet.«

»Nein«, sagte Joncker. »Bald wimmelt es hier vor Menschen. Und du liegst auf dem Boden und schläfst. Frisch vom Stall gekommen . . . Dann gibt's Gerede.«

»Das gibt es schon.«

»Das reicht. Wir können keine Leute hier brauchen.«

»Das weiß ich.« Sie waren ein Stück weitergegangen, und Brandy war sich sicher, daß ihn die Beine wieder trugen. »Aber es gibt hier keine Frauen . . . Ein Menge Liebe vielleicht, aber zu wenig Frauen.«

»Ich meine Leute, die hier stören.«

»Du redest von Frauen«, sagte Brandy. »Jeder redet von Frauen. Von solchen, die es gibt, und solchen, die es geben sollte . . . Das ist alles, mehr ist es nicht . . .«

Joncker betrachtete Brandy mit einem kritischen Blick. Er hatte viel gesehen, und auf viele war er wütend gewesen. Dies hier aber konnte ihm nichts anhaben, oder er durfte es sich nicht gestatten, wütend zu werden. »Dir geht es nicht gut«, sagte er. »Wenn etwas passiert, gibt man uns die Schuld.«

»Wenn etwas passiert . . .«, wiederholte Brandy. »Was soll denn passieren? Alles ist doch schon passiert.«

»Mit dir«, sagte der andere. »Es sieht so aus, als könntest du jeden Augenblick tot umfallen. Das wäre nicht gut.«

»Genau das habe ich gewußt«, sagte Brandy. »Ihr seid besser als euer Ruf.«

»Das geht fast allen so.«

»Jedenfalls uns«, sagte Brandy, »mit schlechtem Ruf. Es ist nicht so schlimm, wie es aussieht.« Kurz zuvor war es ziemlich schlimm gewesen, jetzt aber war er nüchterner geworden. In seinen Lungen war Luft, und das Blut eilte durch die Adern. »Es ist jedenfalls so«, sagte er, »daß ich dich durchschaue.«

»Wieso?« sagte der Joncker. »Du bist ein sturer Hund. Wahrscheinlich hast du auch schon eine Menge Prügel gekriegt.«

»Achtunddreißig Stiche«, sagte Brandy. »Aber was zählt, sind weiß Gott nicht die Stiche.«

»Vielleicht geht's dir wie Benjamin. Der merkt nie, wenn er Prügel bekommt.«

»Man teilt einen Schlag aus und steckt zwei ein.«

»Der teilt keinen aus und kriegt drei zurück.«

»Dann merkt man ja nie, was man kriegt.«

Das brachte Joncker zum Verstummen. Er schwieg die ganze Strecke bis zum Stall. Das Tor war verriegelt, auf der Seite aber stand eine kleinere Tür einen Spalt offen. Das Lokal war leer und verlassen, und die Sonne warf breite Strahlen auf Kisten, die voll von leeren Gläsern und von Zigarettenstummeln und Abfall überquellenden Untersetzern waren. Der Boden einer Kiste war übersät mit Apfelgriebsen. »Wer kommt denn eigentlich hierher, um Äpfel zu essen?«

»Weiß man nicht«, sagte Joncker. »Soll ich die anderen wecken und sie fragen?«

»Was hält dich eigentlich wach?« sagte Brandy. »Frauenzimmer?«

»Ich habe kein Frauenzimmer.«

»Nein«, sagte Brandy. »Daran liegt's.«

»Und du?« sagte Joncker. »Du hast eine, und trotzdem stehst du hier und siehst wie eine Leiche aus.«

»Ich habe keine.«

»Und die?« sagte der Joncker. »Mit der du dich hier jeden Abend triffst?«

»Die ist verheiratet.«

»Mit einem anderen . . . Das merkt man nicht.« Joncker versetzte einer Kiste einen Tritt, als sei er plötzlich wütend geworden. »Kann nichts Besonderes sein . . . in diesem Fall.«

»Es ist zu Ende«, sagte Brandy. »Was immer es gewesen ist.« Dies zu sagen war nicht nötig gewesen, und er bereute es, denn er mußte den Brüdern Joncker nichts erklären. Sie hatten mit dieser Angelegenheit wenig zu tun.

»Seit wann?«

»Gerade vorhin.«

»Scheißgeschwätz«, sagte Joncker. »Und warum?«

»Sie ist verheiratet.«

»Aber sie hat dich.«

Brandy hatte es nicht gehört. »Ich habe nichts gegen ihren Mann. Ich sollte etwas gegen ihn haben und müßte etwas gegen ihn haben, aber ich habe nichts gegen ihn. Man kann unmöglich etwas . . .«

»Warum muß denn an ihm etwas nicht in Ordnung sein?«

»Das muß so sein.«

»Aber wenn sie mit ihm nicht verheiratet wäre, hättest du sie nie kennengelernt.« Joncker bekam keine Antwort. »Nein«, sagte er zu sich selbst. »Er war bloß der, der es bezahlen sollte.«

Brandy sah Joncker an. »So klar ist die Welt nicht«, sagte er. »Oder doch, für euch?«

Joncker lächelte mit großen schwarzen Lücken am Oberkiefer: »Nein«, sagte er. »Noch nicht einmal für uns.« Er blieb aber beharrlich: »Was haben die sich hier schon abgegrabbelt . . . Massenweise. Ich habe gesehen, wie's manche dort hinten getrieben haben . . .« Er deutete in eine Ecke hinter einem Kistenstapel. »Aber eine wie sie habe ich nie gesehen.«

»Wieso?«

»Wie sie dich ansieht . . .«

»So, wie sie ihren Mann ansehen sollte.«

Joncker dachte nach: »Hast du Angst vor ihm? Ist er ... gewalttätig?«

»Nein«, sagte Brandy. »So wie alle. Jedenfalls hat er den niedergeschlagen, mit dem du getanzt hast und den sie dir abgeklatscht hat ... Den mit dem Bocksbart ...«

»Wen denn? Den, mit dem sie weggegangen ist?«

»Den, den du niederschlagen wolltest.«

»Davon weiß ich nichts.«

»Vielleicht ist es dein Bruder gewesen. Spielt das eine Rolle?«

»Nein«, sagte Joncker. »Du weißt, worum es geht.«

»Vermutlich.«

»Hat er ihn sehr verprügelt?«

»Der Mann in dem blauen Bus ...« Brandy bildete sich ein, Joncker wisse sehr wohl, was geschehen war. Trotzdem sah er etwas besorgt aus. »Nein«, sagte Brandy. »Aber genug, daß er abgehauen ist.«

»Zur Polizei?«

»Was weiß denn ich? In Richtung Norden.«

Joncker trat wieder gegen eine Kiste, nicht besonders heftig, sondern eher wie ein Junge, dem nichts Besseres einfällt. »Willst du was trinken?«

»Was du hier hast«, sagte Brandy. »Wenn du weggehst, schlafe ich ein.«

Joncker lächelte flüchtig und zeigte die schwarzen Löcher am Oberkiefer. Er hatte eine Flasche in der Nähe, schenkte zwei Gläser ein und stellte sie auf die Kiste, auf der Brandy immer saß. »Du kriegst nur einen ...«

»Ich will nicht mehr.«

»Will?« sagte Joncker. »Weißt du, was du willst?«

»Selten«, sagte Brandy. »Aber im Augenblick schon.«

»Willst du sie haben?«

»Sie«, sagte Brandy. »Aber alles andere nicht.«

»Sie loseisen?«

»Ungefähr.«

»Wollen wir uns die Hand darauf geben?«

»Warum denn?« sagte Brandy. »Nein danke.«

»War nur ein Angebot . . .« Joncker stellte einen Fuß auf die Kiste und krümmte den Körper, als setze er zum Sprung an. Er machte einen ausgeruhten Eindruck, als habe er die ganze Nacht geschlafen. Er betrachtete prüfend den Stiefel an seinem Fuß, einen Cowboystiefel mit einem zierlichen Schlangenmuster am Schaft. Erde und Schmutz hafteten in den Verzierungen, und er zog sein Stilett, um den Schmutz abzukratzen. »Sie hat einen Mann«, sagte er. »Und sie hat dich . . .« Er legte eine kurze, aber genau berechnete Pause ein. »Und trotzdem . . . trotzdem geht sie mit einem anderen weg, mit einem Fremden . . .« Er schüttelte den Kopf und schnitt eine mißbilligende Grimasse. »Das sieht nicht gut aus. Das sieht sehr übel aus.«

Brandy trank vorsichtig, er ließ einen Schluck durch seine Kehle rinnen, um festzustellen, was geschah. Er brauchte nichts, um ruhig zu werden, und er brauchte nichts, um müde zu werden, er brauchte etwas, um alles abzustellen; saß der Schnaps richtig, wäre er bald ausgezählt. Er würde nichts verpassen. Er sollte jedoch nach Hause gehen, bevor es dazu kam. »Nein«, gab er zu, »das sieht überhaupt nicht gut aus.«

»Sie«, sagte Joncker, »mit ihrem Stil . . . Ich habe mich gewundert, als sie gegangen ist. Und nicht nur ich.«

»So etwas kommt vor.«

»Hier schon«, sagte der andere. »Aber in Spanien? Machen sie so was in Spanien auch?«

»Spanien?« sagte Brandy. »Was meinst du mit Spanien?«

»Was ist denn jetzt mit dir los?« Der Joncker stellte das Kratzen mit seinem Stilett ein. Er war mit dem Stiefel fertig, steckte das Messer aber darum nicht weg. »Als hättest du ganz plötzlich noch nie etwas von Spanien gehört . . .« Er schnitzte ein wenig mit dem Messer an der Kiste. »So ist das aber mit dir. So etwas machst du öfter. Das gefällt mir nicht.«

»Ach ja«, sagte Brandy.

»Und nicht nur mir.«

»Das ist . . . nicht beabsichtigt.« Brandy sah nach dem Messer und wußte, daß er sich ruhig verhalten und austrinken mußte und am besten so rasch wie möglich ging. »Vermutlich ist es anders«, sagte er, »in Spanien.«

»Vermutlich?« sagte Joncker. »Du bist doch manchmal dort?«

»Auf der Fiesta«, sagte Brandy. »Das ist ungefähr wie hier.« Das sagte er, um freundlich zu sein.

»Aha«, sagte Joncker. »Da würden wir also hinpassen?«

»Bestimmt.«

»Ich spreche kein Spanisch.«

»Das geht trotzdem ganz gut.«

»Mit den Frauenzimmern?«

»Ja«, sagte Brandy. »Die sind anders.«

»Gut«, sagte Joncker. »Aber vor den Stieren herlaufen . . . Das imponiert mir nicht besonders.«

»Nein«, sagte Brandy. »Es gibt Schlimmeres.«

»Was?«

»Ich weiß nicht. Ich muß jetzt gehen.«

Joncker wechselte den Fuß, stellte den anderen Stiefel auf die Kiste und reinigte ihn mit Hilfe des Stiletts. Brandy konnte sich nicht einfach erheben und gehen. Jonckers Bewegungen waren zögerlich und etwas vage, als befänden seine Gedanken sich in weiter Ferne. Rasch aber waren sie wieder zur Stelle: »Mit dir zu reden ist nicht leicht, weißt du das?«

»Ja«, sagte Brandy.

»Du hörst nicht zu, wenn man etwas sagt.«

»Nein.«

»Warum ist das so?«

»Mich stört dieses Messer.«

»Wirklich? Warum?« Brandy schwieg. »Glaubst du, ich will dich damit stechen?«

»Nein«, sagte Brandy, »aber es stört mich trotzdem.«

»Das hättest du gleich sagen können«, sagte Joncker. »Ich habe gedacht, wir kennen uns.« Er nahm den Stiefel von der Kiste, hielt das Stilett hoch und zog die Klinge ein. Er steckte das Messer in seine Jeanstasche und setzte sich Brandy gegenüber. »Wenn wir auskommen wollen miteinander . . .«

»Das werden wir sicher.« Brandy leerte sein Glas. »Ich gehe jetzt nach Hause.«

»Brandy, wir brauchen deine Hilfe.«

Das kam ein wenig überraschend. Brandy gab es zu erkennen: »Hilfe?« sagte er. »Wobei denn?«

»Johnson«, sagte Joncker. »Das, was er da treibt. Das muß weg. Wir haben uns entschieden.«

»Das ist bald fort«, sagte Brandy.

»Blödsinn«, sagte der andere. »Das ist erst der Anfang. Wir brauchen hier keine Menschenmassen, Touristen und die ganze Scheiße . . . Das stört. Du weißt, was ich meine.«

»Nein«, sagte Brandy. »Ich weiß überhaupt nicht, was du meinst.«

»Doch, das weißt du.«

»Nein«, sagte Brandy. »Ich halte Menschen nicht für Idioten, nur weil sie zufällig woanders geboren sind.«

Joncker zuckte zusammen, als habe ihn etwas geschlagen.

»Ach so«, sagte er. »Ach so . . .« Er dachte einen Augenblick nach, und Brandy stand auf und wollte gehen.

»Darum frage ich mich, wobei ich euch helfen soll.«

»Ach ja«, fuhr Joncker fort. »Eines hast du falsch verstanden. Du glaubst, hier geht es um etwas anderes. Setz dich hin, du kriegst noch einen.« Er holte die Flasche und schenkte Brandy einen Schnaps ein. Brandy aber wollte sich nicht setzen. »Du glaubst, wir gehören zu denen, die Baracken anzünden?« Brandy sagte nichts. »Glaubst du das? Daß wir Baracken anstecken?«

»Nein«, sagte Brandy.

»Vater hat den Leuten im Krieg geholfen«, sagte Joncker. »Unserer Mutter hat das nicht gepaßt, aber sie ist eben so . . . Wir sind eben so.« Er sah Brandy an, als warte er auf Zustimmung. »Und wir haben uns entschieden, und darum bitten wir dich um deine Hilfe.«

»Was soll ich denn tun?«

»Du sollst mit deiner Zeitung reden. Du bist gestern morgen selbst dabeigewesen. Du hast alles gesehen. Du hast gesehen, daß wir das gemacht haben.«

»Warum hättet ihr das tun sollen?«

»Im Suff«, sagte Joncker. »Das ist ein Scherz gewesen.«

»Und warum sollen die das glauben?«

»Warum nicht? Was sollen sie denn sonst glauben?« Joncker blieb ruhig und sachlich. Er hörte sich völlig anders an als sonst, wenn er mit seinen Brüdern Streit hatte. »Die wollen eine Erklärung. Die Leute wollen immer eine Erklärung. Du wirst ihnen eine geben.«

»Und wenn es etwas anderes ist?« sagte Brandy. »Ich weiß, ihr seid das nicht gewesen.«

»Glaubst du das selbst?«

»Ist das wichtig?«

»Für mich nicht«, sagte Joncker. »Aber vielleicht für andere.«

»Ihr verlangt, daß ich öffentlich lüge.«

»Das ist doch nicht öffentlich. Die Zeitung geht erst heute abend in Druck. Hast du die Bilder hingeschickt?«

»Nein«, gab Brandy zu. »Ich bin euch nichts schuldig.«

»Das wissen wir«, sagte Joncker. »Sag, was du verlangst.«

»Ist euch das so wichtig?« Joncker nickte. »Nichts«, sagte Brandy. »Im Augenblick.«

»Dann denk drüber nach.«

Brandy stand auf, ohne Bescheid zu geben. Die Müdigkeit kam näher, und er mußte gehen, bevor sie ihn eingeholt hatte. »Ich muß jetzt gehen.«

»Wir zählen auf dich«, sagte Joncker.

»Vielleicht ziehe ich das Messer vor.« Brandy ging auf die kleine Tür neben dem Tor zu. In der Tür blieb er stehen und drehte sich um. »Und ihr«, sagte er, »fragt ihr euch nicht, was das ist?«

»Ich frage mich«, sagte Joncker, »ob wir jemals nach Spanien kommen.«

Der Pfarrer sprach in ein Mikrophon, das seine Stimme verstärken sollte, sie vor allem aber verzerrte. Die Kirche war nicht so groß, daß man ihn nicht auch ohne Verstärkung verstanden hätte. Die Stimme hallte und prallte von den leeren Bankreihen ab – ». . . und trinkt euch nicht trunken mit Wein; denn daher kommt ein unzüchtiges Leben . . .« –, und wenn sie bei Brandy ankam, existierte sie in zwei nahezu gleichen Versionen, einer natürlichen und einer verzerrten, eine aktuelle und eine verfälschte Wiedergabe fast im selben Augenblick. Zwischen den beiden Stimmen entstand eine Kluft, ein Spalt, der Brandy so bekannt war wie eine Bedingung: ». . . sondern laßt euch erfüllen vom Geiste . . .«

Er fühlte sich heimisch in diesem Tausendstel, das irgend jemand beschrieben hatte als »wunderbaren Blendschritt«, dieser Raum, der sich schwer beweisen, unmöglich aber leugnen ließ. Eine Tasche, meist unbedeutend klein, bisweilen aber groß genug für völlige Mißverständnisse, ausgewachsene, schnaubende Hoffnungen, eine Arena, deren Tribünen sämtlich ohne jeden barmherzigen Schatten in der Sonne lagen, mit einem engen Sandplatz, auf dem selten Spielraum war für elegante Manöver, um so häufiger aber für glanzlose Messerstiche in den Rücken: »Ich will . . . weg von hier.« Der Bruchteil eines sekundenlangen Zögerns und eine tiefe Schlucht öffneten sich, um zwei Menschen zu trennen. Im Bogen zwischen dem Wunsch und dem Ziel des Wunsches konnte die Hoffnung auf ein anderes, ein gemeinsames Leben, eine Fortsetzung entfacht werden und glänzen wie Stahl in der Sonne, um im blutigen Sand zu verlöschen.

Die Stirn des Pfarrers glänzte. Jetzt, als er zu seiner Gemeinde sprach, schwitzte er genauso. Er hielt sich bei den

Bibeltexten für diesen Tag auf: »Kommt-zu-mir-ihr-alle-die-ihr-mühselig-und-beladen-seid-und-ich-gebe-euch-Frieden . . .«

Hier legte er eine Pause ein. Er hob den Blick von seinen Papieren und überschaute den begrenzten Kreis seiner Gemeindemitglieder, die sich eingefunden hatten. Vermutlich kannte er sie alle persönlich und wußte, daß die meisten schon seit vielen Jahren nicht mehr arbeiteten. Eine Zeitlang stand er so da und schwitzte und sah eine Weile so aus, als sei er selbst das einzige Beispiel für einen »Beladenen«, ohne Ruhe. Es gibt eine Müdigkeit, die nach Verkündigung verlangt, damit man von ihr sagen kann: »Auch dies, eine Gnade . . .« Der Pfarrer sprach über diese Müdigkeit als einer »Strafe für die besten der Arbeiter im Weinberg, aber ein Segen für die letzten . . .« Diese Müdigkeit, »die entblößt, was verborgen sein sollte, und bedeckt, was sich betrachten läßt . . .« Es war eine Müdigkeit, die »weit jenseits von Erschöpfung und Überdruß die Sinne öffnet, etwas, das sich mit dem Wetter verändern kann . . .« Eine ferner Verzicht und eine Abwesenheit, »weit jenseits der Schläfrigkeit nach einem langen sonnigen Erntetag . . .«

Schlecht vorbereitet, offenbar aber notgedrungen wich der Pfarrer von seinem Konzept ab. Er verirrte sich in etwas, das von unlösbaren Konflikten handelte und von einer niemals nachlassenden Anspannung, jener grausamen Voraussetzung dieser wesentlichen Müdigkeit. »Der eine löst sich aus seinem Dilemma, ohne seine Möglichkeiten zu ahnen, der andere verirrt sich unterwegs in Irrglauben und Schwäche. Nur wenige ertragen den ganzen Weg, um auf der anderen Seite der Qual und der unerbittlichen Plage Ruhe zu finden in einer Müdigkeit, die das Verdienst hat, daß sie einem Sakrament, einem Gnadenmittel gleicht . . .«

Vielleicht waren Brandys Lücken eine Ankündigung dieser größeren Ruhe, Sendboten, deren Aufgabe es war, ihm einen so deutlichen Vorgeschmack zu vermitteln, daß er noch eine Zeitlang warten konnte. Gerade eben hatte er sich selbst dabei überrascht, wie er in einen Kollektenbeutel geschaut hatte, einen ovalen Samtschacht, den man ihm, auffordernd und diskret zugleich, hingehalten hatte. Ein weiteres Mal fand er sich wieder in einer schwer zu deutenden Situation, in der er gelandet war, ohne zu wissen wie, und die etwas erforderte, von dem er nicht genau wußte, ob er es besaß.

Jetzt konnte er auf sich selbst stoßen, allein in einer Kirchenbank, ganz hinten in der Kirche, in der Nähe des Ausgangs. Es war Sonntag, und der Gottesdienst war im Gange. Er hatte humpelnde Schritte auf dem Steinbelag des Fußbodens gehört, und in der Kluft zwischen dem Gesehenen und dem Gehörten hatte er Zeit genug gehabt, sich eine völlig andere Szene vorzustellen, und er hätte eher erwartet, ein schrilles »San Fermín!« zu hören als ein leises »Laßt uns beten . . .«

Darum also hatte er mit einem Erstaunen, das keineswegs am Platz war, in diesen ovalen Kollektenbeutel gestarrt. Er hatte genügend Zeit gehabt, Geld herauszuholen. Zwar war die Gemeinde rasch abgefertigt, denn es waren nur ungefähr zwanzig Personen anwesend, wer aber zuletzt an der Reihe war, hatte Zeit genug, denn der Kirchendiener hinkte. Brandy freilich war überrascht, und während er mit dem Gefühl »Was mache ich hier eigentlich?« in seinen Taschen wühlte, gelang es ihm, eine solche Geistesgegenwart an den Tag zu legen, daß er seine Zweifel, irgend etwas zu finden, nicht zu erkennen gab.

Eine Stunde zuvor, zu Hause in der Dunkelkammer, hatte er den Einfall gehabt, sofort zur Kirche zu gehen. Dort wäre Margot, und er mußte sie sehen. »Ich brauche deine Hilfe . . .«, hatte sie gesagt. »Das erfährst du morgen . . . Nach dem Gottesdienst.« Damals hatte er nicht verstanden, was sie damit beabsichtigte, das aber war weniger wichtig, denn er hatte eigene Gründe, sich mit ihr zu treffen – oder sie zumindest sehen zu wollen, ein Blick würde ausreichen. Er mußte zur Kirche gehen, um ihn zu empfangen.

Er war zu Fuß gegangen. Die Landstraße flimmerte in der Wärme, und auf halbem Wege hatte er sich auf einen mit verdorrtem Heidekraut bewachsenen Hügel gesetzt, um sich auszuruhen. Um ein Haar wäre er in der Heide versunken, auf der Stelle dort eingeschlafen, umschlossen von den blaßlila Blüten, und wäre dort geblieben, bis die Gemeinde alle Sünden bekannt, den Herrn gepriesen, die Kollekte gespendet hatte, Predigt und Ankündigungen absolviert waren und der Pfarrer verschwitzt zur nächsten Pflicht weitereilte.

Er war aber weitergegangen, und als er in die Kirche eintrat, war der Gottesdienst schon in vollem Gang. Margot sah er sofort. Sie saß ganz vorn und bemerkte ihn nicht, also konnte er in einer Bank gleich hinter der Tür Platz nehmen und sie in Ruhe und in jenem Frieden betrachten, der sich im Augenblick eröffnete. Er sah ihren Nacken, entblößt. Sie trug eine weitere neue Frisur, einen Knoten, der ihr jene kühle Straffheit verlieh, die er an ihr kannte. So etwas hatte er schon öfter gesehen, daß sich ein Mensch unschön und fast abstoßend macht, um sich von dem zu entfernen, was er eben noch gewesen war, und um sich zu wehren. Es handelte sich um eine Beschwörung. Brandy verstand es als Bestätigung. Er konnte an ihrem Mann zweifeln, bei allem, was er gesagt hatte, konnte es sich lediglich um lockere Phantasien handeln, wie sie jemanden überkommen, der sich betrogen fühlt. Er konnte sogar daran zweifeln, daß der Mann in dem blauen Bus seine Strafe verdient hatte. Nun aber gab es keine Zweifel mehr. Margots kühle Erscheinung war kein Zugeständnis an die Kirche. Sie sah adrett und anständig aus, wie ein Mensch, der tief und aufrichtig bereut.

Aber der Kollektenbeutel wurde in die Bankreihe gereicht, und Brandy fand sich mit der Situation ab und fuhr mit der Hand in die Tasche, wohl wissend, daß er kein Geld bei sich hatte, aber er bot eine solche Gelassenheit auf, daß der hinkende Kirchendiener stehenblieb und wartete. Brandy verriet auch nicht sein Erstaunen, als er in der Brusttasche des Hemds auf eine Münze stieß. Sobald er sie mit den Fingerspitzen berührt hatte, erkannte er, daß es sich um die spanische Münze handelte, die er in den letzten Tagen mehrfach im Viehstall loszuwerden versucht hatte. Die Jonckers hatten sich nicht hereinlegen lassen. Sie hatten die Münze ausgesondert: »Mich legst du nicht herein, verfluchte Pesetas!« und sie hatten sie betrachtet und gefragt: »Was ist da eigentlich drauf? Pfeffermühlen?« Das Schild mit der Krone auf der Vorderseite der Münze wurde flankiert von den Leuchttürmen Plus und Ultra. »Dort ist es besser . . .«, hatte er versuchsweise gesagt. »Ihr wollt doch sowieso hin . . .« Die Brüder aber hatten sich nicht erweichen lassen, ausländische Münzen nahmen sie nicht an. Vielleicht wußten sie schon, daß sie nie fortkommen würden.

Der Mann mit dem Kollektenbeutel wartete auf eine Spende, und ein alter Mann aus der Gemeinde hustete, einen tiefen, chronischen, röchelnden Husten, der durch die Kirche hallte. Brandy streckte zögernd die Hand aus, die die warme Münze umschloß. Er sah den Kirchendiener an, der den Blick auf die Bankreihe vor sich gesenkt hatte. Der Alte hinkte, er war krumm, und seine Gesichtsfarbe war grau wie der Steinboden. Bestimmt roch er durch und durch nach Kirche. Unendlich langsam streckte Brandy den Arm in Richtung des Kollektenbeutels aus, als erwarte er, daß man ihn hindere. Man ließ ihn aber gewähren. ». . . son-de-ern lahaßt euch erfüllen-en vom Gei-ste . . .« Als sei es unmöglich, ihm zu entkommen, stand er da, unverändert hinkend und trödelig, aber mit peinlicher Genauigkeit. Nicht eine lebende Seele konnte ihm entkommen. Gegenüber dieser Mächtigkeit war alles bedeutungslos, und Brandy fühlte sich befreit von allen Ausnahmen und Vorbehalten, die Teil der gesunden Vernunft waren, dieser Geist war so viel größer, er umfaßte weit mehr, als er ausschloß. Dieser Geist hatte Teil an ihm, so wie er an allen anderen. Ruhig konnte Brandy seine Pesetas in das Dunkel des Samtbeutels versenken. Diese Valuta war gültig, sie gab einen Klang von sich wie ein großes Geldstück, und der Beauftragte mit der Stange verschwand.

Die Gemeinde sang einen Choral. Brandy verstand nur einzelne Worte des Liedes, es klang dünn und kläglich. Pfarrer und Kantor mußten sich ordentlich ins Zeug legen, und Brandy sah nach Margot, um womöglich eine kleine Bewegung des Kopfes feststellen zu können, die erkennen ließ, daß sie sich an dem Gesang beteiligte. Man sah aber nichts von ihr. Dennoch meinte er ihre Stimme zu hören. Er konnte seine eigene Stimme hören, die sagte: »Kannst du mir das erklären?« Oder, noch drastischer: »Ich wollte dich nur hören, wie du das sagst . . .« Und sie würde fragen: »Was?« Er würde deutlicher werden: »Das was dein Mann überall von uns erzählt . . .«

Er konnte sich vorstellen, wie sie auf dem Kiesweg vor der Kirche standen und sich die Blicke aller auf sie richteten, die alten Frauen würden sie hart und vorwurfsvoll ansehen: »Das dort . . . das ist die . . . Und das da . . . dieser Alkoholiker . . .«

»Woran hast du gedacht?« Sie würde so tun, als verstehe sie auch das nicht. »Hast du denn auch an mich gedacht?« Er mußte das Geschehen nur ein einziges Mal durchgehen, um zu erkennen, daß es in der gegenständlichen Welt niemals dazu kommen würde. Das waren nicht sie. Er erkannte sich nicht. Dort draußen vor der Kirchentür standen andere und litten.

Einigermaßen nüchtern würde er sich niemals die Freiheit oder das Recht nehmen, eine Erklärung zu verlangen. Wenn er sich das Recht nahm, die Ehefrau eines anderen zu verurteilen, konnte er sich ebensogut die Freiheit herausnehmen, ihr zu verzeihen. So groß würde er sich niemals machen. So gedemütigt wollte er niemals werden.

Sie hatte aufrecht und fast steif in der Kirchenbank gesessen, ohne sich auch nur mit dem Rücken anzulehnen, nun aber, als der Pfarrer auf die Kanzel ging, folgte sie ihm mit dem Blick und drehte den Kopf. Brandy sah, wie ihm ein Teil ihres Gesichtes gleichsam in einem neuen Licht entgegenleuchtete, und er wendete den Blick ab, um nicht ihre Aufmerksamkeit auf sich zu ziehen.

»Und an diesem vierzehnten Sonntag nach Trinitatis«, begann der Pfarrer, »haben wir wahrhaftig Grund, anzuhalten auf unserem Weg, die Geschwindigkeit unserer Schritte zu zügeln und zu betrachten, was vor uns liegt, wovor wir alle stehen, zu betrachten und nachzudenken, vor allem aber, zuzuhören. Laßt das Schweigen zu uns sprechen . . .«

Der Pfarrer legte eine lange Pause ein. Er stand fast reglos auf der Kanzel. In der Kirche wurde es so still, daß man die Kühe auf der anderen Flußseite muhen hörte. Sogar dem Alten mit dem Husten war das Schweigen nicht entgangen, er gab sich mit einem gedämpften Röcheln zufrieden.

»Bisweilen ereignet sich so etwas«, begann der Pfarrer. »Natürlich geschieht ständig etwas, aber bisweilen . . .« Er legte wieder eine Pause ein und schien ein wenig aus dem Konzept geraten zu sein. Brandy erkannte, daß er genauso unmäßig schwitzte wie zu Hause, in seinem Büro. ». . . Bisweilen aber muß man einen Schritt zurücknehmen, sich zurückziehen, um Kraft zu schöpfen, mit der man weitermachen kann . . .« Die Stimme versank in einem Weg, der nicht trug. Brandy sah nicht mehr nach dem Pfarrer, aber er bemerkte, daß die anderen unverwandt zur Kanzel sahen. Sie machten einen unbeteiligten Eindruck, als empfänden sie keinerlei Bedrückung. Margot saß da wie vorhin, das Gesicht schräg nach oben, so daß eine dünne Sichel ihrer Wange im Licht der hohen Fenster aufblitzte.

»Wir wehren uns gegen das, was wir nicht sofort verstehen, ein Rätsel auf unserem Weg läßt uns zurückweichen und einen anderen Weg wählen. Eine Zeitlang kann man so leben. Mancher verbringt ein ganzes Leben so. Auch wenn die Wege spärlicher werden, zuwachsen und nicht mehr zu passieren sind. Schließlich gibt es nur noch eine einzige öffentliche Fahrrinne, auf der alle dahineilen, blind für das, was sich daneben befindet, diese kleinen irritierenden Fragen, die Rätsel mit ihrem störenden Pochen auf Antwort . . .«

Der Alte hustete, und der Pfarrer ließ ihm Zeit, sich auszuhusten. Er hatte eine Frau neben sich, vielleicht war es seine Ehefrau. Jedenfalls saß sie neben ihm auf der Bank, und ihre mangelnde Anteilnahme zeugte von einer Vertrautheit, die vielleicht schon lange übergegangen war in Überdruß.

». . . so daß wir mit offenen Sinnen diesem Fremden entgegensehen, dem Unbekannten nicht den Rücken zukehren, nicht aus der Fassung geraten, weil wir vor etwas stehen, das uns anfangs unbegreiflich erscheint, denn, wie der Prophet sagt . . .«

Jetzt lehnte sie sich in der Bank zurück. Sie löste den Blick vom Pfarrer auf der Kanzel, und nach ihren Kopfbewegungen zu schließen sah sie nach vorn, zum Altar und zum Kreuz, zum Taufbecken, wo ihre Kinder getauft worden waren, und zu den alten Gemälden, auf denen die Ahnen ihres Mannes dargestellt waren.

». . . dieser Gegend, die so eigentümlich reich ist an Erinnerungen an eine Zeit, lange bevor die erste Kirche errichtet wurde, und wir, die wir den Vorzug genießen, hier zu leben, sollten wahrlich nicht vor Fremdem zurückschrecken, wir sollten uns geborgen genug fühlen, um ihm mit einer gesunden Neugier entgegenzublicken, mit forschendem Interesse, denn um . . .«

Jetzt sah sie den Pfarrer wieder an. Er hörte sich an wie Pfarrer im allgemeinen, und noch war kein Wort gefallen, das erklären konnte, was sie hier eigentlich suchte.

». . . Ihr versteht sicher, was ich meine. Dieses Mitglied

unserer Gemeinde, einer unserer Alten, darf ich wohl sagen, aber doch nicht so alt, als daß er über nichts mehr staunen könnte. Denn wie die meisten von uns wissen, haben sich auf seinem Hof erstaunliche Dinge zugetragen. Die Nachbarn sind gekommen, um sie sich anzusehen, mit Interesse sind sie gekommen, von dort weggegangen aber sind sie in tiefem Mißtrauen. Einem Mißtrauen, das mitunter wirklicher Zorn zu sein schien. Freunde haben sich verwandelt in Feinde, und dieses Glied unserer Gemeinde war bald einsam und fast verachtet . . .«

Brandy sah, daß sie wieder kerzengerade in der Bank saß. Sie betrachtete den Pfarrer intensiv, als sei sie von dem, worüber er sprach, persönlich betroffen.

»So kann unser Unwissen Ausdruck finden in Distanz und Feindschaft. Denn wir sind bereit, allzu rasch zu urteilen, wir handeln vorschnell und wagen nicht, innezuhalten und uns erstaunen zu lassen . . .«

Jeder hätte sehen können, daß Margot sich nun nach links wendete, um nach dem Alten zu sehen, der auf der anderen Seite des Mittelgangs saß. Der Alte drehte sich um zu ihr. Sofort erkannte Brandy ihn wieder. Keppen war das, der, der die Ratten im Stall gehabt hatte, diese Ratten, deren Schwänze zu einem großen Knoten zusammengedreht waren. Der Alte sah Margot an, und er lächelte ihr zu, ein großes, zahnloses Lächeln. Aus der Entfernung schien es, als habe er Tränen in den Augen.

». . . und ich denke jetzt an das, was sich an diesem Wochenende in unserer Gegend zugetragen hat, nicht blind dürfen wir sein angesichts der Wunder, die sich in den Begrenzungen unseres eigenen Grundstücks abspielen, den Wundern in unserem Inneren, der Liebe, die ihren Ausdruck findet in kleinen, alltäglichen Verrichtungen, kleinen Gesten der Zärtlichkeit und des Vertrauens, der Sorge für unseren Nächsten . . . und dem Mut, dem Fremden unsere Tür zu öffnen, einen Unbekannten an unseren Tisch zu bitten . . .«

Dort saß der alte Keppen im dunklen Anzug und hatte sogar ein Tuch in der Brusttasche, denn Brandy sah die Bewegung, als er es herauszog und sich schneuzte. Der Alte sah Margot an und lächelte wieder, und aus irgendeinem Grund war sich Brandy sicher, daß sie ihm dieses Taschentuch gebügelt hatte. Er wußte, daß der Pfarrer über Keppen gesprochen hatte und daß sich hinter diesen Worten vielleicht eine Entschuldigung verbarg, eine späte Segnung. Aber er begriff nicht, warum er selbst dort sitzen und an der selbstverständlichen Einsicht leiden mußte, daß derselbe Segen ihm niemals zuteil würde, und Margot kaum, und ihnen beiden zusammen absolut nicht.

Der Kies knirschte auf den gut geharkten Wegen des Kirchhofs. Brandy war als erster im Freien. Er stellte sich an die Treppe, in den Schatten einer großen Kastanie. Es dauerte, bis die Älteren herauskamen, einige benötigten Hilfe, damit sie auf der Treppe zum Parkplatz, wo die parkenden Autos standen, nicht stolperten.

Der alte Keppen hatte keinerlei Schwierigkeiten dieser Art. Brandy erkannte ihn jetzt ganz genau wieder. Der Alte bewegte sich mit einer jungenhaften Unbekümmertheit, schaukelte dahin, nicht weil er krumm gewesen wäre oder irgendein Gebrechen gehabt hätte, es war jene Art, sich zu bewegen, wenn man nicht genau weiß, wohin man gehen soll, ohne sich deshalb aber verirrt zu haben. Keppen konnte von nun an überall hingehen.

Margot kam mit den letzten heraus. Sie hatte keine sonderliche Eile, und Keppen stand auf dem Pflaster vor der Kirchentür und wartete. Sie lächelte dem Alten zu, tätschelte ihm die Wange, und im selben Moment entdeckte sie Brandy im Schatten der Kastanie. Sie erstarrte, sagte etwas zu Keppen, woraufhin der Alte nickte, ein wenig seinen Oberkörper wiegte, einige Male den Kopf hin und her warf und dann anderen Leuten zum Parkplatz folgte.

»Hast du gewartet?« Falls sie sich freute, ihn zu sehen, gelang es ihr recht gut, das zu verbergen.

»Ich war dort drin«, sagte er. »Ganz hinten.«

»Das ist mir entgangen. Hast du gehört, was der Pfarrer gesagt hat?«

»Einiges«, sagte Brandy. »Man stumpft ein bißchen ab.«

»Bist du die ganze Nacht aufgewesen?«

»Fast. Ich habe gewartet.«

»Ich war müde«, sagte sie.

Er hätte darauf verzichten sollen, konnte aber nicht widerstehen: »Du bist also nach Hause gefahren ...« Offenbar fiel es ihr schwer, etwas zu sagen, und ebenso schwer, einfach zu lügen. Sie sah in eine andere Richtung, schaute quer über die Straße, zur Ebene auf der anderen Flußseite, wo Tiere standen, die ungeduldige Laute von sich gaben. Brandy sah hin und erkannte eine Anzahl von Kühen, die sich um eine alte Badewanne geschart hatten, die mit Wasser gefüllt sein sollte, vermutlich aber leer war. »Die haben Durst«, sagte er.

»Was?«

»Du siehst gut aus«, sagte er statt dessen.

»Danke«, sagte sie. »Wegen Keppen. Der hat sich für das hier aufgeladen.«

»Aufgeladen?« sagte Brandy. »Ich verstehe ziemlich wenig ...«

»Du hast doch den Pfarrer gehört. Man hat Keppen für einen Idioten gehalten. Er wollte eine Wiedergutmachung.«

»Wegen seines Rattenkönigs?«

»Keiner hat ihm geglaubt. Das ist die Hölle für ihn gewesen.«

»Und jetzt ist es vorbei?«

Die Kirche war leer, und der Kirchendiener schloß die Tür. Als nur noch ein kleiner Spalt offenstand, steckte er den Kopf hindurch und sah in ihre Richtung. Brandy hatte den Eindruck, der Mann sehe triefäugig vor allem nach ihm: »Hundert Pesetas!« Als sei die Kollekte schon gezählt und jede Spende verbucht.

Die Leute fuhren in ihren Autos weg, eines nach dem anderen, unendlich langsam. Margot beugte sich ein wenig vor, um festzustellen, wo Keppen saß. Sie sah ihn und winkte: »Er fährt mit seinem Bruder«, sagte sie. »Zum ersten Mal nach Jahren.« Neben dem Fahrer saß eine Frau. Sie fuhren langsam vorbei, und die Frau sah Margot mit einem fürchterlichen Blick an. »Die hassen mich.«

»Das sieht man.« Brandy nahm an, sie sei in Schwierigkeiten. »Wahrscheinlich hat er sich verliebt.«

Margot reckte sich wieder und versuchte ein Lächeln zustande zu bringen, etwas Lockeres, doch das gelang ihr schlecht. »Es ist nicht nur das, leider.«

»Einer von vielen.«

»Was willst du damit sagen?«

»Nichts. Ich . . .«

»Wir können hier nicht stehenbleiben.« Sie hob beide Hände, als wolle sie sich etwas vom Leibe halten, sich geradezu wehren. »Wir sind beide zu müde. Auch hier gibt es Augen.«

»Bestimmt«, sagte Brandy. »Ich habe es einfach nicht sein lassen können.« Und als müsse er sich entschuldigen: »Du hast zu mir gesagt, ich solle kommen.«

»Das war gestern.«

»Ja«, sagte er, »das war gestern.«

Hier hätten sie aufhören sollen, sich trennen sollen, jeder in seine Richtung gehen, und sich an einem anderen Tag treffen sollen. Alles, was sie sagten, ließ sich mißdeuten, verdrehen und in etwas verkehren, das keiner von ihnen meinte, was aber dem Hang zweier erschöpfter Menschen, sich zu streiten, neue Nahrung geben konnte. Er konnte unmöglich sagen: »das war gestern . . .«, ohne daß es den Klang der bitteren Feststellung annahm, daß nichts mehr Gültigkeit hatte und daß sich alles zu einem nie wieder zu verbessernden schlechteren Zustand veränderte.

»Ich kann nicht . . .« Es war kaum hörbar: »Jetzt.«

»Wer kann das schon?«

»Ich kann dich nach Hause fahren.« Ihr Auto stand noch auf dem Parkplatz, neben dem des Pfarrers. »Du bist zu Fuß gekommen?«

Brandy nickte. »Drüben auf der Heide bin ich fast eingeschlafen.«

»Was sollen wir tun?«

Alle seine Vorsätze waren verschwunden, er konnte sich kaum erinnern, welche Vorsätze er gehabt und was er gedacht hatte, als er hierher zur Kirche gekommen war. Wahrscheinlich hatte er sie nur sehen wollen, ein paar Worte mit ihr wechseln, sich seinen Verdacht bestätigen lassen. Dies hatte er getan, eine sonderliche Erleichterung hatte es nicht mit sich gebracht, die Dinge blieben unverändert.

Margot war so müde, daß sie nicht einmal auf den Gedanken kam, aus der Sonne in den Schatten zu treten. Sie blieb stehen, wo sie stand, und das Sonnenlicht, das ihr in die Augen stach, irritierte sie. Sie wollte weg von hier, nach Hause fahren, einige Stunden schlafen, konnte sich aber nicht von der Stelle bewegen.

»Es gibt verschiedenes, was wir tun sollten«, sagte Brandy. »Was wir früher oder später tun müssen.«

»Was denn? Ich bin zu müde für so etwas . . .«

»Wollen wir uns ins Auto setzen?« Er hatte das Gefühl, irgend jemand beobachte sie. »Ich werde dich nicht anrühren.«

»Du?« sagte sie. »Und ich?«

»Du wirst dich schon zurückhalten.«

»Was für ein Ton . . .«

»Das geht im Augenblick nicht anders.«

»Dann bist du besser still.« Er ging auf ihr Auto zu, ohne ihr zu antworten. Hinter sich hörte er ihre Schritte auf dem Kiesweg. Im Auto war es heiß. Sie kurbelten die Seitenscheiben herunter und setzten sich hinein. Margot holte den Autoschlüssel aus ihrer Handtasche und steckte ihn ins Zündschloß, ohne den Motor zu starten. »Manchmal habe ich es lieber, wenn du betrunken bist.« Wieder versuchte sie zu lächeln, dieses Mal mit größerem Erfolg.

»Das glaube ich dir.« Er nahm sich eine Zigarette, zündete sie an und schwieg, denn er wollte nichts sagen, was er nicht meinte. Im Augenblick sollte er sich mit dem wenigen begnügen, das wahr war. Die fast angenehme Mattigkeit, die er in der Kirche empfunden hatte, war jetzt verflogen. Er war so abgekämpft und wund wie immer, wenn er sich eine Zeitlang in ihrer Nähe aufgehalten hatte. Obwohl sich das jetzt sehr viel rascher einstellte. Ihm war übel, er kämpfte gegen einen Brechreiz und hatte Atembeschwerden. »So etwas«, sagte er, »kann manch einen verrückt machen.«

»Ja«, sagte sie, ohne zu zögern, »das ist mehr als genug.«

»Und bestimmt kann das noch ärger werden«, sagte er. »Aber mir reicht das. Ich liebe dich.«

Margot starrte vor sich hin und machte eine seitliche Handbewegung, in seine Richtung. Er nahm ihre Hand, sie aber hatte etwas anderes gemeint: »Eine Zig . . .« Sie bekam eine Zigarette, zündete sie an und zog. Sie stieß hastig den Rauch aus, der sich an der Windschutzscheibe brach. »Woher weißt du das?«

»Alles . . .«, sagte Brandy, »alles spricht dafür. Sogar dein Mann . . .«

»Was ist denn jetzt schon wieder mit dem?«

»Er hat es mir gesagt, heute morgen.« Sie trommelte leicht mit den Fingern auf das Lenkrad und sah starr geradeaus. Dort gab es nur viele Gräber, aber wahrscheinlich sah sie nichts. »Er hat sehr viel gesagt, aber ich habe gemerkt, daß er eigentlich hat sagen wollen, daß ich . . .«

»Wo hast du denn mit ihm geredet?«

»Zu Hause.«

»Heute schon wieder?«

Sie schien empört zu sein, als habe sie eigentlich nur einen Teil dessen gehört, was er gesagt hatte. »Ja«, sagte Brandy, »so macht er das jetzt. Morgens kommt er zu mir nach Hause und durchsucht meine Kleiderschränke. Ich frage mich, wonach er sucht.« Jetzt war dieser Ton wieder da, und er gefiel ihm nicht. So etwas sollte Margot erspart bleiben, aber er konnte nichts dafür. Vor dem, was er ihr schenken wollte, hatte sie gezögert. »Meine Jacken sind ihm jedenfalls zu klein . . .«

»Er kann einem leid tun.«

»Ja«, sagte Brandy. »Sicher.«

»Und was ist noch passiert? Hat er nur dagestanden . . .«

»Nichts Besonderes. Nichts Aufsehenerregendes.«

»Aufsehenerregendes?« wiederholte sie, zog an ihrer Zigarette und stieß schnaubend den Rauch aus. »Ja, du . . .«

»Scharfgeladene Waffen hat es keine gegeben, falls du das meinst.«

»Nein«, sagte sie. »Ich hab an etwas anderes gedacht.« Irgend etwas war unleugbar geschehen, Brandy aber konnte nur einen Teil erzählen, und das, was er eigentlich erzählen wollte, war im Augenblick zu delikat. »Er ist also nur zu dir nach Hause gekommen und war wütend . . .«, sagte sie. »Ist das so gewesen?«

»Er hat natürlich gefragt, wo du bist. Darauf habe ich ihm keine Antwort geben können. Heute auch nicht. Wir sind Kumpel geworden.«

»Hör doch mit dieser Stichelei auf . . .«, sagte sie.

Er hatte den Eindruck, sie wolle tatsächlich, daß er beharrlicher fragte. Er aber verzichtete darauf. Als er verstummte, lehnte sie sich in ihrem Sitz zurück und sagte: »Für so etwas sind wir zu müde. Wir tun einander nur weh.«

»Würdest du schlafen«, fragte er, »wenn du könntest?«

»Nein.«

»Na eben.«

»O.K.«, sagte sie. »Was hat er gesagt?«

»Er hat gesagt, daß du ihm alles erzählt hast, was wir miteinander hatten . . . und daß es zu Ende ist und du einen anderen hast . . . Und er wüßte, warum.«

Raschen Schritts kam jetzt der Pfarrer aus der Kirche. Er machte einen gehetzten Eindruck, und erst, als er seine Autotür aufschließen wollte, entdeckte er Margot im Auto nebenan. Er stockte, umrundete die Motorhaube und kam zu ihr. Als er sich herunterbeugte, erkannte er Brandy neben ihr. Eine Furche trat zwischen seine Augenbrauen, und es dauerte einige Sekunden, bis er mit diesem Menschen etwas anfangen konnte – »Ach ja, der Fotograf . . .« – und dann, zu Margot: »Ich bin gegen vier zu Hause, kannst du mich anrufen?«

Sie nickte, und der Pfarrer schien noch mehr auf dem Herzen zu haben, augenscheinlich hinderte ihn Brandys Anwesenheit aber daran, sich frei zu äußern.

»Alle waren zufrieden«, sagte sie.

»Ist er . . .?« sagte der Pfarrer und machte eine bedeutungsvolle Kopfbewegung in Brandys Richtung.

»Nein«, sagte sie kurz.

»Und die Fotos?« Der Pfarrer sprach Brandy direkt an. »Sind sie etwas geworden?«

Brandy lehnte sich etwas auf die Seite und sah den Pfarrer an. Er versuchte diese Striche unter den Augen wiederzufinden, sie blieben jedoch unsichtbar. »Ja«, sagte er. »Die sind gut geworden.«

»Ich bin in Eile«, sagte der Pfarrer. »Und wir?« – er legte eine Hand auf Margots Schulter – »Wir telefonieren miteinander.« Er ging zu seinem Auto und fuhr mit einem Blitzstart davon. Im Rückspiegel konnte Brandy die Reifenspuren erkennen.

»Er ist furchtbar eifersüchtig«, sagte sie. »Ich habe es nicht geglaubt, aber jetzt weiß ich es.«

Sie waren wieder dort, wo sie gerade unterbrochen worden waren. »Ändert das etwas?«

»Einiges«, sagte sie. »Vielleicht.«

»Ich beneide ihn.«

»Er zerfällt in Stücke.«

»Darauf hast du doch gewartet.«

»Trotzdem ist es furchtbar. Er hat die ganze Ernte vor sich.«

»Das schafft er«, sagte Brandy. »Ohne dein schlechtes Gewissen.«

»Ich auch.«

»Das ist die Frage.«

»Mir wird schlecht bei diesen ganzen Verdächtigungen. Ich komme mir schmutzig vor. Wie könnt ihr nur . . .«

»Ich kann nicht«, sagte Brandy. »Aber dein Mann ist stark und gesund. Der kann eifersüchtig sein. Der bringt es sogar fertig, auf den Pfarrer eifersüchtig zu sein.« Vielleicht entsprach das nicht ganz der Wahrheit. Denn wenn es einen Verdacht gegen den Pfarrer gab, dann stammte der von Brandy. »Was hast du mit dem eigentlich zu tun? Das kann doch nicht nur um die Alten gehen?«

»Warum glaubst du das?«

»Weiß ich nicht. Das ist nur Quatsch . . .« Er zündete sich eine Zigarette an, und sie hielt stumm ihre Hand hin, um sich eine neue geben zu lassen. »Du hast mir keine Antwort auf meine Frage gegeben.«

Sie bekam Feuer und zog. Eine Weile schwieg sie, sie mußte sich entscheiden. »Gestern habe ich dich um deine Hilfe gebeten . . . Aber ich habe geglaubt, du würdest das nicht schaffen. Darum habe ich einen anderen gebeten. Das war ein Fehler.«

»Du hast nie gesagt, worum es geht.«

»Das macht auch nichts«, sagte sie. »Wir haben schon genug Probleme.«

»Gerade eben noch«, sagte er, »bin ich so müde gewesen, daß ich geglaubt habe, es ist vorbei, alles . . .«

»Und jetzt ist das nicht mehr so?«

»Jetzt bin ich so müde, daß ich zu allem imstand bin.«

»Zu was zum Beispiel?«

»Dinge sagen. Erklärungen von mir geben.«

»Wenn es sonst nichts ist. Welche Erklärungen denn? Daß du mich liebst?«

»Unter anderem.«

»Und sonst?«

»Hast du das nicht begriffen?« Sie starrte schweigend auf

die Gräber. »Daß es mir genauso schlecht geht wie deinem Mann . . . Bist du glücklich?«

»Und du?«

»Auf alle Fälle ist das ein überzeugendes Gefühl. Ich bin bereit, die Konsequenzen zu tragen.«

»Seit wann denn?«

»Weiß ich nicht«, sagte er. »Schau auf den Preiszettel.«

»Du weißt so vieles nicht«, sagte sie. »Es ist mein Fehler, daß es so ist. Ich sollte das nicht tun, aber ich muß wohl erklären. Unseretwegen.« Sie fingerte am Zündschlüssel.

»Aaha . . .« Er stellte sich darauf ein, einiges zu erfahren, und er war sich nicht sicher, ob er hören wollte, was sie mit dem einen oder anderen vorgehabt hatte. Für einen Moment dachte er, er solle sie hindern und sagen, er müsse überhaupt nichts wissen. Er fragte sich, wie er reagieren würde. Vielleicht würde er sie schlagen. Schließlich sagte er trotzdem: »Ja . . . Dann tu's.«

»O.K.«, sagte sie. »Ich brauche nämlich deine Hilfe.«

»Immer noch?«

»Mehr denn je.« Sie startete das Auto und setzte zurück. »Du mußt den Mund halten!« Brandy fragte nicht. »Es kann um Leben und Tod gehen!«

»Für wen?«

»Eben das weiß ich nicht.«

Sie fuhr durch das Pfarrdorf und bog auf einen Weg ab, der in südlicher Richtung verlief, über den Mölleån, hinauf zu den abgelegenen Höfen am Rande der Gemeinde. Oben auf dem Plateau standen Sendermasten, die nachts mit roten Lampen leuchteten, die Wege waren nicht befestigt, und im Winter erschien der Räumdienst dort erst, wenn alles andere erledigt war.

Diese Gegend lag abseits der großen Landstraßen, Brandy kam selten hierher. Hier lag Margots Betreuungsbezirk. Hier wohnten ihre Klienten, Alte, die sich weigerten, von dort wegzuziehen, und zu Hause auf ihren Höfen sterben wollten und fast alles ablehnten, worum man sie bat. Ein schroffer Menschenschlag.

Brandy hatte mehr als einmal gehört, er solle dorthin fahren und diese Relikte dokumentieren. Bald würde es sie alle nicht mehr geben, diese vergessenen Existenzen, deren Lebenswerk schon überwuchert wurde. »Die verdienen ein besseres Schicksal.« Dies war jedenfalls Margots Meinung.

Ansehnlichere Höfe waren von Leuten heimgesucht worden, die Gegenstände für Heimatmuseen sammelten und alte Geräte und Werkzeuge erworben hatten, die nicht mehr in Gebrauch waren. Einige besonders schöne Höfe waren von denjenigen aufgekauft worden, die es sich leisten konnten, sie zu restaurieren. Dort lebten sie im Sommer und stellten sich an den Kassen der Lebensmittelläden an und hatten mehr Beschwerden vorzubringen, als die, die immer dort kauften.

Doch nicht diese bemerkenswerten Höfe mit den Fachwerkgebäuden und den Schilfdächern sollte er dokumentieren. Die kamen allein zurecht. Vielmehr ging es um Höfe, die man in moderner Zeit errichtet hatte und die noch nicht historisch waren und es auch niemals werden würden. Sie waren bereits verfallen. Höfe, die arme Pfuscher gebaut hatten, mit Kellerasseln auf dem Magerbeton über schlecht dräniertem Lehmboden, mit kupferroten Nebengebäuden und Ställen, die ohne Fundament manchmal direkt auf der Erde standen, Gebäude, die die Natur von unten her bald zurückerobert und verschlungen hatte, die von Ungeziefer, von Moos und von Schimmel angeknabbert waren, die fast unmerklich rutschten und versanken, zusammensackten, und bei denen eine Reparatur und eine Rettung unmöglich erschien. »Ich habe nicht geglaubt, daß Menschen in unserem Land so leben.« Er aber hatte immer gewußt, daß Menschen so lebten. »Ihren Frieden haben sie aber.« Er war anderer Meinung gewesen: »Die sind genauso verwirrt wie du. Die hören doch nicht auf zu grübeln, nur weil sie das

Licht ausmachen.« – »Bist du sicher?« – »Die können warten«, hatte er gesagt, »aber das ist auch alles.« – »Das ist genug.« – »Das lernt man, wenn man dazu gezwungen ist.« – »Kannst du das?« – »Ja.« Ohne zu zögern hatte er das gesagt. Das aber lag einige Zeit zurück.

Margot fuhr an dem Hof vorüber, an dem auf einem Schild »Ellas Strohblumen« stand. Dann bog sie auf einen kleineren Weg ab, der zwischen Feldern und dichtem Tannenwald hindurchführte, und auf einem anderen Schild stand: »Mais zum Selberernten«. Sie verringerte das Tempo und bog schließlich auf einen sehr schmalen Weg ein, mit tiefen Fahrrinnen und hohem Gras in der Mitte.

»Das ist der Weg zu Keppen«, sagte Brandy.

Bis hierher hatte er geschwiegen und hatte nach nichts gefragt. Er hatte eine Zigarette bis auf den Filter geraucht, sie war von selbst erloschen. Den verbrannten Filter steckte er in die Hemdentasche. Unnötige Beweise mußten vernichtet werden.

»Ja«, sagte sie, »aber er ist nicht zu Hause.«

»Wo ist er denn?«

»Keppen ißt mit seinem Bruder und seiner Schwägerin im ›Monsun‹ zu Mittag. Er hat sie eingeladen.« Sie erreichten Keppens Hof. Radspuren im hohen Gras ließen erkennen, daß jemand vor ganz kurzer Zeit hiergewesen war. »Jetzt lernst du meinen Liebhaber kennen.«

»Besser nicht«, sagte Brandy.

»Keppens Rattenkönig.«

»Der ist doch tot«, sagte Brandy.

»Ja«, sagte sie, »aber er hat einen neuen.« Sie stieg aus dem Wagen und ging zum Haus. Die Tür war verschlossen. Der Schlüssel lag unter einem Blumentopf mit Pelargonien. Sie steckte den Schlüssel ins Schloß, ehe sie aber die Tür öffnete, sagte sie: »Was ich hier mache, ist illegal. Ich darf mich hier nicht aufhalten. Nur damit du es weißt.«

Brandy interessierte sich nicht für das, was Keppen in seinem Stall hatte: »Da scheiß ich drauf.« Aber er kam mit. »Warum darfst du nicht hier sein?«

»Keppen hat mir Geld gegeben«, sagte sie. »Ich darf kein Geld annehmen, also habe ich es dem Pfarrer gegeben. Das ist herausgekommen, und darum bin ich beurlaubt und werde rausgeworfen.«

»Idiot«, sagte Brandy. »Was haben wir eigentlich hier verloren?«

»Du mußt mir bei etwas helfen.«

Vorsichtig öffnete sie die Tür, ließ ihn eintreten und schloß die Tür hinter ihm. Sie zeigte ihm den Weg zur Kammer, wo sich eine andere Tür befand, die in den Stall führte. Margot klopfte, einen Rhythmus, eine Art Signal. Dann öffnete sie und trat ein. Brandy kam hinterher, und was ihm zuerst auffiel, war, daß die wenigen Stallfenster zugehängt waren, und als die Augen sich an das Licht gewöhnt hatten, hörte er Geräusche, wie von Bewegungen im Stallinneren. Dann hörte er auch Flüstern. Es handelte sich um Stimmen, menschliche Stimmen.

»He is a friend«, hörte er Margot sagen. »Freunde.«

IV

Der vorangegangene Winter war mild, aber windig gewesen. Stürme aus dem Osten hatten einander abgewechselt. Nicht eine Nacht war es ruhig gewesen. Tag und Nacht und Woche für Woche hatte das Meer gebraust und gedröhnt. Die Menschen aber waren auf der Hut gewesen, Stürme gehörten zur Jahreszeit, und zu größeren Schäden war es nicht gekommen.

Dann aber, ganz ohne Vorwarnung, hatte der Wind nach Westen gedreht und an Stärke zugenommen. Böen von Orkanstärke wurden verzeichnet. Eine dieser Winternächte würde keiner vergessen. Dächer waren von den Häusern gerissen worden, Baugerüste stürzten um, Schilder flogen durch die Luft und Dachpfannen wirbelten umher wie Herbstlaub. Bäume wurden in der Mitte abgebrochen, dicke, hundertjährige Buchen brachen wie Streichhölzer, Fahrzeuge kippten um. Briefkästen, Fußabstreifer, Mülltonnen – alles, was lose oder schlecht befestigt war, flog durch die Luft und staute sich hie und da in einer windgeschützten Ecke oder wurde gegen Mauern und Zäune gepreßt.

In der gesamten Provinz fiel der Strom aus. Schlaflos saßen die Menschen bei Kerzen und Petroleumlampen, während der Sturm durch Fensterritzen und Luftschlitze pfiff. Die Erde bebte, wenn im Freien große Gegenstände zu Fall kamen, krachend wurden Äste geknickt.

Der Orkan zog weiter, und am Morgen war der Wind abgeflaut auf frisch bis mäßig, noch mehr als sonst. In der Morgendämmerung wagten sich die Menschen ins Freie, sie standen auf ihrem Land und betrachteten die Verwüstung. Telefonverbindungen waren unterbrochen, Nachbarn und alte Feinde sahen sich genötigt, einander in die Augen zu sehen und sich gegenseitig beim Aufräumen des Durcheinanders zu helfen. Alle Straßen waren von umgestürzten Bäumen blockiert, Wurzelstümpfe ragten denen entgegen, die angefahren kamen.

Brandy hatte den größten Teil des Abends und auch der Nacht in seiner Dunkelkammer verbracht, damit beschäftigt, eine Reihe von Porträtaufnahmen zu entwickeln. Lange hatten die Filmrollen in einer Schublade gelegen, bis er sich in der Lage fühlte, sie zu bearbeiten; was er hinterher mit dem Luftdruck erklären wollte – vor dem Unwetter war er besonders niedrig gewesen, und vielleicht hatte er ihn beeinträchtigt, so übel gestimmt, daß sich dieser Zustand kaum dadurch verschlimmern ließ, daß er Bilder von einer Frau entwickelte, die ganz allgemein nur Leiden verursachte. Sicherheitshalber hatte er eine Batterie Flaschen mit in die Dunkelkammer genommen. Er hatte sehr langsam gearbeitet, hatte einiges getrunken, war unzufrieden gewesen, wollte von vorn anfangen, und so war die Nacht vergangen. Von dem Unwetter, das draußen tobte, hatte er nur ein anhaltendes Pfeifen in einem Lüftungsschlitz wahrgenommen. Der Orkan war ihm ganz einfach entgangen.

Der nächste Tag war schon weit fortgeschritten, als er vom Klopfen eines Nachbarn an seiner Tür geweckt wurde. Brandy hatte im Morgenrock geöffnet, obwohl es bereits Mittag war, und der Nachbar hatte sofort gesagt: »Bist du auch krank?« Der Nachbar trug das Schild mit der Aufschrift »Brandts Fotoatelier« unter dem Arm. Der Fotograf aber hörte nur dieses »auch«, denn darin lag etwas, das über seine eventuelle Krankheit hinausging. Zuerst meinte er, es solle bedeuten »noch kranker als normal«, aber ein hastiger Blick auf den hinter dem Nachbarn liegenden Garten machte augenscheinlich, daß sich in der Nacht etwas ereignet hatte. Die Mülltonne lag umgekippt neben der Straße, Papiertüten waren herausgerissen, und Abfall war auf dem ganzen Grundstück verstreut worden.

»Nein«, sagte er, »ich habe nur die ganze Nacht gearbeitet.«

»Immerhin ist es unbeschädigt . . .« Der Nachbar hielt ihm das Schild hin. »Du mußt es besser festschrauben.«

Brandy nahm das Schild in Empfang und stellte es weg.

»Viele können es nicht gewesen sein, die heute Nacht geschlafen haben . . .« Der Nachbar gehörte zu denen, die sich wegen nichts lange aufhalten konnten. Brandy hatte nie gelernt, wie man einem auf die richtige Art das Wort abschnitt. Und nun gab es offenbar etwas, das ihm, nach der Meinung seines Nachbarn, bekannt hätte sein müssen und das hinter diesem Wörtchen »auch« steckte.

»Nein«, sagte er, zögernd.

»Das war der schlimmste Sturm, den ich erlebt habe«, fuhr der Nachbar fort. »An Land also . . .«

Brandy konnte nur zustimmen: »Ja, es hat aufgefrischt.«

»Bis zu vierzig Meter in der Sekunde.«

»Das ist ja ein Orkan«, sagte Brandy.

Der Nachbar sah ihn an und legte den Kopf ein wenig zurück, so als wolle er ihn genauer betrachten. »Das kannst du laut sagen«, sagte er, »und ob das ein Orkan war.« Offenbar sah man dem Fotografen an, daß er nicht richtig mitkam: »Das ist eine Katastrophe, das ist wie ein richtiger Krieg . . .«

Mit großer Begeisterung erzählte der Nachbar von all der Zerstörung, zählte die Dächer auf, die der Wind abgedeckt hatte, und die Bäume, die Straßen blockierten, und alle hätten gefroren, als der Strom ausgefallen war. Ein Stall mit Bruchsteinmauern von drei Fuß Stärke, ein Gebäude, das über tausend Jahre stand, sei zerstört worden. Der Wind war mit einer Breitseite über das Dach hergefallen, der Dachstuhl hatte nachgegeben, und das ganze Gebäude sei auseinandergebogen worden. »Man traut seinen Augen nicht«, sagte der Nachbar.

»Bist du dort gewesen?« Eine blöde Frage war das, aber

Brandy mußte sie einfach stellen. Und eine Antwort erhielt er gar nicht erst.

Auf diese Weise ließ er sich von wachsender Begeisterung über alles in Kenntnis setzen, von jener Wollust, wie sie jemandem anhaften konnte, der von einer Zerstörung nicht voll betroffen ist, während Brandy das Opfer einer Unlust wurde, die in entsprechendem Ausmaß zunahm. Was nichts mit dem Gewährsmann zu tun hatte, sondern mit ihm selbst.

Als der Nachbar ihn dann in Frieden ließ – »Du hast viel zu tun. . .«, hatte er gesagt und bedeutungsvoll hinübergesehen zu dem Abfall in seinem Garten –, hatte Brandy die Tür geschlossen und hatte sich mit jener Unlust, die immer stärker anschwoll, in sein Atelier gesetzt.

An der Wand hing eine große Porträtaufnahme von Margot, die an ein Gemälde von Modigliani erinnerte. Eben mit ihr hatte er sich in dieser Nacht beschäftigt, in dieser unvergeßlichen Winternacht.

Bald hatte sich die Unlust erweitert zu einer voll entwickelten Scham, samt den dazugehörigen Attacken von Eifer, die Dinge wieder in Ordnung zu bringen, und mit Anfällen übertriebenen Wohlwollens. Ab und zu erhob er sich aus seinem Sessel und trat an eines der Fenster, um hinauszusehen in die Landschaft und um die Verwüstung bei anderen mit Sympathie und Mitgefühl zu konstatieren. Zuerst stand er am Fenster, das zum Hafen hinausging. Die Boote waren unbeschädigt davongekommen. Sie vertrugen Weststürme besser als Oststürme. Dann stand er an dem Fenster, das in Richtung seiner nächsten Nachbarin lag, einer Witwe, der Frau mit den Brennholzstapeln. Aus ihrem Schornstein stieg der Rauch wie immer. Wahrscheinlich hatte sie die Annäherung des Sturms in ihren Gelenken gespürt, und bei einer Belagerung konnte sie sich helfen, ohne andere um etwas zu bitten.

Als sei er ohne die geringste Ahnung davon, was eigentlich geschehen war, mit heiler Haut unverletzt in einem blutbesudelten Haus aufgewacht und müsse auf dem Türschild nachsehen, um zu festzustellen, ob er zu Hause war.

Er zog sich an und ging in den Garten. Er sammelte die Abfälle zusammen, stinkende Reste von Mahlzeiten, die er vergessen hatte und die das Gefühl von Mangel und Verlust eher vergrößerten. Er füllte die Mülltonne, stellte sie an ihren Platz und hängte das Schild auf, wo es hingehörte. Eine Zeitlang stand er auf der Straße vor dem Haus und hörte, wie überall in der Gegend die Motorsägen liefen. Die Aufräumungsarbeiten waren in vollem Gange, und als er fertig war, stand er eine Zeitlang da, obwohl es kalt war und ein schneidender Wind ging. Er blieb dort stehen, um zumindest gegenüber sich selbst eine Art von Anteilnahme zu demonstrieren. Dies aber nutzte nichts, es kam niemand, um ihn um etwas zu bitten, und als er später ins Haus ging, hatte er noch immer diese Scham im Körper. Blicke konnten stechen. Er schloß sich ein. Die einzigen Augen, die er ertrug, waren die der Blicke, die ihm vom Grunde eines Wässerungsbehälters entgegensahen. An der Wand hing das Bild von Margot, und ihr Blick war recht unscharf.

Der Orkan war Brandy ganz einfach entgangen, und wenn er später daran dachte, kam es vor, daß er zu sich selbst vom »Orkan der anderen« sprach, weil er meinte, hieran keinen Anteil zu haben.

Ein halbes Jahr danach sollte er in Keppens Stall stehen und von derselben Scham überfallen werden. Er hörte das Zischen von Stimmen in altem Stroh. »Freunde . . .«, sagte Margot, und das Flüstern ging in normales Sprechen über. Menschen befanden sich hier draußen, und sie sprachen eine fremde Sprache.

Margot drehte an einem Lichtschalter hinter der Tür. Eine nackte Glühlampe an der Decke gab dünnes Licht von sich, was aber ausreichte, daß Brandy fünf Personen erkennen konnte, die auf dem Boden auf Decken halb saßen oder lagen. Sie waren dunkelhaarig, zwei Frauen und drei Männer, blaß, hohläugig und übernächtigt.

Überall standen Kartons, Kisten mit Proviant, Erfrischungsgetränken, ein paar Kleidungsstücken. Die fünf saßen in einem Kreis um einen alten Spirituskocher, auf dem ein großer Eisentopf stand. Das erinnerte an ein provisorisches Biwak, das zugleich aber so gut ausgestattet war, daß sie sich bereits eine Zeitlang hier aufgehalten haben mußten. Es roch ziemlich schlecht, abgestanden und stickig. Von irgendwo stank ein Abtritt.

Die fünf starrten Brandy an und reckten sich, einer stand auf. Die Frauen schienen gelassener zu sein als die Männer. Ein einzelner Mann, der jüngste vielleicht, machte einen Schritt auf Margot zu, als vertrete er die anderen auf irgendeine Weise oder wolle sie schützen. Waffen schienen nicht vorhanden zu sein. Margot versuchte freundlich und herzlich auszusehen, man hatte sie erwartet, mit oder ohne Begleiter.

»Go?« sagte der junge Mann, der ganz vorn stand. »Go now?«

»No«, sagte Margot. Sie schüttelte heftig den Kopf. »No, no, stay . . . You must stay a while.«

»Go tomorrow?«

»Today«, sagte Margot. »I hope. You must go today. Heute. But later.«

Der junge Mann trat einen Schritt zurück. Er hatte gequält ausgesehen, veränderte aber seinen Gesichtsausdruck. Er betrachtete Margot, die Bluse und Rock trug und ihre Haare hochgesteckt hatte: »Beautiful!« sagte er. »Beautiful . . .« Er lächelte und drehte sich um zu den anderen. Brandy konnte nicht erkennen, welche Sprache sie sprachen.

Die Männer berieten eine Weile, unterhielten sich mit leisen Stimmen, aber intensiv und hitzig, mit großer Energie. Nach ihren Gesten zu schließen, mußten sie mit ihrer Ungeduld kämpfen. Sie warteten auf etwas, und nach allem zu urteilen, hatten sie schon lange gewartet.

»Es ist absurd . . .«, Margot sah zu den fünfen hinüber, und noch immer sah sie freundlich aus, mit einem seltsamen Lächeln auf den Lippen, ». . . aber ich kann diesen Mann nicht ausstehen. Er . . .« Sie sprach leise, als könnten sie, wider allen besseren Wissens, doch verstehen. »Die Frauen haben nichts zu sagen. Sie haben während der ganzen Woche kaum ein Wort gesagt.«

»Eine Woche . . .«, sagte Brandy. »Ein Woche sind die schon hier? Wo kommen die denn her?« Margot antwortete nicht unmittelbar. Sie versuchte dem Gespräch zu folgen, obwohl sie die Sprache nicht verstand. »Wie Ratten!« sagte Brandy. »Wie sind die denn hierher gekommen?«

Jetzt wandte sie sich zu ihm um: »Der Pfarrer . . .«, sagte sie. »Sie sind zu ihm gekommen, und er hat mich gebeten, ihm zu helfen und sie ein paar Tage zu verstecken. Er selbst konnte das nicht. Den verfolgen zu viele Augen . . .«

»Was sind das denn für welche?«

»Ich weiß nicht«, sagte sie. »Spielt das eine Rolle?«

»Vermutlich. Sonst wären sie nicht hergekommen.«

»Sie brauchen Hilfe«, sagte Margot. »Mehr brauche ich nicht zu wissen. Einer von ihnen hat sich eines Tages gewaschen, als ich hereingekommen bin. Der mit dem Schnurrbart. Sein ganzer Rücken ist voller Narben . . .«

Die beiden Frauen der Gruppe saßen mit gerader Haltung da und hörten den Männern zu. Sie beteiligten sich nicht am Gespräch, bekamen aber Blicke zugeworfen, als werde von ihnen ein stummes Einverständnis erwartet. Der jüngere Mann löste sich von der Gruppe und ging auf Margot zu. Aus irgendeinem Grunde, aus schlichter Not vielleicht, war sie ein ebenbürtiger Gesprächspartner. Brandy wurde keines Blickes gewürdigt.

»No bus now?«

»No bus at all«, sagte Margot. »Something else.«

»That man?« Der Junge nickte zu Brandy hin, ohne ihn aber anzusehen.

»May be.«

»Long way?«

»I don't know«, sagte Margot. »I don't know.«

Brandy wartete ab und betrachtete den jungen Mann, der vor Margot stand und überlegte, als wolle er sich über eine neue Situation und andere Bedingungen klarwerden. Es gab nicht ein Spur von Flehen oder Kläglichkeit an ihm. Vielmehr trat er fordernd und rechthaberisch auf. Seine Blicke zu Margot waren frech und herausfordernd.

Ehe Brandy noch etwas sagen konnte, und er hatte einiges zu sagen, zu dieser Versprechung, dieser halben Zusicherung oder zumindest dieser Vorspiegelung, die sie geäußert hatte, sagte sie endlich: »Sie müssen noch heute von hier weg. So schnell wie möglich.«

»Geht es darum, soll ich dir dabei helfen . . .«

»Das hier ist Wahnsinn . . . Ich darf keinen Fuß hierher setzen. Sie haben mich beurlaubt. Morgen kommen sie her und nehmen eine Untersuchung vor . . .«

»Und was weiß Keppen?«

»Der . . .« Sie sagte es verächtlich. »Der ist senil, wenn er will. Das hier ist sein Rattenkönig . . . Oder seine Geiseln, wie er will . . .«

»Ihr habt einen Deal mit dem Pfarrer gemacht«, sagte Brandy. »Wenn Keppen diese Menschen in seinem Stall versteckt, verschafft der Pfarrer ihm Wiedergutmachung in der Kirche?«

»Ja«, sagte Margot. »So ungefähr.«

»Dann fahren wir sie zum Pfarrer.«

»Das geht nicht. Der traut seiner Frau nicht.«

»Leere Worte also.«

»Wieso?«

»Er kann Reden halten. Und in der Zeitung schreiben. Mehr will er nicht.«

»Kann er nicht. Es geht nur um ein paar Tage . . . Es wäre schon fast alles in Ordnung gewesen. Heute morgen . . .«

»Aber es ist geplatzt?«

»Dieser Kerl . . .«, sagte sie. »Er hätte heute morgen kommen sollen. Dann wären sie schon unterwegs.«

»Wer?« sagte Brandy. »Wer hätte heute morgen kommen sollen?«

»Der, dieser Grenzforscher, oder wie der sich genannt hat.« Sie klang ziemlich verbittert: »Der mit dem blauen Bus, bei Johnson.«

»Den hast du um Hilfe gebeten?«

»Du bist so voll gewesen . . . Ich habe die ganze Nacht hier gewartet. In der Küche. Mit Keppen. Unser letzter Abend. Fünf Stunden lang hat der einen Ständer gehabt . . .« Sie sah aus, als könne sie jeden Augenblick in Lachen ausbrechen – oder in Tränen. »Das ist absurd.«

»Er ist also nicht gekommen . . .«

»Wer?« In diesem Stall konnte man nicht lachen.

»Wir . . .«, setzte sie an. »We come back . . . soon.«

Sie gingen in die Kammer und schlossen die Tür sorgfältig hinter sich. Margot atmete auf: »Verstehst du, wie es mir gegangen ist?«

Brandy wich ihrem Blick aus. Für ihre Müdigkeit und Abwesenheit hatte sich eine Erklärung gefunden, zumindest teilweise. Aber er war nicht zufrieden. Die Dinge klärten sich auf eine Weise, die ihn einbezog und ihn in einem ziemlich unvorteilhaften Licht dastehen ließ.

»Ja«, sagte er. »Ich gehe raus.« Er brauchte frische Luft, und zwar schnell. Margot kam ihm nach. »Wo hätte er sie denn hinbringen sollen, dieser Grenzforscher?«

»Keine Ahnung«, sagte sie. »Er kennt irgendeine Hütte oben im Wald, dort, wo er wohnt. Jedenfalls wären sie jetzt dort. Aber er ist natürlich zu feige gewesen.«

Brandy hörte sich selbst sagen: »Ja, er ist zu feige.«

»Das ist die größte Dummheit, die ich je gemacht habe.«

Um ein Haar hätte er geantwortet: »Tatsächlich?«, ließ es aber sein. Solche Sticheleien waren unangebracht. Und er befand sich auch nicht in der richtigen Position. Hätte er an der richtigen Stelle den Mund gehalten, dann hätte der Mann in dem blauen Bus niemals Prügel bekommen und hätte sein Versprechen gegenüber Margot halten können, er hätte die fünf Fremden abgeholt und mitgenommen. Nun aber saß sie fest, und das war nicht nur ihr eigener Fehler, auch wenn er es vorzog, sie weiterhin in diesem Glauben zu lassen. Griff er sie mit Fragen und Andeutungen an, würde verschiedenes ans Licht kommen, und sein eigener Anteil an dem Ganzen würde sich als ziemlich schandbar erweisen.

»Du hättest etwas sagen können . . .« Sie saßen schon im Auto, und Margot schwieg und starrte leer und mutlos vor sich hin. Für Kritik war sie ein allzu dankbares Opfer, und das war das letzte, was sie brauchen konnte. Das erkannte er selbst. Vor noch nicht ganz einer halben Stunde hatte er behauptet, er liebe sie.

»Entschuldige«, sagte er.

Langsam, unendlich langsam wandte sie ihm ihr Gesicht zu. Sie weinte. Still liefen ihr die Tränen über die Wangen. Der Anblick war unerträglich.

»Entschuldige«, wiederholte er und mußte mit sich kämpfen, um im Auto zu bleiben. Er wollte weg von hier, fort, weg von ihrem Blick. Oder er würde einfach die Augen schließen und sich auf sie stürzen.

»Hilfst du . . . mir?« gelang es ihr zu sagen.

»Ja«, sagte er, ohne zu wissen, wie und auf welche Art. »Ja.«

Sie streckte eine Hand aus und berührte seine Wange, und er erwiderte ihren Blick. Ihre Finger waren kalt, und sie ließ die Hand zurückfallen in ihren Schoß, sah ihn aber weiter an.

»Versprich es . . .«

»Ja«, sagte er. »Das kommt schon in Ordnung. Ich verspreche . . .« Mehr brauchte er nicht zu sagen, tat es aber dennoch: »Du hättest es wenigstens zu Hause erzählen können . . .«

»Ihm traue ich auch nicht mehr. Ich weiß genau, was er sagen würde.«

»Wirklich?«

»Er ist wie alle anderen hier. Man muß sich schämen.«

»Ja«, sagte Brandy. »Man muß sich schämen.«

»So muß man nicht werden. Meine Kinder werden nicht so.«

»Kann man das vermeiden?«

»Ja«, sagte sie, ohne zu zögern. »Das muß gehen.« Das war ihr Glaube. Er war hart und widerstandsfähig. »Glaubst du nicht?« Sie sah ihn an, bekam aber keine Antwort. Wo sich sein Glaube befinden sollte, war nur eine Aushöhlung, ein leeres Fach in einer mit Samt ausgeschlagenen Schatulle für nützliches Zubehör. »Jaa . . .«, sagte sie. »Und was machen wir?«

»Du solltest heimfahren und dich ausruhen«, sagte er. »Wann ist Keppen wieder hier?«

»Das ist unwichtig. Er weiß alles. Er hat gekriegt, was er wollte.«

»Und hält er den Mund?«

»Keiner kümmert sich um das, was er sagt. Wer glaubt ihm denn . . . Wenn sie es vorher nicht getan haben . . . Übrigens hat er meine alte Strickjacke. Weißt du, wozu er die braucht?«

»Nein«, sagte Brandy.

Sie machte eine obszöne Handbewegung. »Mehr brauche ich nicht zu hören«, sagte Brandy. »Ist es egal, wann ich sie hole?«

»Sobald wie möglich«, sagte sie. »Und alle auf einmal. Sie weigern sich, sich zu trennen. Du brauchst ein großes Auto. In dem sie sich verstecken können.« Sie holte ein Taschentuch aus der Handtasche und schneuzte sich. »Ich habe das alles so satt . . . Beautiful!« wiederholte sie. »Wie man so etwas sagen kann, in seiner Lage.«

»Es stimmt«, sagte Brandy. »Du bist schön. Warum soll er das nicht sagen dürfen?«

Sie winkelte den Innenspiegel ab und betrachtete sich selbst. »Ich sehe grauenhaft aus. So kann ich nicht nach Hause fahren.«

»Dieser Junge da drin«, sagte Brandy, »der kommt zurecht. Sonst könnte er so etwas niemals sagen. Wenn man sich versteckt wie eine Ratte und zu einer Frau sagt, sie ist schön, dann schafft man alles.«

»Ist das deine Logik?« Sie erhielt keine Antwort. »Ich kann nicht nach Hause fahren.«

»Du kannst dich bei mir zu Hause ausruhen.«

»Ja«, sagte sie. »Das ist auch schon egal.« Sie startete den Wagen und fuhr los. »Schlimmer kann es doch nicht werden.«

»Ich verstehe nicht«, sagte er.

»Das ist mir nur so herausgerutscht.«

»Sollten wir uns vor so was nicht in acht nehmen?«

»Doch«, sagte sie. »Wir haben es doch einmal so nett gehabt . . .«

»Das war damals.«

Sie fuhren am Maisfeld vorbei und bogen auf die große Straße ab, die zur Küste führte. Ein paar Autos kamen ihnen entgegen, die zu »Ellas Strohblumen« wollten.

»Die hat Hochsaison«, sagte Margot. »Vielleicht sollte man anhalten und ein paar Blumen pflücken.« Sie bremste kurz und rollte langsam an der Einfahrt vorbei. Als sie wieder Gas gab, fühlte Brandy einen Schmerz im Brustkorb, der vermutlich daher kam, daß er zu viel geraucht und kaum einmal gelacht hatte, seit der »Orkan der anderen« die Bäume auf dem Plateau der vergessenen Höfe sortiert hatte.

Am Sonntagnachmittag um vier Uhr rief ein Redakteur der Zeitung aus der Kreisstadt an. »Verdammt noch mal, wo bleiben denn deine Bilder?«

»Wovon?« sagte Brandy. Obwohl er das Gespräch erwartet hatte und auf die Frage gefaßt war. Die Bilder lagen seit dem frühen Morgen in einem Umschlag bereit.

»Von diesem Scheißacker«, sagte der Redakteur. »Die wollen die erste Seite mit eurem Hokuspokus aufmachen . . .« Er grunzte und atmete schwer. »Und dann gibt es noch was über irgendeinen Schwarzkittel . . .«

»Es genügt, wenn du die bis sieben hast.«

Der Redakteur grunzte wieder, er wollte fertig werden und nach Hause gehen. »Brandy, du bist ein Arsch!« Er drohte, spätestens um »achtzehn null null« einen Boten zu schicken.

»Viertel vor sieben«, sagte Brandy.

»Du bist ein toter Mann«, sagte der Redakteur. »Achtzehn Uhr dreißig.«

»Ja, ja«, sagte Brandy. »Achtzehn Uhr dreißig.« Er versuchte einen Ton anzuschlagen wie ein Handwerker, ein zuverlässiger Profi, der seine Zusagen einhielt. Sollte es doch achtzehn Uhr in einem x-beliebigen Jahr sein.

Er wollte das Ganze in die Länge ziehen, denn er brauchte Zeit. Stundenlang hatte er Kaffee getrunken und geraucht und die Zeit vertrödelt. Sie arbeitete für ihn. Seine Fotos hatten unerwartet einen Wert erhalten, der mit jeder Minute stieg. Sie hatten sich in begehrte Tauschobjekte verwandelt und ließen sich auf eine Art verwenden, die er niemals hatte ahnen können und die in unmittelbarer Beziehung dazu stand, wie er sich die Zeit vertrieb.

»Du bist ein toter Mann . . .« Das hatte der Redakteur

schon öfter gesagt, und wahrscheinlich ahnte er nicht, wie recht er hatte. Für die Zeitungsleute war Brandy ein toter Mann. Was seine Umgebung am meisten störte, war nicht das Unbehagen angesichts des physischen Verfalls eines Menschen, so etwas gehörte zum Umfeld, sondern als noch störender wurde seine Zeitverschwendung empfunden, die Art, in der er seine Tage vergeudete und die man zu Recht als sinnlos bezeichnen konnte. Etwas durcheinanderzubringen, kostet Zeit, es aufzuräumen ebenfalls. Will man etwas in Ordnung bringen und Vergebung erlangen, kann dazu ein ganzes Leben erforderlich sein. In unschätzbaren Mengen und zu unschätzbaren Preisen werden Tage, Wochen, Monate und Jahre vergeudet.

Er nutzte niemals seine Zeit wie die anderen, er war nicht bedacht auf seine Tage. Im Gegenteil, ihm war, als sei es die Zeit, die sich seiner annahm, ihn heimsuchte oder ihn in Ruhe ließ. Selten jedoch war er ihr Sklave. Mochte er auch der Sklave irgendeiner Last sein, seinen Tagen hielt er stand. Die Zeit gewährte ihm den Umgang mit Toten, sie gestattete ihm, Frauen zu lieben, die er schon längst verloren hatte. Es handelte sich weder um einen Zwang noch um eine Freiheit, denn solche Bewertungen waren in diesem Zusammenhang banal. Wenn jedoch alles ausgetrunken war, Stundenschläge wieder eingeführt und Räume restauriert werden sollten, stand er dem Dasein rettungslos fremd gegenüber. »Achtzehn Uhr dreißig . . .« Dabei konnte es sich ebensogut um einen Preis, ein Längenmaß, ein Gewicht handeln.

Auf diese Weise blieben ihm Wiederbegegnungen nicht erspart, bei denen sich wohlbekannte Gegenstände in neuem Licht zeigten. Als habe er in seinem umnebelten Zustand seinen eigenen Nachlaß in der Gegend verteilt und verschenkt, was ihm gehört hatte, womit er gelebt, wofür er schwer gearbeitet hatte. Irgend jemand hatte sein Vertrauen in Form eines Sessels erhalten. Ein anderer hatte seine Aufmerksamkeit übernommen, die in der gegenständlichen Welt von einer Stehlampe repräsentiert wurde. So konnte es weitergehen, bis das Haus und die Flaschen leer waren und die Zeit ihn eingeholt hatte. Alles würde zurückgegeben werden. Dinge, die er geerbt und ein ganzes Leben besessen hatte, erschienen in neuem Licht. Menschen, die in Berührung mit ihm gekommen waren, suchten ihn auf und händigten ihm sein Eigentum mit einem verlegenen »Das gehört bestimmt dir« wieder aus, obwohl sie eigentlich sagen wollten: »Behalt das selbst!«

So konnte er zu Hause an einer beliebigen Stelle stehen, Sekunden nur oder lange Minuten, um auf Geräusche zu lauschen, zusehen, wie das Licht fiel, als begutachte er Gegenstände, oder wie ein Einbrecher, der von einem unvorhergesehenen Problem abgeschreckt wird, einer Tür, die es eigentlich an dieser Stelle nicht hätte geben sollen, einem Schloß, das ihm plötzlich fremd war, entsetzt darüber, daß die ganze Berufsehre unvermittelt auf dem Spiel stand.

Jetzt stand er mucksmäuschenstill in seiner Diele und lauschte nach Geräuschen. Oben, im oberen Stock, lag eine schlafende Frau. Das Läuten des Telefons konnte sie geweckt haben, aber von dort oben war nichts zu hören. Vermutlich schlief sie tief. Brandy versuchte ihre Atemzüge zu hören, wie ein Dieb in einem Schlafzimmer, der durch Übung und perfekte Kontrolle der Muskeln seinen Körper beherrschte und wie ein Geist zu schweben gelernt hatte.

»Sie haben keine Chance«, hatte er gesagt.

»Vermutlich nicht«, hatte sie geantwortet. »Es ist wohl sinnlos ...«

»Es ist strafbar«, sagte Brandy. »Dann kann es nicht sinnlos sein.«

Sie hatte einen so außerordentlich müden, angestrengten und fast verzweifelten Eindruck gemacht und Mühe gehabt, das Auto auf der Straße zu halten. »Der Pfarrer kann mir nicht helfen. Für das, was ich getan habe, muß ich einstehen.«

»Du hast das tun müssen. Du hattest keine andere Möglichkeit.«

»Nein«, sagte sie. »Aber ich kann von dir nicht erwarten . . .«

»Ich verspreche dir, daß ich das erledige.«

»Und wie?«

»Das weiß ich nicht.«

»Überleg es dir . . .« Aber sie hatten nicht viel Zeit. »Nein«, sagte sie sofort, »tu das nicht.«

»Manchmal darf man nicht überlegen.«

»Für mich hat das nie gegolten. Du hast . . . immer . . . überlegt . . . und wenn du . . . wenn du mir jetzt hilfst . . .« Aber sie war zu müde gewesen, um den Satz zu beenden. Sie hatte an der Tür seines Hauses gestanden und vor Müdigkeit und zu wenig Schlaf geschwankt, am Ende einer Woche voller Lügen und Mißverständnissen.

»Laß es«, sagte er. »Das kommt schon in Ordnung, auch wenn ich noch nicht weiß, wie. Du mußt schlafen. Ehe noch was passiert . . .«

»Wenn mein Mann kommt . . .«

»Ich laß ihn nicht herein.« Brandy schloß die Haustür ab. »Dieses Mal nicht.«

»Liebst du mich?« Sie streckte eine Hand nach der Treppe aus und sank auf der untersten Stufe zusammen. Sie wollte ihre Schuhe ausziehen. Er sah ihr zu, wie sie mit den Fingern nach den Schuhriemen ihrer Stiefel tastete.

»Scheint so.«

»Dann . . .«, sagte sie, vorgebeugt, zum Boden hin, »wenn das hier . . . dann . . . gibt es nur dich und mich . . .«

»Bis dahin ist es noch weit.«

»Herrgott noch mal . . .« Sie hing über ihren Knien und hatte Schwierigkeiten mit den Schuhriemen. »Du hörst dich wieder so verflucht vernünftig an.«

»Das bin ich aber nicht.«

»Dann liegt es an etwas anderem . . .«

Er sah ihr zu, wie sie an ihren Schuhen fummelte. Ein vernünftiger Mann hätte zu ihr gesagt, sie solle aufhören. Ein vernünftiger Mann hätte sie in seine Arme genommen und sich rücksichtsvoll verhalten und hätte sie nach Hause zu ihrer Familie gefahren. Brandy empfand Achtung, die aber bezog sich auf anderes. Er wollte ihr helfen, um damit anderen helfen zu können, diesen fünf Menschen, die er nur ganz flüchtig gesehen hatte und von denen er lieber nichts wissen wollte. Mochten es auch ganz beliebige Menschen sein, so konnten sie doch Achtung beanspruchen. Als Margot in Keppens Stall das Licht eingeschaltet hatte, waren ihre Augen aus der Dunkelheit hervorgetreten, ungefähr so, wie Augen in seiner Dunkelkammer sichtbar wurden, Blicke, denen er einmal irgendwo begegnet war, weit entfernt, in einem fremden Land oder im Nachbardorf, manchmal ließ sich das unmöglich unterscheiden. Jedenfalls waren es Blicke, die etwas sagten und etwas zu erzählen hatten. Unabhängig davon, ob sie von Kindern stammten oder von Alten, sie hatten einen Ausdruck, der etwas verlangte, und gegen den er sich niemals wehren konnte. Vor langer Zeit hatte er das für eine flammende Anklage in eigener Sache gehalten, eine bedrohliche Forderung nach Gerechtigkeit. Dies aber war ein Fehler. Sie forderten nichts, was es nicht gab.

Sie saß auf seiner Treppe und schien bewußtlos zu sein, und er packte sie unter den Armen und führte sie hinauf. Allein hätte sie es nicht geschafft.

»Du bist ein Engel.«

»Nein«, sagte er, »wir haben nur die Rollen getauscht.«

»Entschuldige . . .«

In seinem kahlen, fast leeren Schlafzimmer setzte er sie auf die Bettkante. »Beautiful«, sagte er.

Sie hatte die Augen geschlossen, hörte ihn aber, lächelte ein wenig, schüttelte den Kopf: »Unglaublich . . .«

»Wahrscheinlich tue ich das seinetwegen«, sagte Brandy.

»Dieser Junge . . .« Sie saß unbeweglich da, mit geschlossenen Augen. Hätte er sie angeblasen, wäre sie einfach zur Seite gekippt, in sein Bett. »Er sieht das . . ., daß du schön bist . . ., und kann es sagen . . .« Sie atmete schwer, als schlafe sie schon. »So jemandem muß man helfen.«

Er zog das Rollo herunter, und als er die Decke wegschob, sank sie auf die Seite, murmelte etwas über das Laken und schlief ein. Er schnürte ihr die Stiefel auf und stellte sie ans Fußende und legte sie völlig angezogen zurecht. Dann stand er lange da und betrachtete sie, als stehe sie im Begriff, zu verschwinden und mit jedem Atemzug weniger erreichbar zu werden.

Er hatte die Tür hinter sich geschlossen und war ins Atelier gegangen, vorsichtig, damit die Treppe nicht knarrte. Auch der Fußboden im Atelier knarrte an einigen Stellen. Er trachtete sie zu vermeiden. Er rauchte ein wenig, sah über die Felder und versuchte zu denken, hatte aber Mühe, sich zu konzentrieren. Bestimmt schlief sie sehr fest, dennoch bemühte er sich, sich geräuschlos zu bewegen, um sie nicht zu stören.

Auf dem Atelierfußboden lag ihre Porträtaufnahme. Sie lag so da, wie ihr Mann sie liegengelassen hatte. Nicht einmal als Geschenk hatte er sie nehmen wollen. Brandy hob sie auf, hatte den Einfall, sie wieder an der Wand anzubringen, konnte die Heftpistole aber nicht finden. Darum lehnte er sie an die Wand, wo sie einige Minuten stand, bis sie einknickte, zusammensackte und auf den Boden glitt. Mochte sie liegen bleiben.

Brandy rauchte und versuchte zu denken. Es gab vieles, woran er besser nicht dachte, und schon das Wissen darum machte alles andere ebenso schwer. Er hatte Aktiva, die er einsetzen konnte, er konnte neue bekommen und sich in eine günstige Verhandlungsposition bringen.

In seinem eigenen Haus versuchte er sich so lautlos zu bewegen wie ein professioneller Einbrecher. Ebenso verbrecherisch rücksichtsvoll kam er sich vor. »Das ist strafbar«, hatte er zu ihr gesagt, als wüßte sie das nicht schon. Fast alles, was sie miteinander unternommen hatten, war strafbar oder in anderer Hinsicht tadelnswert. In gewisser Weise hatten sie von Anfang an die Gesetze verletzt, und dies war nur eine Episode von vielen.

»Die letzte vielleicht«, sagte er flüsternd zu sich selbst, als wolle er nur an den Worten schmecken.

Er rauchte und verhielt sich mehrere Stunden ruhig, ohne eigentlich zu einer klaren Strategie zu gelangen. Gegen vier Uhr rief ein Redakteur aus der Kreisstadt an. Er fragte nach den Fotos.

Ungefähr im selben Augenblick, in dem er den Hörer abgehoben hatte – geradezu gerannt war er zum Telefon, damit das Läuten Margot nicht weckte –, war ihm die Angelegenheit klargeworden: »Die wollen die erste Seite mit eurem Hokuspokus aufmachen . . .« Der Redakteur hatte ein gequältes Grunzen ausgestoßen, als glaube er selbst nicht ganz an die Geschichte. Dieses Grunzen hatte einen Wert erkennen lassen, einen Tauschwert.

Um den Zeitpunkt hatten sie gefeilscht. »Achtzehn Uhr dreißig . . .« Daran hatte er sich zu halten. Es war noch Zeit, Zeit, die ausnahmsweise einmal genutzt werden mußte.

In der Diele lag der Umschlag mit den Fotos, die an die Zeitung geschickt werden sollten. Brandy sortierte die Fotos aus, die diesen Schwarzrock zeigten. Den Rest, eine Dokumentation von Johnsons Acker, steckte er wieder in den Umschlag.

Jetzt meinte er die Situation deutlich vor Augen zu haben und wußte, was er zu tun hatte. Er stand im Begriff, das Haus zu verlassen, als es an der Haustür klopfte, es hörte sich an wie eine Gewehrsalve. Er zuckte zusammen und stand dann unbeweglich da. Für alle Eventualitäten war die Türe verschlossen. Sofort hatte er den Verdacht, dies sei der verschmähte Ehemann, der sich wieder auf seiner Suchrunde befand. Es sah ihm jedoch nicht ähnlich, daß er klopfte. Brandy wartete ab und stand unbeweglich auf seiner Türseite, um dem anderen Zeit zu geben, der Sache überdrüssig zu werden und zu gehen.

Allerdings konnte man Stimmen von draußen hören, ein Mann und eine Frau wechselten Worte, dann wiederholte sich das Klopfen. Es klang ungefährlich.

Ein Mann mit seiner Ehefrau, beide aus dem Dorf, standen nebeneinander auf dem Treppenabsatz vor der Tür. »Ja«, sagte der Mann, »jetzt sind wir da. Der is gut vier wert . . .« Der Mann hielt einen großen Fisch in der Hand, einen Lachs. »Der is für dich.« Er hielt ihm den Fisch hin. »Frisch.«

Brandy mußte den Fisch annehmen und sich bedanken. Es war ein ordentliches Exemplar von vielleicht fünf bis sechs Kilo. Er wußte sofort, was das zu bedeuten hatte. Man erwartete eine Gegenleistung von ihm, und vermutlich sollte sie hier und jetzt erbracht werden.

»Ihr wollt verreisen . . .«, sagte er, »und habt keine Paßfotos, oder?«

»Du bist der nächste hier.«

Brandy aber war in Eile und sagte versuchsweise: »Können wir das nicht morgen früh erledigen, ich muß gleich weg . . .« Der Mann und die Frau aber standen schon in der Diele und stierten auf Fotos, die an den Wänden hingen: ». . . und das da is der alte Adamson . . .«

»Paßt euch das?«

»Nää«, sagte der Mann mit einer Gutmütigkeit, die jede Verhandlung ausschloß. »Um vier, haben wir gesagt, soll's sein . . .«

»Haben wir das?« Er erinnerte sich an keine derartige Vereinbarung. Eine Erinnerung dieser Art hätte ihm einige Übelkeit bereiten können, hätten dieser Mann und seine Frau nicht so viel Raum beansprucht. So verdrängten sie fast alles. »Sie hat sich feingemacht . . .« Der Mann deutete auf den Kopf seiner Frau: »Gekräuselt . . .« Die Frau hatte sich mit Hilfe von Lockenwicklern und allem möglichen fein gemacht, und Brandy konnte ihnen nur den Weg zeigen und den Auftrag, so schnell es irgend ging, erledigen, um sie von hier wegzubekommen.

Es nahm nicht mehr Zeit in Anspruch als fünf Minuten, Brandy aber mußte sich mehr Zeit lassen, damit sie nicht enttäuscht waren. Zwei Minuten vor diesem Apparat würden keinen ganzen frischen Lachs aufwiegen. Mit einigen unnötigen Handgriffen gelang es ihm, das Verfahren in die Länge zu ziehen, und eine Viertelstunde später ging das Paar weg, mit je einer Garnitur frischer Paßfotos. Sie schienen zufrieden zu sein und hatten keine einzige Krone ausgegeben, was wichtiger war als das Foto. Aus dem oberen Stockwerk hörte man keinen Laut, und Brandy nahm an, es sei ihm gelungen, seine Kunden zu bedienen, ohne diese mißverstandene und verachtete Frau zu wecken, die ihren Schlaf so nötig brauchte.

Er nahm den Umschlag mit den Fotos von Johnsons Feld und ging, schloß die Tür hinter sich ab und ging auf den Mölleån zu. Er überquerte die Brücke und ging hinaus auf das Feld am Meer. Er ging den steilen Pfad hinauf, dieses Mal gegen die Sonne.

Es war noch warm, und nach nicht mehr als der halben Wegstrecke war er bereits schweißüberströmt. Sein Körper juckte. Er kannte diesen Juckreiz und wußte, daß er eine Zeitlang anhalten würde. Er würde sich nicht nur nicht legen, er würde sogar noch zunehmen.

Der gelb-rote Wimpel hing wie gewöhnlich schlaff vor dem Viehstall, alles aber war leer und verlassen. Mit Sicherheit war die Mutter der Brüder zu Hause, aber sie zeigte sich selten unnötig. Brandy vermutete, die Brüder seien in der Werkstatt auf dem zweiten Hof, drüben am Schießplatz.

Er nahm den oberen Weg, und als er bei Johnsons Hof vorbeikam, konnte er überall Menschen sehen. Oben auf der

Landstraße parkten Autos, Leute fotografierten, deuteten, unterhielten sich und schienen allgemein Anteil zu nehmen. An der Zaunöffnung stand Johnson und schleuste Besucher durch. Das Ganze machte einen äußerst merkwürdigen Eindruck. Johnson trug noch immer seinen Anzug, jetzt mit einem sauberen weißen Hemd. Er erinnerte an einen Mann, der auf dem Jahrmarkt Betrunkene aus dem Restaurantzelt wies. Dieser Mann arbeitete nur an einem Abend im Jahr und widmete sich deshalb seinen Pflichten mit größter Hingabe. Johnson zeigte denselben Mangel an Zuvorkommenheit, und vielleicht deshalb bezahlten seine Gäste so bereitwillig. Jedenfalls wollte das aus Brandys Richtung so scheinen. Johnson schien sich endlich in seinem angestammten Element zu befinden. Wäre Brandy noch ein wenig stehengeblieben, hätte er Mitleid mit diesem Mann bekommen.

Die Besucher bedankten sich und verbeugten sich, sobald sie Gelegenheit bekamen, das eingezäunte Gebiet zu betreten. Dort angekommen, begnügten sie sich damit, eine Runde durch das Labyrinth zu drehen, um dann wieder hinauszugehen. Es kam vor, daß wartende Angehörige auf der anderen Seite des Zauns sie nach diesem Erlebnis scherzhaft kniffen, als wollten sie sich vergewissern, daß es sich tatsächlich um dieselben Personen handelte, oder um zu konstatieren, daß sie wirklich anders und stärker geworden waren, ganz nach den Erwartungen, mit denen sie gekommen waren. Enttäuscht schien jedoch niemand von ihnen zu sein.

Von weitem konnte man hören, daß sich die Brüder in der Werkstatt befanden und arbeiteten. Der kreischende, durchdringende Ton eines Winkelschleifers reicht weit, wenn er sich durch einen Wald von Schlägen eines Schmiedehammers und den Klang von Stahl auf Stahl hindurchgearbeitet hat. Die Werkstattore waren weit geöffnet.

Brandy stand mitten in der Toröffnung und sah, daß die Brüder verschwitzt, rußig und ölig an verschiedenen Stellen der MASCHINE arbeiteten. Er wußte, daß sie ihn alle drei gesehen hatten, keiner von ihnen aber wollte seine derzeitige Tätigkeit unterbrechen. Auf irgendeine Weise waren sie glücklich und zufrieden mit ihrer Beschäftigung.

Nach einiger Zeit wurden die Umdrehungen des Winkelschleifers langsamer und verstummten schließlich. Einer der Brüder erhob sich vom Boden, auf dem er gelegen hatte, um einen Bolzen zu erreichen, der abgetrennt und ausgetauscht werden sollte. Brandy konnte sie unterscheiden und erkennen, wer wer war. Der Bruder, der auf ihn zukam, war der, mit dem er am Morgen gesprochen hatte. Joncker nickte, mit einem knappen Ruck des Nackens: »Du hast dich erholt . . .« Er wischte sich die Hände an einem Stück Putzwolle ab. »Hast du dich entschieden? Erinnerst du dich . . .«

»Natürlich tu ich das«, sagte Brandy. »Ich habe nachgedacht.«

»Da drüben sind eine Menge Leute«, sagte Joncker. »Es geht ihm gut, dem Johnson.«

»Scheint einen Markt zu haben.«

»Die Leute«, sagte Joncker, »bezahlen für jeden Quatsch. Man müßte sich schämen, wenn man sich schämen könnte.«

»Hast du's versucht?«

»Es gibt Sachen, die wichtiger sind.«

»Und was wäre das?«

»Seine Ruhe zu haben.«

Etwas in dieser Art hatte Brandy erwartet. »Alles hat seinen Preis.«

»Jau«, sagte Joncker. »Das ist ein Prinzip.«

Seine beiden Brüder arbeiteten weiter. Der jüngste warf Brandy einen Blick zu, einen Blick und einen stummen Gruß. Er war schwarz im Gesicht. Die blauen Flecken waren unter dem Schmutz verschwunden.

»Prinzipien muß man haben«, sagte Brandy. »Zumindest einige.«

»Jau«, sagte der andere. »Und wenn dem so ist, was hast du für welche . . .?«

»Ich habe nachgedacht.« Brandy suchte in seinen Taschen nach Zigaretten. »Erwogen, wenn man so will.« Er kramte nach Zigaretten und betrachtete sich ihr Werk. Bleche und Abdeckungen waren entfernt worden, rein, glänzend, abgeblasen und abgespritzt lag nackt der Motor da, ein Durcheinander von Rohren und Schläuchen, ein Kern aus Gußblöcken und Zylindern, die einmal in einer Baumaschine gesessen hatten, mit der man Ausschachtungen und schwere Transporte ausgeführt hatte, jetzt bildete er die Kraftquelle für einen Traktor, dessen einziger Zweck darin bestand, einen riesigen Betonblock über einen Acker zu ziehen, eine dreiste Demonstration der Befreiung von allem, was sich mit Sinn und Nutzen und Zweck bezeichnen läßt.

»Hast du keine Lust?« fragte der Joncker.

»Vielleicht«, sagte Brandy. »Es wird mich eine Menge kosten.«

»Das kriegst du ersetzt«, sagte der andere. »Nenn einfach einen Preis. In Schnaps gerechnet.«

»Das ist nicht so einfach.«

»Etwas kosten wird es sowieso, wie du dich auch entscheidest.« Joncker nahm Zigaretten aus der Brusttasche des Overalls. Das Päckchen war braun vor Öl. Er bot Brandy eine an, sie roch nach Schmiermitteln. Der Geschmack war ungefähr der gleiche.

»Ich komm schon zurecht«, sagte Brandy. Wenn er sich weigerte, ihnen entgegenzukommen, wäre die Tür des Viehstalls für ihn versperrt. Seit er lebte, war ihm Schlimmeres widerfahren.

»Das ist klar«, sagte der Joncker. »Manchmal aber mußt du dich für eine Seite entscheiden. Auch wenn du hinter einer Kamera stehst.«

»Das habe ich schon öfter gehört. Ich entscheide mich nicht gern unter Druck.«

»Wer bedroht dich denn? Wir vielleicht?«

»Nein«, sagte Brandy. »Vielleicht nicht.«

»Worüber redest du eigentlich?«

Brandy betrachtete die Maschine im Schuppeninneren. Sie würde niemals fertig werden, niemals würden die Brüder vor ihr Werk treten und sagen: »Jetzt ist es vollbracht.« Doch ein Tag würde kommen, an dem sie die Maschine zu einem Wettbewerb brachten, sie zur allgemeinen Bewunderung auf einem Feld aufstellten und an dem riesigen Betonklotz, der dort wartete, eine Kette einhakten, und dann würden sie Vollgas geben, woraufhin sich das Fahrzeug ein paar Meter bewegte und Träger auseinandergebogen wurden, Kabel durchschmorten, Bolzen schmolzen und sich die gesamte Konstruktion binnen einiger Sekunden in einen Schrotthaufen verwandelte, dessen eventuellen Wert nur Eingeweihte richtig einschätzen konnten. Das einzige, was in ihrer Welt einen absoluten Wert besaß, war das, was sie als Freiheit bezeichneten, und ihnen selbst mußte sie noch nicht einmal zuteil werden.

»Ich mach dir einen Vorschlag«, sagte Brandy. »Für einen Deal.«

Joncker sah etwas erstaunt aus, als habe er ein glattes Nein erwartet. Er hielt seine Zigarette zwischen Daumen und Zeigefinger, weshalb sich die übrigen Finger auf eine Art spreizten, die schlecht zu dem verschmutzten Gesicht und dem verschmutzten Overall paßte. Er hob die Augenbrauen und formte den Mund zu einem »So?« Seine ganze Gestalt nahm etwas Erhabenes, geradezu Verfeinertes an.

»Hier sind meine Bilder«, sagte Brandy. Er hielt ihm den Umschlag mit den Fotos von Johnsons Feld hin. »Die könnt ihr haben. Ich rufe die Zeitung an, wenn es dunkel genug ist, so dunkel, daß sie keine neuen machen können. Sie kriegen eure Version, bestätigt von meiner Zeugenaussage . . .«

»Gut«, sagte Joncker. »Gut.«

»Das wird mich meinen Job kosten.«

»Wieso?«

»Ich hätte das von Anfang an sagen sollen. Es geht zu weit.«

»Aber du hast doch andere Möglichkeiten.«

»Ich komm zurecht.«

»Ja«, sagte der andere. Als wisse er etwas darüber. »Und was willst du dafür?«

»Wir haben ein Problem . . .« Brandy zog ein letztes Mal an der Zigarette und ließ eine lange Kippe übrig, denn er mochte diesen Geschmack nach Schmiermittel nicht.

»Du willst, daß wir sie loseisen . . .«, sagte Joncker. »Die Verheiratete . . .«

Brandy war überrascht, er verlor den Faden: »Wie . . .«, sagte er, »wie soll denn so etwas gehen?«

Joncker spuckte auf die Erde und fuhr mit einem Fuß auf der Stelle hin und her, wo er hingespuckt hatte. »Sind wir doch ehrlich«, sagte er.

Das konnte auch als Frage verstanden werden. »Ja«, sagte Brandy.

»Und ehrlich gesagt«, sagte der Joncker, »weiß ich das nicht.«

»Gut«, sagte Brandy. »Vergiß es.«

»Hast du . . .«, sagte Joncker. »Ist es . . . vorbei?«

»Weiß ich nicht«, sagte Brandy. »Aber es geht um etwas anderes, das vielleicht . . . weniger schwierig ist.«

»Wir haben keine Angst zuzulangen.«

»Das weiß ich«, sagte Brandy. »Etwas Ungesetzliches ist es auch.«

»Ach . . .«, sagte Joncker, neutral. »Bist du in . . .?«

»Es geht um nichts Persönliches«, sagte Brandy. »Es geht um fünf Leute . . . Ich kenne sie nicht, aber sie halten sich versteckt. Irgendwelche Flüchtlinge.«

»Ach«, sagte Joncker, so neutral wie zuvor. »Nigger?«

»Nein, sagte Brandy. »Ich weiß nicht, woher die kommen. Von irgendwo, aus irgendeinem Krieg. Ich weiß nur, daß sie ausgewiesen werden, wenn sie sich zeigen.«

»Ja, ja . . .«, sagte Joncker, gelassen. Er spuckte wieder und kratzte mit dem Fuß. »Holst?« sagte er. »Kommen die von Holst?«

»Nein«, sagte Brandy, »soweit ich weiß, nicht.«

»Ja«, sagte Joncker, »es kann ja trotzdem ungesetzlich sein. . .« Er drehte sich zur Werkstatt um, um nach seinen Brüdern zu sehen. Sie arbeiteten weiter. »Und was kriegst du? Pro Kopf?«

»Nichts«, sagte Brandy. »Es geht um ein Ehrenwort . . . Ich hab sie nur auf dem Hals.«

»Holst arbeitet ehrlicher«, sagte Joncker. »Das glaub ich dir nicht. Das machst du nicht gratis.«

»Du mußt mir glauben.«

»Glauben«, sagte Joncker. »Das kann man in der Kirche.«

»Das kostet euch nichts«, sagte Brandy. »Darum geht es nicht. Die werden versorgt. Ihr tragt nur das Risiko.«

»Und du?« fragte Joncker. »Trägst du auch ein Risiko?«

»Darauf kannst du Gift nehmen.«

Joncker nickte. Aus irgendeinem Grund schien er Brandy zu glauben. Und er sah wieder normal aus, immer ein wenig mißtrauisch. »Und du weißt tatsächlich nicht, woher die kommen?« sagte er.

»Ich weiß nur, daß man einen von ihnen gefoltert hat«, sagte Brandy. »Vielleicht auch mehr.« Joncker hob die Augenbrauen. »Mehr muß ich nicht wissen. Die brauchen Hilfe.«

»Gefoltert?« Joncker betrachtete seinen glühenden Zigarettenstummel zwischen Daumen und Zeigefinger. »Wie?«

»Warum?«, sagte Brandy. »Auf dem ganzen Rücken Narben.«

»Jau«, sagte Joncker. »So etwas soll ja vorkommen.« Er spuckte noch einmal. »Es geht also um etwas Humanitäres, von deiner Seite?«

Brandy wußte nicht, was er antworten sollte. Joncker nahm dieses Wort ebenso unbefangen in seinen Mund, als handle es sich um einen einfachen Maschinenteil. »Ich habe sie auf dem Hals«, sagte er.

»Hört sich schwierig an. Sind sie auch krank?«

»Nein«, sagte Brandy. »Sie sehen gesund aus.«

»Fünf Männer?«

»Drei Männer und zwei Frauen.«

»Von irgendwoher?«

»Ich habe sie nur einmal gesehen«, sagte Brandy.

»Und wo sind sie?«

»Ja . . .« Brandy sah Joncker an und versuchte noch etwas zu entdecken, was sich hinter dieser gutmütigen Maske versteckte. Joncker hörte sich an wie ein x-beliebiger Händler. »Das kann man sich fragen.«

»Wo sind sie denn?«

»Die sitzen in einem Stall und verstecken sich«, sagte Brandy. »Wie Ratten.«

»Und wo?«

»Das sage ich nicht«, sagte Brandy. »Noch nicht.«

Joncker schwieg eine Zeitlang. Es hatte den Anschein, als gehe er in Gedanken jeden Stall durch, der in Frage kommen konnte. »Wie lang?« sagte er. »Wie lang müssen die sich verstecken?«

»Eine Woche, vielleicht. Mehr nicht.«

»Und dann?«

»Neue Anweisungen«, sagte Brandy. »Heute sind sie wahrscheinlich nichts wert. In einer Woche haben sie einen anderen Status.«

»Politik?«

»Ja«, sagte Brandy. »Politik.«

»Auch so ein Unsinn . . .« Joncker sah hinüber zum Autofriedhof hinter dem Haus mit den niedrigen Schuppen. Er wiegte den Kopf ein wenig, als picke er Stück für Stück von dem, was er erfahren hatte, auf. Etwas blieb stecken: »Auf dem Hals . . .«, sagte er und grinste ein wenig. ». . . Hast sie auf dem Hals, hast du gesagt . . .« In seinen

Ohren hatte das offenbar einen unglaublichen Klang. »Liebe ...«, sagte er, »wahrscheinlich steckt so etwas dahinter ... Oder nicht?« Er starrte Brandy an. »War sie das? Die Verheiratete? Hat sie dich gebeten ...?«

Brandy mußte sich anstrengen: »Nein«, sagte er, »absolut nicht.« Er hatte jedoch Zweifel, daß der andere ihm glaubte.

»Und von Holst sind sie nicht ...«, sagte Joncker. »Dann haben sie keine Chance.«

»Möglich«, sagte Brandy. »Aber sie wollen sie trotzdem haben.«

»Die haben keine.«

»Dann verschaff ihnen eine.«

»Wie denn?«

»Wenn ihr mit so einem da antreten könnt ...«, Brandy machte eine Kopfbewegung in Richtung ihres Traktors, »dann schafft ihr alles.«

»Das ist etwas anderes«, sagte Joncker. »Das hier ist etwas anderes.«

»Überhaupt nicht«, sagte Brandy. »Gebt ihnen Zeit. Zeigt ihnen etwas.«

Joncker sah ihn an. »Was denn?«

»Mitmenschlichkeit«, sagte Brandy. »Einfache normale Mitmenschlichkeit.«

»Ach so«, sagte Joncker. »Das natürlich ...«

»Und was auch passiert ... wenn sie ausgewiesen werden und wieder in ihrem verdammten Krieg landen ... die haben sie jedenfalls kennengelernt ...«

Joncker nickte. Dem konnte er zustimmen. Er spuckte wieder, kratzte mit dem Fuß und sagte dann: »Wart hier«, und dann ging er zu seinen Brüdern. Er versetzte den Holzschuhen, die unter der Maschine hervorragten, einen Tritt und gab dem Jüngsten einen Schlag in den Rücken. Das war das Zeichen zur Beratung. Die Arbeiten wurden eingestellt. Im Schuppen wurde es still, und die Brüder zogen sich in einen Nebenraum zurück. Brandy hörte nicht, was gesagt wurde, und setzte sich auf einen großen Reifen, der auf dem Boden lag.

Er betrachtete dieses Monster von einem Traktor, das in der Werkstatt stand. Er war der Ansicht, er sehe unmöglich aus, das aber war gleichgültig. Die Brüder waren zu verstehen, und das war wichtig. Je mehr sie von anderen verachtet wurden, um so besser verstanden sie einander. Die Energie, die sie aufbrachten, die unzähligen Arbeitsstunden, die sie für dieses Ungeheuer an Sinnlosigkeit aufwendeten, konnten sich Menschen, die fest an Tugenden wie Zeiteinteilung und rationale Vernunft glaubten, niemals erklären. Vielleicht hatte Brandy irgendwann einmal einen solchen Glauben besessen, doch er hatte ihn schon vor langer Zeit aufgegeben, und vermutlich schon lange bevor er ahnte, wozu er dienen konnte.

Eines Nachts hatte er mit dem Doktor zusammengesessen, er wohnte im Dorf und hielt sich in jedem Sommer eine Woche im Badehotel auf. Es kam vor, daß eine größere Zahl von Perlen zu Boden fielen, und jeder beliebige konnte sie aufsammeln. Es war ein Tanzabend gewesen, und die Brüder Joncker waren dortgewesen, und irgendeiner hatte auf sie gezeigt und gesagt: »Die leibhaftige Vernunft!« Einige hatten gelacht, der Doktor aber hatte genickt und gesagt: »Die Vernunft ist nur eine der Möglichkeiten, mit dem Irrationalen umzugehen.« Brandy hatte einige Zeit gebraucht, bis er das verstanden hatte. Vermutlich hatte der Doktor recht, aber Menschen, die recht haben, waren häufig identisch mit jenen, die umfielen, hinausgeworfen wurden oder nach Hause krochen. Jene, die so unvernünftig waren, daß sie Orte aufsuchten, von denen sie sich fernhalten müßten, Etablissements, in denen sie viel bezahlen mußten, um dann schließlich mit einer Menge Scham dazustehen.

Wie erfolgreich seine Absichten auch immer verlaufen würden, niemals würde Brandy die Scham loswerden, die in ihm war. Er schien mit ihr geboren zu sein. Sie gehörte zu seinen Lebensumständen: Vielleicht hatten die Dinge wenig oder nichts miteinander zu tun. Er wußte nur, daß er mit irgendeiner Leidenschaft nicht zu den Brüdern kommen konnte. Hätte er brennend engagiert hier gestanden und um Hilfe für ein paar vom Unglück verfolgte Fremde gebeten, die Brüder hätten das mit etwas ganz anderem verwechselt. Niemand brachte ohne größere Gewinnsucht eine solche Begeisterung auf. Sie hätten ein anderes, häßlicheres, schmutzigeres Motiv gesehen. Vielleicht ein vertrauteres und ehrlicheres.

An ihrer Aufrichtigkeit bestand indessen kein Zweifel. Der älteste Bruder kam sofort zu Brandy und fragte ganz offen: »Kann man die zu etwas gebrauchen?« Brandy begriff nicht. »Fünf hast du gesagt«, fuhr der Joncker fort. »Zwei Frauenzimmer . . .«

Das hatte Brandy befürchtet: »Du meinst, als Frauen . . .?«

»Nein, verdammt noch mal«, sagte Joncker. Brandy hatte das Ganze mißverstanden. »Ich meine, hier drin sieht es furchtbar aus . . . Glaubst du, die können ein bißchen Ordnung machen? Damit das erledigt ist, sozusagen. Mutter weigert sich, herzukommen, solange wir nicht aufräumen . . .«

»Davon bin ich überzeugt«, sagte Brandy. »Wahrscheinlich wollen sie nichts lieber.«

»Aber Mutter darf nichts erfahren.«

»Das ist vielleicht am besten.«

»Mit Ausländern hat sie Schwierigkeiten.«

»Und du?«

»Ich habe mit fast allem Schwierigkeiten.«

»Es geht nur um ein paar Tage . . .«

»Das habe ich schon einmal gehört.« Joncker nahm sich eine weitere Zigarette und bot Brandy eine an, der aber lehnte an. Er hatte noch immer den Geschmack von Schmiermittel im Mund.

»Wann sollen die denn kommen?«

»Die müssen geholt werden«, sagte Brandy. »So rasch wie möglich. Mit eurem Amerikaner. Die weigern sich, sich zu trennen.«

»Dann holen wir sie heute abend.«

»Hier«, sagte Brandy und gab ihm den Umschlag mit den Fotos. »Mach mit denen, was du willst.«

Joncker nahm den Umschlag entgegen, öffnete ihn und zog eines der Fotos heraus. Er betrachtete es, drehte es hin und her und hielt es mit ausgestrecktem Arm von sich weg. »Kann man an der Wand anbringen«, sagte er. »Jedenfalls gut gemacht. Frag mich nur, ob Johnson das selbst gewesen ist.«

Brandy aber war noch nicht ganz zu Ende. »Ihr müßt darüber den Mund halten . . .« Alles war ein wenig zu reibungslos gegangen. Er wurde mißtrauisch, und auch wenn er keine anderen Möglichkeiten hatte, wollte er, daß Joncker wenigstens den Ernst des Ganzen verstand, so wie er ihn selbst verstanden zu haben glaubte. Irgend etwas sagte ihm, daß die Brüder sein Angebot allzu leichtfertig angenommen hatten. »Die haben gelebt wie die Ratten«, sagte er. »Die müssen es ein bißchen . . . anständig haben. Essen kriegen . . . eine Menge . . .«

Joncker löste den Blick von dem Foto und sah Brandy an. Er sah fast beleidigt aus. »Wir sind doch keine Amateure«, sagte er. »Was glaubst du eigentlich?« Darauf konnte Brandy keine Antwort geben. Er konnte nur mit den Achseln zucken. »Das haben wir schon öfter gemacht.«

»Wie denn? Für Geld?«

»Manchmal«, wurde ihm geantwortet. »Und manchmal einfach so.«

»Das reizt doch immer, meinst du das?«

Er stand im Begriff, sich selbst zu Fall zu bringen, Joncker aber behielt die Fassung.

»Du weißt so wenig«, sagte Joncker. »Die Brüder Joncker sind ja nur Räuber . . . Saufen und prügeln sich . . . Nicht ein

Rennen haben sie gewonnen. So heißt es doch immer ... Oder etwa nicht?«

»Vielleicht«, sagte Brandy. »Manchmal.«

»Du schämst dich, Brandy. Das sieht man schon von weitem. Wenn man dich nur ankommen sieht, sieht man: Da kommt einer, der sich schämt. Das ist deine Art. Wir haben unsere.«

»Worauf könnt ihr denn stolz sein?«

»Auf nichts«, sagte Joncker. »Auf kein verfluchtes bißchen. Das ist das Komische. Wahrscheinlich haben wir das im Blut. Mutter ist Polin.«

»Das habe ich nicht gewußt«, sagte Brandy.

»Hörst du das denn nicht?« sagte Joncker. »Sie weigerte sich, Schwedisch zu lernen. Deshalb hat sie wahrscheinlich Schwierigkeiten mit Ausländern.«

»Natürlich.« Brandy konnte nicht anders, er mußte lachen.

»Willst du einen Schnaps?« Wahrscheinlich erkannte Joncker, wie schlecht es Brandy ging. »Jetzt kannst du dich entspannen ...«

»Nein, danke«, sagte Brandy. »Das muß ich ohne schaffen.«

»Ich brauche keine Scheißlogik«, sagte Joncker. »Die steht da drin ...« Er machte eine Kopfbewegung in Richtung der Maschine im Schuppen. Die beiden anderen Brüder arbeiteten weiter. Sie standen da, mit Werkzeug in den Händen und irgendeinem Prinzip im Kopf, müde und schmutzig, aber einig.

Das Bett, in dem sie gelegen hatte, sah unberührt aus, die Bettdecke war glattgestrichen, das Rollo hochgezogen, und das Fenster stand einen Spalt offen. Sie hatte keine Spur hinterlassen. Nicht einmal ihr eigener Mann hätte gravierende Beweise vorfinden können. Brandy wußte, wo man zu suchen hatte, wie das sein konnte und was man zu überprüfen hatte, um so etwas zu erfahren. Irgendwann einmal hatte auch er solche Untersuchungen angestellt, mit den geschärften Sinnen eines Spürhunds, im Grunde aber so verblendet und verblödet, wie es nur ein betrogener Mann sein kann. Er hatte sich selbst geschworen, so etwas niemals mehr zu machen. »Niemals . . .« Einer, der das bezweifelt hatte, hatte gelacht und gesagt: »Bald bist du wieder in dieser Situation.« Er aber hatte darauf bestanden: »Niemals mehr . . .«, und jemand, der seine Demütigung verstanden und ihn beim Wort genommen hatte, hatte gesagt: »Vielleicht geht es dann um eine andere Liebe.« – »Was ist das?«

Sein Schlafzimmer war spartanisch eingerichtet: Weiße Wände, ohne Schmuck oder Bilder, eine Wand mit Kleiderschränken, ein Fenster nach Norden und ein Bett mit Giebelaufsätzen aus dunkel gebeiztem Holz. Das Bett war nicht einmal besonders breit. Es hätte umfangreicher Denkoperationen bedurft, um aus diesem Zimmer den Ort eines Vergehens zu machen und diese fast asketische Straffheit zu einem intimen Milieu zu verfälschen, in dem sich Menschen regelmäßig in Sünde wälzten. Nur die Phantasie eines eifersüchtigen Ehemannes konnte diese Ordnung durcheinanderbringen und zwei Körper beschwören, die sich in diesem Bett wälzten, Glieder sehen, die in seltsame Winkel verdreht waren, Keuchen und Flüstern hören, das Wimmern der Wollust, das sich bisweilen steigerte zu kleinen Schreien und

Ausrufen: »Oh, o Gott! Ja!« und dieses unverkennbar Gleitende, wenn etwas Warmes, Lebendiges aus einem warmen, lebendigen Körper gezogen wird, die Friktion inmitten einer pulsierenden Glitschigkeit. Außerdem bedurfte es eines lebhaften Vorstellungsvermögens, um diese charakteristischen Spuren zu erkennen – Kissen auf dem Fußboden, Laken, die zu schmuddeligen Trossen zusammengedreht waren, Flecken auf einer Matratze, kleine gekräuselte Haare und ein Duft, der dazu gehörte, aus diesem Bau mußte Urgestank aufsteigen, ein Dunst aus feuchtem Schweiß, Sekreten und nach Eisen schmeckendem Blut, und inmitten dieses betäubend tierischen Odeurs mußte es den Anflug eines künstlichen Wohlgeruchs geben, einen Hauch nur, eine schwache Wahrnehmung der Kultur und der Verfeinerung in einem Damenparfüm. Dies aber war nur wie ein dünnes blaues Veilchen, das vom Grunde einer verlassenen Brunsthöhle aufragte.

Brandy betrachtete sein eigenes Bett, als sei es verwandelt. Er war eine ganze Weile zu Hause gewesen, bis er sich in den oberen Stock gewagt hatte. Leise und vorsichtig hatte er sich bewegt, hatte die Morgenzeitung aus dem Briefkasten geholt und sie durchgeblättert, bis er der Meinung war, die Blätter erzeugten ein zu lautes Geräusch. Er hatte versucht, etwas zu sich zu nehmen, ein wenig trockenes Brot zu essen und noch mehr Kaffee zu trinken. Als er ziemlich lang im Haus herumgeschlichen war, ohne ein Lebenszeichen von Margot wahrzunehmen, war er hinauf zum Schlafzimmer gegangen, hatte vorsichtig an die Tür geklopft, und als er keine Antwort bekommen hatte, hatte er das Bett leer gefunden, auf eine Art gemacht und wieder hergerichtet, daß er hätte bezweifeln können, ob sie jemals dort gewesen war. An einem anderen Tag wäre das so gewesen. Er wäre vor der verzinkten Bank in der Dunkelkammer gelandet und hätte sich dort aufgehalten, bis die Dinge Klarheit angenommen hätten.

In diesem Fall aber war er seiner Sache sicher, er hatte sie wirklich zu seinem Bett geführt und hatte die Decke weggezogen. Sie war in das Bett gesunken: »Saubere Laken ...«, hatte sie gemurmelt und war eingeschlafen.

Er war enttäuscht, denn er hatte sie wecken und sagen wollen: »Ich habe es geschafft!« – ausgelassen wie ein Kind, das endlich von einem Sprungbrett gesprungen war. »Das ist jetzt in Ordnung«, hätte er gesagt. »Du brauchst dir keine Sorgen mehr zu machen. Sie kommen in gute Hände ...«

Mehr brauchte sie nicht zu wissen. Sie würde mit der Zeit einiges erfahren, und bestimmt auch solches, das ein ungünstiges Licht auf ihn warf. Daran aber konnte er jetzt nicht denken. Er stand eine Zeitlang im Schlafzimmer und betrachtete das Bett so, wie es vermutlich ihr Mann getan hätte. Er spürte den Sog, die Anziehung, die Verlockung, einfach in dieses Bett zu sinken und zu verschwinden, der großen Müdigkeit nachzugeben. Jener Müdigkeit, die, folgte man dem Pfarrer, »entblößt, was verborgen sein sollte, und bedeckt, was sich betrachten läßt ...« Dieser Müdigkeit, die verdiente, daß man sie mit einem »Gnadenmittel verglich ...«

Er hatte eine andere, gegenteilige Version gehört: »Nur wer richtig müde ist, nimmt sich das Leben, wer so müde ist, daß er nichts mehr davon weiß ...« Er wußte nicht, wer das gesagt hatte, erinnerte sich aber an jedes Wort, auch wenn er die Stimme und den Menschen vergessen hatte, der das einmal gesagt und es vielleicht sogar erfahren hatte.

Die Lust, auf jemanden Rücksicht zu nehmen, der dort oben lag und schlief – es war wirklich eine Lust, und wäre sie ihm nicht bereits bekannt gewesen, hätte er befürchten müssen, den Verstand zu verlieren –, hielt einige Zeit an, und er bewegte sich weiter fast lautlos. Er stand vor der Musikanlage, drückte auf Knöpfe, sah aber davon ab, auf jenen Knopf zu drücken, der dafür sorgen würde, daß sich das ganze Haus mit Tönen füllte.

Auf einem Lautsprecher fand er die Heftpistole, nach der er gesucht hatte. Er nahm sie und hob das Foto von Margot vom Boden auf. Als er es jetzt in der Hand hielt, sah er, daß etwas auf der Rückseite stand: »Man merkt, daß ich jemanden ansehe, den ich liebe.« Mit einigen scharfen, deutlichen Knallen befestigte Brandy das Bild an der Wand.

Der Heftpistole erzeugte ein Geräusch wie Peitschenknallen. Folter in einem stillen Raum. »Einer von ihnen ist gefoltert worden. Vielleicht auch mehr«, hatte er gesagt. Joncker hatte auf seine Zigarettenkippe gestarrt und gefragt: »Wie?« Als sei es wichtig, wie man einen Menschen foltert. Die Tatsache, daß jemand gefoltert worden war, schien keine Bedeutung an sich zu haben. Sie stellten die Frage nach dem Wie, wenn jeder andere nach dem Warum gefragt hätte.

Erstaunlich blieb diese Leichtigkeit, mit der sie sich mit der Situation vertraut gemacht und ihre Entscheidung getroffen hatten. Vielleicht hatten sie nur ihr eigenes Bestes vor Augen und ließen zu, daß der Eigennutz ein kleines Opfer brachte. Im Prinzip waren sie vermutlich bereit, zwei kleine Schläge hinzunehmen, um einen richtigen auszuteilen. Oder es handelte sich doch nur um die alte normale Schäbigkeit, die zufällig gemeinsame Sache mit irgend etwas anderem machte und aus der Ferne gesehen das Ganze wie einen Akt der Mitmenschlichkeit erscheinen ließ.

Ihr Gewerbe war das Fälschen und Lügen, sie lebten davon, simple Kleinautos, von denen nur noch das Chassis erhalten war, in exklusive Wunderwerke zu verwandeln und auch umgekehrt, wenn sie einen Rosthaufen mit einem überdimensionierten Achtzylindermotor ausstatteten. Eine Art von kunstfertigem Betrug. Dennoch hatte Brandy zu den Brüdern Vertrauen. Vielleicht, weil er sie tanzen gesehen hatte, jeder für sich, sich der Anwesenheit der anderen nicht, der eigenen aber sehr bewußt. Als gefalle ihnen, daß Brandy sah, was kein anderer gesehen hatte.

Trotz allem war das überraschend und unerwartet, so, als

entdecke man eine neue Sanddistel draußen auf dem Feld. Es konnte vorkommen, daß man auf ein Exemplar stieß, wo man etwas anderes erwartet hatte. Leute gruben diese geschützte Pflanze aus und nahmen sie mit nach Hause in dem eitlen Versuch, daß sie im heimischen Garten Wurzeln schlage und dort weiterwachse. Vielleicht gab es eine Güte, die wild war und unberechenbar oder sich wenigstens dort zeigte, wo man sie am wenigsten erwartete, in Umständen, die als ungünstig, um nicht zu sagen hoffnungslos galten.

So hatte unvermittelt die Liebe vor ihm gestanden und hatte gesagt: »Mach mit mir, was du willst . . .«, und sie hatte erwartet, sie werde in Anspruch genommen. Er hatte sie umrundet, hatte sie von allen Seiten betrachtet und hatte sie nicht wiedererkannt, er hatte sie eine Zeitlang verleugnet und seine gut geschulte Geduld an ihr erprobt, bis ein neues Licht darauf fiel und alles verklärt wurde.

Er mußte telefonieren, um eine Erklärung abzugeben, die nicht der Wahrheit entsprach. Das war sein Anteil an der Angelegenheit, das Vortragen einer großen Lüge.

Das Telefon stand in der Diele, im Atelier gab es einen zweiten Apparat. Er war lang nicht benutzt worden, denn er stand irgendwo unter einem Haufen Stoff, den er als Hintergrund benutzt hatte. Manchmal konnte man ihn, leise und gedämpft von dem Stoff, läuten hören.

Die Folgen dieses Gesprächs schienen unüberschaubar zu sein. Es kam zu so vielen »Wenn« und »Aber« und »Vorausgesetzt«, daß er sie nicht nachvollziehen konnte. Er mußte anrufen und wegen einer Angelegenheit lügen, die einige völlig fremde Menschen betraf, und dies sollte hinwiederum ein augenfälliger Beweis dafür sein, daß er jemanden liebte. Durch ein einfaches Telefongespräch würde sich die Liebe zur Frau eines anderen kurz und gut in Nächstenliebe verwandeln. »So etwas gibt es nicht, jedenfalls nicht hier, jedenfalls nicht heute . . .« – »Doch«, würde er sagen. »Das gibt es, hier und jetzt.«

Er konnte sich vieles vorstellen, so als könne er tatsächlich irgendwelche Kosten berechnen, und als sei es möglich, einen Endpreis festzusetzen. Zweifel bereiteten ihm seine Aussichten, reingewaschen zu werden, befreit von diesem Gefühl von Schmutz und Scham, das ihn fast erstickte und das den Juckreiz übertraf, der jetzt in vollem Ausmaß ausgebrochen war. Er kratzte sich am ganzen Körper, ohne daß es zu einer Linderung kam, doch er kannte diesen Juckreiz und wußte, er würde mit der Zeit nachlassen. Anders verhielt es sich mit dem Gefühl von Schmutz und Schande, das sehr wohl chronisch und unvermeidlich werden konnte. Vielleicht wäre er gezwungen, das wenige, das einigen Wert besaß, zu opfern, um zu guter Letzt inmitten all dieses Sinnlosen mit einem Gewissen dazustehen, das zwar rein, aber völlig nutzlos war, so wie spanisches Geld im Viehstall.

Brandy ging in die Diele zum Tisch, auf dem das Telefon stand. An der Wand hing ein Spiegel, in dessen Rahmen viele Zettel mit wichtigen Telefonnummern steckten. Die meisten waren vor langer Zeit einmal wichtig gewesen. Die wenigen wichtigen Nummern, die er brauchte und die noch nicht einmal die Bezeichnung wichtig verdienten, kannte er auswendig.

Er nahm den Hörer ab, hielt ihn ans Ohr und hörte das Freizeichen. Der Zeigefinger war bereit, die Nummer zu wählen, er fühlte sich gehemmt. Er wollte den Zeitungsreporter anrufen, stand aber plötzlich wie gelähmt da, als wisse er nicht, wie man telefoniert. In seinem Kopf hatte er eine fraglos vollständige Nummer, etwas aber hinderte ihn. Das Telefon war ihm in gewisser Weise fremd, der ganze Vorgang des Telefonierens hatte sich spurlos verflüchtigt.

Manchmal konnte er sich nur an die ersten Ziffern einer Nummer erinnern, und die übrigen stellten sich in jenem Augenblick ein, wenn der Zeigefinger die Tasten berührte. Die Telefonnummern befanden sich komplett und vollständig mit einem eigenen Rhythmus und einem eigenen Klang in seinem Schädel; sie vollendeten sich sozusagen selbst, wie alte Lieder aus seiner Kindheit, wenn ihm erst einmal der erste Takt eingefallen war. Allerdings konnten sie versinken, von anderem überlagert und schwer zugänglich werden. Nur eine große Anstrengung konnte sie wieder zum Vorschein bringen.

Manchmal hatte er in Bars gestanden, in der Hand einen Stift und einen kleinen Zettel vor sich auf dem Tresen und neben sich jemanden, der darauf wartete, seine Telefonnummer zu erhalten. Er hatte keine einzige Ziffer niederschreiben können. »Ich rufe mich nie selbst an . . .« Ein Versuch, das Ganze mit einem Scherz zu übergehen, ein wenig Zeit zum Nachdenken zu bekommen. Wenn aber nichts kam, wenn er ganz einfach seine eigene Telefonnummer nicht angeben konnte, wurde das vorzugsweise als Unverschämtheit aufgefaßt. Frauen hielten es für eine unverblümte Beleidigung.

Vielleicht war es dieses geladene Erstaunen gewesen, das ihn dazu gebracht hatte, eine umfangreiche Fotoserie von Telefonapparaten zu machen, die einzigen Fotos ohne Menschen, denen er ein tieferes Interesse gegönnt hatte. Er war gereist und hatte viele tausend Telefonapparate aufgenommen, ein Projekt, das zufällig in jene Zeit gefallen war, als diese Apparate aus dem Besitz des Staates in Privatbesitz übergegangen waren. Viele Angehörige der älteren Generation hatten diesen Gegenständen eine Art Ehrenplatz eingeräumt, wie etwas, wofür sie gekämpft und dessen sie sich verdient gemacht hatten, etwas, das sie wirklich erobert hatten, wie einen schwarzen Pokal, der den definitiven Beweis ihrer Tauglichkeit, Erreichbarkeit und Zusammengehörigkeit mit anderen Tauglichen in ihrer Umgebung zu erkennen gab. Der Telefonapparat gehörte einem staatlichen Amt, und ein staatliches Amt stellt sein Eigentum nicht bei jedem x-beliebigen auf.

Andere, die auf ihr Ansehen weniger bedacht waren, hatten ihre Apparate unter Zeitungsstößen verwahrt, unter Bergen von schmutzigen Kleidern, oder sie standen auf dem Fußboden, mit verstaubten, schmutzigen Hörern und Wählscheiben, die sich vor Fett und eingefressenem Schmutz kaum bewegen ließen.

Das bemerkenswerteste Telefon hatte er in einem Haus in Spanien auf dem Land gefunden. Es war ein brennend heißer Tag gewesen, die Fiesta war schon seit einigen Tagen im Gang, und aus irgendeinem Grunde hatte El Espírito ihn in einem Schuppen weit außerhalb der Stadtmauern eingeholt. Die Gesellschaft, mit der er zusammengewesen war, war verschwunden, und als er auf dem Boden des Schuppens aufwachte, war er erstaunt darüber, daß er noch über sein Leben und die Kamera verfügte. Jeder hätte seine Kamera stehlen können. Das physische Unbehagen war dem Erstaunen gewichen, und als er hinaustrat in die Sonne, kam er auf den Einfall, zu Fuß zur Stadt zurückzugehen. Er trat seinen Weg an, nach einigen Kilometern in der gleißenden Sonne aber war er am Ende seiner Kräfte. An der Straße zog sich eine Telefonleitung entlang, die in ein altes Haus ging und dann auf die Berge zu verlief. Über dem Hauseingang stand »Albergue«, die Inschrift aber war abgeblättert und kaum noch lesbar.

Brandy klopfte an die Tür, erhielt keine Antwort, klopfte wieder und hörte das Geräusch von Vögeln, die hinter der dünnen Brettertür herumflatterten. Nach einer Weile öffnete sich die Tür einen Spaltbreit. Brandy sagte in einen dunklen Türschlitz, er müsse telefonieren. Er wolle ein Taxi rufen. Nichts geschah, woraufhin er einen Geldschein durch den Türschlitz schob und wiederholte, was er gesagt hatte. Jetzt erweiterte sich der Türschlitz, und eine gebeugte, krächzende Frau kam aus der Dunkelheit und ließ ihn eintreten.

Es dauerte einige Minuten, bis er in der Dunkelheit etwas erkennen konnte. In der Zwischenzeit bereitete ihn der Geruch auf das vor, was es zu sehen geben mochte. Ein

Geruch von Mist, von Exkrementen und Fäulnis, einer Feuchtigkeit, die es nur bei ständiger Dunkelheit gibt, Schimmel über der Erde.

Im Hausinneren gab es einen festgestampften Erdfußboden, die Wände waren schwarz verrußt. In einem Kasten in der Zimmermitte lag ein alter Mann, er schlief, oder er war tot, und überall waren Vögel aller Sorten, Hühner vor allem, Zwerghühner, Perlhühner und große, kräftige Hähne. Die Vögel stanken und ließen überall Mist und Kot fallen. Die alte Frau, die dastand und auf eine Erhebung in der Tischmitte zeigte, hatte selbst, wie ein Gipsstandbild, Schichten von Mist auf sich.

Die Alte deutete und krächzte etwas, und Brandy begriff, daß diese kleine Erhebung auf dem Tisch einmal ein Telefon gewesen sein mußte. Ein langjähriges vitales Vogelleben im Hausinneren hatte den Apparat jedoch mit einem Sediment bedeckt, das ihn vermutlich unbrauchbar hatte werden lassen. »Teléfono . . .« Die alte Frau deutete, und Brandy gab ein »Sí, sí . . .« von sich, war aber außerstande, einen Hörer unter all diesem Vogelkot hervorzukratzen. Die Atmosphäre des Hauses betäubte ihn, aber er hob die Kamera und feuerte hastig einige Blitze ab. Die Alte wurde geblendet, und aus dem Kasten, in dem der alte Mann lag, drang ein tiefer Seufzer. Bevor die Alte wieder sehen konnte, war Brandy durch die Tür verschwunden.

Später, viel später, hatte er diese Bilder hervorgeholt und sie Margot gezeigt. Beim Anblick der Szene aus Spanien hatte sie gesagt: »Genauso hat es bei Keppen ausgesehen. Das ist verrückt . . . Daß Menschen so leben können. Sogar hier, bei uns . . .«

»Er ist seinen Dreck jedenfalls losgeworden.«

Sie wußte, was er meinte: »Das ist nur jetzt so«, sagte sie. »Du darfst nicht aufgeben. Das kenne ich auch, aber das geht vorbei.«

»Was weißt du davon?« Er mochte diese Überzeugtheit

nicht. Dafür hatte sie keine Deckung. »Ich weiß, wie es deinem Mann geht, denn es ist mir genauso gegangen wie ihm. Dazu wird es nie mehr kommen.«

»Ich betrüge dich nicht.«

»Das ist unwichtig.« Er hatte es wirklich behauptet und sich eingebildet, das sei wahr. »Dieser Dreck bespritzt alle. Der geht nicht weg.«

»Du irrst dich.«

Jetzt stand Brandy mit dem Telefonhörer in der Hand da und kam sich schmutziger vor denn je. Er sah sein Telefon mit dem gleichen Abscheu an, wie er einmal das Telefon in jenem spanischen Haus betrachtet hatte. Das Freizeichen war schon lange verstummt, im Hörer rauschte es leise, und die Nummer, die er wählen wollte, war aus seinem Bewußtsein verschwunden. Nicht einmal die erste Ziffer wußte er mehr.

Die Zeit verging, und er mußte die Zeitungsredaktion anrufen. Auf einem der Zettel, die im Rahmen des Dielenspiegels steckten, stand die Nummer des Pfarrers. Brandy hatte eine Idee und wählte die Nummer.

Der Pfarrer war zu Hause und meldete sich mit seinem ganzen langen Namen. Brandy stellte sich vor. »Ja, richtig«, sagte der Pfarrer. »Ist etwas mit . . . den Fotos?«

»Nein«, sagte Brandy. »Es . . .« Er unterbrach sich und legte eine längere Pause ein. Er konnte sich vorstellen, wie der Pfarrer schwitzend, bedrückt und ruhelos an seinem Pult saß. Aus irgendeinem Grund war Brandy sicher, daß der Pfarrer gerade in diesem Augenblick Margot ansah. Vermutlich saß sie in einem Stuhl auf der anderen Seite des Schreibtischs und sah ebenso bedrückt aus wie er. »Es ist etwas anderes.«

Der Pfarrer schwieg und wartete. Auch Brandy wartete und lauschte angespannt, um etwas zu hören, das sie verraten konnte.

»Und womit kann ich dir helfen?«

Der Pfarrer gelang es, sich nicht anmerken zu lassen, daß er sich belästigt fühlte. Er verlor nicht das Gesicht.

»Ich habe eine Frage«, sagte Brandy. »Ich bin in Gewissensnöten.« Eigentlich hätte er gleich sagen können: »Ist Margot da? Und darf ich mit ihr sprechen . . .« Und noch besser: »Du bist ein eiskalter Hund . . .«

»Ja«, sagte der Pfarrer freundlich. »Möchtest du es mir erzählen . . .«

»Wenn Gott . . .«, sagte Brandy, ». . . wenn Gott ein großes Wunder tut . . .«

»Ja?« sagte der Pfarrer.

». . . und man leugnet das, weil man selbst ein noch größeres tun will . . .«

Es dauerte ziemlich lange: »Ja?«

»Ist das eine Sünde?« fragte Brandy. »Und wenn ja, ist sie unverzeihlich?«

Der Pfarrer schwieg einige Zeit. Selbstverständlich war er auf eine solche Frage nicht vorbereitet und mußte nachdenken. Zuallererst mußte er sich entscheiden, ob der Anrufer allgemeine Hilfe benötigte oder nicht. Entschied er, daß dies nicht der Fall war, mußte er glaubwürdig antworten. »Niemand kann sich auf diese Weise messen«, sagte er.

Brandy wartete, er erwartete, noch mehr von dem Pfarrer zu hören, und er erwartete, irgendein Geräusch von Margot wahrzunehmen. Nach wie vor war er überzeugt, daß sie sich dort befand. »Nein, natürlich nicht«, sagte er. »Aber soll man sich nicht . . . ein wenig bemühen?«

Der Pfarrer atmete schwer. Vielleicht neigte er allmählich der zweiten Ansicht zu, daß Brandy in Wirklichkeit mit jemand anderem sprechen müsse und nicht mit einem Pfarrer. »Gewiß«, sagte er, »ein solches . . . Bestreben ist großartig . . . Aber man muß sich seiner Grenzen bewußt sein.«

»Bist du das denn?«

»Ja«, antwortete der Pfarrer. Er antwortete, ohne zu zögern, und im gleichen Augenblick, in dem er es ausgesprochen hatte, war Brandy sich sicher, daß der Pfarrer wußte, warum er anrief. »Ja«, wiederholte der Pfarrer sicherheitshalber, »ich bin mir meiner Grenzen bewußt.«

»Sie sind wahrscheinlich nicht so eng«, sagte Brandy, »so daß du ein gutes Wort für sie einlegen kannst . . .«

»Für wen?«

»Du weißt, wen ich meine.«

»Ja«, sagte der Pfarrer, »das weiß ich.«

»Sie braucht Hilfe.«

»Hat sie die nicht bekommen?«

»Sie muß ihre Arbeit behalten.«

»Ich werde tun, was ich kann«, sagte der Pfarrer. »Und du? Kommst du zurecht?«

»Wahrscheinlich hast du angenommen, ich bin voll«, sagte Brandy und erhielt, wie erwartet, keine Antwort. »Ich würde so etwas nicht übernehmen, wenn ich es nicht schaffen würde.«

»Entschuldige«, sagte der Pfarrer. »Ich wollte ja nur sagen . . .«

»Du hast mir keine Antwort auf meine Frage gegeben«, unterbrach Brandy ihn. »Ob das eine Sünde ist, und ob sie, in diesem Fall, unverzeihlich ist . . .?«

»Nein«, sagte der Pfarrer. »In diesem Fall nicht.«

»Brandy wollte am liebsten sagen: »Du bist ein großes Arschloch!« Statt dessen sagte er: »Danke, mehr wollte ich nicht wissen.«

Um seinen Teil der Vereinbarung zu erfüllen, mußte Brandy ein Telefongespräch führen. Ein normales Ortsgespräch, wenn es jedoch beendet war, würde vermutlich der Abstand zwischen dem Anrufer und dem Angerufenen zugenommen haben, jedem Wort würden ganze Zonen entsprechen, die sich zwischen ihnen ausbreiteten.

Als er sich schließlich gesammelt hatte, den Hörer abhob und die richtige Nummer wählte, hatte er das Ganze so oft durchdacht, daß er sich einbilden konnte, es sei bereits überstanden. Er hatte sich Zeit genommen, um zu zögern und zurückzuweichen, um anschließend nicht mit der Einsicht dazustehen, er habe etwas übereilt und eine unverzeihliche Dummheit begangen. Vielleicht brauchte er aber genau das, um einzusehen, daß er keine andere Wahl hatte.

Er war konzentriert und vorbereitet, er durfte keine Einzelheit vergessen, damit die Einzelheiten glaubwürdig wirkten. Als der Zeitungsreporter sich meldete, und es Brandy gelungen war zu sagen: »Du, ich muß dir etwas sagen . . .«, gab es keinen Weg mehr zurück.

Eigentlich war recht wenig nötig, um der Geschichte einen anderen Inhalt zu verleihen, einen so banalen, dürftigen Inhalt, daß sie sich für die Zeitung nicht mehr eignete. Brandy mußte nur einige kleine Informationen verändern, und das, was sich auf Johnsons Feld zugetragen hatte, wurde seines magischen Schimmers beraubt und stand als gänzlich beklemmende Alltäglichkeit da.

Brandy behauptete, er hätte am Samstagmorgen beim ersten Lichtschimmer den Viehstall zusammen mit den Brüdern Joncker verlassen. Sie seien auf dem Weg zur Werkstatt hinter dem Schießplatz gewesen. Sie seien auf die Idee gekommen, sich mit Johnson einen Scherz zu erlauben, und mit Hilfe eines Seils hätten sie die Kreise in das Feld getrampelt. Es hätte aussehen sollen wie ein Ladenschild für eine »Eisenwarenhandlung für Frauenzimmer«. Johnsons Alte hätte früher einmal in einer Eisenwarenhandlung gearbeitet.

Es hätte nur ungefähr eine Stunde gedauert, dann seien sie weitergegangen, hätten in der Werkstatt Kaffee mit Schnaps getrunken, an der Maschine gearbeitet und alles vergessen. So war es richtig. Um dem Reporter zuvorzukommen, rundete Brandy das Ganze ab: »Du weißt doch, wie das ist, man erinnert sich nicht so genau . . .«

Das Schweigen war kompakt. Brandy meinte Hintergrundgeräusche aus der Redaktion zu hören, eingeschaltete Fernsehapparate, klingelnde Telefone, jemand knüllte ein Blatt Papier zusammen und warf es in eine jener Tonnen, die mit schwarzen Plastiksäcken ausgekleidet waren. All dies konnte man hinter dem kurzen, erregten Keuchen des Reporters wahrnehmen. Der Zeitungsmann brauchte eine Weile, bis er die richtige Temperatur hatte.

»Brandy, du bist ein Riesenarschloch!«

»Vielleicht . . .« Er vermutete, daß die Lüge angekommen war, der Reporter hatte angebissen und den Köder geschluckt. »Aber ich . . .«

»Jetzt halt mal die Klappe! Jetzt sag ich dir mal was: Pfui Teufel! Pfui Teufel! Pfui Teufel!«

»Ich weiß«, sagte Brandy, »ich hätte das früher sagen sollen . . .«

»Das ist absolut verantwortungslos! Weißt du, wieviel Platz wir für die Geschichte haben!? Die ganze erste! Verdammt noch mal! Verflucht!«

Brandy nahm den Hörer vom Ohr. Er brauchte nicht mehr zu hören, hörte es aber dennoch, obwohl er den Hörer auf den Tisch gelegt hatte. »Du hast bei uns nichts mehr verloren! Hast du gehört! Das war das letzte Mal, daß du mich hereingelegt hast, kapierst du!? Du bist ein versoffener Kerl!

Du hast nur noch Scheiße im Schädel! Du bist am Ende, Brandy! Finito! Verdammt noch mal . . .«

Der Reporter war so aufgebracht, wie man das ist, wenn Zweifel sich in Glauben verwandelt haben, wenn man sich dazu durchgerungen hat, an etwas zu glauben, und sich einen Glauben erkämpft hat, der sich dann als Bluff erweist. Diese Art von Enttäuschung mag rasch vorübergehen, ihre Heftigkeit aber kann viel Elend anrichten.

Brandy zündete sich eine Zigarette an und hörte, wie der Wortschwall im Hörer weiterging. Es war so leicht gewesen, und die Genugtuung darüber, daß es ihm so reibungslos gelungen war, stand im Verhältnis zum Aufwand, der klein und nahezu unbedeutend gewesen war.

»Kapierst du, was ich für Scherereien kriege? Das kapierst du nicht, oder es ist dir egal. Vermutlich ist es dir egal, und das ist verdammt schlimm. Du brauchst Hilfe. Aber das kann ich dir sagen, von uns brauchst du nichts mehr zu erwarten. Wir sind doch kein Wohltätigkeitsinstitut. Frag irgendeinen anderen, ob er dir hilft . . .«

»Bist du jetzt fertig?«

Brandy machte einen sehr kontrollierten Eindruck, was den Reporter vermutlich noch mehr reizte: »Mit dir ja! Mit dir zu reden ist sinnlos. ›Man erinnert sich nicht so genau . . .‹ Du bist so krank, daß du noch nicht einmal begreifst, was die Leute sagen . . .«

»Ich habe dir nur eine Menge Unannehmlichkeiten ersparen wollen . . .«

Weiter kam er nicht: »Und dann machen wir einfach weiter? Du weißt nicht, was mich das kostet.«

»Der Pfarrer«, sagte Brandy. »Die Fotos vom Pfarrer könnt ihr doch kriegen . . .«

»Die kannst du dir in den Arsch stecken!«

»Es sind gute Aufnahmen«, sagte Brandy versuchsweise.

»Die brauchen wir nicht. Den können die Leute nicht leiden. Den bringen wir als gewöhnlichen Leserbrief.«

»Sieh sie dir wenigstens an.«

»Verflucht noch mal. Ich will nichts mehr mit dir zu tun haben . . . Weißt du was? Ich sorge dafür, daß das bekannt wird! Nördlich von Afrika brauchst du mit keinem Auftrag mehr zu rechnen!«

Der Reporter warf den Hörer hin. Brandy tat das gleiche, wenn auch mit größerer Beherrschung. Sein Plan hatte wesentlich mehr Erfolg gehabt als erwartet. Er hatte mit Widerstand gerechnet und mit Fragen, hatte jedoch nicht einmal argumentieren müssen. Seine Erfindung war so glaubhaft, daß sie sozusagen für sich selbst sprach und nicht verteidigt werden mußte. Lediglich seine Stimme hatte Brandy ihr leihen müssen.

Trotzdem empfand er keine Zufriedenheit und nicht einmal Erleichterung. Der Reporter hatte einen tief gekränkten, verletzten Eindruck gemacht. Wie eine Frau, die zugunsten einer anderen zurückgewiesen und verstoßen wird. Er hatte ebenso empört geklungen, und seine Vorwürfe waren die gleichen: »Du bist so krank, daß du noch nicht einmal begreifst, was die Leute sagen . . . Du brauchst Hilfe, geh zum Arzt!« So etwas hatte er schon einmal gehört. Obwohl er es vermeiden wollte, hatte Brandy Dinge ins Rollen gebracht, denen er später Einhalt gebieten mußte. Er hatte Frauen dazu gebracht, Dinge zu sehen, die sie sehen wollten. Als sie in den Augen des Geliebten zu sehen glaubten, wie die Liebe erlosch, hatte sie hilflose Wut befallen: »Du bist zu blind für meine Güte, geh zum Arzt!«

Brandy blieb eine Zeitlang vor dem Telefon in der Diele stehen. Man hatte ihn mit Dreck überhäuft, und er hatte das Gefühl, als habe er ein langjähriges Verhältnis zu einer Frau gebrochen. Dieser Dreck war Teil solcher Auseinandersetzungen, und er befleckte ihn, wenn die Wahrheit zutage kam. Diesmal hatte er gelogen, wenn auch nicht, um seine eigene Haut zu retten, sondern um anderen zu helfen und sie zu schützen. Dennoch bewarf man ihn mit Dreck.

Nur Frauen hatten ihn bis dahin so behandelt, Frauen, die sich etwas erhofft hatten und dann voller Hilflosigkeit zusehen mußten, daß er zweifelte und zögerte und in der Dunkelkammer verschwand, weil er seine Fehler nicht wiederholen wollte. Sie waren verzweifelt gewesen und hatten zu unfairen Mitteln gegriffen. Einige hatten sich anderen Männer in die Arme geworfen. Die meisten hatten geschrien, er solle zum Arzt gehen.

Aber nicht Liebe hatten sie in seinen Augen erlöschen gesehen, nur um einen Schimmer simplerer Gegebenheiten hatte es sich gehandelt, Splitter von Zutrauen, von Zielen und von deutlicher Entschlossenheit. In Zeiten der Erholung konnten sie aufleuchten. Dann konnte es vorkommen, daß er Frauen kennenlernte, die von ihm als hoffnungslosem Fall gehört hatten, nun aber überrascht waren und inmitten all dieser Unordnung und Nachlässigkeit eine Möglichkeit aufblitzen sahen; den schwachen Widerschein einer Lampe über einem Küchentisch mit Wachstuchdecke und Speiseservice, das Besteck an der richtigen Stelle und gespülte Gläser mit gesunden Getränken. Den Abglanz eines Mannes für alle Jahreszeiten, eines Mannes, der im November mit schwarzen Händen aus der Garage ins Haus kam und sagte: »Jetzt habe ich die Winterreifen aufgezogen.«

Sie konnten jedoch hören, wie diese Möglichkeiten verrannen und durch den Abfluß in Brandys Dunkelkammer gespült wurden. Wenn die Hoffnung erlosch, blieben die Untergriffe: »Geh zum Arzt . . .«

»Ich . . .«, so konnte er antworten, »sollte mir ein Boot kaufen.«

»Und vor Stieren herrennen . . .« Mehr als eine war zu diesem Schluß gekommen: »Dafür bist du allmählich zu alt!«

»Niemals mehr!« Worte, die Verführer und Trinker von sich gaben. Brandy hatte sie ausgesprochen, viele hatten sie gehört, wenige aber hatten ihm geglaubt. Irgendein freundlicher Mitmensch, den er noch nicht verletzt hatte und dem er noch nichts schuldete, hatte ihm zumindest gewünscht: »Vielleicht erlebst du eine andere Liebe ...« – »Und wie soll die aussehen?«

Darauf zu hoffen lohnte nicht, nur ein Achselzucken war die Antwort gewesen. Ein Achselzucken, das er nun wiederholte, während er vor dem Telefon in der Diele stand, auf die Küchenuhr sah und feststellte, daß er noch ein wenig warten mußte, bis die Abenddämmerung einsetzte. Falls es sich bei dem, was ihn soweit gebracht hatte, um eine Art von Liebe handelte, dann war ihm nicht bekannt, zu wem oder zu was. Die einzigen, die einen Vorteil hiervon hatten, waren ein paar Menschen, die er nicht kannte und die er vermutlich niemals kennenlernen würde, sie waren allein in einem fremden, feindlichen Land, und wurde ihnen die Liebe irgendeines Menschen zuteil, dann müßte ihm ihre Einsamkeit zuteil werden. Sie mochten sagen: »*Dankeschön.* We can do nothing for you ...« Er aber wußte, daß sie für ihn etwas tun konnten: »Your loneliness ... Leave it to me ...« Offen könnte er das niemals sagen. Sie würden es nicht verstehen, gleichwohl würde es zu einem Austausch kommen, der aus ihm freilich keinen Helden machte. Im Gegenteil, menschlich würde es ihn machen, eine Art von Menschlichkeit würde er zurückerhalten, die einige Zeit anhielt und die ihn weit bringen konnte, wenn er behutsam umging mit ihr und sie nicht an Menschen vergeudete.

Er ging in die Küche und stellte sich an das Fenster, das zum Meer hinaus ging. Es war Sonntagabend, und es herrschte gutes Wetter, im Hafen aber war es menschenleer. Auf der südlichen Pier befanden sich nur ein Mann und ein Kind. Sie sahen aus wie Fremde, bewegten sich aber geschickt zwischen Trossen und Kisten, wie Leute aus dieser Gegend.

Brandy hätte ihnen keinerlei Aufmerksamkeit gegönnt, oder er hätte sie nicht so genau beobachtet, wären sie nicht von der LaIla stehengeblieben, einem Boot, das dort mehrere Sommer gelegen hatte und nach wie vor zu verkaufen war. Der Mann dort unten blieb vor diesem Boot stehen und zog an der Vertäuung, damit das Kind an Bord springen konnte. Die Kleine stand an Deck und sagte etwas zu dem Mann. Der nickte, woraufhin das Kind um die Kabine herumging.

Brandy war nie an Bord dieses Bootes gewesen. Er hatte es sich angesehen, sich vorgestellt, wie es im Inneren aussehen mochte, und in Gedanken war er bereits damit auf See gewesen. Das war so etwas wie ein Trost gewesen. Allein die Vorstellung, das Land hinter sich zu lassen, hatte manches erträglicher gemacht. Das Boot hatte dort gelegen wie eine Möglichkeit, die er gebraucht hatte, um den Mut nicht sinken zu lassen.

Bisher hatte kein anderer irgendein Interesse dafür gezeigt. Brandy wußte, wer der Besitzer war, sie hatten sich auf einem Hafenfest kennengelernt, und es gab verschiedene Gerüchte über ihn. Die Gebrüder Joncker fingen gern einen Streit mit diesem Mann an, und wäre er jünger gewesen, hätten sie ihn verprügelt.

Jetzt, als Fremde ihr Interesse zeigten, hatte sich die Lage verändert. Brandy holte das Telefonbuch und versuchte den Eigentümer zu finden, der aber stand nicht darin. An der Kabine hing ein Schild mit der Aufschrift »Zu verkaufen« und einer Telefonnummer. Brandy konnte jetzt nicht von zu Hause weg, er hatte versprochen, auf die Gebrüder Joncker zu warten, die ihn mit ihrem großen Amerikaner abholen wollten. Er mußte sich jetzt zu Hause aufhalten, rauchen und Kaffee trinken. Er mußte an anderes denken als an ein altes Boot.

Fünf Minuten später war er dennoch unterwegs zum Hafen. Er konnte sich selbst hören, wie er sagte: »Ich habe die LaIla gekauft.« – »Du? Mit deiner verfluchten Vernunft . . .« Das würde nicht zu ihm passen. Nichts würde zu ihm passen, nicht einmal er selbst.

Der Mann mit dem Kind stand noch vor dem Boot. Brandy ging auf die Südpier. Der Mann grüßte Brandy mit einem Kopfnicken. »Hilde«, sagte er zu dem Mädchen, »komm an Land!« Das Mädchen, das er bei sich hatte, stand unten im Steuerstand, hielt die Ruderpinne und tat so, als sei sie auf dem Meer. »Bist du daran interessiert?«

»Brandy nickte. »Schon lang.«

»Feines Boot . . . Hilde, komm jetzt an Land!« Der Mann mit dem Kind war gekleidet wie die Fischer des Ortes, sprach aber, als komme er aus dem Norden. »Weißt du, was er verlangt?«

»Nein«, sagte Brandy. »Ich will ihn anrufen und fragen.«

Das Mädchen kam aus dem Steuerstand und balancierte mit Mühe über das Deck, weil sie eine Handtasche mit sich herumtrug.

»Das Boot hat einiges hinter sich.«

»Bestimmt.«

»Sagen jedenfalls die Alten.«

»Bestimmt haben sie recht.«

»Die haben immer recht. Hilde . . .« Das Mädchen hing in den Wanten über dem Wasser.

»Das läßt sich bestimmt reparieren«, sagte Brandy.

»Ich bin nicht daran interessiert«, sagte der andere. »Meins ist das dort.« Er deutete auf ein kleineres Boot, das ein Stück entfernt lag und achtern mit Halterungen für das Rutenfischen versehen war.

»Fängst du was?«

»Ein wenig«, sagte der Mann. »Das Meer ist ziemlich kaputt.«

»Vielleicht erholt es sich.«

Der Mann sah nicht besonders hoffnungsvoll aus. »Empfehlen kann ich diese Karriere nicht.«

»So etwas hatte ich auch nicht vor«, sagte Brandy.

»Wozu brauchst du das Boot denn dann?«

Die Frage klang fast wie eine Unverschämtheit. Der

andere hatte etwas an sich, das Brandy als abschätzig empfand. Vielleicht lag es daran, daß er selbst dastand, sich an den Armen kratzte und einen ungeduldigen Eindruck machte, darauf aus, sie so schnell wie möglich fortzubekommen von diesem Boot. Als bewache er dieses Boot und trete in Aktion, sobald ein anderer Interesse zeigte.

»Ja«, sagte er, »wozu braucht man ein Boot?«

»Das sollte man herausfinden, bevor man sich eines anschafft.«

Als das Mädchen an Land war, nahm der Mann sie bei der Hand und sie gingen, ohne noch etwas zu sagen. Brandy blieb stehen und las die Telefonnummer ab, die auf dem Schild hinter dem Kabinenfenster stand. Das Boot schwankte noch ein wenig, und die Ziffern flimmerten ihm vor den Augen. Die Vorwahlnummer war mit seiner identisch, und er versuchte sich die Nummer zu merken, denn er hatte vergessen, etwas zu schreiben mitzunehmen. Eine einfache Nummer, und er wußte, falls er sich diese Nummer nicht bis nach Hause merken könnte, sollte er auf das Boot verzichten.

Er ging weg, so schnell er konnte, obwohl er sich Zeit lassen mußte, denn wenn er ins Schwitzen kam, würde der Juckreiz sich nur verschlimmern.

An der Tür seines Hauses blieb er stehen und betrachtete das verblaßte rissige Schild »Brandts Fotoatelier«. Ohne zu zögern packte er es am oberen Rand und riß es ab. Das Schild brach in der Mitte entzwei. »Nördlich von Afrika keinen Auftrag mehr . . .« Er betrat die Diele und warf die beiden Preßspanstücke auf den Boden.

Auf dem Tisch neben dem Telefon lag ein Notizblock, er schrieb die Nummer des Bootsbesitzers auf. Weil er nichts anderes zu tun hatte, als auf die Brüder Joncker zu warten, konnte er ebensogut sofort anrufen. Immerhin war das eine Beschäftigung, mit der er die Ruhelosigkeit aufhalten konnte, die jeden Augenblick ausbrechen konnte.

Er wählte die Nummer, und schon nach einem Rufzeichen meldete sich eine Stimme: »Wulff-Hansen . . .« Sie klang gereizt.

Brandy erklärte sein Anliegen, er habe sich die LaIla angesehen und sei am Kauf interessiert.

»Ach so«, sagte der Besitzer. »Wer bist du denn?« Er hörte sich mürrisch an und schien keineswegs begeistert zu sein, daß sich einer für sein Boot interessierte. Eher im Gegenteil.

»Fotograf«, sagte Brandy. »Ich wohne über dem Hafen.«

»Fotograf«, wiederholte Wulff-Hansen. »Das ist ein Beruf.«

»Ja«, sagte Brandy. Er wußte nicht, was er noch sagen sollte. Es gab Menschen, die so etwas besser beherrschten.

»Kommst du von Holst?«

»Nein«, sagte Brandy.

»Aber du kennst Holst?«

»Nein, ich kenne ihn nicht.« Zum zweiten Mal hörte er diesen Namen.

»Das ist auch unwichtig.«

»Ich . . .« Brandy wollte etwas sagen, verlor aber den Faden. Der Eigentümer des Bootes hörte sich so abweisend an, daß ihm Zweifel gekommen waren.

»Dieses Boot ist gefährlich«, erfuhr er.

»Das Bugspriet ist defekt«, sagte Brandy. »Aber das läßt sich doch reparieren.

»Das Bugspriet . . .«, wiederholte Wulff-Hansen und brachte es fertig, das so sagen, daß es sich völlig belanglos anhörte. »Da draußen gibt es Leute . . . die wollen sie versenken, mit Mann und Maus . . . Sie hat . . . viel zu viel hinter sich.«

»Ach so.« Der Mann am anderen Ende brummte etwas Unverständliches. Brandy bereute, daß er angerufen hatte. Vielleicht sollte er sich mit anderem beschäftigen. Der Besitzer hörte sich rauh an und schien sich in einer Richtung zu bewegen, deren Verfolgung ihm einiges abverlangte, und im

Augenblick war Brandy nicht in der Lage, dieses Interesse aufzubringen. Wulff-Hansen schien als Verkäufer nicht zu den angenehmsten zu gehören.

»Vielleicht kommt mein Anruf ungelegen«, sagte Brandy.

»Was? Ungelegen? Wozu brauchst du die LaIla überhaupt?«

»Ich bin gern auf See.«

»Weil du nicht gern an Land bist?«

»Vermutlich.«

»Krieg das vorher heraus.«

»Vielleicht tu ich das.«

»Überleg nur nicht zu lang, bald ist Winter.«

»Es ist erst September.«

»Wirklich? Seltsam ...« Wulff-Hansen schwieg eine Zeitlang, und Brandy wollte dieses sinnlose Gespräch mit irgendeiner geeigneten Phrase beenden. Das führte zu nichts. Die Angelegenheit mußte einige Zeit auf sich beruhen. Man kam ihm jedoch zuvor. »Sie ist auf Grund gelaufen ...«, bekam er mitgeteilt. »Darum ... Auf den Langerhansschen Inseln.«

Brandy zögerte eine Weile, und als er nicht mehr zu hören bekam, sagte er: »Wo liegen die?«

»Das weißt du nicht?«

»Nein.«

»Das merkt man«, sagte Wulff-Hansen, »wenn man dort ist.«

Das Gespräch war beendet, und weder verabschiedeten sie sich, noch wurde vereinbart, von sich hören zu lassen. Es gab einfach nicht mehr zu sagen, und Brandy legte den Hörer mit dem sonderbaren Gefühl auf, daß er trotz allem bald auf diesem Boot als Kapitän und Schiffer und rechtmäßiger Besitzer an Bord gehen würde.

Das Gefühl hielt an, und er ging in die Küche und sah zum Hafen hinunter. Dort unten lag das Boot, mit Sonnenlicht in den Mastspitzen. Weit draußen über der Bucht leuchteten ein paar Wolken. Das Wasser war ruhig, und für jemanden, der noch nie mit ihm in Berührung gekommen war, mochte es einladend aussehen, die aber, die in dieser Gegend wohnten, wußten, daß es sehr kalt war.

V

Jahrelang hatte in Johnsons Speisekammer eine Flasche Alkohol gestanden. »Finest Scotch Whisky« stand auf dem Etikett über dem Bild eines Moorhuhns. Johnson trank keinen Alkohol, und seit der Engländer sie ihm zum Dank für die Hilfe an seinem defekten Auto geschenkt hatte, hatte die Flasche unberührt dort gestanden. Johnsons Frau hatte englisch gesprochen und erklärt, sie tränken keinen Alkohol, da aber hatte der Engländer behauptet, das sei nur Medizin. Man müsse trinken, bis der Vogel zu singen anfinge. Dann sei man wieder gesund. Johnsons Frau hatte geantwortet, sie seien nie krank, aber jeder hätte sehen können, daß sie log.

Lange hatte die Flasche mit dem schönen Etikett völlig sichtbar auf dem obersten Brett in der Speisekammer gestanden. Später war sie von anderem verdeckt worden, von Graupen und Mehl und von solchem, was häufiger zum Einsatz kam. Sie war fast in Vergessenheit geraten, bis sie wieder auftauchte, völlig sichtbar, ganz vorn, auf dem obersten Brett.

An diesem Sonntagabend im September war Johnson nicht besonders krank, und Vogelgesang wollte er auch keinen hören. Und doch saß er im Schuppen, die Flasche vor sich, und trank und betrachtete die Abbildung eines friedvollen Vogellebens auf einer schottischen Heide. Die Flasche war fast halb leer.

»Komm jetzt rein zum Essen!«

»Alte . . .«, sagte Johnson, aber es war schwer zu verstehen. »Alte!«

»Du machst ein Übel nur noch ärger!«

Er konnte hören, wie sie dort draußen im Hof hin und her ging. Noch war es hell, aber die Sonne ging unter. Er hatte nicht die Absicht, ins Haus zu gehen, um zu essen. »Ein Übel ärger ...«, sagte er. »Ärger kann es nicht kommen!«

»Versuch mit ihm zu sprechen ...« Sie redete auf Dicken ein. Als sei der jemand, der einem anderen ins Gewissen reden konnte. »So hab ich ihn noch nie gesehen ... Hast du ihn schon mal so gesehen?«

Dicken versuchte sich an einer anständigen Antwort. »Johnson ...« Das kam vom Hoftor her. Dicken wagte noch nicht einmal den Hof zu betreten. »Johnson ...«

»Idiot!«

»Soll ich ...?«

»Idiot!«

Dann wurde es wieder still. Johnson nahm einen weiteren Schluck, direkt aus der Flasche. Irgendwo war ein Glas, er hatte es an einer so raffinierten Stelle auf dem Mähdrescher versteckt, daß er sie selbst vergessen hatte. Das war doch der Sinn des Ganzen, zu vergessen, denn er befürchtete, daß er, wenn er völlig nüchtern war, und diese maßlose Wut kam, etwas Ärgeres anstellte als zu vergessen, und zu drastischen Mitteln griffe.

Er war es gewohnt, Mißerfolge wegzustecken. Das war Teil der Umstände. Der Gleichmut konnte sich legen, und solange man zuversichtlich blieb, mußte man vor starken Gemütsbewegungen keine Angst haben. Es war gleichgültig, welch schöne Werkzeuge man hatte und wie groß der Maschinenpark war. Ohne Zuversicht stand man schlecht da.

Jetzt aber war sie in Versuchung geführt und von einem Anfall maßloser Wut geschwächt worden, der ihn ganz ohne Vorwarnung überfallen hatte. Wie dieser Orkan im Winter, auch wenn von dem alle betroffen worden waren, und sogar die größten Feinde sich zusammengetan und das Durcheinander aufgeräumt hatten, sobald der Wind sich gelegt hatte.

Was jetzt geschehen war, hatte Johnson einsam gemacht, nicht einmal seine Frau war auf seiner Seite. Sie hatte sich widersetzt und hatte ihn angetrieben, dann aber war sie wankelmütig geworden und hatte nachgegeben, das Fell hatte sie gejuckt, und sie hatte sich jämmerlich verhalten.

»So hab ich ihn noch gesehen!«

Er hörte seine Frau durch die Bretterwand. Sie sprach leise und geradezu vertraulich mit Dicken, man hörte sie aber trotzdem. Die Tabletten stumpften sie ab und machten sie arglos. Sie hatte einfach zu viele von ihnen genommen und glaubte zu flüstern, während sie in Wirklichkeit schrie.

Es war gekommen, wie sie gesagt hatte, Johnson hatte sich lächerlich gemacht. Während des ganzen Wochenendes war sie barsch und querköpfig gewesen, war im Haus geblieben und hatte genörgelt: »Du blamierst dich bloß!« Als aber die maßlose Wut kam und in heftigen Böen aufzog, in Vergeltungsböen, da hatte sie sich zurückgezogen und hatte ihm den Rücken gekehrt.

Johnson nahm einen Hammer von der Hobelbank, schlug mit ihm gegen die Bretterwand und brüllte: »Lea! Alte!«

Draußen wurde es wieder still. Er meinte Schritte zu hören, die sich entfernten. Sie hatten Angst vor ihm bekommen. Das war gut so.

»Meine Alte und der Idiot, ein schönes Paar . . .«

Der Whisky brannte und biß, in seiner Kehle loderten Flammen. Ein Rinnsal ausgegossenen Petroleums, das auf einen Scheiterhaufen zulief. »Das würde ein Feuerchen geben . . .« Man konnte sich ein leckendes Petroleumfaß mitten im Viehstall vorstellen, und ein schmales Rinnsal, das davon ausging. In einiger Entfernung konnte man zünden und zusehen, wie die Flammen zischend dorthin liefen, und dann würde es einfach einen dumpfen Schlag geben, wenn diese ganze Räuberhöhle sich gleichsam vom Erdboden erhob, von lodernden Flammen in die Luft erhoben wurde, deren Hitze von brennenden Bretterwänden genährt wurde, ein gewaltiges Feuer, das Fugen und Kanten auflöste, Nägel und Bänder schmolz, bis die Dachstuhlbalken sich glühend aufbäumten und zusammenfielen. Schon morgen früh konnte dieses Nest ein Aschenhaufen sein. Um den Rest mochte Olsen sich kümmern. »Dieses feige Aas . . .« Johnson hörte die Angst hinter dieser gebieterischen Stimme: »Einigt euch im guten mit den Jungs . . .« In ihren Mäulern waren sie immer die »Jungs«, als sollten ihre Verbrechen verharmlost und irgendwelche harmlosen Jungenstreiche vorgetäuscht werden. Jungen waren das, die Ställe, Kreuze und Militärbaracken in Brand steckten. In ein paar Jahren, wenn sie trocken hinter den Ohren waren, würden diese Jungs an Sonntagen Alte zum Gottesdienst fahren, für die Gemeinde würden sie Entwässerungsgräben anlegen und im Vorstand des Fußballvereins sitzen.

Johnson aber wußte es besser. Sie hatten keine mildernden Umstände zu erwarten, sie bekämen sie nicht, und bessern würden sie sich nie. Sie waren die geborenen schwarzen Schafe, und sie würden sterben, ohne ein einziges Vergehen gesühnt zu haben. Nicht alle mußten rehabilitiert werden.

Aber er benötigte mehr zu seiner Wut. Schließlich hatte er lang damit gelebt. Schon viele Jahre hatten sie seine Langmut auf die Probe gestellt. »Hier . . .«, mochte er zu sich selbst sagen, »hier hätte ich gestern sein sollen.« Als beziehe seine ganze Wut ihre Kraft von hier: »Hier hätte ich gestern morgen sein sollen . . . Einen getrunken und dann einfach gemäht . . .« Er aber hatte sich zu einem Umweg entschlossen, war lange über sein Land gegangen, um anzukommen. Kraft hatte sich verwandelt in irgendeinen Glauben, und als der in Trümmern dalag, war das Feld frei, der Wind wurde heftig und mächtiger.

Erst vor anderthalb Stunden hatte er dort oben vor der Einfriedung gestanden, um die letzten Besucher an diesem Tag hineinzulassen. In seiner Brieftasche befanden sich mehr als fünftausend Kronen. Über fünfzig Besucher hatten willig bezahlt, um sein bemerkenswertes Feld betreten zu dürfen. Ein Sonntagsvergnügen war daraus geworden, und bei stabiler Wetterlage würde diese Ernte vielleicht noch einige Wochenenden andauern. Der Reiz der Neuheit hielt nicht lange vor, andererseits aber konnten wohlgewogene Zeitungsartikel weitere Neugierige anlocken. Verschiedene Besucher hatten unbestreitbar im Inneren der Ringe irgend etwas gefühlt. »Irgendwie haben sich einem die Nackenhaare aufgestellt . . .«, hatte einer gesagt. So etwas zog. Es würde geredet und räsoniert werden. Er selbst brauchte nichts Besonderes von sich zu geben, das hatte er bemerkt. Ein geheimnisvolles Lächeln und ein beredtes Schweigen waren wirkungsvoller als schrille Ausrufe und schöne Versprechungen. Das war kein Jahrmarkt. Darauf achtete er mit Bestimmtheit, ganz egal, was seine Alte sagte. »Jahrmarktsgaukler . . .« – »Du . . .«, hatte er gesagt, »geh in die Kammer und schau nach, wieviel Schulden wir haben . . .« – »Früher einmal«, sagte sie, »haben wir Saatgut geerntet . . .« – »Das war früher!«

Johnson hatte am Zaun gestanden, und er hatte die letzten Besucher hinausgelassen, es ging gegen Abend. Da kam die Alte auf das Feld zu gestampft. Sie war in Eile, von weitem konnte man das erkennen. Sonst hatte sie es niemals eilig. Sie konnte auch nicht warten, bis diese letzten Besucher sich entfernt hatten oder wenigstens außer Hörweite waren.

»Die Zeitung!« rief sie. »Der Redakteur . . . von der Zeitung! Er hat angerufen!«

Johnson hörte ihre Rufe mit erhabener Gelassenheit, mit jener würdevollen Miene, die er den ganzen Tag über beibehalten hatte. Seine Gelassenheit war freilich nicht so erhaben, als daß sie dann nicht mit rasender Geschwindigkeit in der Senke verschwunden wäre: »Die sind's gewesen! Die Brüder Joncker! Ich hab's doch gesagt!? Hier sind sie gewesen, herumgetrampelt haben sie, mitten in der Nacht . . . Und du Blödkopp bist darauf reingefallen!«

»Halt's Maul, Alte . . .« Was aber mehr einem schwerverständlichen Gebrumme glich. Noch hatten die letzten Besucher nicht die Talmulde erreicht. Laut und grell hatte seine Frau das alles gerufen, und diesen Besuchern konnte keine Silbe entgangen sein. Jetzt waren sie dort drüben stehengeblieben und betrachteten die schreiende, gestikulierende Frau. Sie sah Johnson an und deutete auf die Besucher: »Gib denen ihr Geld zurück!«

Johnson brachte kein einziges Wort über die Lippen. Bestürzt sah er seine Frau an, diese Frau, die sie offenbar beide ins Verderben stürzen wollte. Jetzt kam sie mit einem Eifer daher, der ihm unbegreiflich erschien. Er hatte gehört, was sie gerufen hatte, und weigerte sich, ihr zu glauben, konnte jetzt aber einfach nicht begreifen, warum das so verflucht wichtig war, daß man es durch die ganze Gegend schrie.

»Sie müssen ihr Geld wiederbekommen!«

Sie stand vor Johnson, die eine Hand ausgestreckt, in der Absicht, das Geld, das die Gäste bezahlt hatten, in Empfang zu nehmen und es ihnen höchstpersönlich zurückzugeben. Bestürzt hatte Johnson seine pralle Brieftasche gezückt, hatte einen Hunderter herausgezogen und ihn seiner Frau übergeben, um dann mit anzusehen, wie sie den Hang hinuntereilte, zu den Gästen, die eben noch zufriedene Besucher gewesen waren und sich jetzt, im Handumdrehen, mit der Tatsache abfinden mußten, daß man sie betrogen und im selben Augenblick abgefunden hatte.

Er konnte hören, wie seine Frau etwas zu den Besuchern sagte. Es handelte sich um einen Mann und zwei Frauen. Der Mann und eine der Frauen hatten zugesehen, wie die andere Frau in Johnsons Kreisen herumgegangen war.

Johnson konnte erkennen, daß sie das Geld nicht annehmen wollten. Der Mann schüttelte den Kopf, und die beiden Frauen antworteten mit Gesten, aus denen offensichtlich hervorging, daß sie nichts zurückhaben wollten. Augenscheinlich waren sie vergnügt und zufrieden. Johnsons Frau stand da, mit einem Geldschein in der Hand, der keinen rechtmäßigen Besitzer hatte. Die Besucher gingen, ohne sich um sie zu kümmern. Johnson sah, wie sie auf das Haus zuging, in der Hand diesen Geldschein, als halte sie etwas Schmutziges und vielleicht sogar Ansteckendes.

Johnson war verstört. Bis jetzt war alles so gut gegangen.

»Ja«, hatte ein guter Freund aus der Gegend gesagt, der zu Besuch gekommen war, »jedenfalls läßt du dir nicht gleich deine Kreise stören . . .« – »Kann man nie wissen«, hatte Johnson geantwortet, »bei diesem System.«

Um ein Haar wäre es ihr gelungen, aber sie hatte ihn nicht ins Schwanken gebracht. Er brauste auf, wurde wütend, nach wie vor aber mit einer gewissen Verwunderung, die ihn von allen Seiten stützte. Eine Verwunderung, die sich am Tag zuvor einen anderen Weg als den allerbreitesten gesucht hatte, den Weg zum Viehstall, auf den die Alte gezeigt hatte: »Was haben die denn jetzt wieder angestellt? Das werden die bezahlen!« Mit tauben Ohren hatte er sich darauf eingelassen, und andere hatten ihn unterstützt. Hatte nicht dieser Mann mit dem Bocksbart dagestanden, hatte die Arme in die Luft gestreckt und von der Kraft gesprochen, die es in dieser Gegend gab, und von der Johnson einen Teil bekommen habe und in deren Genuß auch andere kommen könnten. Dieser Mensch aber war einfach verschwunden. Als Johnson morgens aus dem Haus kam, war der blaue Bus weg gewesen. Nicht, daß er diesen Menschen vermißte, zumindest handelte es sich bei ihm um einen Außenstehenden, einen Experten, und niemanden, den man der Kleinlichkeit und der Gewinnsucht verdächtigte. Vielleicht hatte Dicken ihn mit seinen schamlosen Ausrufen in die Flucht geschlagen. »Es ist wohl am besten«, hatte er gesagt und Dicken angeglotzt, als sehe er sich einer vollendeten Tatsache gegenüber, »wenn ich sage, wie es ist«.

Die Verwunderung hielt sich, den ganzen Weg, bis hinunter zum Hof und ins Haus. Die Alte hatte dagestanden und die Schalen von den Pellkartoffeln gerissen, als er kam. »Hab ich's nicht gesagt?« Der Hunderter lag auf dem Tisch in der Diele.

Die Blätter des Telefonbuchs waren gerissen, als er darin geblättert hatte. »Tu doch langsam!« bekam er zu hören. »Das geht doch ganz kaputt!« Die Alte hatte die Nummer der Zeitung, sie stand auf einem alten Exemplar, das im Kasten für das Ofenholz lag. Ohne ein weiteres Wort wählte Johnson diese Nummer, und als sich jemand meldete, sagte er nur: »Hier Johnson . . . Was gibt es?« Der am anderen Ende verstand nicht, als aber Johnson erklärt hatte: »Da hat wer was gesagt über die Zeichen, die ich auf meim Feld hab . . .«, bekam er bestätigt, was die Alte so gierig in der Gegend herumgeschrien hatte. Zuverlässigen Quellen zufolge hatten sich die Brüder Joncker einen Spaß erlaubt. Entsprechende Zeugen standen zur Verfügung. Das Zeichen sollte für etwas stehen wie eine »Eisenwarenhandlung für Frauenzimmer«, und die Zeitungsstimme fügte hinzu: ». . . aber was daran lustig sein soll . . .« Damit war die Angelegenheit erklärt und »aus der Welt«. »Das ist unmöglich«, hatte Johnson gesagt. »Es kommt also nichts in die Zeitung . . .« – »Nee«, bekam er zu hören. »Das ist Scheiße.« – »Scheiße?« – »Wir sind eine angesehene Zeitung.«

»Scheiße!« Johnson warf den Hörer auf die Gabel, als sei der viel zu groß und finde seinen Platz nur, wenn man ihn mit Kraft niederdrückte.

»Ja, ja«, sagte seine Frau.

»Ist das denn so wichtig gewesen, daß du das durch die ganze Gegend schreien mußtest!?«

»Ich hab nicht mehr zusehen können, wie du dich blamierst . . .«

»Als ob ich nicht geschwiegen hätte«, sagte Johnson, »über all deine . . .«

»Das gehört nicht hierher.«

»Eine Eisenwarenhandlung für Frauenzimmer«, sagte Johnson. »Genau das hat es vorstellen sollen. Eine Eisenwarenhandlung . . . für Frauenzimmer.« Er wußte, daß es sie demütigen würde, er sagte es aber trotzdem. Sollte sie es nur wissen.

»Ach so«, sagte sie leise. Sie sah ihren Mann an, und das Wasser floß in den Ausguß, obwohl sie es sich nicht leisten konnten, es zu vergeuden. Sie ließ es fließen und trocknete sich die Hände an der Schürze ab. Ihre Schultern sanken, und auch wenn sie sagte: »Ja, ja . . .«, und sich nichts anmerken lassen wollte, konnte Johnson erkennen, daß sie litt. Sie kehrte ihm den Rücken zu und fingerte an einer Pelargonie herum. In der Küche verbreitete sich Blumenduft. Eben noch hatte sie geschrien und war angriffslustig gewesen. Jetzt schien sie wieder müde, entmutigt und abgearbeitet. So wie er es an ihr gewohnt war, als sie eine Arbeit gehabt hatte, um von zu Hause wegzukommen, in einer Eisenwarenhandlung, in der die Männer sich lustig gemacht hatten über sie, sie zum Narren gehalten hatten, sie schikaniert hatten, bis sie zusammengebrochen war. Nicht diese angenehme Müdigkeit war das gewesen, nach einem langen, schönen Arbeitstag, wenn der Körper Schwere angenommen hat, als habe er ein wenig von all dem Tragen und Schleppen und Graben im Verlauf des Tages angenommen. Ihre Müdigkeit war von anderer Art, trocken und hohl, eine spröde Schale, die nichts einschloß. Unfruchtbar, mißlungen. Sie konnte dazu führen, daß sie mehrere Tage wach blieb, wenn die Pillendöschen leer waren und die Rezepte auf sich warten ließen.

Darum wich sie einfach aus, schwieg, pflückte Blätter von der Pelargonie, die noch nicht einmal gelb waren.

»Hör auf herumzufingern!« Johnson mochte den Duft dieser Pflanze nicht. Der gehörte zu ihrer Unfähigkeit. Sobald er diesen Geruch im Zimmer wahrnahm, wußte er, daß sie einer unwiderstehlichen Kraft nachgab. Es war nicht seine Kraft, aber sie war groß, und sie wurde mit Rezepten behandelt und von zugelassenen Ärzten überwacht.

Dieser Pelargonienduft hatte die Wut zum Ausbruch gebracht. Verwunderung ist nicht gewalttätig. Verwunderung mahnt zur Besinnung und stimmt ein zum Nachdenken. Keiner steht vor Gericht und trägt zu seiner Verteidigung vor, er sei »so verwundert gewesen, daß er nicht wußte, was er tat«.

»Hör auf . . .« Er bat darum, sie aber riß weiter Pelargonienblätter ab. Johnson ging zur Spülbank und drehte den Wasserhahn zu. Seine Frau stand am Fenster und zerrieb ein Blütenblatt zwischen den Fingern. Es stank wie in einem Krankenzimmer.

Johnson riß wieder den Telefonhörer an sich und wählte die Nummer der Polizei in der Kreisstadt. »Olsen!« brüllte er. Olsen aber hatte über das Wochenende frei und war in dringenden Fällen zu Hause zu erreichen. Johnson bekam die Nummer.

»Ja, man spricht darüber . . .«, ließ Olsen fallen, bereits einverstanden.

». . . daß es die Brüder Joncker gewesen sind?«

Nein, davon wußte Olsen nichts: »Und sie haben das zugegeben?«

»Die zeige ich an!« Johnsons Wut nahm zu, als er hörte, was diese Obrigkeitsperson von sich gab. »Natürlich haben sie es zugegeben, ich verlange Schadenersatz!«

»Beruhig dich doch«, sagte Olsen. »Ist es denn so schlimm?«

»Die ganze Ernte ist zerstört.«

»Sie soll nicht so stattlich gewesen sein . . .«

»Unbefugtes Betreten«, sagte Johnson, »und Hausfriedensbruch ist es außerdem. Ruhestörung. Schikanen . . .«

Er hörte, daß Olsen etwas von »Jungenstreichen« brummte. Noch ärger aber war seine Empfehlung: »Versuch dich mit den Jungs im guten zu einigen, falls sie es zugegeben haben. Das ist für alle das Beste . . .«

Johnson hörte hinter jedem seiner Worte nichts anderes

als Feigheit und Furcht und Flachheit. Niemals hart auf hart, immer dieser Hang, nach Entschuldigungen zu suchen und zum Händeschütteln aufzufordern.

Wutentbrannt warf er den Hörer auf die Gabel. Seine Frau stand noch am Fenster, nach wie vor mit dem Rücken zu ihm, zusammengesunken, sehr viel kleiner, als sie war. Gerade jetzt hätte sie dastehen und rachelüstern sagen sollen: »Das werden sie bezahlen!« Sie aber schwieg und kehrte ihrem Mann den Rücken zu. Vielleicht hatte sie von diesem Gespräch überhaupt nichts gehört. Vielleicht hatte sie nur gehört, wie längst verklungene Lachsalven durch einen Lagerraum gehallt waren, in dem sie herumgeirrt war und nach Gegenständen gesucht hatte, die es nicht gab. Bestimmt hatte sie eine Pillendose in der Tasche ihrer Schürze. Ohne daß man es sah, konnte sie heimlich eine zu sich nehmen, während sie so tat, als kehre sie einem den Rücken und sei mit irgend etwas beschäftigt.

Die Speisekammertür quietschte. Sie gab ein durchdringendes Geräusch von sich, das durch das ganze Haus ging. Das Geräusch war gleichwertig mit einer Art Alarm, der zu erkennen gab, daß in der Küche etwas im Gang war. Johnson aber stand der Sinn nicht nach Speisen. Er holte die Flasche mit dem Vogel, schlug die Türe zu und verließ das Haus, ein Glas in der einen Hand, den Whisky in der anderen.

»Wenn sie nicht so gewesen wäre . . . Es wäre egal gewesen, wenn man sie nur in Ruhe gelassen hätte . . .«

Johnson riß den Schlüssel aus dem Schloß zum Schuppen und knallte die Tür hinter sich zu. Es dröhnte über den ganzen Hof. Jedenfalls wußten sie jetzt, wo er sich befand, und dort würde er sich so lange aufhalten, wie es ihm paßte. Er wußte, was er mit dem Whisky machen würde, wußte aber natürlich nicht, was der Whisky mit ihm machen würde.

Andere hatten Frauen, die ebenso lustlos waren, die aber

so aussahen, als würden sie erleben dürfen, wie ihre Männer verschrumpelten, verwitterten und verkümmerten. Das war das Normale. Johnson aber mußte sich mit anderen Bedingungen abfinden. Er war darauf eingestellt, seine Frau irgendwo auf dem Fußboden liegend vorzufinden, oder im Bett, am Morgen nach einer falschen Dosis. Er war ständig darauf eingestellt, von einem Augenblick zum anderen alleingelassen zu werden. Das mochte seine Ausfälle heftiger werden lassen, als die Not dies erforderte, worauf die Frau sich zurückzog und einen jämmerlichen Eindruck machte. Er vertrug das nicht. Viel zu weit brachte ihn die Kraft. Auf einem Teil dieses Weges leistete sie Widerstand, dann, wenn er sie am meisten gebraucht hätte, zog sie sich zurück und ging allein.

»Saufen hätte ich sollen . . .« Oft hatte er das gesagt, zu sich selbst, zu anderen und zu ihr: »Hätte ich doch bloß ein bißchen gesoffen . . .«

Jetzt wollte er das tun, und er tat es zum Besten aller. Diese Wut mußte irgendwohin, sie wollte aufflammen, kratzen, sich schlagen, Johnson aber wollte nur, daß sie zu guter Letzt verlosch, bevor sie seine Frau überfiel. Dies wäre die äußerste Demütigung und die endgültige Niederlage.

Ein Engländer war in die Gegend gekommen, um sich Schiffssetzungen und andere Zeugnisse aus der Urzeit anzusehen, die an jene in seiner Heimat erinnerten. Sein Auto war kaputtgegangen. Johnson hatte es repariert und eine Belohnung erhalten. Dank dieser unbegreiflichen und zufälligen Umstände konnte er jetzt in seinem Schuppen sitzen und Whisky in sich hineingießen.

Er überantwortete sich gleichsam, lieferte sich dem Verlauf des Rauschs aus. Geschehen konnte vieles, vermutlich aber würde es mit Demütigung und Kläglichkeit enden, mit einer Kleinheit, die die seiner Frau übertreffen würde, seine Frau würde wachsen und solche Dimensionen annehmen, von denen man nur in alten Sagen hörte, Maßeinheiten, über die die meisten nur kicherten, die für Kinder, Verrückte und Trunkene aber so gültig sind wie die Striche auf einem Zollstock für alle anderen.

»Hier . . .«, stellte er fest, »hier hätte ich gestern morgen sein sollen.« Das grämte ihn am meisten. Er hätte der Frau recht geben und es dabei bewenden lassen sollen. Ein wenig verdrießlich und ärgerlich hätte er ein paar Schnäpse trinken, sich auf den Mähdrescher setzen und über das Feld fahren sollen, bevor irgend jemand irgend etwas gesehen hatte. Das hätte er tun sollen, ohne sich etwas anmerken zu lassen, ohne den Brüdern zu verraten, was er im Innersten dachte. Das hätte sie am allermeisten geärgert.

Jetzt hörte man draußen auf dem Hof wieder Schritte. Das war nicht seine Frau, die schlich vernichtet herum. Dicken kam angeklotzt.

»Johnson . . . bist du da drin?

»Wo soll ich denn sonst sein?«

»Krieg ich einen?«

Johnson schlug schroff ab: »Nein!«

»Ich muß dir was erzählen . . .«

»Hau ab!«

»Wenn ich einen Schnaps krieg, erzähl ich dir was . . .«

»Was?«

»Über die . . . die Jonckerin . . .«

»Was ist denn mit der?«

»Die stammt aus Polen.«

»Na und?«

»Und hat zwei Höfe . . .«

Dort draußen wartete Dicken auf Antwort. Johnson konnte sich genau vorstellen, wie er aussah. Jedes Jahr einmal gelang es ihm, irgend etwas von sich zu geben, das er selbst für wichtig hielt. Dann nahm er ein spezielles Aussehen an, während die Zuhörer seinen Auftritt verdauten. Er funkelte. »Krieg ich jetzt einen?«

»Scher dich zur Hölle!« Johnson konnte keinen Widerstand mehr leisten: »Ich hab dich so verflucht satt, du Pickarsch! Ich kann dich nicht mehr sehen!«

»Brauchst du auch nicht ...«

»Geh heim! Wenn du bloß dein Maul gehalten hättest ...« Dort draußen wurde es wieder still, kein Schritt war zu hören, und Johnson vermutete, der Mann stehe noch dort. »Hast du nicht gehört, hau ab! Ich ertrag dich nicht mehr. Du bist ein Idiot, kapierst du das?« Er nahm einen großen Schluck Whisky zu sich, denn er war sich dessen, was er gesagt hatte, allzu bewußt, um es zu ertragen. Er wußte, was das hieß. Die Kiste, auf der er saß, stand genau an der Wand, und er lehnte den Kopf zurück und berührte die Bretter. Jetzt wußte er nicht mehr, wie Dicken aussehen mochte. Dicken war bei Johnson geborgen gewesen, und lange war ihm erspart geblieben, so etwas hören zu müssen. Aber nun war das gesagt und war noch unterwegs.

»Was ...«, sagte er, »was ist denn nicht in Ordnung?«

»Du begreifst nichts.«

»Was ist denn nicht in Ordnung ... mit mir?« Dicken hörte sich so jämmerlich an, daß Johnson aus dem Konzept geriet. Er nahm noch einen Schluck. Die Sonne ging unter und schien auf die Bretterwand, kleine Ritzen ließen rotschimmernde Glut herein.

»Zum Teufel ...« Das sagte er so leise und kaum hörbar, weil er etwas anderes sagen wollte. Als er jetzt hörte, wie sich die Schritte auf der anderen Seite der Bretterwand entfernten, gab er ein »Dicken ...« von sich, wahrscheinlich aber hörte der Adressat das nicht. Es war zu spät.

Fast alles wirkte so empfindlich und zerbrechlich, als habe er es zerstört. Er, der mit seinen großen schwieligen Händen Lämmer und Zicklein entbunden hatte.

Als er aber vor dem Mähdrescher stand und ihn inspizierte, schien alles so zu sein, wie es sein sollte. Die Maschine war schon lange vorbereitet, und nie war sie defekt gewesen, nicht ein einziges Teil hatte er austauschen müssen, niemals.

»Hier hätte ich gestern morgen sein sollen . . .«

Jetzt aber war Sonntagabend, und Johnson befand sich auf der anderen Seite eines Einfalls, der größeren Schaden angerichtet hatte als Orkanböen mit vierzig Sekundenmetern Windstärke.

Später am Abend sollte auf dem Schießplatz eine Übung abgehalten werden. Die Geschütze waren auf die Bucht gerichtet, bei schwerem Artilleriefeuer und wenn der Wind von Norden kam, zitterten im Dorf die Häuser. Die dort Wohnenden reagierten jedoch nur, wenn die Fensterscheiben klirrten und Gegenstände umfielen und ein Blumentopf, der noch zu drei Vierteln gestanden hatte, von der Druckwelle den entscheidenden Stoß bekam, der erforderlich war, damit er zu Boden fiel. Eine sonderbare Gewohnheit hatte sich entwickelt, die Gewohnheit, in »einem unbewußten Idyll« zu leben, wie der Doktor gleich neben Brandy immer sagte, einem Idyll, das plötzlich, zur festgesetzten Zeit, durchleuchtet wurde von Suchscheinwerfern und unter dem Feuern der Haubitzen bebte.

Brandy stand rauchend im Atelier. Die Nachmittagssonne hatte hereingeschienen, und weil er vergessen hatte, die Markisen herunterzulassen, herrschte drückende Hitze. Er öffnete des Fenster, um etwas frische Luft hereinzulassen. Auf der Kuppe des Hügels über dem Meer standen in schwarzer Silhouette ein paar Pferde.

Noch war vom Schießplatz nichts zu hören. Es war ruhig im Dorf, und es war ruhig oben auf der Landstraße. Das einzige, was man hörte, war das leiernde Geräusch eines Mähdreschers, der in der Nähe arbeitete. Aus irgendeinem Grund hörte sich das falsch an, diese Saison war vorbei. Seines Wissens gab es nur ein Feld in der Nähe, das noch nicht abgeerntet war. »Hier geht fast alles ziemlich langsam«, hatte er zum Pfarrer gesagt. »Nur das Gerücht nicht.« Er hätte hinzufügen sollen: »Je schlimmer es ist, desto schneller ist es.« Johnson war damit beschäftigt aufzuräumen. Eine Zeitlang würden die Leute über ihn lachen, bald aber wäre das vergessen, oder es hätte sich zumindest in eine lustige Geschichte verwandelt, die die Leute einander erzählen konnten, wenn sie auf der Landstraße vorbeifuhren. Mit der Zeit würde fast alles entstellt werden, es wäre verdreht bis zur Unkenntlichkeit. Johnson würde einmal Jansson, ein andermal Jönsson heißen oder wäre ein x-beliebiger Bauer. Er war in diesem Zusammenhang austauschbar. Falls er überhaupt in diesen Zusammenhang gehörte. Es handelte sich um eine dieser Geschichten, in denen alle ihre Rollen als Hauptpersonen verteidigen, ohne zu ahnen, daß sie eigentlich alle zusammen ebensogut austauschbar waren.

Fast alles ließ sich tauschen und gegen anderes aufrechnen. Der Tauschhandel war verbreitet, als althergebrachtes Recht wurde er selten in Frage gestellt. Gewöhnt an kleine Verhältnisse, überlebten die Menschen mit Hilfe ihres Vertrauens in eine informelle Ökonomie, die wenig mit der landläufigen Finanzwelt zu tun hatte. Das war immer so gewesen, und es würde so bleiben, und am Ende einer langen Tauschkette stand stets einer mit einer Ware in der Hand da, die er niemals gewollt hatte. Oder ein anderer sah sich einem unerledigten, reichlich umfangreichen Tagewerk gegenüber, dessen Gegenwert schon lange verbraucht war.

Jetzt saß ein Bauer auf seinem Mähdrescher und mähte ein Roggenfeld, ohne eigentlich zu wissen, wozu, und er würde es auch niemals erfahren. Die Kette von Diensten und Gegendiensten konnte so unergründlich sein wie hier, kaum zu erforschen, weshalb einer sich in einem solchen Fall wie hier gezwungen sehen konnte, etwas zu erledigen, ohne dafür einen nennenswerten Grund angeben zu können.

Brandy mußte verschiedenes in die Tat umsetzen. Was ihn anging, so würde diese Geschichte wahrscheinlich niemals ganz abgeschlossen sein, konnte zumindest aber einen Punkt erreichen, an dem fast alle sich für den Augenblick befreit und entschädigt hielten.

Dies jedoch würde eine Weile dauern; er mußte warten, rauchen, Kaffee trinken und seine unvermeidliche Rastlosigkeit bezähmen. Er hätte Abhilfe schaffen können, Mittel standen zur Verfügung, dem aber mußte er widerstehen. Er mußte anwesend sein, voll und ganz beteiligt. Die Zeit arbeitete für ihn, und der Preis waren diese Rastlosigkeit und der Juckreiz, der ihn soweit brachte, daß er sich die Arme blutig kratzte, wenn er sich nicht beherrschte.

Nur warten konnte er und sich in acht nehmen, indem er bis zum Anbrechen der Abenddämmerung so wenig wie möglich und am besten überhaupt nichts tat. Dann würden die Gebrüder Joncker ihn abholen kommen. Sie hatten ihren Amerikaner mit abgedunkelten Fenstern und mit Platz für acht Mann. »Gebrüder Joncker Autoveredlung« stand auf den Seiten. Er hatte ihnen nie ein Auto zur Reparatur anvertraut, aber er wußte daß er sich auf sie verlassen konnte.

Bald würde Brandy in diesem Auto mit der Bezeichnung »Van«, der jemand ein »Vul« vorangesetzt hatte, wegfahren, und er würde eine große, fehlerhafte Liebe eintauschen gegen eine Einsamkeit, die vermutlich besser zu ihm paßte. Er würde diesen fünf Unbekannten offen in die Augen sehen, ohne Scham und ohne ein Flackern des Blickes, er würde ihnen entgegentreten mit allem, was er mitnehmen konnte. Er würde sie tiefer ins Landesinnere bringen. Seine Aufgabe bestand darin, den Vermittler zu spielen. Niemals würde er erfahren, ob dies ein gutes oder ein schlechtes Geschäft war, und das interessierte ihn auch nicht. Er wußte nur, daß es notwendig war.

Er stand rauchend im Atelier, als es an der Haustür klopfte. Nach wie vor war es draußen hell, für die Jonckers war es deshalb zu früh. Die Tür war abgeschlossen, und auf Besuche wollte er jetzt am liebsten verzichten. Das Klopfen wiederholte sich. Er ließ sich Zeit und überlegte, um wen es sich handeln mochte, ob er eine weitere Vereinbarung vergessen hatte. Niemand wollte ihm einfallen. Es klopfte, wieder und wieder, irgend jemand zerrte sogar an der Türklinke. »Hallo!« Das klang nach Margot.

Sie machte einen gehetzten Eindruck und schoß fast durch die Tür, kaum daß er geöffnet hatte: »Hast du das Schild abgenommen?« Ehe er die Tür hinter ihr schloß, konnte er flüchtig ihre Kinder sehen, die im Auto saßen. Sie saßen nebeneinander auf der Rückbank und starrten geradeaus. Sie machten einen gelangweilten oder einen gespannten Eindruck. Er kannte sie nicht.

»Ja«, sagte er.

»Warum?« Sie erwartete keine Antwort. »Wir haben zwanzig Minuten Zeit. Sie hören eine Kassette . . .« Sie machte eine Kopfbewegung in Richtung Tür: ». . . die Kinder. Sie dauert genau zwanzig Minuten.«

Sie konnte ihm ansehen, daß er sich fragte: »Wozu?« Er sah müde, aber wachsam aus. Es ging ihm nicht gut. An den Armen hatte er dunkelrote Kratzspuren. Sein Blick flackerte.

Dergleichen hatte sie schon öfter gesehen, sie hatte dagegen gekämpft, und es war ihr gelungen, es in etwas anderes zu verkehren, sie hatte mit ihm gesprochen, ihn berührt, ihn dazu gebracht, daß er dieses Ziehen, diesen Durst und alles andere, das ihn belastete, vergaß.

An sich hätte sie einfach in das Schlafzimmer im oberen Stock gehen und dort so tun sollen, als suche sie nach etwas, das sie vergessen oder verloren hatte. Sie hatte es vorgehabt, sobald er aber die Tür geöffnet hatte, hatte sie den Faden verloren.

»Sie riechen«, sagte sie. »Die Kinder. Sie stinken. Das ganze Auto . . .« Sie schnüffelte an ihren Händen und hielt ihm eine Hand hin: »Hier!«

Ohne sie auch nur zu streifen, roch er an ihrer Handfläche. »Ich rieche nichts.«

»Nicht?« sagte sie. »Ich finde, das stinkt nach Reinigungsmittel. Sie sind das ganze Wochenende bei ihrer Großmutter gewesen.«

»Ich weiß«, sagte Brandy.

»Jetzt wollen sie sich diesen Acker ansehen. Sie sind davon überzeugt, daß es ein UFO ist. Mit grünen Männchen.«

»Dazu ist es wahrscheinlich zu spät.«

»Meinst du?« Sie hatte ein Kribbeln in ihrem Inneren. Zu Hause hatte sie das oft erlebt, und vielleicht lag es daran, daß sie mit einem Mann zusammenlebte, der ihr anderes hätte entgegenbringen sollen, irgend etwas, nur nicht gerade dies. »Es ist noch eine Zeitlang hell«, sagte sie.

Er brauchte nur zu nicken, damit sie erkannte, daß er etwas anderes gemeint hatte. »Ich habe es erledigt«, sagte er. »Mach dir keine Gedanken.«

Sie nickte, weil sie das schon wußte. Sie war beim Pfarrer gewesen. »Einfach . . . so?« fragte sie.

»Nein«, sagte er. »Es hat einiges gekostet, obwohl es ganz in der Nähe ist.«

»Wo?«

»Es gibt ein Versteck. Aber es ist besser, wenn du vorerst nicht mehr weißt.«

»Warum?«

»Das glaube ich. Du mußt mir vertrauen.«

»O.K.«, sagte sie. »Ich erfahre es später . . . Gekostet? Wieso gekostet? Das darf nichts kosten . . .«

»Trotzdem hat es etwas gekostet.«

»Wieviel? Wir haben kein Geld.«

Er wollte sagen, wie es wirklich war, daß es ihn seinen Job gekostet hatte, daß er »nördlich von Afrika« keinen Auftrag mehr bekommen werde. Das aber war zu kompliziert, um es zu erklären.

»Einige Guthaben sind dafür draufgegangen«, sagte er. »Und die eine oder andere Lüge.«

»Wieso?« Sie machte einen angegriffenen Eindruck,

obwohl sie nicht angegriffen war. »Ich weiß nicht, was du meinst.«

»Das kann ich nicht erklären. Es ist eine verrückte Geschichte.«

»Die du ausbaden mußt?«

Jetzt sah er sie an. Sie konnte deutlich erkennen, daß seine Antwort »Ja« hätte lauten sollen, sie aber bekam ein »Unwesentlich« zu hören.

»Geliebter«, sagte sie, »Geliebter . . .« Sie machte einen Schritt auf ihn zu, legte eine Hand auf seine Wange und küßte ihn. Er antwortete nicht. Er ließ zu, daß sie ihn küßte, das mußte genug sein.

»Niemand tut etwas umsonst«, sagte er.

»Geliebter . . .« Sie legte die Arme um ihn, liebkoste seine Wangen, strich über seine Haare. »Bist du wütend?«

»Nein«, antwortete er.

»Ich meine auf mich. Bist du wütend auf mich?«

»Nein.«

Sie lehnte sich zurück, um in seine Augen sehen zu können. Er sah aufrichtig aus. »Ich will dich haben«, sagte sie. »Wieviel Uhr ist es?« Sie mußte selbst nachsehen. »Wir haben noch dreizehn Minuten.«

Er befreite sich von ihr, ging ins Atelier und sagte: »Wäre das nicht ungerecht?« Sie wäre beharrlich geblieben, hätte ihn bei der Hand genommen und hätte ihn einfach ins Schlafzimmer geführt, wenn er nicht eine Zigarette hervorgeholt und sie angezündet hätte. Vielleicht hätte sie das ertragen und sich nicht von ihrem Vorhaben abbringen lassen, hätte er jetzt nicht einen Rauchring geblasen. Er fiel perfekt aus, viel zu perfekt. Scharf und deutlich stand er fast in der Zimmermitte, bis er verblaßte und sich auflöste.

»Cool«, sagte sie und lachte dabei. Aber nur sie fand das lustig. »Gerade eben . . . Ich . . . Nein, das hat wohl keinen Sinn . . .«

»Zwölf Minuten.«

»Man kann das Band herumdrehen. Die Kinder sind ziemlich geduldig.«

»Du kannst die Dinge leicht auseinanderhalten«, sagte er. »Ich bin nicht so rational . . . Ich muß eins nach dem anderen in Angriff nehmen.« Er konnte ihr ansehen, daß sie an ihm zweifelte. »Ich will diese Menschen los sein . . .«

»Das war dumm«, sagte sie. »Entschuldige.«

»Du mußt nicht um Verzeihung bitten.«

»Du bist wütend auf mich.«

»Ich bin nicht wütend auf dich.«

»Das merkt man schon weitem. Du willst mich nicht anfassen. Bist du zu nüchtern? Ist das der Grund? Du traust dich nicht, mich anzufassen . . .«

»Dummes Zeug«, sagte er. »Falls ich wütend bin, dann bin ich wütend auf mich.«

»Dann berühr mich. Ich will es!«

»Zehn Minuten . . .«

»Das muß doch nichts heißen. Ich kann mit den Kindern nach Hause fahren. Ich soll doch heute abend sowieso mitkommen . . .«

»Das ist nicht nötig. Ich habe alles arrangiert.«

»Ich muß aber doch etwas sagen . . . ihnen.«

»Du darfst nicht mitkommen.«

»Wem zuliebe?«

»Dir zuliebe.«

»Das ist mir egal. Ich komme mit.« Sie trat ein paar Schritte zur Seite und nickte sich sozusagen selbst zu. »Ich habe nie für möglich gehalten, daß ich so etwas sagen könnte, aber ich bin alles so leid, daß es mir bis hierher steht. Sie sind mir scheißegal. Noch nicht einmal Dankeschön haben sie gesagt, nicht ein Wort. Im Gegenteil.«

»Warum hast du es dann getan? Von Anfang an?«

»Weil ich keine Wahl hatte. Es war selbstverständlich. Der Pfarrer hat mich gefragt, und ich habe nicht eine Sekunde gezögert: Ja, habe ich gesagt, das ist klar, daß ich helfe.«

»Ja«, sagte er, »so ist es wohl.«

»Nicht bei allen. Es gibt Menschen, die würden keinen Finger rühren.«

»Wie steht's mit der Zeit?«

Sie sah ihn an. Er klang distanziert, fast kalt. »Du willst mich los sein?« Er gab keine Antwort, drehte sich aber um und sah aus dem Fenster oder tat jedenfalls so, als sehe er aus dem Fenster. »Dann kann ich gehen.«

»Oder du drehst das Band um.«

»Die kommen ohnehin nicht heraus. Das Auto ist abgeschlossen. Willst du, daß ich gehe?«

»Was meinst du?«

»O.K.«, sagte sie. Er hörte, wie sie hinter seinem Rücken ging, die Haustür wurde geöffnet und wieder geschlossen, und er meinte das Zuschlagen einer Autotür zu hören. Es dauerte eine Zeitlang, in der er darauf wartete, die Geräusche eines Motors und eines Autos zu hören, das sich nach einem aggressiven Blitzstart entfernte. Sie blieben jedoch aus. Er konnte sich eine Zigarette anzünden und weitere gelungene Rauchringe in das Zimmer senden und dieses Gefühl richtig genießen. Er drehte sich um und sah auf ihre Porträtaufnahme an der Wand. Er hatte Zeit genug, sich diese Fotografie als eine von vielen vorzustellen, das Porträt einer Frau, die auf einem Foto schön aussah, jemand, den er kennengelernt, mit dem er sich unterhalten und den er zu verstehen geglaubt hatte, den er eine Zeitlang geliebt und begehrt hatte und von dem er dann getrennt worden war, eine Frau, mit der er so leben würde, wie er mit anderen Frauen lebte, in einer Beständigkeit, die sie selbst sich kaum vorstellen konnten. Sie hielten ihn für ein rationales Wesen, er aber ging mit ihnen ebenso ungezwungen um, wie er mit denen umging, die wirklich tot waren. Noch konnte er sich Margot nicht als eine von ihnen vorstellen, er wußte aber, daß dies nur eine Frage der Zeit war.

Er sah zu, wie sich mitten im Zimmer ein weiterer Rauchring auflöste, als er hörte, wie draußen wieder eine Autotür zuschlug und Schritte die Treppe heraufkamen. Sie kam zurück.

»Ich würde gern etwas trinken ...« Sie hatte sich beruhigt, ihre Stimme klang völlig anders.

»Ich auch«, sagte Brandy. »Aber ich traue mich nicht.«

»Weil ich hier bin?«

»Nein«, sagte er, »weil ich verschiedenes zu tun habe.«

»Entschuldige, ich denke nur an ...« Sie ging in die Küche und ließ Wasser in ein Glas laufen. »Die Kinder reden nur von diesem Feld. Ich muß wohl mit ihnen hinfahren.«

»Es ist zu spät.«

»Wozu?«

Brandy machte eine Bewegung zu den geöffneten Fenstern: »Hör mal!«

»Was ist das?«

»Johnson«, sagte Brandy. »Er mäht.«

»Dieses Feld?«

Er nickte: »Es gibt nichts mehr zu sehen.«

»Warum?« Sie ging ans Fenster und schaute über die Felder. Johnsons Land war von hier aus nicht zu sehen, aber den Mähdrescher hörte man laut und deutlich. »Das war ... sonderbar.«

»Nein«, sagte Brandy. »Das waren die Jonckers.«

»Das?«

Jetzt war es leichter zu sagen: »Die Brüder Joncker ... Die sind das gewesen.«

»Ich habe etwas anderes gehört«, sagte sie. »Aber wahrscheinlich hat man das geglaubt. Und nur um sich einen Spaß zu machen?«

»Sie sind Nachbarn und können einander nicht leiden. Aber es kann auch an anderem liegen. Ich weiß nicht alles.« Jetzt konnte er ihr in die Augen sehen und ganz unbehindert lügen. Es tat weh, aber nicht so sehr, daß er es nicht ausgehalten hätte. »Ein Scherz nur ...«

»Ein schlechter Scherz«, sagte Margot. »Was soll ich denn jetzt den Kindern sagen?«

»Du wirst dir etwas einfallen lassen müssen.«

Er hatte sie noch nie belogen, so blauäugig, so aufs Geratewohl. Gewisse Dinge hatte er ihr verheimlicht, doch es gab einen Unterschied. Sie hatte ihn belogen und es so eingerichtet, daß er das gleiche tun mußte. Das veränderte die Angelegenheit, etwas kam hinzu, was es vorher dort nicht gegeben hatte. Wie die beiden Kinder, die sie plötzlich überallhin mitnahm.

Vielleicht hatte er aus diesem Grunde keine Lust, mit ihr nach oben ins Schlafzimmer zu gehen und aus den zur Verfügung stehenden Minuten das Bestmögliche zu machen. So konnte man nicht beginnen. Derartige Zusammenkünfte fanden zwischen zwei Menschen statt, die viele Jahre miteinander gelebt und alles erschöpft hatten, die alle Worte verbraucht hatten, denen nur noch die Handlung geblieben war.

Dort konnten sie sich noch nicht befinden, auch wenn die Worte, die wenigen Worte, die geäußert werden mußten, einen Geschmack von altem Rausch hatten. Sie mußten schweigen, und die Zeit verging, und Brandy spürte, wie ihm übel wurde. Die Lügen machten ihm nicht viel aus, das Schweigen aber war belastend. Es bot Raum für Gedanken, die sich viel zu früh meldeten und die er für sich allein haben wollte. Sie konnten ihn zum Schlechteren verändern, zumindest in ihren Augen. Sie würde sich in seinen Augen unwiderruflich verändern, und aus Furcht, sie könne sich als lästig erweisen, wagte er sie kaum anzusehen. Um jeden Preis mußte das Schweigen gebrochen werden. »Wahrscheinlich mußt du dir etwas einfallen lassen«, wiederholte er.

»Ja«, antwortete sie. »Was soll ich denn sagen?«

»Das mußt du doch wissen.«

»Wieso?«

»Irgend etwas, egal was. Du mußt doch eine ganze Menge erfahren haben. Dein Tanzkavalier . . . In diesem blauen Bus.«

»Ach so, der . . .« Sie legte eine kurze Pause ein. »Der Grenzforscher . . .« Brandy sah hinüber zu den Pferden, die sich im letzten Sonnenlicht dieses Tages wärmten. Ohne den Blick zu verändern, konnte er fühlen, daß sie sich ihm zuwendete, ihr Gesicht blinkte auf, ein Licht wurde reflektiert, oder es war auf eine Weise vorhanden, die nur ein Pfarrer erklären konnte, ohne um Verzeihung bitten zu müssen. Soweit war es gekommen. So alt war er geworden, daß er nicht einmal dieses Licht empfangen und sich in ihm wärmen konnte, die Gelegenheit wahrnehmen konnte, solange es existierte, ohne gleichzeitig nach einem Schatten zu suchen, der irgendwohin fiel. »Er hat gesagt, das ist nur der Anfang«, sagte sie. »Hier steckt alles voll von Kräften, hat er behauptet. Sie könnten gemessen werden. Er hat eine Menge merkwürdiger Maschinen dabei gehabt, Meßinstrumente . . .«

»Der Anfang«, sagte Brandy. »Von was?«

»Einer neuen Zeit. Das waren nur die ersten Signale. Wir erhalten noch mehr Zeichen.« Es gelang ihr, sehr glaubwürdig zu klingen: »Er ist sehr pathetisch gewesen . . .«

»Ach was?« sagte Brandy. »Auf welche Weise denn?«

»Herrgott«, sagte sie, »ist das vielleicht nicht der Anfang einer neuen Zeit?«

»Und die Kraft«, sagte Brandy, »hast du diese Kraft nicht zu spüren bekommen?«

»Ich hab von Anfang an gewußt, daß es die Jonckers waren.« Sie wich der Falle aus, und Brandy konnte ihr anhören, daß sie noch immer nicht wußte, was sich am Morgen ereignet hatte, und warum der Bus aus dieser Gegend verschwunden war. »Er hat eine Menge Unsinn geredet«, sagte sie. »Ich begreife nicht, wie ich glauben konnte, daß er mir hilft.«

»In Krieg und Politik«, sagte Brandy. Er schickte einen Rauchring durch das Fenster. Draußen war es so windstill, daß er sich recht lange hielt.

»Was soll denn das heißen?« fragte sie. »Krieg?« Brandy zuckte mit den Schultern. »In so etwas mußt du mich nicht hineinziehen.«

»Warum sollte ich mich sonst damit beschäftigen?«

»Das frage ich mich auch.«

Margot sah Brandy an, der dastand und rauchte und einen beherrschten Eindruck machte. Man sah ihm an, daß er um seine Konzentration kämpfte. Er hätte nicht erfahren dürfen, was sie getan hatte, und noch viel weniger, was sie nicht getan hatte. Sie war gekommen, weil sie ihn um Verzeihung bitten wollte, denn sie war schuld, daß er da hineingeraten war, für so etwas aber schien er unempfänglich zu sein. In seiner Nähe nahm dieses kribbelnd-unbehagliche Gefühl nur zu, und es verstärkte sich, sobald es im Zimmer still wurde. Und es war ihr allzu bekannt. Wenn sie die Augen schloß und sich auf den Geruch dieses Reinigungsmittels konzentrierte, konnte sie sich tatsächlich einbilden, sie sei zu Hause, und neben ihr stehe ihr Mann. Wie oft hatte sie wehrlos, schutzlos auf ihn gewartet, bereit, ihn zu empfangen wie eine Frischverliebte, und ihn nur zu lieben, ohne danach zu fragen, ob sich Zärtlichkeit verwandelt hatte in Fürsorge oder wem verziehen werden solle, ihr oder ihm, sich einfach einem Austausch hinzugeben, der unergründlich blieb und bei dem die Buchführung, wer von ihnen dem anderen wieviel schuldete, schon lange verlorengegangen war. In Gedanken hatten sie sich bereits versöhnt, wenn dieser Mensch aber leibhaftig vor ihr stand, steckte er so voller Irrtümer und Verfälschungen, daß sich alles verschloß, gerann, auseinanderlief. »Warum«, sagte sie, »warum tust du das?«

»Instinkt.« Ein paar Pferde jagten einander. Er verfolgte sie mit dem Blick. Die Antwort fiel so rasch, daß er sich ihrer schon seit langem bewußt gewesen sein mußte. »Aber es ist ein Gefühl wie Liebe.«

»Zu wem?«

»Das weiß ich nicht.«

»Hat das irgendeine Bedeutung?«

»Im Augenblick nicht«, sagte er. »Manchmal muß man darüber hinwegsehen. Trotzdem leben, ohne überall herumzuwühlen und jeden Stein umzudrehen.«

»Das brauchst du mir nicht zu sagen.«

»Du hast danach gefragt. Bist du enttäuscht?«

Sie drehte sich wieder nach dem Feld um. Er fühlte es ganz deutlich. Die Stärke des Lichts nahm ab, wie wenn ein dünner Wolkenschleier vorüberzieht und die Sonne verdeckt. Er sah sie flüchtig an und konnte nur wahrnehmen, daß sie Tränen in den Augen zu haben schien.

Künftig brauchten sie nie mehr miteinander zu sprechen. Eigentlich war nichts Besonderes geschehen. Sie konnten einander aus dem Weg gehen, wenn sie wollten. Dort unten im Dorf gab es Leute, die er niemals gesehen hatte, Menschen, die nur einige Häuser entfernt wohnten und sich bei Tageslicht nie aus dem Haus wagten oder Wege gingen, auf denen sie keinem anderen begegneten. Er hatte nie verstanden, ob sie dies taten, weil sie erstarrt und verhärtet waren, oder ob sie genau dies vermeiden wollten.

Wenn er jetzt eine Zeitlang schwieg, würde sie gehen. Das Schweigen, das zwischen ihnen entstanden war, war so anders. Früher war es eine Bereicherung gewesen, eine Möglichkeit, erfüllt von Vorstellungen, die ein grenzenloses Wohlwollen erzeugt hatte. Nichts hatte ihnen gefehlt. Nun aber war dieses Schweigen ein Mangel. Wäre es quälend gewesen, hätte sie versucht, etwas dagegen zu unternehmen. Doch es war schlimmer als das, es war einfach traurig.

»Ich wüßte gern, ob wir feige sind oder mutig«, sagte sie. »Oder vielleicht beides.«

»Vermutlich«, sagte Brandy. »Menschlich.«

»Muß das so kommen?«

»Wir sind müde«, sagte er. »So etwas ist gefährlich. Das weißt du.«

»Wovor? Wovor hast du Angst?«

»Ich muß das hier zu Ende bringen . . . Mehr weiß ich nicht. Ich weiß nicht, ob ich richtig gehandelt habe. Heute nacht fangen sie an zu schießen . . .« Er machte eine Pause. Er sah sie an, sie aber konnte das kaum verstehen.

»Ja? Und . . .«

»Sie kommen in ein Haus am Schießplatz. Das kommt mir vor wie Hohn . . . Aus dem Regen in die Traufe.«

»Was für ein Haus?«

»Das sage ich nicht.«

»Ich glaube, ich weiß es . . .«

Er unterbrach sie sofort: »Das kann dir egal sein!« Das meinte er wirklich. »Vergiß es einfach.«

»O.K.«, sagte sie. »Was soll ich dem Pfarrer sagen? Er muß etwas gesagt bekommen.«

»Er kriegt sie wieder, wenn es soweit ist.«

»Was soll ich sagen?«

»Laß dir etwas einfallen«, sagte er. »Daß die Räuberhöhle sich verwandelt hat in ein Heiligtum.«

»Und das versteht er?«

»Gut genug. Das, was er verstehen muß.«

»Ich war dort, als du angerufen hast.«

»Das weiß ich.«

»Ich habe Angst bekommen . . . Er auch.«

»Vielleicht ist das der Sinn gewesen.«

»Habe ich alles kaputtgemacht?« Er zündete sich eine neue Zigarette an und zog, blies jetzt aber keine Rauchringe mehr. Er stieß den Rauch zwischen blassen, gespannten Lippen aus. »Habe ich das getan?«

»Eins nach dem anderen«, konnte er sagen. »Es sieht nicht gut aus für dich. Ich will dir nur helfen.«

»Aus reinem Instinkt?«

»Nenn es doch, wie du willst!«

»Ich muß gleich gehen.« Ihre Stimme hatte einen angestrengten Klang, als wolle sie weinen. »Die Räuberhöhle ... Kann man denen vertrauen?«

»Ich schon«, sagte Brandy. »Das muß genug sein. Schlimmer ist es mit dem Schießplatz. Die Frage ist, ob man euren Schützlingen vertrauen kann.«

»Die sind wahrscheinlich daran gewöhnt.«

»Kann man sich daran gewöhnen? Und wenn es ernst wird?«

»Woher soll ich das wissen?« Wieder hörte sie sich so angestrengt an. »Vielleicht. Scheint so, als könnten sie warten. Sich verstecken, bis alles vorüber ist.«

»So wie wir?«

»Meinst du?«

»Wir können nicht anders.«

»Und später?« Er konnte nur mit den Schultern zucken. Lange und intensiv sah er sie an. Immer hatte er sie für schön gehalten. Jetzt war sie den Tränen nah. Das Atmen fiel ihm schwer. Als habe man ihm ein dickes Tau um die Brust geschlungen.

»Es gibt kein Später«, sagte er, »nicht für uns.«

»Soll ich hinausgehen und das Band umdrehen?«

»Nein«, sagte er. »Deine Kinder langweilen sich bestimmt.«

»So kann ich nicht gehen.« Sie holte sich Papier aus der Küche und schneuzte sich. »Ich liebe dich.«

»Ich weiß das.«

»Wie soll ich denn jetzt nach Hause fahren ...«

»Das hast du schon öfter geschafft.«

»Niemals so.«

»Er weiß alles, und er verzeiht dir.«

»Wieso kannst du das so sagen?«

»Ich weiß es«, sagte Brandy.

»Wieso?«

»Ich weiß es einfach.« Irgendwann würde es vielleicht einmal anders aussehen, wenn sie alle etwas weniger müde waren und noch Schläge einstecken konnten. »Damit mußt du vorlieb nehmen.«

»Ich glaube dir nicht.«

Er wollte, daß sie ihm glaubte, und er war bereit, dafür ein weiteres Mal zu lügen: »Das hat er gesagt, als er hier gewesen ist. Er liebt dich mehr als alles andere auf der Welt. Er ist bereit, dir alles zu verzeihen. Er stirbt, wenn du ihn verläßt . . .« Er konnte ihr gerade in die Augen sehen, und er bemerkte sofort, daß das haften blieb, die Schraube paßte. Sie sah zu Boden, vielleicht, weil sie etwas gehört hatte, das sie hören wollte, was sie aber unter keinen Umständen verraten wollte. Als habe man ihr sehr viel Geld geschenkt, und sie schäme sich, ihre Freude zu zeigen.

»Und du?« sagte sie. »Es ist mir gleichgültig, ob er mir verzeiht. Du bist wichtiger.«

»Das stimmt nicht. Du hast deine Kinder dort draußen.«

»Das ist etwas anderes.«

»Für dich vielleicht. Für mich nicht.«

Sie sah ihn an, und es ließ sich unmöglich feststellen, ob sie gebrochen war oder kurz davor stand, sich befreit zu fühlen. »Es ist sinnlos, oder?« sagte sie.

»Ja«, sagte er, »im Augenblick ist es das wohl.«

»Was wirst du tun?«

»Ein Boot kaufen, vielleicht.«

»Ja«, sagte sie, »das ist klar . . . Ein Boot kaufen . . .«

Er drehte sich um und schaute über das Feld, nahm sich eine Zigarette und hörte, wie sie zur Haustür ging. Für einen Augenblick blieb sie stehen, und vermutlich sah sie ihn ein letztes Mal an. Sie sagte etwas, das kaum zu verstehen war. Brandy glaubte, es klinge wie: »Ich liebe dich trotzdem.«

Dann ging sie und schloß vorsichtig die Tür hinter sich, und gleich darauf hörte er, wie eine Autotür zufiel und ein Motor gestartet wurde. Sie saß schon hinter dem Lenkrad und fuhr mit dem Auto nach Hause und log ihren Kindern etwas vor. Bald würde sie zu Hause in ihrer Küche stehen und ihrem Mann etwas vorlügen. Auf wundersame Weise würde es ihr gelingen, dafür zu sorgen, daß die Dinge aufgingen. Sie hatte zugegeben, daß sie sich manchmal selbst darüber wunderte.

Vielleicht hatte nur ein unbegreiflicher Zufall dafür gesorgt, daß es nicht anders gekommen war. Eine Zeitlang schien alles an einem Rauchring zu hängen, der stark und stabil gewirkt hatte, im nächsten Augenblick sich aber aufgelöst hatte und spurlos verschwunden war.

Jetzt war es still draußen. Das beharrliche Geräusch von Johnsons Mähdrescher war verstummt, ohne daß es Brandy aufgefallen wäre. Der Bauer hatte seine letzte Ernte in diesem Jahr beendet, und bald waren die Obstzüchter an der Reihe.

Brandy würde noch etwas warten, dann kämen die Brüder Joncker mit ihrem Amerikaner. Aus irgendeinem Grunde vertraute er ihnen völlig. Sie hatten ihm gezeigt, was kein anderer zu sehen bekommen hatte, eine Blöße, einen Kratzer im Lack. Er hatte ihnen beim Tanzen zugesehen, jeder von ihnen für sich, mit ausgestreckten Armen, als tasteten sie nach Frauen, die niemals in ihre Nähe kamen. »Solchen Männern kann man vertrauen . . .« Irgendwo und über andere hatte er das gehört, vielleicht in Spanien über ein paar Spanier.

Die Stille war vollkommen, und es schien, als ahnten die Pferde nichts Gutes und seien wachsamer als sonst. Bewegungslos standen sie da und lauschten auf etwas, das nur sie hörten oder hören sollten, etwas, das verstummt war.